Spencer Quinn

Auf sie mit Gebell

Spencer Quinn

Auf sie mit Gebell

Bernie und Chet ermitteln

Aus dem Englischen übersetzt
von Andrea Stumpf
und Gabriele Werbeck

blanvalet

Die Originalausgabe erschien unter dem Titel
»Thereby Hangs a Tail« bei Atria Books,
a division of Simon & Schuster, Inc., New York.

FSC
www.fsc.org
MIX
Papier aus verantwortungsvollen Quellen
FSC® C014496

Verlagsgruppe Random House FSC-DEU-0100
Das für dieses Buch verwendete FSC®-zertifizierte
Papier *Super Snowbright* liefert
Hellefoss AS, Hokksund, Norwegen.

1. Auflage
Deutsche Erstveröffentlichung Juni 2012
bei Blanvalet, einem Unternehmen
der Verlagsgruppe Random House GmbH, München

Umschlaggestaltung und -motiv: bürosüd°, München
Lektorat: Urban Hofstetter
Herstellung: sam
Satz: KompetenzCenter, Mönchengladbach
Druck: GGP Media GmbH, Pößneck
Printed in Germany
ISBN 978-3-7645-0438-0

www.blanvalet.de

Dieses Buch ist Diana gewidmet

Kapitel 1

Als der Bösewicht sich umsah – was für fiese kleine Augen er hatte! –, wurde ihm klar, dass er in der Falle saß. Wir befanden uns in einer Art Lagerhaus, groß und dunkel, mit ein paar schmutzigen Fenstern unter der Decke und haufenweise Maschinenteilen. Wie wir auf das Lagerhaus gekommen waren, wusste ich nicht mehr, und auch nicht, worum es bei dem Fall eigentlich ging. Aber wegen dieser fiesen Augen und des säuerlichen Ende-der-Fahnenstange-Geruchs, der ein bisschen dem von diesen koscheren Gürkchen ähnelte, die Bernie immer zu seinem Sandwich mit gebratenem Speck aß – ich habe mal ein Gürkchen probiert, das hat vollauf gereicht, wogegen ich zu einem Sandwich mit gebratenem Speck nie Nein sagen würde –, also wegen dieses Geruchs war ich mir hundertprozentig sicher, dass dieser Mann der Bösewicht sein musste. Ich machte einen Satz und packte ihn am Hosenbein. Fall gelöst.

Der Bösewicht schrie vor Schmerz auf, ein hässliches Quieken, bei dem ich mir am liebsten die Ohren zugehalten hätte. Leider kann ich das nicht, aber ich will mich nicht beklagen – ich bin zufrieden mit mir (selbst wenn meine Ohren, wie ich vor einiger Zeit feststellen musste, nicht zusammenpassen, aber dazu komme ich später vielleicht noch). Der Bösewicht quiekte und quiekte, bis mir schließlich dämmerte, dass ich vielleicht mehr als sein Hosenbein erwischt hatte. Das passierte manchmal: Meine Zähne sind vermutlich länger und auch schärfer als Ihre. Was war das? Ja, schmeckte wie Blut. Tut mir leid – mein Fehler –, aber es schmeckte nicht schlecht.

»Rufen Sie ihn zurück«, schrie der Bösewicht. »Ich geb auf.«

Bernie kam angerannt. »Gut gemacht, Chet«, sagte er keuchend und japsend. Armer Bernie – er versuchte mal wieder, das Rauchen aufzugeben, ohne großen Erfolg.

»Jetzt rufen Sie ihn doch endlich zurück! Der beißt mich!«

»Chet beißt nicht«, erklärte Bernie. »Jedenfalls nicht absichtlich.«

»Nicht absichtlich? Was wollen Sie …«

»Andererseits erwartet er an einem bestimmten Punkt ein Geständnis.«

»Was? Der Köter hier?«

»Wie heißt das Wort?«, fragte Bernie.

Die fiesen Augen schossen wild hin und her. »Der Hund hier?«

»Ja, genau«, sagte Bernie.

Ich wedelte mit dem Schwanz. Und weil ich so gut gelaunt war – gibt es etwas Schöneres, als einen Job gut über die Bühne gebracht zu haben? –, schüttelte ich vielleicht auch ein klein wenig den Kopf.

»Auaaaa! Ich gestehe ja schon! Ich gestehe ja schon!«

»Was?«

»Was? Na, den Juwelendiebstahl in El Camino, was denn sonst?«

»Den Juwelendiebstahl in El Camino?«, erwiderte Bernie ungläubig. »Wir sind aber wegen des Brandanschlags auf die Bar J Guest Ranch hier.«

»Den meinetwegen auch«, rief der Bösewicht. »Aber rufen Sie ihn endlich zurück.«

»Chet?«, sagte Bernie. »Chet?«

Na gut. Aber ich muss schon sagen – dieser Geschmack von Menschenblut … Könnte einen fast süchtig machen.

Ein paar Stunden später hatten wir zwei Schecks erhalten, einen für die Brandstiftung und einen für den Juwelendiebstahl, die uns sehr gelegen kamen, weil unsere Finanzen nämlich ein Desaster waren – Unterhaltszahlungen für Frau und Kind, eine fehlgeschlagene Investition in eine Firma zur Produktion von Hawaiihosen im Stil der Hawaiihemden, die Bernie immer zu besonderen Anlässen trug, und dann noch die schlechte Auftragslage in letzter Zeit, abgesehen von irgendwelchen langweiligen Scheidungssachen. Wir betreiben eine Detektei, Bernie und ich, die sich Little Detective Agency nennt, was mit Bernies Nachnamen Little zu tun hat. Ich heiße Chet, schlicht und einfach Chet. Unser Hauptquartier befindet sich in unserem Haus in der Mesquite Road, ein nettes kleines Häuschen mit einem großen, wunderbar für ein Nickerchen geeigneten Baum davor, während man hinten raus ganz schnell in den Canyon kommt, falls zufällig mal jemand das Tor offen gelassen hat. Dann ab durch die Mitte – ich kann Ihnen sagen …

»Das muss gefeiert werden«, sagte Bernie. »Wie wär's mit einem Kaustreifen?« War die Frage ernst gemeint? Wer sagt schon Nein zu einem Kaustreifen? Er öffnete den Hängeschrank über der Spüle, wo die Kaustreifen lagen – zu einer früheren Zeit, einer sehr schönen Zeit, befanden sie sich auf einem offenen Regal viel weiter unten. »Und wenn wir schon dabei sind …« Owei. Bernie nahm auch die Flasche Bourbon, die neben den Kaustreifen stand.

Wir setzten uns hinters Haus und sahen zu, wie die Sonne unterging und sich das Licht am anderen Ende des Canyons änderte. Bernie saß am Tisch und nippte an seinem Bourbon, ich lag darunter und versuchte so lange wie möglich an dem Kaustreifen herumzukauen. Das war schließlich nicht irgendein Kaustreifen, sondern ein High-End-Kaustreifen mit Speckgeschmack von einer Firma namens Rover and Company, die unser Kumpel Simon betrieb. Wir hatten Simon bei einem Vermisstenfall kennengelernt, unserer Spezialität. Speckgeruch – von der allerbesten Sorte – stieg in einer dichten Wolke um mich herum auf. Ich sah durch die Glasplatte zu Bernie hoch. Konnte er es riechen? Wahrscheinlich nicht. Nie würde ich mich daran gewöhnen, wie mickrig sein Geruchssinn war – der Geruchssinn der Menschen allgemein.

Er sah zu mir herunter. »Was geht dir durch den Kopf, mein Junge? Ich wette zehn zu eins, dass du daran denkst, wie du diesen Typen zur Strecke gebracht hast.« Falsch, aber in diesem Moment kratzte er mich zwischen den Ohren, genau an der Stelle, die, wie mir erst jetzt klar wurde, dringend gekratzt werden musste, und ich wedelte mit dem Schwanz. Bernie lachte. »Ich kann offenbar Gedanken lesen«, sagte er. Nicht annähernd, aber egal – meinetwegen sollte er glauben, was er wollte, solange er nicht aufhörte, mich zu kratzen, so richtig schön fest mit den Nägeln, ein echter Fachmann. Er hörte auf – zu früh, wie immer zu früh – und sagte: »Wie wär's mit dem Dry Gulch? Ich finde, wir haben es uns verdient.«

Schon war ich auf den Beinen und schluckte den Rest des Kaustreifens runter. Das Dry Gulch Steakhouse and Saloon war eines unserer Lieblingslokale. Davor stand ein riesiger Holzcowboy – ich hatte einmal das Bein daran gehoben; nicht gut, ich weiß, aber was soll man machen? –, und hinten raus gab es eine Terrasse mit Bar, wo auch unsereins willkommen war. Wir stiegen in den Porsche – ein altes Cabrio, das unser ein bisschen weniger altes Cabrio ersetzt hatte, nachdem es eines Tages in einen Abgrund gestürzt war, was ich nie vergessen werde. Auch wenn ich mich an den Rest nicht mehr so genau erinnere ... braun mit gelben Türen, Bernie hinterm Lenkrad, ich auf dem Kopilotensitz. Gibt es etwas Schöneres, als auf dem Kopilotensitz zu fahren? Ich hielt die Schnauze in den Wind: Gerüche flogen schneller an mir vorbei, als ich sie zuordnen konnte, eine Art Nasenvöllerei, die Sie wahrscheinlich nie ...

»He, Chet, mach dich nicht so breit, Kumpel.«

Huch. War wohl zu weit auf Bernies Seite. Ich rückte näher zur Tür.

»Und hör auf zu sabbern.«

Sabbern? Ich? Ich rückte noch ein Stückchen weiter weg und saß den Rest der Fahrt über stocksteif da, Rücken gestreckt, Augen geradeaus, unnahbar. Ich war nicht der Einzige, der hier sabberte, Bernie hatte schon mehr als einmal im Schlaf gesabbert, genau wie seine Exfrau Leda. Menschen sabberten nämlich auch, und das nicht zu knapp. Aber hatte ich mich ein einziges Mal deswegen beschwert oder auch nur schlecht von ihnen gedacht? Nein, wie käme ich denn dazu?

Wir saßen auf der Terrasse des Dry Gulch Steakhouse and Saloon, Bernie auf dem Hocker am Ende des Tresens, ich auf dem Boden. Die große Sommerhitze – ach was, Hitze, eher ein Gewicht wie Blei, das Tag und Nacht auf einem liegt – war vorbei, aber es war immer noch ziemlich warm und die kühlen Fliesen daher sehr angenehm. Bernie deutete mit dem Kinn zur anderen Straßenseite. »Was ist das?«

»Was denn?«, fragte der Barkeeper.

»Das Loch.«

»Eigentumswohnungen«, sagte der Barkeeper. »Zehn, fünfzehn Stockwerke vielleicht.«

Bernie hatte dunkle, buschige Augenbrauen, die eine ganz

eigene Sprache sprachen. Manchmal wurden sie merkwürdig krumm, so wie jetzt, und sein Gesicht, normalerweise ein sehr netter Anblick, verfinsterte sich. »Und wenn der Aquifer austrocknet, was dann?«, fragte er.

»Aquifer?« Der Barkeeper hatte keine Ahnung, wovon Bernie redete.

»Wissen Sie eigentlich, wie hoch die Einwohnerzahl im Valley inzwischen ist?«, fragte Bernie.

»Im ganzen Valley?«, entgegnete der Barkeeper. »Ich schätze mal, ziemlich hoch.« Bernie bedachte ihn mit einem langen Blick, dann bestellte er sich einen Doppelten.

Eine Kellnerin mit Cowboyhut kam vorbei. »Ist das nicht Chet? Dich hab ich ja schon eine Ewigkeit nicht mehr gesehen.« Sie ging in die Hocke und tätschelte mich. »Magst du immer noch Steakreste?« Warum sollte sich das je ändern? »Schon gut, mein Großer, schon gut.«

Bernie bekam einen Burger und noch einen Bourbon, ich bekam Steakreste und Wasser. Sein Gesicht sah wieder normal aus. Uff! Bernie machte sich eine Menge Sorgen wegen des Aquifers, und wenn er erst einmal damit angefangen hatte, konnte er meistens gar nicht mehr aufhören. Unser ganzes Wasser kam aus dem Aquifer – das erzählte er andauernd, auch wenn ich diesen Aquifer noch nie gesehen hatte. Mir war das alles ja ein Rätsel: Im Valley gab es genug Wasser – wie sonst sollte man sich das morgendliche und abendliche Besprenkeln der Golfplätze erklären und diese hübschen Regenbogen, die dabei entstanden? Wir hatten Wasser in rauen Mengen. Ich stand auf und presste meinen Kopf gegen Bernies Bein. Er kraulte mich ein bisschen an der Stelle zwischen den Augen, wo ich nicht hinkam. Ah, die reinste Wonne. Dann entdeckte ich zwei Pommes frites unter dem Barhocker neben Bernie und schnappte sie mir.

Ein, zwei Bourbon später kam Lieutenant Stine vom

Metro Police Department, ein kleiner Mann in einem picobello sauberen dunklen Anzug. Bernie hatte vor ewig langer Zeit mal für ihn gearbeitet, vor meinen Abenteuern in der K9-Hundeschule (von der ich am allerletzten Tag geflogen war; eine lange Geschichte, aber es ist kein Geheimnis, dass eine Katze beteiligt war), und hatte irgendwie Anteil daran gehabt, dass Bernie und ich zusammenkamen, wobei die Einzelheiten ein bisschen nebulös sind.

»Hab gehört, dass Sie den El-Camino-Fall gelöst haben«, sagte Lieutenant Stine. »Gute Arbeit.«

»Das war vor allem Glück«, meinte Bernie.

»Und obendrein ein umfassendes Geständnis.«

»Dank Chet.«

Lieutenant Stine warf einen Blick zu mir nach unten. Er hatte ein schmales Gesicht und schmale Lippen, die meiner Erfahrung nach nicht oft lächelten – jetzt aber schon, was irgendwie gefährlich aussah. »Er kann gut mit Verdächtigen«, sagte er.

»Sehr gut sogar«, bestätigte Bernie.

Ich wedelte mit dem Schwanz.

»Hab gehört, dass es eine kleine Belohnung gab«, bohrte der Lieutenant weiter. Ein paar Barhocker weiter blickte ein Typ in einem Hawaiihemd auf.

»Kann mich nicht beklagen«, sagte Bernie zu Lieutenant Stine. »Wie wär's mit einem Drink?«

Ungefähr eine Minute später stießen Bernie und der Lieutenant an. Ich hatte mittlerweile den Überblick verloren, das wievielte Glas es für Bernie war; zählen ist nicht meine Stärke, jedenfalls nicht weiter als zwei.

»Übrigens gut, dass ich Ihnen über den Weg laufe«, kam Lieutenant Stine zum Eigentlichen. »Ich hätte da einen Job, der genau Ihre Kragenweite haben dürfte.«

»Nämlich?«, horchte Bernie auf.

Lieutenant Stine sah zu mir runter. »Wenn ich's mir recht überlege, hat er ganz genau Ihre Kragenweite«, meinte er. »Und lukrativ könnte er auch sein.«

»Wir sind ganz Ohr«, sagte Bernie.

Lieutenant Stine senkte die Stimme, aber doch nicht so sehr, dass ich ihn nicht mehr hätte hören können. Habe ich schon erwähnt, wie scharf mein Gehör ist, oder ging es da um meine Zähne? In diesem Moment jedenfalls konnte ich hören, wie eine Frau am anderen Ende der Bar in ihr Handy flüsterte: »Sie haben meine Dosis erhöht.« Das klang so spannend, dass ich den Anfang der Ausführungen des Lieutenants nicht mitbekam und mich erst wieder auf ihn konzentrierte, als er sagte: »... die Great Western.«

»Nie davon gehört«, sagte Bernie.

»Das kann doch nicht sein«, erwiderte der Lieutenant. »Das ist eine der wichtigsten Hundeschauen im Westen, und die ganze Stadt ist mit Plakaten zugepflastert.« Bernie zuckte die Achseln. Ich habe eine Schwäche für dieses Achselzucken. Wenn ich das nur auch könnte! Ich habe es versucht, aber mehr als gekräuseltes Fell auf meinem Rücken ist dabei nicht rausgekommen. »... findet Ende nächster Woche in der Arena statt«, sagte der Lieutenant gerade. »War früher immer in Denver, aber der Bürgermeister hat sie hierhergelockt.«

»Warum?«

»Weil es Geld fürs Valley bringt, natürlich.«

»Wie das denn?«

»Hotelzimmer, Restaurantbesuche, der ganze Touristenquatsch eben«, erklärte Lieutenant Stine weiter. »Allein die Blumen belaufen sich auf eine Viertelmillion.«

»Blumen?«, fragte Bernie.

»Ja, Blumen. Die Besucher der Great Western haben nun mal eine bestimmte Klasse, und das ist zufällig die Lieblingsklasse unseres Bürgermeisters.«

»Ich dachte, er steht für Reformen.«

»Da sind Sie nicht allein.«

»Und welche Rolle hat er mir bei der Sache zugedacht?«, fragte Bernie und kippte den Inhalt seines Glases. »Soll ich etwa die Begrüßungsrede halten?«

Lieutenant Stine lachte, was irgendwie metallisch klang und tief in meinen Ohren ein unangenehmes Gefühl hervorrief. »Nicht ganz«, sagte er. »Er hat auch nicht an Sie im Speziellen gedacht – womöglich hat er sogar noch nie von Ihnen gehört, auch wenn das kaum zu glauben wäre –, er braucht nur einfach jemanden wie Sie.«

»Wofür?«

Der Lieutenant senkte seine Stimme noch mehr. »Als Leibwächter.«

»Nein.«

»Nein? Einfach so?«

»Wir übernehmen keine Leibwächter-Aufträge.«

»Und was war das im Junior-Ramirez-Fall?«

»Eben deshalb.«

»Das hier ist etwas anderes. Erstens kriegen Sie zweitausend am Tag. Zweitens ist dieser Klient neben einem Irren wie Junior Ramirez der reinste Spaziergang.« Lieutenant Stine lachte wieder sein metallisches Lachen. »Wörtlich zu verstehen.«

»Zweitausend?«, fragte Bernie.

»Ein Bonus wäre am Ende wahrscheinlich auch noch drin.«

»Wer ist der Klient?«, fragte Bernie. Ich erinnerte mich zwar an die Bewachung von Junior Ramirez – insbesondere an den Vorfall mit der Eiscreme und der Rasierklinge –, aber ich war trotzdem froh. Unsere Finanzen waren ein Desaster, und zweitausend waren zweitausend und eine ganze Woche mit zweitausend am Tag waren … also, das überlass ich lieber Ihnen.

Lieutenant Stine griff in seine Jackentasche und zog ein Foto raus.

»Wer ist das?«, fragte Bernie.

»Auf der Rückseite steht ihr richtiger Name«, sagte der Lieutenant. »›Kingsbury's First Lady Belle‹. Aber ich glaube, im täglichen Umgang nennen sie sie Princess.«

»Der Klient ist ein Hund?«

Ich setzte mich auf. Bernie betrachtete das Foto. Ich betrachtete es auch. Da war eine von meinem Völkchen auf dem Foto? Wo denn? Und dann entdeckte ich sie: ein winziger Flauschball mit riesigen dunklen Augen auf einem Satinkissen. Ich kannte Satinkissen. Leda hatte mal eins gehabt, das allerdings in einer Art Rausch zerkaut wurde, die Einzelheiten dieses Vorfalls sind mir entfallen. Der Satingeschmack war mir jedoch noch lebhaft in Erinnerung: ausgesprochen fremd und interessant. Ich sah mich in der Dry Gulch Bar um: kein Satin weit und breit.

»Doch nicht irgendein Hund«, sagte Lieutenant Stine. »Princess ist ein echter Star. Sie hat in Balmoral den ersten Preis gewonnen.«

»Balmoral?«

»Sie kennen Balmoral nicht? Im Sportkanal bringen sie jedes Jahr eine Live-Berichterstattung darüber, Bernie – da findet die größte Hundeschau des ganzen Landes statt.«

»Nie gehört«, sagte Bernie.

Lieutenant Stine warf Bernie einen Blick von der Seite zu. Den Blick hatte ich auch bei anderen von Bernies Freunden schon gesehen. Bei Sergeant Torres von der Vermisstenabteilung zum Beispiel oder bei Otis DeWayne, unserem Waffenexperten – allerdings hatte ich keine Ahnung, was er bedeutete. »Dann wollen Sie den Job also nicht?«, fragte der Lieutenant.

Job? Welchen Job? Dafür sorgen, dass ein Flauschball auf

einem Satinkissen nicht in Schwierigkeiten geriet? Das war kein Job, das war geschenktes Geld. Komm schon, Bernie.

»Wer ist der Besitzer?«, fragte Bernie.

»Eine Frau namens Adelina Borghese.«

»Wo kommt sie her?«

»Italien, schätz ich mal. Ihr gehört eine große Ranch drüben in Rio Loco.«

»Rio Loco?«, fragte Bernie. »Ich werde mit ihr reden.«

Der Lieutenant nickte. »Dachte ich mir doch, dass Sie bei einer solchen Menge Kies nicht Nein sagen würden.«

Der Hawaiihemd-Mann sah wieder zu uns rüber.

Bernies Augenbrauen wurden ein bisschen krumm. »Ich rede mit ihr, mehr nicht. Ich kann immer noch Nein sagen.«

Lieutenant Stine ging. Ich fraß meine Steakreste auf, streckte mich auf den kühlen Fliesen aus und entspannte mich ein bisschen. Was für ein Leben! Der Schluss der Jagd durch das Lagerhaus lief noch mal vor meinem inneren Auge ab. Und noch mal. Und auf einmal merkte ich, dass der Mann im Hawaiihemd plötzlich neben Bernie saß und ein Gespräch mit ihm angefangen hatte. Zuerst ging es um Hawaiihemden, dann um etwas anderes.

»Was ich anbiete«, sagte er gerade, »ist eine Art Hedgefonds für den kleinen Mann.«

»Kleinen Mann?«, fragte Bernie.

»Nicht klein in Bezug auf Körpergroße oder Verstand, natürlich«, fügte der Hawaiihemd-Mann schnell hinzu. »Ich meine damit ehrliche Bürger, die zufällig keine Börsen-Insider sind. Ich habe gerade ein paar nette Geschäfte auf dem Warenterminmarkt gemacht. Kennen Sie sich mit Zinn-Futures aus?«

Bernie gab dem Barkeeper ein Zeichen, dass er noch einen

Drink wollte, und warf dabei den Salz- und Pfefferstreuer um. »So kompliziert kann das nicht sein«, sagte er.

»Stimmt«, erwiderte der Hawaiihemd-Mann. Und zum Barkeeper, als er Bernies Drink brachte: »Der geht auf mich.« Dann folgte ein längeres Hin und Her über Zinn, Verkaufsoptionen, Kaufoptionen, Bolivien und andere rätselhafte Dinge. Meine Augenlider wurden schwer, so schwer, dass ich sie unmöglich offen halten konnte. Sie fielen zu, und ich döste weg. Das war nur irgendwelches Gerede. Solange das Scheckbuch in Bernies Hosentasche blieb, konnte nichts passieren.

Irgendwann wachte ich wieder auf. Ich fühlte mich tipptopp, stand auf, schüttelte mich ausgiebig und sah mich um. Bis auf mich, den Barkeeper, den Mann im Hawaiihemd und Bernie war das Lokal leer. Ich war als Einziger völlig nüchtern. Dann kam der Barkeeper, dann der Mann im Hawaiihemd und als Letzter Bernie. Und dann kam auch noch das Scheckbuch heraus.

Kapitel 2

Vor langer, langer Zeit, als Leda noch bei uns wohnte, da schlief ich oft mit dem Rücken zur Haustür in der Diele, weil Leda mich aus irgendeinem Grund nicht im Schlafzimmer haben wollte. Jetzt schlafe ich am liebsten am Fuß von Bernies Bett auf dem Teppich mit den Knubbeln, den wir auf einem Flohmarkt erstanden haben, Bernie und ich. Diese Knubbel fühlen sich toll an, schwer zu beschreiben. Nur in Nächten, in denen Bernie schnarcht, schlafe ich lieber wieder vor der Haustür. So auch in der Nacht nach unserem Abendessen im Dry Gulch, weshalb ich auch am Morgen ein Auto vorfahren hörte, gerade als das erste Licht die Nacht zu verdrängen begann.

Ich stand auf, ging zu dem hohen, schmalen Fenster neben der Tür und sah hinaus. Eine lange schwarze Limousine parkte auf der Straße. Der schwarz angezogene Fahrer stieg aus und öffnete eine der hinteren Türen. Eine blonde Frau stieg aus. Sie war auch in Schwarz. Ganz schön viel Schwarz auf einmal. Ich fing an zu bellen, keine Ahnung, warum. Vom Nachbarhaus kam ein hohes Kläff-kläff-kläff. Hey! Iggy war wach. Ich bellte lauter. Er bellte lauter. Iggy war ein guter Kumpel von mir. Bevor der Elektrofritze nebenan einen Elektrozaun an den Mann brachte, hatten wir immer eine Menge Spaß gehabt – ich könnte Ihnen da ein, zwei Geschichten erzählen. Iggy konnte sich allerdings nicht so recht an den Elektrozaun gewöhnen, und jetzt blieb er die meiste

Zeit im Haus. Um unser Haus, Bernies und meins, gab es keinen Elektrozaun, versteht sich. Bernie hatte das Halsband genommen und war über die Zaungrenze gegangen, wo er sich einen Stromschlag holte, dann hatte er den Kopf geschüttelt und den Elektrofritzen seines Weges geschickt. Wer braucht schon einen Elektrozaun? Ich gehöre nicht zu der Sorte, die abhaut, es sei denn, das hintere Tor steht offen oder die Witterung von einem Fuchs oder Nabelschwein liegt in der Luft oder ein unbekanntes Auto fährt die Straße runter oder ich höre plötzlich ...

Die Frau in Schwarz kam auf unser Haus zu. Sie bewegte sich schnell; die Sonne, die hinter den Dächern hervorblitzte, brachte ihren Schmuck zum Glitzern. An ihrem einen Finger funkelte es vielleicht – toll! Leda hatte auch so einen Ring, nur viel kleiner. Leda hatte so einen Ring *gehabt,* sollte ich wohl besser sagen. Kurz bevor sie sich von Bernie trennte, kam es zu einem unangenehmen kleinen Zwischenfall, in dessen Verlauf mir vorgeworfen wurde, schuld am Verschwinden des Rings zu sein. Warum sollte ich einen Ring vergraben wollen? Konnte ich mich auch nur entfernt daran erinnern, jemals so etwas getan zu haben? – Nein. Wenn Sie mich fragen: Ich war komplett unschuldig in dieser Sache.

Die Frau beugte sich vor und drückte auf die Klingel, aber die klingelte schon länger nicht mehr und stand auf Bernies Liste mit den dringend zu erledigenden Aufgaben. Hin und wieder schleppte er die Werkzeugkiste an und machte sich daran, einige Punkte von der Liste abzuarbeiten. Mit die tollsten Tage! Als zum Beispiel der Toaster in die Luft flog, oder als das Klo ...

Klopf, klopf. Die Frau in Schwarz hatte schneller als die meisten das Klingelproblem erkannt. Irgendetwas an der Art, wie sie klopfte, ging mir allerdings gegen den Strich. Ich bellte noch mal. Iggy hörte mich und fiel kläffend ein. Die

Frau klopfte stärker, nicht unbedingt lauter, eher ein schnelles Rattatata, wie spitze Absätze auf einem harten Boden. Dann sagte sie etwas, und auch ihre Stimme klang irgendwie spitz. »Ist jemand da? Machen Sie auf.«

Ich drehte mich um und lief den Flur hinunter, vorbei an Charlies leerem Zimmer – was anzeigte, dass heute nicht jedes zweite Wochenende oder Thanksgiving war oder worauf sich Bernie und Leda gerade geeinigt hatten –, in Bernies Schlafzimmer. Bernie lag auf dem Rücken, einen Arm über die Augen gelegt, die Bettdecke völlig verdreht. Ich roch Bourbon und Zigarettenrauch plus den Geruch von Bernie, den er immer an sich hatte, wenn es an der Zeit für eine Dusche war.

Ich bellte, aber nicht sehr laut – armer Bernie. Ich wusste genau, was er jetzt brauchte, schließlich war ich schon oft genug Zeuge dieser Prozedur gewesen – viel Schlaf, Aspirin, Kaffee, ein kaltes feuchtes Handtuch auf der Stirn. Klopf, klopf, klopf. Keine Zeit für solche Sachen. Ich bellte wieder, lauter dieses Mal.

»Oh«, stöhnte Bernie. »Autsch.«

Ich trabte zum Bett und zog an einer Ecke der Decke. Aus den Tiefen der verdrehten Bettdecke zog Bernie zurück. Bernie war ein großer, starker Mann, aber im Moment nicht. Ein Ruck, und die Decke war weg.

Bernie grunzte, den Arm nach wie vor über den Augen. »Was zum Teufel soll das, Chet?«

Irgendwie hatte ich mich in der Bettdecke verheddert. Ich konnte nichts sehen – gruselig. Ich buckelte, trat um mich, rollte herum – irgendetwas krachte in der Nähe auf den Boden –, bis ich mich endlich aus der Umklammerung befreien konnte. Bernie hatte sich mittlerweile aufgesetzt und ein Auge geöffnet. Über Nacht war es rot geworden.

»Schlafen«, sagte er, seine Stimme klang schon etwas kräftiger; Sie würden es vielleicht als Krächzen bezeichnen. »Ich muss noch …«

Klopf, klopf, klopf.

Bernies anderes Auge sprang auf, das war noch röter. »Was?«, fragte er. Und dann: »Wer?«

Ich bellte.

»Ist da jemand an der Tür?« Er drehte den Kopf zum Wecker, was schmerzhaft sein musste, weil er zusammenzuckte und »Autsch« rief. Dann blinzelte er auf das Zifferblatt, rieb sich die Augen und blinzelte noch mal. »Es ist doch erst …«

Klopf, klopf, klopf, klopf – es hörte gar nicht mehr auf. Dieses Rattatata machte mich ganz kirre und Bernie wahrscheinlich auch.

Er legte eine Hand an die Stirn, stand auf, lehnte sich ein wenig zur Seite, so als würde das Zimmer in die andere Richtung kippen, und stolperte ins Bad. Dann hörte ich ein Plätschern – was mich daran erinnerte, dass ich dringend pinkeln musste –, gefolgt von einem Rauschen und dem interessanten Klicker-klicker, das immer dann zu hören ist, wenn Pillen auf dem Badezimmerboden herumspringen. Nicht lange danach – derweil unablässiges Klopfen plus Iggys gedämpftes Kläffen – erschien Bernie in seinem gepunkteten Bademantel, das Gesicht gewaschen und die Haare gekämmt, bis auf ein kleines hornähnliches Ding auf der Seite, was man aber kaum bemerkte. Mit der einen Hand den Bademantel zusammenhaltend – den Gürtel hatten wir bei Charlies letztem Besuch zum Tauziehen gebraucht, bei dem Charlie, Bernie und ich in einem Haufen auf dem Boden endeten (aber ich hatte den Gürtel, was doch wohl hieß, dass ich der Gewinner war! Darum ging es doch beim Tauziehen, oder?) und – wo war ich stehen geblieben? –, ach ja: ging Bernie zur Haustür.

Klopf, klopf, klopf. »Himmel noch mal«, sagte Bernie. »Ich

komm ja schon.« Er drehte den Knauf und zog die Tür auf – vielleicht etwas schwungvoller als beabsichtigt, jedenfalls ließ er den Knauf los, und die Tür krachte gegen die Wand. Im selben Moment ließ er auch seinen gepunkteten Bademantel los, und der Bademantel fiel auf.

Die Augen der blonden Frau, ein blasses Grün, würde ich sagen, aber ich möchte es nicht beschwören – Bernie sagt immer, dass Farben nicht meine Stärke sind –, wanderten nach unten, wurden ein bisschen größer, dann wanderten sie wieder nach oben und blickten Bernie ins Gesicht, wo sie schnell ganz klein wurden. »Ich scheine hier falsch zu sein«, sagte sie. Einmal haben Bernie und ich auf dem Discovery Channel einen Film über Eisbären angeschaut – eieiei –, und da war so ein Bild von einem langen, spitzen Eiszapfen, von dem langsam Tropfen fielen. Im Valley gibt es natürlich keine Eiszapfen, aber aus irgendeinem Grund fiel mir bei der Stimme der Frau dieses Bild wieder ein. Schon komisch, wie der Verstand funktioniert.

Bernie blinzelte: »Oh.«

»Ich suche eigentlich einen Privatdetektiv namens Bernie Little«, sagte die Frau.

»Bingo«, entgegnete Bernie.

»Wie bitte?«, fragte die Frau.

»Sie haben ihn gefunden. Er steht vor Ihnen. Ich bin Bernie Little. Und das« – er drehte sich um und deutete auf mich, wobei der gepunktete Bademantel erneut aufsprang, aber nur ganz kurz – »ist Chet.« Sie musterte mich, ziemlich lange sogar. Mein Schwanz fing an zu wedeln. »Womit kann ich Ihnen dienen?«, fragte Bernie.

»Ich bin Adelina Borghese«, stellte die Frau sich vor.

»Freut mich, Sie kennenzulernen«, sagte Bernie und streckte die Hand aus. Adelina Borgheses Hand rührte sich nicht von der Stelle.

»Hat Sie dieser Polizist etwa nicht informiert?«, fragte sie. »Ich dachte, es sei so weit alles geklärt.«

»Ach …« Bei Bernie fiel endlich der Groschen. »Sie sind die Klientin mit dem alber…« Er hielt inne. »Äh, kommen Sie doch rein, bitte. Das Büro ist …« Er deutete den Flur hinunter. Adelinas Blick folgte seiner Hand und blieb an einem Paar Boxershorts hängen, die auf dem Boden lagen. Bernie bemerkte es. »Äh, in Ferien«, sagte er. »Das Hausmädchen.«

Wir hatten ein Hausmädchen? Es gab so viele Dinge, die ich an Bernie mochte, und das war eines davon: Jeden Tag lernte man etwas dazu. Aber jetzt war nicht die Zeit, darüber nachzudenken. Ich raste zu dem großen Stein am Ende der Einfahrt und hob das Bein. In dem Moment hörte ich es kläffen und drehte den Kopf, das Bein noch in die Höhe gehoben – ich kann den Kopf einmal halb herumdrehen, wenn ich muss –, und da stand Iggy am Fenster. Schön, dich zu sehen, Iggy, aber – owei, was war das denn? Er hob auch das Bein.

Bald darauf saßen wir im Büro – Adelina Borghese auf einem der Besucherstühle, Bernie hinter dem Schreibtisch, ich daneben.

Bernie war mittlerweile angezogen – Khakikosen, reingestecktes Hemd, Schnürschuhe – und sah viel besser aus. Er hatte außerdem Kaffee gekocht. Ich habe eine Schwäche für den Geruch, aber mit dem Geschmack kann ich nicht viel anfangen. Mein Getränk ist Wasser, auch wenn ich einmal mit ein paar Bikern in der Wüste einen netten Abend mit ein paar Bier verbracht habe. Aber dazu komme ich vielleicht später noch. Bernie war ganz groß im Befragen von Leuten. Seine Fragen und meine Nase: Wenn Sie meine Meinung wissen wollen, das beides zusammen zeichnet die Little

Detective Agency gegenüber allen anderen aus. Ich machte es mir bequem, um Bernie bei der Arbeit zuzusehen.

»Milch? Zucker?«, fragte er und schenkte Kaffee ein.

»Schwarz«, entgegnete Adelina Borghese.

»Ich auch«, sagte Bernie. »Da haben wir schon mal was gemeinsam.«

Verstehen Sie, was ich meine? Brillant. Auch wenn diese Frau womöglich nicht so leicht zu beeindrucken war, denn von meinem Platz aus sah es so aus, als würde sie ihre Lippen auf eine Art verziehen, die sagte: »Das hättest du wohl gern.«

Bernie schlürfte seinen Kaffee mit etwas zittriger Hand. »Ah«, sagte er, »der tut gut.«

Adelina Borghese nahm wortlos einen Schluck von ihrem Kaffee und rührte ihn danach nicht mehr an.

»Wenn ich es richtig verstanden habe, sind Sie die Besitzerin von Queenie«, sagte Bernie.

Jetzt sah Adelina Borgheses Mund so aus, als hätte sie etwas Ekliges gegessen. »Queenie?«, fragte sie.

»Äh«, sagte Bernie, »war das nicht der Name von dem al…« Er hielt inne. »Was rede ich denn da? Princess, natürlich. Sie sind also die Besitzerin von Princess.«

»Richtig«, sagte Adelina Borghese. »Auch wenn ich unsere Beziehung nicht als Besitzer-Schrägstrich-Besitz begreifen würde.«

»Eher als Team?«, fragte Bernie.

Kurzes Schweigen, dann sprach Adelina wieder, ihre Stimme klang ein bisschen weniger eisig. »Das trifft es eher«, sagte sie. »Princess ist etwas ganz Besonderes. Sie ist eine wahre Kämpfernatur.«

»In Bezug auf was?«, fragte Bernie.

»Hundeschauen«, sagte Adelina, und ihre Stimme gefror erneut. »Hat dieser Polizist Sie denn überhaupt nicht gebrieft?«

»Doch, doch«, erwiderte Bernie. »Nur die Hundeschauen kamen nicht zur Sprache, sonst alles.«

»Was denn sonst?«, fragte Adelina. »Hundeschauen sind harte Wettkämpfe, und Princess ist … sie ist quasi der Michael Jordan unter den Hunden.«

Bernie war ein großer Basketballfan, er hatte eine Menge alter Videos mit Spielen, daher kannte ich Michael Jordan, aber glaubte Adelina wirklich, wir würden ihr abnehmen, dass der kleine Flauschball von dem Foto einen Korbleger hinbekam? Ein Basketball war für unsereins nicht ganz einfach zu handhaben, wie ich hatte erfahren müssen, und das vermutlich mehr als einmal.

»Wie hoch ist das Preisgeld?«, fragte Bernie.

»Preisgeld?«, fragte Adelina.

»Wenn Princess gewinnt.«

»Sie bekommt die Blaue Schleife.«

»Kein Geld?«

»Gibt es etwas Besseres als die Blaue Schleife? Nicht für Princess!«

Bernie lächelte, ein kleines Lächeln, das schnell kam und schnell wieder verschwand. Er trank noch mal von seinem Kaffee; seine Hand war inzwischen ruhig, wie ich erleichtert feststellte. »Ich freue mich darauf, Princess kennenzulernen«, sagte er. »Aber ich muss Ihnen gestehen, Chet und ich haben noch nicht oft als Leibwächter gearbeitet, und noch nie für einen Hund.«

»Chet?«, fragte Adelina.

»Wir sind auch ein Team«, erwiderte Bernie.

Adelina beugte sich vor und starrte zu mir herunter. »Kann man ihm trauen?«

Jetzt wurde Bernies Stimme ein bisschen eisig. »Was wollen Sie damit sagen?«

»Ich meine, im Umgang mit kleinen Hunden«, sagte sie.

»Er ist riesig. Komische Rasse. Und was ist mit seinen Ohren?«

Was hatten die nur alle mit meinen Ohren? Höflich war das nicht. Ihre passten im Übrigen auch nicht besonders gut zusammen, wenn Sie mich fragen. Dann fehlte bei meinen Ohren hier und da eben ein kleines Eckchen. Man bekam in unserem Job nun mal gelegentlich einen Kratzer ab – aber den anderen hätten Sie erst mal sehen sollen! Bernies Stimme wurde noch eisiger. »Es gibt im Valley eine ganze Reihe Privatdetektive«, sagte er. »Ich nenne Ihnen gerne ein paar Namen.«

»Ich habe verdammt noch mal nicht die Zeit …« Adelina riss sich zusammen. »Nicht nötig«, meinte sie. »Sie wurden mir wärmstens empfohlen. Man kennt Sie sogar in New York.«

Ich drehte mich zu Bernie: Augenbrauen oben, Ausdruck totaler Überraschung. Aber kein Wort kam über seine Lippen.

»Sind Sie mit den Bedingungen einverstanden?«, fragte Adelina. »Zweitausend pro Tag bis zum Ende der Schau?«

Plus Spesen! Bitte, Bernie: plus Spesen! Aber er sagte nichts, nickte nur.

»Ich nehme an, Sie wollen einen Vorschuss«, sagte Adelina.

»Noch nicht«, erwiderte Bernie. *Noch nicht? Aber warum denn nicht?* »Erst mal haben wir noch ein paar Fragen.« Hatten wir die? Interessant. Ich wartete.

»Was für Fragen?«

Bernie zählte sie an den Fingern ab. Ich fand es toll, wenn er das tat. Bernie war einfach immer der klügste Mensch weit und breit, auch wenn das manche Leute nicht mitbekamen. »Erstens«, sagte er: »Ist es üblich, dass Hundeschauenhunde Leibwächter haben?«

»Nein«, antwortete Adelina.

»Zweitens: Engagieren *Sie* üblicherweise einen?«

»Nein«, sagte sie, »und bitte zählen Sie die Fragen nicht an den Fingern ab. Mein Mann macht das, und bei ihm nervt es mich schon.«

Bernie klappte seine Finger ein und legte die Hand auf den Schreibtisch. »Es gibt also einen Mr Borghese?«, fragte er.

»Ja, nur nennt man ihn nicht Mister«, erwiderte Adelina. »Mein Mann ist blaublütig.«

Bernie beugte sich vor. »Ach ja?« Ich fand das auch interessant. Ob blaues Blut wohl anders schmeckte?

»Er ist ein Graf, Mr Little. Mein Mann gehört dem niederen europäischen Adel an.«

»So, so«, sagte Bernie. »Ein Graf.«

»Ja.«

»Demnach sind Sie eine Gräfin«, schloss Bernie.

»Lassen wir das«, erwiderte sie. »Sie können Adelina zu mir sagen.«

»Und ich bin Bernie«, sagte Bernie mit einem kleinen Lachen, als hätte er einen Witz gemacht. Adelina lachte allerdings nicht, und ehrlich gesagt wusste ich auch nicht, was lustig daran sein sollte. Bernie räusperte sich – das kann ich auch, nur viel lauter –, was er für gewöhnlich immer dann machte, wenn kurz zuvor etwas schiefgegangen war. »Üblicherweise engagieren Sie keinen Leibwächter für Princess, aber jetzt wollen Sie einen«, sinnierte er. »Warum?«

Adelina biss sich auf die Lippe. Dann – Überraschung! – füllten sich ihre Augen mit Tränen. Die Sache mit dem Weinen: So ganz durchschaute ich es nicht. Menschen weinten gelegentlich, Frauen öfter als Männer – Leda zum Beispiel hatte tagtäglich eine kurze Phase gehabt, in der sie weinte –, aber Bernie hatte ich auch schon mal weinen gesehen, wenn Weinen auch Tränen ohne Geräusch bedeutete: Das war an dem Tag gewesen, als Leda Charlies Sachen eingepackt hatte.

Adelinas Weinen war genauso – Tränen ohne Geräusch. Sie öffnete ihre Handtasche, nahm ein Taschentuch heraus, tupfte an ihren Augen herum, die plötzlich dunkler aussahen. »Das Leben von Princess ist in Gefahr«, sagte sie schließlich.

»Wie kommen Sie darauf?«, fragte Bernie.

Adelina kramte wieder in ihrer Tasche, dann reichte sie ihm ein gefaltetes Blatt glänzendes Papier. »Das hier wurde uns geschickt.« Ich stand auf, beobachtete Bernie dabei, wie er das Papier auseinanderfaltete, und trabte um den Schreibtisch, um es mir anzusehen.

»Eine Seite aus einer Zeitschrift?«, fragte Bernie.

»*Die Welt der Hundeschau*«, sagte Adelina. Sie sah zu mir herüber und blinzelte, als würde sie ihren Augen nicht trauen, keine Ahnung, warum.

Ich wandte meine Aufmerksamkeit wieder dem bunten Blatt zu. Da stand etwas geschrieben, womit ich natürlich nichts anfangen konnte, aber vor allem war ein großes Foto von Princess auf einem Satinkissen zu sehen, womöglich dasselbe Foto wie das von gestern Abend. Der einzige Unterschied bestand darin, dass jemand eine Zielscheibe über den Kopf des kleinen Flauschballs gemalt hatte. Dazu fiel mir nur eins ein: Wir waren im Geschäft.

Kapitel 3

Bernie sagt immer, er kann Waffen nicht leiden, dabei ist er ein wahrer Meisterschütze. In unserem Bürosafe liegen ein Gewehr und eine Schrotflinte – der Safe ist hinter einem großen gerahmten Foto von den Niagarafällen versteckt, da kommt kein Mensch drauf –, und im Handschuhfach des Porsches liegt eine 38er Special. Bernie hat eine Schwäche für Fotos von Wasserfällen; wir haben einen ganzen Haufen davon. Aber zurück zu den Waffen. Manchmal geht Bernie auf den Schießstand zum Üben. Ich bin ein großer Fan von Schießständen, aber ich war nur einmal dabei, weil sich das Ganze als ein bisschen zu aufregend für mich herausgestellt hat. Daher kenne ich jedenfalls Zielscheiben. Bernie hatte so einen Blick auf dem Schießstand bekommen – ganz kalt und ruhig – und dann: Peng! Mitten ins Schwarze! Genau diesen Blick hatte Bernie jetzt auch, als er das Bild von Princess ansah.

»Wie hat man es Ihnen zukommen lassen?«, fragte Bernie.

»Mit der Post«, sagte Adelina Borghese.

»In Italien?«

»Italien?«

»Leben Sie nicht in Italien?«

»Wir besitzen eine Villa in Umbrien. Aber der Brief kam in unsere Wohnung in Manhattan.«

»Wann?«

»Letzte Woche.«

»Haben Sie den Umschlag noch?«

»Nein.«

»Wo ist er?«

»Die Post wird von unserem Sekretär geöffnet. Er wirft die Umschläge, Werbung und solche Sachen gleich weg.«

»Haben Sie ihn nicht gesucht?«

»Dafür war es zu spät – das Papier wandert gleich in den Schredder.«

»Haben Sie das der Polizei gezeigt?«

»Der oberste Staatsanwalt von Manhattan wohnt im selben Haus wie wir. Er hat gesagt, ich soll mir keine Sorgen machen – wahrscheinlich nur ein schlechter Scherz, meinte er.«

»Aber Sie glauben ihm nicht«, sagte Bernie.

»Er hat keinen Hund«, erwiderte Adelina.

Bernie nickte, so als wäre das alles völlig logisch. Ich persönlich verlor langsam den Faden, was vielleicht auch daran lag, dass die Frühstückszeit schon fast vorbei war, aber von einem Frühstück weit und breit nichts zu sehen. Ich stand auf, machte eine Dehnübung – Vorderbeine weit nach vorne gestreckt, Kopf nach unten, Hintern nach oben, ich kann Ihnen gar nicht sagen, wie angenehm das ist –, trabte in die Küche und schnüffelte hinter dem Abfalleimer herum. Manchmal findet man dort den einen oder anderen Leckerbissen, aber heute nicht. Es lag nur ein Weinkorken da. Nichts zu fressen, aber ich schnappte ihn mir trotzdem und fing an, darauf herumzukauen, schwer zu sagen, warum. Dabei versuchte ich mich daran zu erinnern, wann es das letzte Mal Wein bei uns gegeben hatte. Musste an einem Abend gewesen sein, als Suzie zu Besuch da war – sie mochte am liebsten den roten. Wein riecht ziemlich interessant – selbst Menschen mögen den Geruch. Ich sehe ihnen gerne dabei zu, wie sie ihre kleinen Nasen in das Glas stecken und von

Brombeeren und Schokolade und Zitronengras faseln – glauben Sie mir, die haben keine Ahnung.

Wenn ich es mir recht überlegte, hatte ich Suzie schon eine ganze Weile nicht mehr gesehen. Suzie war einfach toll! Zum Beispiel hatte sie immer Hundekekse im Auto. Suzie war Journalistin bei der *Valley Tribune*. Sie hatte einen Bericht über Bernie geschrieben, als wir in dem Madison-Chambliss-Fall ermittelt haben. Bernie hatte den Bericht nicht besonders gemocht. Wie hieß das Wort schnell wieder? Schlurfen. Was zum Teufel soll das heißen?, hatte Bernie gerufen. Sie hatte geschrieben, Bernie sei groß, mit schlurfendem Gang, einer von diesen athletischen Männern, die ihre beste Zeit hinter sich hätten, aber sie hatte nichts davon geschrieben, dass Bernie wirklich einmal Athlet gewesen war, nämlich als er während seiner Collegezeit als Werfer für die Armee gespielt hatte. Beim Werfen ging es um Baseball und bei der Armee ums Kämpfen, was ein bisschen verwirrend war, und das alles war passiert, bevor Bernie und ich zusammenkamen, aber eins können Sie mir glauben – wenn er will, kann er einen Tennisball ziemlich weit werfen, allerdings auch wieder nicht so weit, dass ich ihn nicht schnell wie der Blitz fangen würde, versteht sich. Bernie und ich, wir können stundenlang Ball spielen, wobei mir die Länge einer Stunde nicht ganz klar ist. Frisbee auch – tolle Erfindung! Einmal hat der alte Heydrich, unser Nachbar auf der anderen Seite – nicht der von Iggy, und noch dazu einer, der sich für unsereins nicht recht erwärmen kann –, einmal also hat der alte Heydrich den Frisbee nicht rechtzeitig gesehen, wofür niemand was kann, aber versuchen Sie das mal dem alten Heydrich zu erklären.

Zurück zu Bernie und Suzie. Die Sache war die, dass Bernie zwar Suzies Bericht nicht mochte, aber Suzie selbst irgendwann schon. Dazu kam, dass sie ihn mochte. Alles lief wie am Schnürchen – ich persönlich kann es ja nicht leiden, am Schnürchen zu laufen –, bis ein alter oder auch nicht so alter Freund von Suzie namens Dylan McKnight auftauchte. Ich fang lieber gar nicht erst davon an, aber eines sage ich Ihnen: Wir beide hatten vom ersten Moment an unsere Schwierigkeiten miteinander, obwohl ich doch sonst eigentlich jeden Menschen mochte, außer Bösewichte und Bandenmitglieder, und selbst unter denen waren …

»… Flugzeug«, sagte Bernie gerade. Ich sah ihn zur Haustür gehen, Adelina neben ihm her.

»Ich gebe meinem Mann Bescheid«, versprach Adelina. »Wollen Sie wirklich keinen Vorschuss?«

»Nicht nötig«, sagte Bernie. »Das hier dauert ja nicht lange. Dann werden wir Ihnen eine Gesamtrechnung stellen.«

Oh, Bernie.

Wir hatten ein spätes Frühstück, Speck und Eier für Bernie, Trockenfutter für mich. Und ein bisschen von Bernies Speck, ehrlich gesagt. Ich weiß nicht, von wem er das hatte, aber Bernie glaubte, dass zu viel Speck schlecht für ihn wäre. Ein Zuviel an Speck konnte ich mir überhaupt nicht vorstellen, und ich half ihm gerne aus.

Nach dem Frühstück ging Bernie ins Büro und fing an, auf dem Computer herumzuklappern. Ich setzte mich vor das hohe schmale Fenster neben der Haustür und sah hinaus. Zeit verging, und dann hörte ich einen Transporter. FedEx oder UPS? Das war ein entscheidender Unterschied, weil der UPS-Mann immer einen Hundekeks auf den Rasen warf, wenn er vorbeirauschte, und der FedEx-Mann nicht. Die Transporter hörten sich fast gleich an, bis auf ein leises Tick-Tick-Tick, das FedEx bedeutete. Einen Moment später hörte ich das Ticken: verflixt, kein Hundekeks. Gleich darauf rauschte der FedEx-Transporter vorbei, dem ich nicht mal einen Blick gönnte. Aber was war das, direkt hinter ihm? Ein Motorrad. Motorräder waren immer interessant, und dieses besonders, weil es direkt vor unserem Haus hielt.

Der Fahrer trug einen Helm mit Visier, eins von den dunklen. Er drehte sich um, klappte das Visier hoch, sah zum Haus und entdeckte mich. Schnell klappte er das Visier wieder runter, sodass ich keine Gelegenheit hatte, was von ihm zu sehen, außer ein bisschen braune Haut und etwas Blaues, ich war nicht einmal ganz sicher, ob er ein Er war. Was das anging, hätte eine kleine Geruchsprobe genügt, aber alles, was von draußen hereinwehte, waren Abgase. Wrumm, wrumm: Das Motorrad röhrte davon. Iggy musste es auch gesehen haben. Er fing an zu kläffen.

Ich sah noch ein bisschen aus dem Fenster, aber es passierte nichts mehr. Wie wäre es mit einer kleinen Dehn- und Gähnübung? Nicht schlecht. Und noch ein paar, auch nicht schlecht, dann hörte ich, dass Bernie anfing herumzulaufen. Ich machte mich auf die Suche nach ihm.

Ich sah sofort, dass er eine rauchen wollte. Das war allerdings auch nicht schwer zu erraten: Man konnte es ganz leicht daran erkennen, wie er alle Stellen absuchte, an denen eine vergessene Zigarette hätte zu finden sein können – die Besteckschublade, unter dem Fernsehsessel im Wohnzimmer, im Wäschehaufen –, aber anders als bei seinen vorherigen Versuchen, das Rauchen aufzugeben, war er dieses Mal gründlich gewesen und hatte alle weggeworfen. Ich folgte ihm durchs Haus, auch wenn von Anfang an klar war, dass sich nirgendwo irgendwelche Zigaretten versteckten. Sonst hätte ich sie schon längst gerochen, es sei denn, sie befanden sich im Safe, und selbst dann hätte ich an Ihrer Stelle nicht darauf gewettet.

Bernie holte tief Luft, dann stieß er sie langsam wieder aus. Das war eine seiner Techniken, ich wusste nur nicht, wofür. »Wie wäre es mit einem Spaziergang?«, fragte er. Und dann: »Hey, Chet! Runter, alter Junge.«

Wir gingen zur Hintertür hinaus, nachdem Bernie seine Joggingschuhe angezogen hatte, was bedeutete, dass er sich dazu zwingen würde zu rennen. Der Geruch von diesen Joggingschuhen: toll. Komisch, dass Menschen für verschiedene Tätigkeiten verschiedene Schuhe trugen. Gar nicht zu reden von den Schuhen, die Frauen trugen! Ich erinnere mich an ein fieses Paar von Leda: regelrecht beängstigend. Kein Wunder, dass ich sie zerkaut hatte. Das hatte Leda allerdings nicht verstanden. Ich wechsle meine Fußbekleidung ja nie. Bestimmt wären viele Menschen froh und glücklich über so schöne große Pfoten, wie ich sie habe, dick gepolstert für Gelegenheiten, wenn es darauf ankommt, leise zu sein, aber mit großen, scharfen Krallen, wenn Griffigkeit von zentraler Bedeutung ist.

Wir durchquerten den Garten, trabten zum Tor hinaus und in den Canyon. Der Canyon gehört mit zum Besten, wenn man in der Mesquite Road wohnt. Er befindet sich genau in der Mitte des Valley und dieser Stadt, die sich endlos in alle Richtungen ausdehnt – vielleicht war es auch ein Haufen von Städten, das ist mir nie ganz klar geworden –, aber von uns aus gesehen praktisch unsichtbar ist. Toll, oder? Ich habe auch schon woanders gewohnt, zum Beispiel im Zwinger der Polizeischule und davor, als ich noch ein Welpe war, in einer heruntergekommenen Wohnung mit ein paar Trunkenbolden. Das war nicht schön – hier, zusammen mit Bernie, war es jedenfalls am besten, besser ging es gar nicht. Im Moment hüpfte er ein bisschen auf und ab und boxte in die Luft. Dann fing er an zu rennen, wenn man das so nennen wollte, und lief den Schotterweg hinauf, der zu dem Hügel mit dem großen flachen Felsbrocken auf der Spitze führte und sich von dort weiter den Hügelkamm entlangwand.

Wie Menschen rannten: kein schöner Anblick, und die ganze Mühe, um so wenig Geschwindigkeit zu erzeugen – äußerst merkwürdig. Um Bernie ein bisschen anzuspornen, drehte ich ein paar Kreise um ihn, erst in die eine Richtung, dann in die andere, dann diese verrückte Sache in beide Richtungen auf einmal, jedenfalls fast.

»Chet.« Bernie keuchte und japste. »Du machst mich schwindlig.«

Er schleppte sich weiter. Ich nahm eine schwache Witterung auf, die entfernt an Speck erinnerte, aber sie hatte nichts mit Frühstücken zu tun. Nabelschwein! Gibt es etwas Schöneres, als Nabelschweine zu jagen? Kaum vorstellbar. Ich schnüffelte an einem Kaktus, einen von den runden mit den scharfen Dornen – ich kannte diese Dornen, oh ja, diesen Fehler würde ich nicht noch einmal machen –, wo ich eine viel stärkere Nabelschweinwitterung wahrnahm. Ich verließ den Weg, fiel in meinen Trab, die Schnauze immer am Boden, umrundete einen großen roten Felsen und – Bingo!, wie Bernie sagen würde: Da war es, ein dickes, fettes Nabelschwein, das auf einem toten Kriechtier herumkaute. Es roch mich – Nabelschweine haben gute Nasen, das muss ich zugeben –, sah auf und knurrte, ein gedämpftes Knurren wegen des toten Kriechtiers in seinem Maul. Glaubte es vielleicht, ich wollte ihm dieses Kriechtier streitig machen, das offenbar noch nicht einmal richtig tot war? Zuckte dessen Schwanz nicht ein bisschen? Ich erwiderte das Knurren, eher aus Ekel als aus irgendeinem anderen Grund. Das Nabelschwein ließ das Kriechtier fallen – das sich sofort aus dem Staub machte und auf ein Loch im Boden zuschoss – und entblößte seine Hauer. Ich zeigte ihm meine Zähne. Der Anblick gefiel ihm nicht, kein bisschen – das verrieten mir seine haarigen Beine, die rückwärtsstampften, so als wüssten sie nicht, was die Hauer am anderen Ende machten. Ich verlagerte mein Gewicht nach hinten, bereit zum Sprung.

»Chet! Chet!«

Ich drehte mich um, sah zum Weg, der auf einmal ganz weit weg und ganz weit oben war, und da stand Bernie und sah den Abhang herunter.

»Komm, Chet. Komm her.«

Ich sah zu Bernie, dann wieder zu dem Nabelschwein, das noch immer mürrisch und mit entblößten Hauern dastand. Einen Moment noch, Bernie, sobald ich mich um das Nabelschwein hier …

»Chet! Sofort!«

Ich warf einen Blick nach oben und versuchte, durch Bernie hindurchzusehen. Unmöglich. Was bedeutete »sofort« eigentlich genau? So, wie ich es verstand, bedeutete es »relativ bald«, »in nicht allzu langer Zeit«, aber nicht …

»Sofort bedeutet sofort!«

Wenn er wollte, konnte Bernie sehr laut brüllen. Der Boden um mich herum schien zu beben. Das schaffte selbst Bernie nicht, versteht sich, es fühlte sich nur so an. Ich drehte mich noch einmal zu dem Nabelschwein um. Es war weg. Es wäre ein Leichtes gewesen, ihm zu folgen, ich hätte es binnen kürzester Zeit eingeholt, aber …

»Chet!« Der Boden bebte, da war ich fast sicher. Ich ließ meinen Schwanz über den Boden schleifen, während ich zu Bernie hochtrabte, allerdings so langsam wie möglich. Er klang wütend, daran bestand kein Zweifel. Aber als ich bei ihm angekommen war, umarmte er mich. »Einen so schönen Tag wollen wir doch nicht beim Tierarzt verbringen«, sagte er. »Erinnere dich an letztes Mal.« Ich erinnerte mich nicht. Bernie gab mir trotzdem einen Hundekeks, keinen der Gourmetkekse von Rover and Company, nur einen von den billigen aus dem Supermarkt, aber schlecht waren die auch nicht. Ich schlang ihn herunter, stellte mich auf die Hinterbeine und gab Bernie einen dicken Kuss. Er lachte und sagte: »So, und jetzt los.« Und dann lief er leicht schlurfend – ja, anders konnte man es leider nicht nennen – weiter den Weg hoch. Womöglich hinkte Bernie sogar ein bisschen. Das passierte manchmal, besonders wenn er müde war. Das hatte mit seiner Verletzung zu tun, eine uralte Verletzung aus einem Wüstenkrieg, nicht unsere Wüste, eine andere, weit weg. Ich trabte neben ihm her und schnüffelte dabei am Boden.

Wir liefen um die Biegung, an dem flachen Felsen vorbei und auf den Kamm zu. Bernie keuchte und japste, ich locker neben ihm her, wobei ich ab und zu völlig grundlos die Zunge weit rausstreckte. Über uns kreiste ein großer schwarzer Vogel am Himmel, der jetzt ganz klar war; noch ein Zeichen dafür, dass die große Hitze vorbei war. Ich mochte keine schwarzen Vögel, übrigens auch keine anderen Vögel.

»Chet? Warum knurrst du denn?«

Meinte er mich?

»Bist du müde? Willst du eine Pause machen?«

Meinte er mich?

»Ist da vorne nicht eine Bank?«

Wir liefen zu der kleinen Erhebung mit dem Aussichtspunkt und der Holzbank. Bernie ließ sich darauf fallen und sagte: »Ah.« Ich stellte mich neben ihn. Von hier aus konnte man in der einen Richtung manchmal die Bürotürme im Zentrum sehen, aber keiner von uns sah in diese Richtung. Bernie betrachtete den Himmel, und ich betrachtete Bernie. »Was für ein Tag«, schwärmte er. Der große schwarze Vogel war verschwunden. Bernie holte eine Flasche Wasser und eine kleine Schüssel aus seiner Bauchtasche. Wir tranken, Bernie aus der Flasche, ich aus der Schüssel. Ich hatte ein paarmal versucht, direkt aus der Flasche zu trinken – gar nicht so einfach.

»Ich will's ja nicht verschreien«, sagte Bernie, »aber es könnte gut sein, dass wir bald wieder flüssig sind. Erinnerst du dich an die fünftausend, die ich gestern in die Zinn-Futures investiert habe?« Ich erinnerte mich an das Scheckbuch, aber fünftausend? »Du wirst es nicht glauben – aber es sind jetzt schon sechstausend. Quasi über Nacht! Plus das leicht verdiente Geld von Adelina. Es ist mir fast peinlich, es zu nehmen. Dieser Staatsanwalt in Manhattan hat wahrscheinlich recht – es besteht überhaupt kein Anlass zur Sorge.« Bernie drehte sein Gesicht zur Sonne und schloss die Augen. Plötzlich sah er viel jünger aus, und ich sah die Ähnlichkeit mit Charlie. »Das Leben ist schön, Chet. Warum vergisst man das eigentlich immer wieder?« Armer Bernie. Ich hatte keine Ahnung, wovon er redete, und drückte einfach nur meinen Kopf gegen sein Bein. Er kraulte mich zwischen den Ohren. Ich schloss ebenfalls die Augen und konzentrierte mich ganz und gar auf die Sonne und die laue Luft und …

Krach! Schwirr!

Was war das denn? Ein lauter Knall hallte durch den Canyon, und dann passierte etwas ganz Merkwürdiges: Meine Schüssel war plötzlich in der Luft, und glitzernde Wassertropfen flogen herum. Ehe ich mich's versah, hatte sich Bernie von der Bank fallen lassen und mich gepackt. Zusammen rollten wir über den Boden, stießen gegen etwas Hartes – in dem Moment hörte ich ein weiteres Krach-Schwirr – und landeten hinter dem Felsen. Dann kam noch ein Krach-Schwirr, dieses Mal von einem Pling gefolgt, und ein Splitter von dem Felsen direkt über meinem Kopf verwandelte sich in Staub.

Dann war es still. Bernie und ich blieben hinter dem Felsen gekauert. Zeit verging. Der große schwarze Vogel, vielleicht auch ein anderer, kehrte zurück und kreiste am

Himmel. Bernie rappelte sich hoch auf die Knie, richtete sich ganz langsam auf und linste über den Felsen. Ich linste auch.

»Chet! Runter!«

Aber ich wollte auch etwas sehen. Auf der anderen Seite des Canyons, ganz in der Nähe der Häuser, die den Hügel hinaufkrochen, erhaschte ich einen kurzen Blick auf ein Fahrrad oder auch ein Motorrad, dann war es weg. Der große schwarze Vogel flog direkt über uns einen Bogen – so nah, dass ich seinen Flügelschlag hören konnte –, und dann war er auch weg.

Kapitel 4

Zurück zu Hause, holte Bernie das Gewehr aus dem Safe. Ich versuchte, nicht auf und ab zu springen. Ich mochte das Gewehr, hatte es seit einer Ewigkeit nicht gesehen. Wir gingen raus und stiegen in den Porsche, wo Bernie das Gewehr zwischen den Sitzen verstaute. »Mein Ausbilder beim Militär war ein echt harter Knochen«, sagte Bernie. »Weißt du, was er einmal gesagt hat?« Keinen blassen Schimmer. Überhaupt das erste Mal, dass er diesen harten Knochen vom Militär erwähnte. Gab es etwa auch weiche Knochen? Brrh, eklig. Und seit wann redeten Knochen eigentlich? »Er sagte: ›Mit einem Löffel fängt man keine Messerstecherei an.‹« Hmmm. Ich dachte die ganze Fahrt darüber nach, und ein, zwei Mal hatte ich das Gefühl, dass ich ganz nah dran war, das Rätsel zu lösen.

Wir fuhren auf die Sonne zu, durch Straßen, die genau wie unsere aussahen, dann an einem Baseball-Feld vorbei, wo ein paar Kinder spielten. Ich verstand Baseball nicht ganz, aber es schien Spaß zu machen, und den Ball selbst fand ich toll. Hätten Sie gewusst, wie er innen aussieht? Gerade holte eines der Kinder mit seinem Schläger aus, und der Ball schoss in den Himmel. Wir fuhren nicht besonders schnell. Vielleicht bestand ja die winzige Chance, dass …

»Che-et?« Bernie sprach meinen Namen manchmal ganz langsam aus. Der Ball traf auf dem Boden auf, sprang auf den Zaun am Spielfeldrand zu und machte dabei so hübsche lange Hüpfer, dass ich am liebsten …

»Che-et?«

Wir fuhren vorbei.

Nicht lange danach bogen wir in eine Nebenstraße mit ausgebleichten kleinen Häusern und dem einen oder anderen kleinen, verstaubten Baum davor ein. Auf einmal bekam ich Durst. Die Straße endete vor einem Holzzaun. Bernie stellte das Auto ab. Wir sprangen raus. Nichts rührte sich, ein verbreiteter Menschenausdruck dafür, dass sich kein Mensch rührte. Bernie zog das Gewehr zwischen den Sitzen vor. Wir gingen um den Zaun herum.

Auf der anderen Seite lag der Canyon, der sich bis in die Ferne erstreckte. Wir folgten einem gewundenen Pfad den Abhang hinunter. Ich roch sofort die Abgase, und es dauerte nicht lange, und Bernie ging in die Hocke. »Ein Motorrad«, sagte er. »Noch nicht lange her.« Er stand auf und ging weiter. Der Pfad führte hinunter auf den Grund des Canyons, dann stieg er wieder an, einen rötlichen Hügel hinauf. Auf der Kuppe wuchs ein stacheliger runder Busch. »Noch mehr Reifenspuren«, sagte Bernie. Ich konnte sie auch erkennen. Daneben nahm ich einen Geruch wahr, den ich von einigen Fällen her kannte, an denen wir, Bernie und ich, gearbeitet hatten, und noch von vorher, von meiner Zeit in der K9-Hundeschule: Haschisch. Ich trabte ein bisschen herum, schnüffelte mal hier, mal da. Derweil blickte Bernie in die Ferne, von der Sonne weg. Er grunzte. Bernie hatte eine ganze Reihe von Grunzern. Dieser hier bedeutete, dass er etwas begriffen hatte, etwas, das ihm nicht gefiel. Er hob das Gewehr, sah mit einem Auge durch das Zielfernrohr, schloss das andere Auge. Ich stand ganz still da und wartete auf den Knall. Aber es gab keinen Knall. Stattdessen guckte Bernie immer nur weiter durch das Zielfernrohr, dann sagte er: »Jawoll, da ist sie, die Bank, wie auf dem Präsentierteller.«

Die Bank?

Bernie ließ das Gewehr sinken. »Komisch, was?«, sagte er. Wo war hier der Witz? Kapierte ich nicht, und Bernie wirkte auch nicht gerade amüsiert.

»Zeit und Raum«, überlegte er. »Wir befinden uns im gleichen Raum wie der Schütze, nur nicht in der gleichen Zeit, das ist alles. Aber ...« Er drehte sich um, trat zu mir und tätschelte mich. »Aber Zeit und Raum sind schließlich gekrümmt, oder? Das ist es doch, was Einstein sagt. Daher sind die Grenzen fließend, und infolgedessen ist der Schütze noch da, zumindest teilweise.«

Hatte ich eine Ahnung, wovon er sprach? Sie vielleicht? Seien Sie ehrlich. Ich riss das Maul auf, dehnte meinen Kiefer, machte meinen Kopf frei, sodass er sich angenehm leer anfühlte. Genau in dem Moment nahm ich den Haschischgeruch wieder wahr, stärker als vorher. Ich drehte mich um und folgte dem Geruch. Er führte mich halb um den stacheligen Busch herum und dann darunter. Ich duckte mich, spürte ein, zwei Stiche, und dann: die Kippe von einem Joint direkt vor meiner Schnauze.

Ich bellte.

»Andererseits«, sagte Bernie, »gibt es da natürlich noch die Quantenmechanik.«

Ich bellte noch mal.

»Und wenn die String-Theorie zutrifft ...«, fuhr Bernie fort.

Ich bellte ein weiteres Mal, lauter.

»Chet? Hast du was gefunden?«

Bernie kam zu mir, beugte sich runter und bog einen stacheligen Ast weg. »Autsch«, sagte er. »Verflixt.« Dann: »Hey! Gut gemacht, Kumpel.« Er zog einen Latexhandschuh aus seiner Hosentasche und nahm die Kippe. »Noch warm«, stellte er fest. Sein Gesicht verfinsterte sich. »Brandgefahr. Ich …« Er unterbrach sich, linste unter den Busch. »Was ist das denn?« Er streckte die Hand aus und griff nach etwas. Schimmernd lag es auf seiner Handfläche: eine Patronenhülse.

».30-06«, sagte Bernie. Er legte die Kippe daneben. Ich wusste, was das war, Baby: Anhaltspunkte, alles beides. »Siehst du«, fuhr Bernie fort. »Einstein hatte recht. Er ist noch immer zum Teil hier.«

Moment mal. Hieß das, der Schütze war ein Typ namens Einstein? Wir gingen zum Auto zurück. Wie hatte Bernie das nur so schnell herausgefunden? Einstein war doch sicher nicht der einzige kiffende Schütze im Valley – die gab es hier in rauen Mengen.

»Stell dir nur vor, was für ein toller Privatdetektiv er gewesen wäre«, sagte Bernie. »Einstein, meine ich.« Jetzt kam ich wirklich langsam durcheinander. Wir waren nicht allein auf dem Markt – da waren zum Beispiel Len Watters in Pedroia und die Mirabelli-Brüder in Sunshine City … Von einer Detektei Einstein hatte ich allerdings noch nie gehört. Aber der sollte sich hier nur blicken lassen – wir hatten keine Angst vor Konkurrenz, Bernie und ich. Der Laden lief prima, wenn man von den Finanzen einmal absah.

Zurück im Büro, setzte sich Bernie an den Computer und fing an herumzuklappern. Von Zeit zu Zeit murmelte er etwas wie »raucht Haschisch« oder »hat ein .30-06« oder »Hühnchen rupfen«. Ich legte mich auf den Teppich. Hühnchen rupfen? Meinetwegen nicht. Ich erinnerte mich an die Scheidungssache, als Bernie und ich uns auf dieser Farm an den Mann und die Blondine herangeschlichen hatten und Bernie gerade anfangen wollte zu fotografieren, als plötzlich, wie aus dem Nichts, ein Huhn anspaziert kam. Und ehe ich mich's versah, rannte das Huhn los und ich hinterher und … Danach hatte Bernie eine Weile nicht mit mir geredet. Aber was das Hühnchen mit dem Joint und der Patronenhülse zu tun hatte? Keinen blassen Schimmer. Trotzdem, auf Bernie war Verlass.

Meine Augenlider wurden schwer. Das passiert ein, zwei Mal am Tag, vielleicht sogar öfter, ein tolles, schwer zu beschreibendes Gefühl, das ein Nickerchen ankündigt. Ein Nickerchen hat viel mit Schlafen gemein. Wobei es einen Unterschied gibt; den habe ich allerdings vergessen. Lassen wir es einfach dabei, dass ich eine Schwäche für beides habe.

Klapper, klapper, klapper. Im nächsten Augenblick steckte ich mitten in einem Traum, in dem ich auf einer Farm war. Gleich zu Anfang jagte ich dem Huhn hinterher, bis es sich unversehens in das dicke Nabelschwein aus dem Canyon verwandelte, so wie es in Träumen manchmal passiert. Das jagte ich auch und viele andere Sachen, auch Tiere, die ich bisher nur auf dem Discovery Channel gesehen habe, wie Leguane und Wasserbüffel. Seltsam, was? Schon komisch, wie der Verstand …

»Chet? Los, schnappen wir sie uns, mein Großer.«

Los, schnappen wir sie uns? Es dauerte ein Weilchen, bis ich begriff, wo doch die Leguane und Wasserbüffel noch herumrannten, aber dann war ich auch schon auf den Beinen, schüttelte mich ausgiebig, die Art Schütteln, bei der das Fell kleine Falten wirft und das vorn anfängt und hinten endet, während mein Schwanz ganz schnell wedelt.

Bernie lachte. »Ich wünschte, das könnte ich auch«, sagte er.

Armer Bernie. Kein Schwanz, da fing es schon mal an. Ich wollte mir ein Leben ohne nicht mal vorstellen. Jede wache Sekunde aus dem Gleichgewicht!

Wir stiegen in den Porsche. Dieses Mal kein Gewehr, aber

bevor Bernie den Zündschlüssel drehte, öffnete er das Handschuhfach und sah nach, ob die 38er Special darin lag. »Meiner Meinung nach«, sagte er, »ist es einer, der sich rächen will, einer, den wir hinter Gitter gebracht haben.« Meinetwegen, auch wenn ich nicht genau wusste, worauf er hinauswollte. Wir stießen aus der Einfahrt und fuhren die Mesquite Road hinunter. »Erinnerst du dich an Victor Prole?«, fragte Bernie. Nein, aber da war Iggy, der am Fenster stand und kläffte. Ich antwortete mit einem Bellen. »Guter Junge«, lobte Bernie.

»Wie soll man so einen Trottel auch vergessen? Haschisch-Dealer, Harley-Liebhaber, Waffennarr – und er ist vor zwei Wochen aus dem Central State entlassen worden.« Es klingelte immer noch nicht bei mir. Ich bellte noch mal, etwas anderes fiel mir nicht ein. Bernie fuhr mir über den Kopf. Ah. Sehr angenehm. Ich rückte ein bisschen näher zu ihm.

Es war eine lange Fahrt, bis zu den großen Bürotürmen im Zentrum und noch weiter. Der Himmel verlor sein Blau, eigentlich jede Farbe, bis er nur noch ein blasser Dunst war, der die Spitzen der Bürotürme verschluckte. Ich hatte kein gutes Gefühl dabei; schwer zu erklären. Beinahe hätte ich gewünscht, dass Bernie das Verdeck zumachte, aber das war nicht mehr möglich – irgendwas mit einem durchgebrannten Kondensator.

»Das steht alles miteinander in Zusammenhang«, sagte Bernie. »Luft, Wasser, der Mensch. Warum sieht das eigentlich niemand?«

Ich hatte keine Ahnung, wovon Bernie redete, und konnte es auch nicht sehen. Ich drückte mich noch näher an ihn heran und fühlte mich schon ein bisschen besser.

Bald hatten wir die Bürotürme hinter uns gelassen und befanden uns in einem üblen Viertel mit zerbrochenen Fenstern und Leuten, die herumstanden und nichts taten. Einige von ihnen sahen uns hinterher. Ich saß aufrecht da und hatte den Blick starr geradeaus gerichtet. Wir waren bei der Arbeit, Bernie und ich, auch wenn ich nicht genau wusste, welche Arbeit. Und, hey, wer bezahlte uns eigentlich?

Bernie bog in eine schmale Straße mit lauter Schlaglöchern ein und hielt neben einem kleinen quadratischen Haus mit fleckigen gelben Wänden und schwarzen Gittern vor den Fenstern. Er nahm die 38er Special aus dem Handschuhfach und steckte sie in seinen Gürtel. Ich hatte meine Zähne grundsätzlich dabei. Lustiger Gedanke. Ich versuchte den Grund herauszufinden, kam aber nicht drauf, und als wir ausgestiegen waren und durch den Vorgarten liefen, der komplett verdorrt und voller Unkraut war, hatte ich das Ganze wieder vergessen, was auch immer es gewesen war.

Bernie klopfte an die Tür. Keine Antwort. Er sah sich um. Das hatte ich auch schon getan, aber niemanden entdeckt. Bernie klopfte noch mal. Rattatata. Hey! Das erinnerte mich an Adelina Borghese und den Princess-Auftrag. Was war damit noch mal? Was hatte Bernie …?

Aus dem Inneren des Hauses drang eine Stimme. »Ja?« Die Stimme eines Mannes, grob, unfreundlich, möglicherweise irgendwie bekannt. Ich bekam ein seltsames Gefühl in meinen Zähnen, so, als müssten sie unbedingt auf irgendetwas draufbeißen.

»Yo«, rief Bernie.

»Hä?«, rief der Mann hinter der Tür.

Manchmal habe ich Probleme damit, die Menschensprache zu verstehen, finde es sogar ein wenig frustrierend, und ich frage mich, was der ganze Unsinn soll. Ja, yo, hä: so was zum Beispiel.

»Bist du das, Victor?«, fragte Bernie.

»Nee.«

»Victor Prole?«

»Nee.«

»Du hörst dich aber so an wie Victor Prole«, sagte Bernie. »Der mit dem vorstehenden Kiefer.«

Das passierte mir manchmal bei Bernie: Ich konnte ihm einfach nicht mehr folgen. Ich stand da, starrte stur geradeaus und rührte mich nicht vom Fleck. Wir waren Partner, Schluss, aus, Amen. Was auch immer er vorhatte, egal wie haarig es war – bei unsereinem galt ja selbst für die Weibchen: je mehr Haare, desto besser –, ich war dabei und …

Die Tür öffnete sich, und vor uns stand ein Mann, der ziemlich groß war. Ich fand, er hatte einen hübschen Kiefer, einen, der vorstand, genau wie es Kiefer tun sollten, aber selten bei Menschen taten. Der Rest von seinem Gesicht war nichts Besonderes – winzige Augen, flache Nase, Bartstoppeln. Ich schnüffelte kurz und erinnerte mich, ja, ich kannte Victor Prole: ein echter Gauner, den wir irgendwann geschnappt hatten, aber erst nachdem er Bernie in einem Aufzug in der Stadt eine verpasst hatte. Ich mag Aufzüge nicht – vermeide sie, wo es geht –, aber damals war ich mit in diesem Aufzug gewesen, und das war auch gut so.

Die winzigen Augen wanderten von Bernie zu mir und zurück zu Bernie. »Du bist es«, sagte er.

»Gefall ich dir von Angesicht zu Angesicht besser?«, fragte Bernie. »Oder durch das Zielfernrohr?«

»Zielfernrohr?«, fragte Victor Prole.

»Auf deiner .30-06«, sagte Bernie.

Victor Prole verzog das Gesicht und kniff die Augen zusammen: kein hübscher Anblick. »Ich versteh kein Wort«, behauptete er und wollte die Tür zumachen.

Nicht mit Bernie! Sein Fuß schoss nach vorne und hinderte Victor daran. Eines hatte ich bei Bösewichten, Bandenmitgliedern und Gaunern festgestellt: Es bedurfte nicht viel, um sie wütend zu machen. In diesem Fall reichte die kleine

Fußbewegung von Bernie. Victor Proles Gesicht wurde rot, sein Mund verzog sich zu einer fiesen Grimasse, aber am auffälligsten war, dass einer seiner Arme hinter die Tür griff, wo ich ihn nicht mehr sehen konnte. Dann ein silberner Blitz, und Victor schwang einen schweren Schraubenschlüssel durch die Luft. Ich kannte Schraubenschlüssel von dem Tag, als Bernie beschlossen hatte, ein neues Klo einzubauen, eines von denen, die Wasser sparen, wobei wir an diesem Tag ganz schön mit Wasser geprasst haben.

Ich sprang los, auf Victors Handgelenk zu, aber als meine Kiefer zuschnappten, war das Handgelenk nicht mehr da. Victor lag aus irgendeinem Grund schon auf dem Boden, Bernie auf ihm drauf. Alles passierte sehr schnell. Toll! Ich warf mich auf die beiden, und wir rollten zu dritt herum, bis Victor brüllte: »Aufhören, Scheiße noch mal!« Bernie hatte Victor den Arm auf den Rücken gedreht. Das kannte ich schon; damit war der Spaß jedes Mal vorbei.

»Wo ist das Gewehr?«, fragte Bernie.

»Hä?«

»Das Gewehr, mit dem du im Canyon Zielschießen auf uns veranstaltet hast.«

»Zielschießen? Ich hab nicht geschossen. Ich hab ja nicht mal ein Gewehr.«

»Das sieht dir aber gar nicht ähnlich«, sagte Bernie.

»Du brichst mir gleich den Arm«, stöhnte Victor.

»Tut mir leid«, sagte Bernie. »Ich spiel einfach nicht gern Zielscheibe, macht mich ganz nervös.«

Victor lag noch immer auf dem Boden und machte einen verwirrten Eindruck. Mittlerweile hatte ich einen Hauch von Haschisch aufgeschnappt. Ich folgte dem Geruch – das ist einfach, so als folgt man einem plätschernden Bächlein – zu einem Sofa vor einem Fernseher. Und unter dem Sofa – nicht ganz leicht, mit der Pfote drunterzukommen – ein in

Plastikfolie gewickelter Haschischbrocken. Ich brachte ihn zur Haustür, wo Victor gerade sagte: »Ich war heute Morgen gar nicht im Canyon. Ich hatte einen Termin bei meinem Bewährungshelfer im Zentrum.« Bernies Hand, mit der er Victors Arm festhielt, entspannte sich ein bisschen. »Ich schwöre es«, erklärte Victor. »Dieses Mal bleibe ich sauber. Ich hab sogar mit Yoga angefangen.« Aus irgendeinem Grund sahen sie in diesem Moment beide zu mir her. Ich ließ den Brocken fallen und wedelte mit dem Schwanz.

Bernie rief Victors Bewährungshelfer an. Victors Alibi hielt stand. Wir ließen ihn wegen des Haschischs nicht hochgehen, nahmen es ihm nicht einmal weg. Wir nahmen nur den Schraubenschlüssel mit – keine Ahnung, warum. Vielleicht hatte es etwas damit zu tun, dass man mit einem Löffel keine Messerstecherei anfängt. Was anderes konnte ich mir jedenfalls nicht vorstellen.

Bernie schwieg, als wir im Auto saßen. Ich spürte, wie er nachdachte. Seine Gedanken waren wie sanfte Brisen; sie kamen auf, dann ließen sie wieder nach, sehr entspannend. Nach einer Weile holte er tief Luft und sagte: »Darum werde ich mich später kümmern müssen.« Er sah auf seine Uhr. Ich mochte Bernies Uhr nicht, mochte allgemein nicht, dass sich die Menschen immer mit irgendwelchen Maschinen umgaben. Plötzlich überkam mich das dringende Bedürfnis, die Uhr zu zwicken, und ich beugte mich sogar schon ein bisschen vor – wobei ich zutiefst überzeugt bin, dass ich so etwas letztlich nie tun würde –, als Bernie zu mir rübersah und sagte: »Princess landet in zwanzig Minuten.«

Ich richtete mich gerade auf.

Kapitel 5

»Die Probleme fangen an«, sagte Bernie, »wenn die Reichen zu reich werden.« Probleme? Vermutlich hatte wir welche, aber im Moment fielen mir keine ein. Wir befanden uns an einem Ort, an dem ich noch nie gewesen war – das war immer lustig –, ein Rollfeld mitten in der Wüste, wo eine Menge kleiner Flugzeuge standen und in der Sonne schimmerten.

»Hast du eine Vorstellung davon, wie viel der Unterhalt eines dieser schnuckeligen kleinen Dinger kostet, gar nicht zu reden davon, wie viel Mäuse man hinlegen muss, um eins zu kaufen?«, fragte Bernie.

Mäuse: Da fang ich lieber gar nicht erst an. Ich ging ein paar Schritte und dehnte mich, dann schüttelte ich mich, lief ein paarmal im Kreis und legte mich in den Schatten unseres Autos. Das Einzige, was mir zu meinem Glück fehlte, war ein kleiner Snack. In der Ferne hörte ich ein ganz schwaches Brummen, das von irgendwoher hinter den kahlen braunen Bergen zu kommen schien.

»Genau wie auf der Fifth Avenue«, grummelte Bernie, »nur dass die hier wahrscheinlich noch mehr Pulver haben.«

Ich sah zu ihm hinüber; er lehnte am Auto. Wenn Bernie sich Sorgen machte, bekam er an Stellen seines Gesichts Falten, an denen normalerweise keine waren. Wie jetzt. Worüber machte er sich Sorgen? Von dem, was er gesagt hatte, hatte ich nur verstanden, dass es um Pulver ging. Es gab Kaffeepulver und Schießpulver ... hey! Ich hatte es! Bernie machte sich Sorgen wegen des Gewehrs, mit dem auf uns geschossen worden war! Plötzlich rasten meine Gedanken nur so dahin. Victor Prole hatte ein Alibi, auch wenn er den richtigen Geruch und das richtige Aussehen hatte. Unser nächster Schritt musste zur Identifizierung des Schützen führen. Die Sache war klar wie Kloßbrühe, nicht nur Bernie, auch mir. Und warum auch nicht? Wir waren schließlich Partner, auch wenn die einzige Kloßbrühe, die ich jemals probiert hatte – das war bei der Großmutter von einem Bösewicht gewesen, dem wir hinterherjagten und der mit seinen Goldketten am Fenstergriff hängen geblieben war –, mir irgendwie nicht bekommen zu sein schien.

Das entfernte Brummen wurde lauter. Ich sah auf und entdeckte hoch über den Berggipfeln ein Flugzeug, das wie die Sonne glänzte – sehr hübscher Anblick. Nach einer Weile sagte Bernie: »Ich glaube, ich höre etwas.« Er spähte in den Himmel, entdeckte das Flugzeug und stellte fest: »Da ist es ja.« Ich musterte Bernies Ohren. Sie waren keineswegs klein, im Gegenteil, für Menschenohren waren sie recht groß, aber warum funktionierten sie dann nicht?

Das Flugzeug flog einen großen Bogen, setzte mit einem Rums auf und rollte auf uns zu. In diesem Augenblick tauchte auf einer Schotterpiste, die von den Hügeln herunterkam, eine lange schwarze Limousine auf. Das Auto raste auf uns zu und zog dabei eine goldene Staubwolke hinter sich her. Manche Dinge waren so schön, dass man immer nur gucken wollte.

Aber dazu war jetzt keine Zeit. Wir waren bei der Arbeit. Ich stand aufrecht da, Kopf hoch, Schwanz hoch, wachsam. Die Limousine hielt neben uns an. Der Fahrer stieg aus: Adelinas Fahrer, schwarz angezogen und, wie ich erst jetzt bemerkte, mit Diamant im Ohr. Er öffnete die hinterste Tür für Adelina. Beinahe hätte ich sie nicht wiedererkannt. Mit dem großen weißen Hut, dem Fransenhemd und den Cowboystiefeln sah sie wie ein Cowgirl aus. Ich blickte schnell zu Bernie. Owei. Mund sperrangelweit auf. Nur Frauen – und von denen auch nicht alle – brachten das bei Bernie zustande. Aber er machte den Mund schnell wieder zu, und wir gingen zu Adelina.

»Sie sind pünktlich«, sagte sie.

Bernie nickte. Er konnte so und so und noch anders nicken. Dieses Mal nickte er eher kühl. Ich verstand. Wir waren immer pünktlich, wir waren Profis, Bernie und ich. »Gibt's was Neues?«, fragte er.

»Was meinen Sie?«, erwiderte sie.

»Drohungen. Irgendetwas, das wir wissen sollten.«

»Reicht eine Drohung etwa nicht?«

»Sonst wäre ich nicht hier«, sagte Bernie. »Aber in meinem Beruf sind Informationen alles entscheidend. Das Schlimmste, was ein Klient machen kann, ist Informationen zurückhalten.«

»Ich halte nichts zurück.«

Bernie nickte. Ich war mir ziemlich sicher, dass dieses Nicken, ein ziemlich langsames, bedeutete, dass er ihr nicht glaubte, aber ich hätte es nicht beschwören können, und jetzt war nicht die Zeit, darüber nachzudenken. Das Flugzeug blieb ganz in der Nähe stehen. Ich bellte. Ich mochte Flugzeuge nicht, kein bisschen – schwer zu erklären, warum; schließlich war ich noch nie in einem drin gewesen.

Adelina sah mich mit ihren grünen Augen an. »Warum bellt er?«

Bernie lächelte. Er hat ein tolles Lächeln – habe ich das schon erwähnt? Näher als mit ihrem Lächeln kommen Menschen an Schwanzwedeln nicht heran. »Schwer zu sagen«, erwiderte er.

»Sind Sie sicher, dass er harmlos ist?«, fragte Adelina. »Er ist so … burschikos.«

Burschikos? Wieder was Neues. Hatte das etwas mit einem kleinen Burschen zu tun, so einem wie Charlie zum Beispiel? Gar nicht so schlecht. Dann musste Adelina mich ja mögen. Ich bellte ein bisschen mehr, vielleicht ein bisschen zu laut, weil Adelina zusammenzuzucken schien. Sie wollte etwas sagen, aber in dem Moment ging die Tür des Flugzeugs auf, und eine Treppe erschien und senkte sich auf den Asphalt. Merkwürdig. Plötzlich hatte ich das Bedürfnis, ein Loch zu buddeln, und ich legte am Rand des Rollfelds los.

»Che-et?«

Ich blickte auf, eine Vorderpfote in die Luft gestreckt. Bernie schüttelte kurz den Kopf. Das war eines unserer Geheimzeichen. Es bedeutete: Nein. Ich würde später noch Löcher buddeln können, einen ganzen Haufen sogar. Plötzlich war ich in der Stimmung, lauter Löcher zu buddeln.

»Che-et?«

Bernie wackelte mit dem Finger. Das bedeutete: Komm. Ich trabte zu ihm, ein echter Teamspieler, wobei ich mich gleichzeitig fragte, ob es möglich war, ein Loch unter dem Zaun zu buddeln, der unseren Garten von dem des alten Heydrich trennte. Warum hatte ich eigentlich noch nie daran gedacht?

In der Tür des Flugzeugs erschien eine große Frau mit kurzen schwarzen Haaren, bis auf so komische graue Flecken an der Seite. In ihren Armen lag der Flauschball.

»Princess!«, rief Adelina und winkte mit ihrem Cowboyhut. Sie rannte zum Flugzeug. Bernie und ich hinterher. Die große Frau kam die Treppe herunter. Princess war noch kleiner, als sie auf dem Foto ausgesehen hatte, und reckte die Schnauze in die Höhe, die Augen halb geschlossen, ohne einen von uns anzusehen. Am liebsten hätte ich sie kurz gezwickt. Na, das fing ja gut an.

»Oh, Princess«, seufzte Adelina und nahm sie, kaum hatte der Fuß der großen Frau den Boden berührt. »Ich habe dich so vermisst.« Sie küsste Princess ein paarmal auf die Stirn. Wendete Princess etwa ihr winziges Köpfchen ab? Möglich. Und falls ein Schwänzchen wackelte, dann war das unter all dem Flausch nicht zu sehen.

»Das«, erklärte Adelina und wandte sich zu Bernie, »ist Princess.«

»Aha«, sagte Bernie.

»Sag schön Hallo zu dem netten Detektiv, Princess.«

Princess blickte wieder in den Himmel.

»Und das ist Nance, unsere Trainerin«, stellte Adelina vor.

»Bernie Little«, sagte Bernie und schüttelte Nance die Hand. Die Hände der meisten Frauen verloren sich in denen von Bernie, aber nicht die Hand dieser Frau.

Nance hatte ein sonnenverbranntes Gesicht, was in Kombination mit dem blauen Lidschatten eine merkwürdige Wirkung auf mich hatte. Am liebsten hätte ich das Blau weggeleckt, was ich aber niemals tun würde, versteht sich. Sie bedachte Bernie mit einem langen Blick und fragte: »Glauben Sie wirklich, dass Princess in Gefahr ist?«

»Nein«, sagte Bernie.

Nein? Schlicht und einfach nein? Was, wenn wir gefeuert werden? Zweitausend am Tag, Bernie!

»Dann ...«, setzte Nance an.

»Aber gelegentlich erweist sich eine solche Drohung als real.«

»Richtig«, sagte Adelina. Sie drehte sich zu Nance, und ihre grünen Augen verwandelten sich in Schlitze.

Nance sah zu Boden. Die Beziehungen der Menschen zueinander sind oft kompliziert. Auch unter meinesgleichen –

ein Völkchen von vielen in unserem Vielvölkerstaat, wie Bernie sagt – kann es ganz schön kompliziert werden, aber wir haben Methoden, mit denen wir die Lage viel schneller klären. Ich kannte diese unbehaglichen Menschenmomente, die ich fast immer interessant, sogar unterhaltsam fand. Ich öffnete mein Maul und rollte meine Zunge aus und wieder ein.

Adelina wandte sich Princess zu. Sie wären überrascht, wie oft Menschen unsereins dazu benutzen, diese unbehaglichen Momente zu beenden, wenn man Princess überhaupt zu unsereinem zählen wollte. »Braucht die kleine Princess vielleicht ein bisschen Zeit für sich?« Adelina hatte zwei Stimmen – eine Babystimme für Princess und eine Eiszapfenstimme für den Rest der Welt. Mir war die Eiszapfenstimme lieber. Jetzt gab es noch mehr Küsse. »Arme Princess, eingesperrt in dieses hässliche Flugzeug.«

Eingesperrt? Princess hätte noch in einem Briefkasten genug Auslauf gehabt. Ich sah zu Bernie: Er verzog keine Miene.

»Nance?«, fragte Adelina. »Ist es vertretbar?«

Nance bückte sich und legte die Hand auf den Asphalt. »Ja.«

»Nicht zu heiß?«, fragte Adelina. »Denken Sie an Barcelona.«

»Der Boden ist genau richtig«, sagte Nance, und ihre Stimme klang plötzlich scharf.

Adelina bedachte sie mit einem Blick, der auch scharf war, und setzte Princess vorsichtig auf dem Rollfeld ab. Hey: Princess hatte Beine. Sie streckte sie aus, was so ähnlich aussah wie das Ausfahren der Flugzeugtreppe – ein Gedanke, von dem ich dachte, dass er zu einem weiteren Gedanken führen würde, aber er tat es nicht. Uff. Ganz ruhig, alter Junge.

Ich ging es also ruhig an, ohne Princess aus den Augen zu lassen. Ihre winzigen Pfoten berührten den Asphalt. Reglos stand sie da, die riesigen, dunklen Augen auf nichts Bestimmtes gerichtet. Was würde ich in diesem Moment an ihrer Stelle machen? Ich würde mich schütteln. Wenn ich es mir recht überlegte, warum eigentlich nicht auch an meiner Stelle? Nichts dagegen einzuwenden, so wie ich das sah. Ich schüttelte mich zurückhaltend und bemerkte plötzlich, dass diese riesigen, dunklen Augen auf mich fixiert zu sein schienen. Und wissen Sie was? Im nächsten Moment schüttelte sich Princess auch. Wenn man es denn so nennen wollte: Die Bewegung war so winzig, eigentlich nur ein zartes Beben, als wäre ein Windchen in ihr Fell gefahren, so zart, dass ich es beinahe nicht gesehen hätte.

»Hat sie das schon einmal gemacht?«, fragte Adelina.

»Nicht, dass ich wüsste«, sagte Nance.

»Glauben Sie, dass etwas nicht in Ordnung mit ihr ist?«, fragte Adelina. »Vielleicht ist sie ja krank? Oh, Gott.«

»Macht doch einen ganz gesunden Eindruck«, fand Bernie.

Die großen dunklen Augen wandten sich Bernie zu. Das erste Mal, seit ich sie kannte, bewegte sich Princess aus eigener Kraft. Schwer zu beschreiben. Ihre kurzen Beine bewegten sich ziemlich schnell; man könnte es als schnellen Trab bezeichnen oder sogar Rennen, nur dass sie kaum dabei vorankam. Sie erreichte den Rand des Rollfelds …

»Nicht auf die Erde, Princess«, rief Adelina. »Die ist schmutzig.«

… und trabte weiter, um eine staubige Pflanze mit dicken Blättern herum – wo ich sicher das Bein gehoben hatte –, bis zum Porsche. Princess sah zu ihm hoch, dann trabte sie zurück, so schnell, dass ihre Beine ineinander verschwammen. Und ihre Augen: Sah sie etwa ängstlich drein? Ich bekam fast Mitleid mit ihr – ziemlich verrückt, was? –, als sie wieder das Rollfeld erreichte und unweit von Bernie stehen blieb. Dann, die Augen auf ihn gerichtet, aber jetzt erneut ausdruckslos, soweit ich das beurteilen konnte, hockte sie sich hin.

»Braves Mädchen«, lobte Adelina.

Langsam breitete sich eine gelbe Pfütze auf dem Asphalt aus. Der Geruch war – das muss ich zugeben – faszinierend. Aber darum ging es nicht. Es ging darum, dass die gelbe Pfütze erstaunlich groß wurde und dass Princess dabei die ganze Zeit Bernie ansah.

»Langer Flug, hm?«, sagte Bernie und trat einen Schritt beiseite.

Princess tat etwas, das ich noch nie gesehen hatte. Ohne sich aufzurichten, bewegte sie sich wie ein Krebs hinter ihm her.

»Sie scheint Sie zu mögen«, meinte Adelina.

»Eindeutig«, erwiderte Nance.

»Tja, nun«, sagte Bernie, und Princess streckte die Beine. Aus irgendeinem Grund stand die winzige rosa Spitze ihrer winzigen Zunge ein kleines bisschen heraus.

»Wie wäre es mit einem Leckerbissen für unseren kleinen Liebling?«, fragte Adelina. »Haben Sie Hundespaghetti dabei?«

»Offen gestanden, bin ich ein wenig besorgt wegen ihres Gewichts«, wandte Nance ein. »Die Schau ist doch schon bald.«

Ihr Gewicht? Unter Bernies Bett tummelten sich Staubmäuse, die mehr wogen als Princess.

»Einer wird schon nicht schaden«, sagte Adelina. »Sie hatte einen schweren Tag.«

Nance griff in ihre Tasche und holte einen Hundespaghetto heraus. So einen schönen, dicken Hundespaghetto hatte ich noch nie gesehen. Sie ging zu Princess, streckte die Hand aus und lächelte. Nance hatte sehr weiße und ziemlich große und ebenmäßige Zähne. Princess stand reglos da und ließ nur ihr Maul ein bisschen aufklappen, als sich der Hundespaghetto näherte, mehr nicht. Was dann in mich fuhr, kann ich mir eigentlich selbst nicht erklären. Fakt ist, dass ich plötzlich in der Luft war, die Ohren angelegt, alle vier Beine ausgestreckt, und mitten im Flug Nance den Hundespaghetto aus der Hand schnappte, gerade als sie ihn loslassen wollte, wobei ich womöglich Princess umwarf, aber wenn, dann war das keine Absicht, ehrlich. Das alles war eher Zufall. Was den Hundespaghetto anging: lecker. Ich raste über das Rollfeld, schluckte ihn runter, kam schlitternd vor den Rädern des Flugzeugs zum Stehen und hob das Bein. Keine Ahnung, warum, und eigentlich musste ich gar nicht, aber es fühlte sich gut an. Und gut fühlen will sich doch jeder. Oder liege ich da falsch?

Kapitel 6

Es hat Zeiten in meinem Leben gegeben, da fühlte ich mich richtig schlecht. Zum Beispiel, als dieser Bösewicht namens Gulagow mich in einen Käfig sperrte; oder an dem Tag, als Leda Charlies Sachen einpackte und ihn uns wegnahm – außer für das eine oder andere Wochenende und die Ferien –; oder damals, als ich noch ein Welpe war und in diesem Apartment bei dem Dealer wohnte, der mich immer trat, wenn das Geschäft nicht gut lief. Aber hatte ich mich jemals schlechter gefühlt als jetzt auf dem Rollfeld, nach dem kleinen Hundespaghetti-Zwischenfall? Ich stand neben dem Flugzeug, das Bein gehoben, und hörte, wie Adelina rief: »Sie sind gefeuert.«

Wir verließen den Flugplatz. Ich fuhr wie immer auf dem Kopilotensitz, nur saß ich dieses Mal nicht wie sonst aufrecht da, sondern hatte mich auf dem Sitz zusammengerollt, den Kopf an die Tür gedrückt. Das war etwas unbequem, weil sich mir die Hundemarke in den Hals bohrte, aber ich nahm es in Kauf. Wir waren gefeuert worden, und das nur meinetwegen. Nach einer Weile streckte Bernie die Hand aus und zog die Marke zur Seite. Dann legte er eine CD ein; es dauerte nicht lange, und wir hörten Billie Holiday. Bernie hatte eine Schwäche für Billie Holiday. Er drückte so lange auf eine Taste, bis »If You Were Mine« kam. »If You Were Mine« war im Moment Bernies Lieblingslied. Er sang mit –

habe ich schon erwähnt, dass Bernie eine sehr schöne Singstimme hat? – und drehte bei dem Trompetensolo am Ende die Lautstärke hoch.

»Diese Trompete ist einfach schön, oder?«, fragte er.

Ja. Ja, fand ich auch. Der Klang der Trompete machte immer komische Sachen in meinem Inneren.

»Roy Eldridge«, sagte Bernie. »Sie haben ihn Little Jazz genannt, keine Ahnung, warum. Außer, dass er … vielleicht als Gegensatz zu Louis Armstrong, der war nämlich Big Jazz! Was meinst du?«

Ich hatte keine Ahnung, was Bernie da erzählte, und abgesehen davon: zweitausend am Tag! Wir brauchten das Geld. Unsere Finanzen waren ein solches Desaster; wie konnte er da nur an irgendetwas anderes denken? Aber Bernie schien das Geld überhaupt nicht zu kümmern. Nachdem »If You Were Mine« zum x-ten Mal gelaufen war – ziemlich oft heißt das –, spürte ich, wie Bernie einen Blick in meine Richtung warf; ich konnte es nicht sehen, weil ich so zusammengerollt dalag und meine Augen auf die Innenseite der Tür gerichtet waren, wo sie im Grunde überhaupt nichts sahen. Plötzlich fing er an zu lachen, er lachte und lachte. So hatte ich ihn wahrscheinlich noch nie lachen gehört. Es hörte gar nicht mehr auf, bis er pfiff und keuchte und wieder pfiff und keuchte, und dann streckte er die Hand aus und tätschelte meinen Rücken. Das fühlte sich gut an. »Ich lach mich schimmelig!«, rief er, und dann lachte er weiter: »Hahaha.«

Schimmelig lachen. Wieder was Neues. Ich kannte Schimmel, versteht sich, und zwar noch aus der Leda-Zeit. Sie hatte fürchterliche Angst vor Schimmel gehabt und einen Mann angeheuert, der sich das Haus ansehen sollte, obwohl Bernie ihr gesagt hatte, dass es in der Wüste keinen Schimmel gab. Und der Mann hatte auch keinen gefunden; er hatte Bernie nur angegrinst, als er ihm die Rechnung in die Hand drückte.

Schimmel war demnach etwas, das es gar nicht gab, und wenn man sich schimmelig lachte, dann lachte man, wenn es nichts zu lachen gab, klar. An unserer Situation war nämlich wirklich nichts zum Lachen, und ich setzte mich auf und rückte ein bisschen näher zu Bernie. Er kraulte mich zwischen den Ohren, genau so, wie ich es mochte. Wie von allein wedelte mein Schwanz ein klein wenig. Das war nicht richtig, ich weiß – ich hatte die Sache in den Sand gesetzt, hatte mich danebenbenommen, nicht wie ein Teamspieler, völlig unprofessionell, und was das Schlimmste war: Ich hatte Bernie im Stich gelassen! Aber ich war machtlos, was das Schwanzwedeln anging.

»Guter Junge«, sagte Bernie.

Als wir nach Hause kamen, blinkte das Lämpchen am Anrufbeantworter. Die Menschen hatten eine Neigung, Dinge zu erfinden – Lämpchen an Anrufbeantwortern, Wecker, Rechnungen –, die sie störten. Bernie ging sofort hin und drückte auf eine Taste. Unser Telefon hat eine eigene Stimme, die klingt wie die Stimme des Roboters auf einer DVD, die Bernie und ich uns mal angesehen haben. Fragen Sie mich nicht, worum es auf der DVD ging, aber am Schluss sagte Bernie: »Kapiert? Der Roboter beherrscht uns alle.« Moment mal. Der Roboter beherrschte uns alle? Ich bekam einen Schreck, aber zu spät, denn die DVD war ja schon aus.

Aber zurück zum Anrufbeantworter. Bernie drückte auf die Taste, und unsere Telefonstimme sagte: »Zwei neue Nachrichten.«

Dann: »Hi, Bern, alter Kumpel.« Ich kannte diese nach außen hin freundliche Stimme: der Mann im Hawaiihemd aus dem Dry Gulch. »Hier spricht Chuck Eckel. Wie geht's, wie steht's? An der Zinn-Futures-Front gibt es leichte Turbulenzen – rufen Sie mich zurück, wenn Sie das hier abhören. Am besten gleich!«

Und dann: »Hallo, Bernie.« Noch eine Stimme, die ich wiedererkannte. Diese war aber nicht nur nach außen hin freundlich, sondern durch und durch: Janie, meine Friseurin, die beste Hundefriseurin im ganzen Valley. Sie hatte ein tolles Geschäft mit einem tollen Business-Plan: *Janie's Hundesalon – Wir holen Ihren Liebling ab und bringen ihn zurück*. Ich hatte sie eine ganze Weile nicht gesehen, wenn ich es mir recht überlegte. »Hier ist Janie. Ich wollte mich nur erkundigen, was die Tierärztin gesagt hat.«

»Was?«, fragte Bernie. Er nahm den Hörer ab. »Janie? Bernie Little hier. Ich habe eben Ihre Nachricht abgehört. Was meinten Sie mit Tierärztin? Rufen Sie mich bitte zurück, wenn Sie Gelegenheit haben.« Er wählte noch eine Nummer. »Chuck? Bernie Little.« Bernie hörte zu. Da gibt es diesen Maler, den Bernie so gerne mag. Ich erinnere mich nicht an den Namen. Er malt Menschengesichter aus Teilen, die nicht ganz zusammenpassen. Und damit macht er Knete, sagt Bernie komischerweise dazu. Während Bernie jetzt am Telefon zuhörte, sah sein Gesicht immer mehr wie eins von diesen Bildern aus. »Ein Erdbeben? Ich weiß nicht … in Bolivien? Wie kann das …? Dreitausend? Aber …« Bernie hörte weiter zu, sein Gesicht, meiner Meinung nach das hübscheste Gesicht weit und breit, fiel noch mehr auseinander. »Was meinen Sie damit, absichern?« Ich hörte die Stimme am anderen Ende, die freundliche Oberfläche wurde rissig. »Sie haben nie …« Noch mehr Risse. »Die gesamte Investition könnte weg sein? So habe ich die Sache nicht … Wann brauchen Sie es?« Bernie legte auf, aber vorher hörte ich Chuck Eckel noch sagen: »Heute zu Geschäftsschluss, Kumpel.«

Wenn sich Bernie aufregt oder sogar ein bisschen überfordert fühlt, dann reibt er sich mit den Handknöcheln die Augen. Ebendas tat er jetzt. Aber auch wenn ich weiß, dass Bernie nichts in dem Sinne jemals überfordert, kann ich es auch nicht mit ansehen, wenn er dasteht und sich die Augen so fest reibt. Ich trabte also rüber zu ihm und stupste ihn mit dem Kopf am Bein und dann noch mal, weil er es das erste Mal nicht gemerkt zu haben schien.

»Hey, mein Junge«, sagte er. Er hörte auf, sich die Augen zu reiben, und sah zu mir runter. Ich sah zu ihm hoch. Unsere Blicke trafen sich. Sein Gesicht fing an, sich wieder zusammenzusetzen. »Wie wär's mit einem Kaustreifen?«, fragte er.

Ein Kaustreifen? Hatte ich irgendetwas getan, um mir einen Kaustreifen zu verdienen? Mir fiel die Sache auf dem Rollfeld wieder ein. Ich wusste, dass die Antwort auf die Kaustreifenfrage Nein lauten musste. Ich verdiente wahrscheinlich lange, lange Zeit keinen Kaustreifen mehr, ein oder zwei Tage oder so. Gleichzeitig spürte ich plötzlich einen Luftzug hinter mir, erstaunlich stark, und stellte fest, dass mein Schwanz wedelte.

Bernie lachte. »Einen Kaustreifen kann man nur schwer ausschlagen, was, mein Junge?«

Vermutlich gar nicht.

Wir gingen in die Küche. Bernie öffnete den Hängeschrank über der Spüle und holte die Kaustreifen und den Bourbon raus. Er gab mir einen Kaustreifen, und ich fing an zu kauen. Schwer zu erklären, wie gut sich dadurch meine Zähne anfühlten. Und der Geschmack erst! Überirdisch – was das auch heißen mochte. In der Zwischenzeit hatte sich Bernie ein Glas Bourbon eingeschenkt, ein kleines Glas, wie ich beruhigt feststellte. Das kippte er runter und schenkte sich noch eins ein. Er nahm das Glas mit ins Büro. Ich folgte ihm und versuchte auf dem Weg, den Kaustreifen möglichst lange auszukosten, auch wenn er schon fast weg war.

Bernie nahm das Niagarafälle-Foto ab und drehte am Zahlenschloss des Safes. Holte er wieder das Gewehr heraus? Keine Ahnung, warum wir es im Moment hätten brauchen können, aber das Gewehr herausholen war meiner Meinung nach immer eine gute Sache. Bernie steckte die Hand rein und zog sie wieder raus: kein Gewehr, stattdessen eine kleine schwarze Schachtel. Ich kannte diese schwarze Schachtel: Darin lag die Uhr von Bernies Großvater, unser wertvollster Besitz, gleich nach dem Porsche. Ich schlang den letzten Bissen des Kaustreifens runter. Auf zu Mr Singh.

»Bernie! Chet!«, rief Mr Singh. »Wie geht es Ihrem schönen Chronometer heute?«

Bernie reichte ihm die Uhr seines Großvaters. Sein Großvater hatte einmal eine große Ranch besessen, da, wo heute die Mesquite Road und die anderen Straßen sind, und dann alles verloren, womöglich weil er ein Problem mit dem Trinken gehabt hatte, wobei das Problem mit dem Trinken auch aus einer anderen Geschichte von Bernie stammen konnte, einer Geschichte über einen anderen Verwandten. Aber keiner über Bernies Vater. Bernie sprach nie über seinen Vater, der schon vor langer Zeit gestorben war. Bernies Mutter lebte noch. Ich hatte sie mal kennengelernt: eine richtige Gewitterziege, wenn der Vergleich gestattet ist. Sie wohnte irgendwo weit weg mit ihrem neuen Mann oder vielleicht sogar einem noch neueren. Sie nannte Bernie Kindchen! Was das wohl sollte? Allerdings hätte ich dennoch nicht tun sollen, was ich getan hatte, aber dazu komme ich vielleicht später noch.

Mr Singh hielt die Uhr in beiden Händen und betrachtete sie bewundernd. »Wissen Sie, dass nur ein Dutzend dieser Uhren hergestellt wurden?«, fragte er. »Wie gerne würde ich die Uhr in der *Antiques Roadshow* vorstellen.« Mr Singh hatte eine ganz komische Art zu sprechen; es klang fast wie Musik. Ich hätte ihm den ganzen Tag zuhören können. »Haben Sie je herausgefunden, wie sie in den Besitz Ihres Großvaters gelangt ist?«, fragte er.

»Nein«, bekannte Bernie.

»Schade, aber vielleicht ist es besser … Ich meine nur, schlafende Hunde und so«, sagte Mr Singh.

Schlafende Hunde? Schlief hier irgendjemand? … So gerne ich Mr Singh zuhörte, redete er doch oft in Rätseln. Dann gingen wir wieder, Bernie mit einem dicken Bündel Geldscheine in der Hosentasche, ich mit ein, zwei Happen Curry-Ziegen-Kebab im Maul. Ich mag exotisches Essen. Bernie auch. Es soll ja welche geben, die beim Essen heikel sind, aber zu denen gehören wir sicher nicht.

Wir hielten an der Bank, einer der Läden, in die ich nicht mit hineindurfte. Kein Problem. Ich wartete gerne im Auto, meistens jedenfalls. Bernie blieb nicht lange weg. Als er wiederkam, murmelte er irgendwas von Zinn-Futures und Erdbeben und Bolivien. »Überall fließt Geld, Chet, enorme Geldflüsse. Das Problem ist nur, dass man herausfinden muss, wie man etwas davon für sich abzapft.«

Geldflüsse? Die einzigen Flüsse im Valley führten nicht mal Wasser. Ich rollte mich auf meinem Sitz zusammen und schloss die Augen. Woran arbeiteten wir gerade? Mir fiel nur ein mickriger Fall ein, eine Scheidungssache in Sunshine City. Wir konnten Scheidungssachen nicht leiden, Bernie und ich. Vielleicht täuschte ich mich ja mit diesen Geldflüssen, vielleicht gab es sie tatsächlich. Das wäre doch schön. Ich konnte mich schon hineinspringen sehen.

Als ich aufwachte, fühlte ich mich tipptopp. Wo war ich? Im Auto. Mein Maul schmeckte leicht nach Ziegenkebab, sehr lecker. Mir fiel alles wieder ein, oder Teile von allem – die

Uhr, Mr Singh, keine Arbeit außer der einen Scheidungssache. Ich sah zu Bernie: die Hände am Lenkrad, kein besonders glückliches Gesicht. Ich setzte mich auf und rückte ein bisschen näher zu ihm hin.

»Gut geschlafen?«, fragte er.

Sehr gut. Ich riss mein Maul weit auf, sodass sich die Lippen ganz straff spannten, um den Kopf freizubekommen. Wir befanden uns auf der Mesquite Road, nicht weit von zu Hause. Und da war Iggy hinter seinem Fenster. Es tat immer gut, Iggy zu sehen. Ich hörte ihn leise hinter der Scheibe kläffen und bellte zurück. Er stellte sich auf die Hinterbeine, die Vorderpfoten gegen das Fenster gestemmt, und sah zu, wie wir vorbeifuhren. Wir bogen in unsere Einfahrt ein, und praktisch gleichzeitig fuhr ein anderes Auto vor unser Haus, einer von diesen Käfern. Ich kenne mich mit Autos nicht besonders gut aus – einen Porsche erkenne ich, versteht sich –, aber Käfer sind leicht und dieser Käfer erst recht. Erstens war er gelb, und zweitens war ich ein paarmal darin gefahren: Er gehörte Suzie Sanchez. Ein tolles Auto. Im Handschuhfach lag immer eine Schachtel Hundekekse.

Wir stiegen aus dem Porsche aus. Suzie kam auf uns zu. Sie roch nach Seife und Zitrone, und ihre glänzenden schwarzen Augen erinnerten mich an die Marmorplatte in unserer Küche. Ich mochte Suzie sehr. Sie und Bernie wechselten einen Blick, kompliziert und irgendwie komisch. Kompliziert, das war das Problem. Bei unsereinem, einem Völkchen von vielen in diesem Vielvölkerstaat, achten wir darauf, dass die Dinge nicht zu kompliziert werden. Als ich letztens zum Beispiel ein langes weibliches Bellen von der anderen Seite des Canyons gehört hatte …

»Hallo, Bernie«, begrüßte sie ihn. Und dann mich: »Hey, Chet – du siehst gut aus.« Sie griff in ihre Handtasche. »Darf ich ihm einen Hundekeks geben?«

»Er hat gerade erst gefressen«, sagte Bernie. Was? Wovon redete er? Er meinte doch wohl nicht den Ziegenkebab. Das war ja nicht mehr als eine kleine Knabberei gewesen und außerdem schon eine ganze Weile her, fand ich. Suzies Hand tauchte wieder aus der Tasche auf, leer. Spannung unter Menschen ist eine interessante Sache. Man kann sie riechen – na gut, Sie können sie vielleicht nicht riechen, aber ich. Jedenfalls roch ich jetzt diesen Geruch, und er verstärkte sich um einiges, als Bernie fragte: »Wie geht es Dylan?«

Eieiei. Dylan McKnight war Suzies Exfreund, aber womöglich nicht ganz ex; ich erinnerte mich da an irgendeine Fahrt, die die beiden nach L.A. unternommen hatten. Ich kannte Dylan McKnight nicht besonders gut, hatte ihn erst einmal gesehen, und wir hatten uns nicht verstanden – ein Schönling und ehemaliger Knastbruder. An dem Tag, an dem wir uns kennenlernten, landete er irgendwann auf einem Baum. An die Einzelheiten erinnere ich mich nicht mehr genau, nur an das Steak, das Bernie mir später gab.

Suzies normalerweise warme, freundliche Stimme war plötzlich kalt. »Keine Ahnung«, sagte sie.

»Nein?«, sagte Bernie. »Ist er immer noch in L.A.?«

»Ich glaube nicht.«

»Dann ist er wieder im Valley?«

Suzie holte tief Luft. »Bernie?«

Bernie bekam diesen verbissenen Gesichtsausdruck. »Ja?«

»Müssen wir über ihn reden?«

»Keine Ahnung«, sagte Bernie. »Worüber möchtest du denn reden?«

»Über die Story, an der ich gerade arbeite und bei der dein Name aufgetaucht ist«, erwiderte sie.

Bernie hörte auf, verbissen auszusehen. »Was für eine Story?«

»Über eine …«, Suzie schlug ihr Notizbuch auf, »… Adelina Borghese.«

»Was ist mit ihr?«

»Sieht so aus, als wäre sie entführt worden.«

»Entführt?« Bernie zuckte zusammen, fast so, als hätte ihn jemand geschlagen. Das hatte ich ihn noch nie tun sehen. »Wir haben sie erst heute Morgen getroffen.«

Suzie warf wieder einen Blick in ihr Notizbuch. »Es ist kurz nach zwölf passiert«, sagte sie. »Offenbar besitzt sie irgendeinen preisgekrönten Hund.«

»Princess«, warf Bernie ein.

Suzie blätterte eine Seite um und nickte. »Ja, genau, Princess«, sagte sie. »Der Hund wird auch vermisst.«

Kapitel 7

Das ging mir alles viel zu schnell. Princess wurde vermisst? Und Entführung? War das dasselbe wie Kidnapping, wie wir in unserem Geschäft sagten? Mir wurde plötzlich ganz heiß, und ich fing an zu hecheln.

»Woher hast du diese Informationen?«, fragte Bernie.

»Ein Tipp«, erwiderte Suzie.

»Von wem?«

Suzies Gesicht verschloss sich, wurde geradezu undurchdringlich. Es erinnerte mich sehr an das von Bernie, wenn er sich mal wieder stur stellte. »Ich gebe meine Quellen nicht preis.«

Bernies Stimme wurde lauter. Das passierte nur, wenn er sich richtig ärgerte, und selbst dann kaum jemals. »Deine Quelle ist mir scheißegal«, blaffte er. »Ich will nur wissen, ob die Informationen zuverlässig sind.«

Die meisten Leute zuckten sofort zurück, wenn Bernie sauer wurde. Ehrlich gesagt, konnte Bernie nämlich – ich will nicht sagen gefährlich werden, nein, das passt nicht zu Bernie, denn er ist der Beste, eher würde ich sagen, dass er ziemlich grob werden konnte, aber nur, wenn es Bösewichte betraf, und Suzie war kein Bösewicht. Riesenüberraschung: Sie wich nicht zurück. Im Gegenteil, sie reckte angriffslustig das Kinn vor. »Meine Informationen sind immer zuverlässig.«

Sie funkelten sich an. Es gefiel mir nicht, wie sich die

Sache hier entwickelte, kein bisschen. Ich bellte. Sie sahen mich beide an. Ich wollte gerade noch ein bisschen mehr bellen, als im Haus das Telefon zu klingeln anfing. Bernie lief hinein.

Ich trabte ihm hinterher. Aus dem Anrufbeantworter kam eine verärgerte Stimme. »Was ist denn das für ein Mist?« Ich erkannte die Stimme: Lieutenant Stine. »Ich dachte, Sie arbeiten für die Borghese. Wie kommt es dann, dass sie am helllichten Tage gekidnappt wird? Heben Sie verdammt noch mal endlich ab!«

Bernie ging zum Telefon. Schon an seinem Gang, wie wenn er durch tiefes Wasser hätte waten müssen, war zu erkennen, dass er nicht abheben wollte. Dann machte er den Rücken gerade, das hatte ich schon öfter an ihm gesehen, so als stärke er sich innerlich, und griff nach dem Telefon. Bernie – und das ist möglicherweise ein kleiner Unterschied zwischen uns beiden – konnte sich dazu zwingen, Dinge zu tun, die er nicht tun wollte. Aber warum?, frage ich Sie. Warum?

»Ja?«, sagte er.

Lieutenant Stines Stimme kam weiter aus dem Anrufbeantworter. »Was zum Teufel ist da passiert?«

»Sagen Sie es mir«, erwiderte Bernie.

»Irgendwelche Typen haben die Limousine der Borghese auf der alten Rio Loco Road angehalten, dem Fahrer mit einer Knarre eins übergezogen und sie gekidnappt. Und den blöden Köter auch. Wo waren Sie, als das passiert ist, wenn ich fragen darf?«

»Sie hat uns nicht angeheuert.«

»Wie bitte?« Die Stimme des Lieutenant klang ungläubig. »Da hat sie mir aber was anderes gesagt. Das kann nicht sein, Bernie! Sie versuchen hier doch nicht, mich …« Bernie drückte auf eine Taste, und Lieutenant Stines Stimme schrumpfte zu einem blechernen Stimmchen zusammen, das aus der Ohrmuschel des Telefons quäkte.

»Ich versuche überhaupt nichts«, wehrte Bernie ab. »Sie hat uns fast so schnell gefeuert, wie sie uns angeheuert hatte.« Lieutenant Stine sagte etwas, das ich nicht verstand, und Bernie antwortete: »Keine Ahnung, warum. Das ist ihr gutes Recht. Aber was haben Sie bis jetzt? War die Trainerin auch in dem Wagen? Was ...«

Ich hörte es am anderen Ende laut klicken. Bernie legte auf, sah zu mir, dann zu Suzie. Sie kritzelte etwas in ihr Notizbuch.

»Suzie?«, sagte er ganz leise. »Was schreibst du da?«

Sie sah auf. Der Stift bewegte sich weiter, ohne dass sie hinsah. Manchmal erstaunten mich die Menschen. »Ich schreibe gerade: ›Frage an Bernie: warum gefeuert?‹«

Bernie betrachtete sie kühl. Hey! Was lief denn da zwischen den beiden ab? Und das mit dem Gefeuertwerden: Daran war ich schuld, nicht Bernie. Ich bellte. Suzie klappte ihr Notizbuch zu, kam zu mir und streichelte mir über den Kopf. »Guter Junge«, lobte sie. Dabei war ich in Wahrheit böse gewesen, nicht gut, aber ich schätze mal, das konnte ich in dem Moment nicht richtig rüberbringen. Was sollte ich tun? Abgesehen davon war das Streicheln wirklich angenehm. Ich machte einfach meinen Kopf leer und genoss jeden Moment.

»Wir sind aneinandergeraten«, sagte Bernie.

Suzie hörte auf, mich zu streicheln. »Du und Ms Borghese?«

»Ja.«

»Worum ging es?«

»Nicht wichtig«, sagte Bernie. »Abgesehen davon ist das alles hier vertraulich.«

»Was alles?«

»Was ich dir erzähle.«

»Du hast mir bisher überhaupt nichts erzählt, Bernie. Dir ist scheinbar nicht klar, was für ein Riesending das ist. Die Great Western ist das Baby des Bürgermeisters. Er ist völlig ausgeflippt. Und du bist irgendwie in die Geschichte verwickelt, ob es dir nun passt oder nicht.«

»Hör ich da etwa eine Drohung heraus?«, fragte Bernie.

Eine Drohung? Davon hatte ich überhaupt nichts mitgekriegt. Außerdem war Suzie doch unsere Freundin, oder? Sie würde uns niemals drohen. Vielleicht war Bernie müde. Plötzlich fühlte ich mich auch ein bisschen müde. Ich legte mich unter den Tisch in der Diele. Es ist immer gut, ein Dach über dem Kopf zu haben. Mir fiel ein, dass das Haus auch ein Dach hatte, versteht sich, sodass ich sogar zwei Dächer über dem Kopf hatte, was noch besser war. Und was war mit der Zimmerdecke? Sie war unter dem Dach, klar, aber sie war auch eine Art Dach, oder? Ich kam ein wenig durcheinander.

»Keine Drohung«, stellte Suzie klar. »Nur eine Warnung, mehr nicht. Der Bürgermeister ist sauer auf den Polizeichef, der Polizeichef ist sauer auf Stine, und sie alle werden nach einem Sündenbock suchen. Vielleicht solltest du also die Initiative ergreifen und einen Kommentar abgeben, der die Sache in ein anderes Licht rückt …«

»Du meinst, jemand anderem die Schuld zuschieben?«, fragte Bernie.

»Nicht unbedingt«, sagte Suzie. »Nur eine Erklärung, warum du den Fall abgegeben hast.«

Bernie warf mir einen Blick zu. Ich lag immer noch unter dem Tisch, ein Auge offen. Ich wedelte mit dem Schwanz, ganz leicht. Der Schlaf näherte sich in großen Schritten.

»Ich habe nichts dazu zu sagen.«

Sie wechselten einen Blick, den ich zwischen den beiden nur ungern sah, kalt von beiden Seiten. Suzie packte ihr

Notizbuch weg, machte ein paar Schritte zur Tür, dann blieb sie noch mal stehen. »Wie geht es Charlie?«, fragte sie mit sanfterer Stimme.

Bernie holte tief Luft, stieß sie langsam wieder aus. Ich spürte große, tiefe Gefühle, ihre und seine. »Gut«, antwortete Bernie. »Ihm geht's gut.«

»Freut mich«, sagte Suzie.

Bernie nickte. Suzies Mund öffnete sich, so als wollte sie noch etwas sagen, aber es kam nichts heraus. Stattdessen ging sie zur Tür. Das Lid über meinem offenen Auge wurde ganz, ganz schwer.

Als ich aufwachte, hörte ich irgendwo im Haus Bernies Stimme. Ich konnte die Worte nicht verstehen, aber es war schön, dazuliegen und Bernie reden zu hören. Nach einer Weile kroch ich unter dem Dielentisch hervor, machte eine Dehnübung – die Vorderbeine weit vorgestreckt, Kopf nach unten, Hintern hoch; ich kann Ihnen gar nicht sagen, wie gut sich das anfühlt – und folgte Bernies Stimme durch den Flur ins Büro. Mit dem Telefon am Ohr stand er vor der weißen Tafel und schrieb etwas mit einem Stift, der interessant roch, auch wenn man ihn nicht fressen konnte, wie ich aus Erfahrung wusste. Ich setzte mich neben Bernie auf den Teppich und atmete den Stiftgeruch ein. Die Tafel war mit Buchstaben, Pfeilen und Zeichnungen vollgekritzelt, sodass fast keine freie Fläche übrig war. Harte Arbeit war Programm für uns von der Little Detective Agency.

»Ich verstehe«, sagte Bernie. »Aber ich wäre Ihnen trotzdem dankbar.« Er hörte einen Moment lang zu, dann hörte ich: »Danke, ich kenne die Stelle.« Er legte auf und sah mich. »An die Arbeit, mein Junge.« Ich war schneller an der Tür.

Ich war auch schneller am Auto und sprang auf den Kopilotensitz. Einmal hatte Bernie denselben Trick versucht.

Das war ziemlich lustig gewesen. Er drehte den Schlüssel, legte den Gang ein – ich mag es zuzusehen, wie er den Gang einlegte –, und schon waren wir unterwegs.

Das Valley erstreckt sich endlos in alle Richtungen – habe ich das schon erwähnt? Wir fuhren auf einen Freeway, dann auf einen anderen. Zuerst ging es nur im Schritttempo voran, und Bernies Hände klammerten sich um das Lenkrad, aber dann wurde es besser, und wir drückten auf die Tube. Der Porsche gab ein tiefes Röhren von sich, für das ich eine echte Schwäche habe, und die Bilder und Gerüche schossen so schnell an uns vorbei, dass sich Ihnen der Kopf drehen würde. Meiner lässt sich übrigens nicht ganz herumdrehen, aber ich bekomme ihn ziemlich weit nach hinten, wirklich ziemlich weit, sodass meine Schnauze sogar bis zu meinem …

»Chet! Was machst du denn da?«

Mein Kopf schnellte wieder nach vorne, und ich setzte mich ruhig und gerade hin, die Augen nach vorne gerichtet, Profi durch und durch.

Wir fuhren auf dem Freeway über einen Bergpass, an den neuesten Wohnsiedlungen und Einkaufszentren vorbei – die Luft war so kalt und sauber, dass es mir in der Nase juckte –, und auf der anderen Seite hinunter in die Wüste. Bald waren wir allein auf dem zweispurigen Asphalt. »Was, wenn wir einfach immer weiterfahren?«, fragte Bernie. »Immer weiter, ohne anzuhalten?« Die Antwort darauf kannte ich aus Erfahrung: Das Benzin würde uns ausgehen. Ich sah zu Bernie hinüber. Er klopfte auf der Suche nach Zigaretten seine Taschen ab. Schließlich fand er eine verbogene unter seinem Sitz und zündete sie an. Bernie zog daran, behielt den Rauch lange in sich drin, dann stieß er ihn langsam aus und sagte: »Himmel.« Ich mochte den Geruch von Zigaretten, aber ich mochte es nicht, wenn Bernie Sorgen hatte. Weswegen machte er sich Sorgen? Ich hatte keine Ahnung. Ich wusste nur, wenn er sich Sorgen machte, machte ich mir auch welche. Ich kratzte mit der Pfote ein bisschen am Sitz und fühlte mich schon besser.

Nach einer Weile tauchte in der Ferne das Rollfeld auf. Ein paar kleine Flugzeuge glänzten in der Sonne, und eine große rote Fahne – wobei Bernie meint, dass ich mit Farben nicht gut bin, ich würde es also nicht beschwören – flatterte im Wind. Bald verließen wir den zweispurigen Asphalt und fuhren auf einer holprigen Piste weiter, die sich einen Hügel hinaufwand. Als ich mich umdrehte, sah ich, dass wir eine Staubwolke hinter uns herzogen, und eine blasse Erinnerung stellte sich ein, eine Erinnerung an Adelinas Limousine, die vermutlich genau diese Straße heruntergefahren war. Ich wusste, was wir gerade machten: eine Spur verfolgen. Wir waren gute Spurenleser, Bernie und ich – er sagte oft, dass wir uns als Spurenleser prima hätten durchschlagen können im guten, alten Westen, was immer das war.

Die Piste brachte uns auf die Kuppe des Hügels, dann um eine riesige Felsformation herum auf die andere Seite. An ihrem Fuß war ein Motorrad am Straßenrand abgestellt, auf einer schmalen Felsbank, neben der es steil nach unten ging. Bernie bremste und hielt hinter dem Motorrad. Ich hatte eine Schwäche für Motorräder, war sogar schon einmal mit ein paar Motorradfahrern mitgefahren, aber das ist eine andere Geschichte.

Eine Frau in Jeans und T-Shirt trat aus dem Schatten der Felsen hervor. Sie war groß und stark, tief gebräunt, hatte kurze dunkle Haare mit grauen Flecken an der Seite: Nance, Princess' Trainerin. Sie sah Bernie mit zusammengekniffenen Augen an. »Sie haben gesagt, es bestünde keine Gefahr.«

»Damit lag ich falsch.«

»Ganz offensichtlich«, bestätigte Nance in gereiztem Tonfall. »Aber was wollen Sie? Warum sind Sie hier?«

»Wir wollen Ihnen helfen.«

Nance sah mich zum ersten Mal an. »Sie hatten Ihre Chance und haben es vermasselt.«

»Ich mache Ihnen einen Vorschlag«, sagte Bernie. »Wir heben uns die gegenseitigen Schuldzuweisungen für später auf.«

»Später?«, fragte Nance.

»Wenn wir sie befreit und in Sicherheit gebracht haben, meine ich.«

»Sie?«

»Adelina und Princess«, sagte Bernie. »Wird sonst noch jemand vermisst?«

Nance wirkte plötzlich ein bisschen weicher. »Nein, niemand. Es ist nur so, dass die meisten Leute keinen Gedanken an Princess verschwenden würden.«

»Öh«, entgegnete Bernie. Öh sagte er meist dann, wenn er sich komisch fühlte. Manchmal fügte er noch so wie jetzt hinzu: »Öh, ja.« Er räusperte sich und sah in den Abgrund hinunter. »Zunächst brauchen wir von Ihnen einen Bericht, was passiert ist, und zwar seitdem Sie den Flugplatz verlassen haben.«

Nance fuhr sich mit der Zunge über die Lippen. Darauf achtete ich immer ganz besonders, keine Ahnung, warum. Die Zungen von Menschen, winzig kleine Dinger meistens, sind interessant. Nehmen wir zum Beispiel die von Nance, die war vorne spitz. Bernies war viel runder, was in meinen Augen viel schöner war. »Wir fuhren ein paar Minuten nach dem …« Sie sah zu mir herüber. »… nach dem Zwischenfall mit Ihrem, äh …«

»Er heißt Chet.«

»… Zwischenfall mit Chet«, sprach Nance weiter. Ich wedelte mit dem Schwanz. Hey! Ich fing an, Nance zu mögen. Und der schwache Haschischgeruch, den sie verströmte? Na und? Der ist doch überall, Amigo. »Wir sind hier hochgefahren«, sagte sie gerade. »Das ist der kürzeste Weg zur Ranch am Rio Loco.«

»Sie, der Fahrer, Adelina und Princess?«, fragte Bernie.

Nance nickte. »Adelina saß mit Princess auf dem Schoß hinten. Ich saß ihr gegenüber, sodass ich zuerst gar nicht richtig mitbekommen habe, was los war. Wir fuhren gerade um diese Kurve hier, da stieg der Fahrer plötzlich auf die Bremse und hielt an. Er bremste so scharf, dass ich in den Sitz gepresst wurde. Ich hörte, wie Rui hupte, drehte den Kopf, und da sah ich, dass ein Auto die Straße blockierte. Es stand quer über die Fahrbahn. Mittlerweile hatte Princess angefangen zu bellen – sie kann Hupen nicht leiden. Wenn ich mich richtig erinnere, sagte Adelina etwas wie: ›Was ist denn los, Rui?‹, aber bevor er antworten konnte, waren all diese Männer da und fuchtelten mit Pistolen herum. Sie waren maskiert – Skimasken, glaube ich –, sodass man ihre Gesichter nicht erkennen konnte. Dann rissen sie die Türen auf – es ging alles ganz schnell –, und einer von ihnen, ein ziemlich großer Typ, packte Adelina am Arm und machte Anstalten, sie rauszuziehen. Ich erwischte gerade noch ihren Knöchel, wenn ich mich richtig erinnere, aber dann zog mir jemand von hinten eins über, und ich fiel auf den Boden und bekam keine Luft mehr. Ich konnte mich nicht bewegen. Einer der Männer brüllte irgendetwas von Schlüsseln. Schließlich rappelte ich mich auf und kroch aus dem Auto. Aber da war der Pick-up schon unten im Tal.« Nance deutete auf den Abgrund. Sie hatte breite, starke Hände. Ich fragte mich, zu welcher Sorte Tätschler sie gehören mochte.

»Pick-up?«, fragte Bernie. »Vorher haben Sie von einem Auto gesprochen.«

»Tatsächlich?«

»Was war es denn nun?«

Nance' Augen, die dieselbe Farbe wie ihr blauer Lidschatten hatten, schienen plötzlich nach innen zu gucken. »Ich kann mich nicht genau erinnern.«

»Absolut nachvollziehbar«, sagte Bernie. »Und dann?«

»Ich sah Rui – er lag über dem Lenkrad und blutete am Kopf. Ich rief mehrmals seinen Namen. Er öffnete die Augen, stieg aus und übergab sich.«

Übergeben: kannte ich. Hatte mich selbst aber schon länger nicht mehr übergeben – das letzte Mal hatte es etwas mit einem Klumpen Kautabak vor Nixon Paneros Autowerkstatt zu tun gehabt. Das Übergeben ist eine interessante Sache: Bevor es passiert, fühlt man sich furchtbar schlecht, und gleich danach ist man so gut wie neu!

»… Zündschloss nachgesehen«, sagte Nance gerade. »Die Schlüssel waren weg. Dann habe ich die Polizei gerufen.« Sie zuckte mit den Achseln. »Das war's.«

»Wie viele Männer waren es?«, fragte Bernie.

»Ich überlege schon die ganze Zeit. Es ist alles so schnell gegangen.« Bernie ließ Nance nicht aus den Augen. Sein Blick verriet, dass er gerade etwas über sie dachte, aber ich hatte keine Ahnung, was. Vielleicht sah sie diesen Blick auch. »Es tut mir leid, mehr kann ich Ihnen nicht sagen.«

»Sie machen das gut«, erwiderte er. »Sehr gut. Wie schwer waren Sie verletzt?«

»Sie meinen körperlich?«

Bernie nickte.

»Nur ein, zwei blaue Flecken.«

Blaue Flecken? Menschen bekamen blaue Flecken auf ihrer Haut, was ziemlich interessant aussah. Einige Male hatte Bernie sogar jemanden gebeten, ihm diese Flecken zu zeigen, aber bei Nance verzichtete er darauf.

»Können Sie mir irgendetwas über das Auto beziehungsweise den Pick-up sagen – die Farbe zum Beispiel?«

Nance schüttelte den Kopf.

»Irgendetwas, woran man die Männer identifizieren könnte?«

»Wie gesagt, sie waren maskiert.«

»Aber vielleicht haben Sie ja die Hautfarbe gesehen oder einen Akzent bemerkt?«

Sie schüttelte wieder den Kopf.

»Irgendwas Auffälliges an der Kleidung?«

Nance schloss die Augen. Das machten Menschen oft, wenn sie sich konzentrierten. Konnte ich überhaupt nicht nachvollziehen.

»Tut mir leid«, sagte sie. »Tut mir leid, dass ich Ihnen so wenig helfen kann.«

»Doch, das können Sie.«

»Und wie?«

»Wir brauchen einen Klienten.«

»Das verstehe ich nicht«, sagte Nance.

»Ich brauche einen Klienten, jemanden, der mich beauftragt – als Legitimation, wenn ich mit der Polizei spreche.«

»Sie wollen, dass ich Sie engagiere?«, fragte Nance. »Nac … nach …« Sie sah zu mir. »Warum sollte ich das tun?«

»Weil wir gut in solchen Fällen sind«, antwortete Bernie. »In Vermisstenfällen. Sie können gerne Erkundigungen über uns einziehen – das ist unsere Spezialität.«

»Abgesehen davon«, fuhr Nance fort, »habe ich nicht so viel Geld.«

»Wir arbeiten für eine nominelle Gebühr«, erwiderte Bernie.

Owei. Nominell kannte ich aus Erfahrung: ein großes Wort, nichts dahinter.

»Aber selbst das könnte ich nicht«, sagte Nance. »Nicht ohne Einwilligung.«

»Wessen Einwilligung?«, fragte Bernie.

»Die von Mr Borghese.«

»Dann rufen wir ihn an. Am besten sofort. In Fällen wie diesem ist die Zeit immer auf der Seite des Gegners.«

Nances Augen glitten zu mir, sie schimmerten in der Sonne. Ich hatte gestanden, aber jetzt setzte ich mich, ohne genau zu wissen, warum, und machte einen ruhigen, gelassenen, kompetenten Eindruck, durch und durch verlässlich. »Ich werde Sie zu ihm bringen«, sagte sie. »Er ist auf der Ranch.«

Kapitel 8

Ich war schon mal auf einer Ranch gewesen – einer richtigen Ranch, wo noch gearbeitet wurde, wie Bernie sagte –, und zwar bei einem Familienausflug in der Leda-Zeit. Bernie hatte Cowboystiefel für alle gekauft – für Charlie, Leda und sich selbst. Ich kann auf Fußbekleidung gut und gerne verzichten, das habe ich vielleicht schon erwähnt. Es war ein Mordsspaß gewesen, angefangen bei den Blicken, mit denen die alten Cowboys Bernie ansahen, als er in seinen Stiefeln und seinem Lieblingshawaiihemd, dem mit den orangefarbenen Blumen, zum Frühstück herunterkam. Diese Blicke änderten sich, als die Cowboys ein Wettschießen mit Colaflaschen auf einem Zaun veranstalteten und Bernie mit diesem kleinen Lächeln fragten, ob er auch mal sein Glück versuchen wollte. Peng, peng – nur noch Scherben! Mich überraschte das ja nicht, aber später stellte sich heraus, dass er auch mit dem Lasso ziemlich gut war. Und Charlie erst – der konnte gar nicht genug kriegen. Er versuchte, mich damit einzufangen, nur so zum Spaß, und ich ließ ihn ganz nah rankommen, schließlich war es Charlie. Aber mich fängt keiner mit dem Lasso ein, ob zum Spaß oder nicht.

Das Einzige, was mir auf der Ranch nicht gefallen hatte, waren die Pferde gewesen. Was ist bloß mit denen los? Total unberechenbar; ständig zucken sie ohne irgendeinen Grund, wobei die Menschen das nicht mitzukriegen scheinen. Ununterbrochen reden sie davon, wie schön diese Tiere sind, bis ich am liebsten zu diesen komischen Beinen rüberlaufen würde und an dieser besonders knochigen Stelle ein klitzekleines bisschen … Aber das würde ich nie tun, versteht sich, jedenfalls nicht noch mal nach dem, was damals auf der Ranch passiert ist.

Ich erzähle das alles nur, weil das Erste, was ich bei unserer Ankunft auf der Borghese-Ranch sah, ein großes weißes Pferd war, das auf einer Koppel mit einem weißen Gatter hin und her lief. Irgendetwas an ihm machte vom ersten Augenblick an einen schlechten Eindruck auf mich. Eine Ranch ohne Pferde – also, das wäre richtig …

»Chet! Lass das!«

Was denn lassen? Das Bellen? War ich das etwa? Ich riss mein Maul weit auf, ließ die Zunge heraushängen und guckte möglichst unschuldig drein. Dabei verhakte sich meine Lippe an einem Zahn, und es dauerte eine Weile, bis ich alles wieder unter Kontrolle hatte.

Wir folgten Nance. Hey, die konnte vielleicht Motorrad fahren, legte sich in die Kurven und jagte wrumm, wrumm, wrumm den Motor hoch, dass ich mich kerzengerade aufsetzte. Sie fuhr durch ein Tor mit einem großen Schild darüber, das über die ganze Straße reichte. »›Rio Loco Ranch, 1846‹«, sagte Bernie. »Wild Bill Hickok soll mal hier gewesen sein.« Wild Bill Hickok? Das klang nach Bösewicht, obwohl ich mich nicht an ihn erinnern konnte, aber man kann sich ja auch nicht an alle erinnern – schließlich hatten wir schon so viele Fälle gelöst, Bernie und ich.

Nance stellte ihr Motorrad neben ein paar Autos vor der Koppel ab, und wir hielten neben ihr. Als wir ausstiegen, ging bei der Scheune hinter der Koppel eine Seitentür auf, und heraus kam Suzie und klappte ihr Notizbuch zu. Sie sah uns sofort und zögerte. Zögern – so eine Sache, die Menschen machen, und ungeheuer interessant: Dann fangen sie einen winzigen Moment an zu zittern. Aber fragen Sie mich nicht, wofür das gut ist.

Suzie kam langsam auf uns zu. »Hi, Bernie«, sagte sie. »Hallo, Chet.« Bernie nickte. Er hatte viele Arten von Nicken. Das hier war eins von der Sorte Mal-sehen-was-passiert. Suzie blickte zu Nance. »Sind Sie Nancy Malone?«, fragte sie. »Princess' Trainerin?«

Nance nickte. Ihr Nicken war dem von Bernie sehr ähnlich. Nance war also auch Nancy Malone? Was Namen angeht, sind Menschen furchtbar umständlich, keine Ahnung, warum. Solange ich denken kann, bin ich Chet, schlicht und einfach Chet.

»Suzie Sanchez von der *Valley Tribune*«, sagte Suzie. »Ich habe Ihnen mehrere Nachrichten auf Ihrer Voicemail hinterlassen.«

Nance fuhr sich mit der Zunge über die Lippen. Darauf achteten wir immer besonders, Bernie und ich, weil ich diesen winzigen Zungen so gern zusah – habe ich das schon erwähnt? –, Bernie aus irgendwelchen anderen Gründen. »Ich hatte keine Zeit, sie abzuhören.«

»Hätten Sie jetzt einen Augenblick Zeit?«, fragte Suzie.

»Nein, tut mir leid.«

»Wann dann?«

»Ich melde mich bei Ihnen.«

»Ich hoffe, bald«, sagte Suzie. »Es dürfte im Interesse aller sein, dass wir keinen Unsinn schreiben, denke ich.«

»So, denken Sie?«, fragte Nance. Sie drehte sich um und verschwand durch dieselbe Tür, durch die Suzie rausgekommen war.

Was jetzt? Das war alles ziemlich verwirrend. Ich rückte näher zu Bernie. Suzie sah Bernie unter halbgeschlossenen Lidern an, als hätte sie Zigarettenrauch in die Augen bekommen. »Du hast also nicht ganz die Wahrheit gesagt, als du erklärt hast, du wärst aus dem Fall raus«, sagte sie. »Oder ist es etwas anderes?«

»Etwas anderes«, gab Bernie zu.

Sie sah ihn lange an. »Bernie«, sagte sie schließlich, »was ist los? Was ist schiefgelaufen?«

»Wie, schiefgelaufen?«, fragte Bernie. Aha. Bernie beantwortete eine Frage mit einer Gegenfrage. Ich wusste zwar auch nicht so genau, was hier lief, aber ich mochte es, wenn er das machte.

Suzie mochte es offenbar nicht. Das erkannte ich daran, dass auf ihrer Stirn Falten erschienen und sie die Augen noch mehr zusammenkniff. »Stellst du dich eigentlich mit Absicht dumm?«

»Dumm stellen geschieht per se mit Absicht«, sagte Bernie.

»Also, warum dann?«, sagte Suzie. »Was spielst du für Spielchen?«

Hey! Stritten die beiden etwa? Das gefiel mir nicht. Konnte Suzie Bernie nicht leiden? Konnte Bernie Suzie nicht leiden? Ich drehte den Kopf, kaute ein bisschen an meinem Fell. Bernie öffnete den Mund, um etwas zu sagen, aber in diesem Augenblick trat ein Mann durch das Scheunentor und ging auf die Koppel, gefolgt von Nance mit einem Sattel. Der Mann trug glänzende Stiefel und hatte eine kurze Peitsche in der Hand – genau genommen war die Peitsche das Erste, was ich sah –, und er hielt sich sehr gerade, aber er war trotzdem viel kleiner als Nance. Er pfiff – ein kurzer scharfer Pfiff, der mir in den Ohren wehtat –, und das Pferd kam angetrabt. Da stand es und schüttelte seine Mähne auf eine Art, die ich einfach nervtötend fand.

Nance trat zu dem Pferd und begann es zu satteln. Ich hatte Charlie oft auf dem Rücken herumgetragen, und es war jedes Mal ein Mordsspaß gewesen, aber mir einen Sattel umschnallen lassen? Nein danke, ich verzichte. Und dieses silberne Ding, das Nance dem Pferd ins Maul schob, eine silberne Stange, an der die Zügel hingen? Kam überhaupt nicht in Frage.

Der Mann nahm die Zügel und schob einen Fuß in den Steigbügel. Nance stellte sich hinter ihn, verschränkte die Hände unter seinem anderen Stiefel und hob ihn in den Sattel. An jedem Stiefel ragte hinten ein kurzes Metallstückchen raus, sehr interessant.

»Der Graf?«, fragte Bernie.

»Wer sonst?«, fragte Suzie zurück.

»Wie ist sein Englisch?«

»Nicht übel.«

»So gut wie das von Adelina?«

Suzie lachte.

»Was ist daran so komisch?«, fragte Bernie.

»Adelina ist in Passaic geboren und aufgewachsen«, sagte sie.

»Passaic?«, wunderte sich Bernie. Kannte ich auch nicht. War das irgendwo im Valley? Das Valley ging endlos so weiter, und was kam danach? Ich hatte einmal ein Abenteuer in New Mexico erlebt, ein anderes Mal war ich in San Diego gewesen. Wir hatten gesurft, Bernie und ich! Oder so was in der Art.

»Passaic in New Jersey, Bernie«, sagte Suzie. »Viel Glück mit dem Fall.« Sie drehte sich um und ging weg. Ihr gelber Käfer stand auf der anderen Seite der Scheune. Suzie stieg ein und fuhr davon.

Bernie sah ihr nach. »Mist«, sagte er. Er sah zu mir herunter. »Hab ich das jetzt vermasselt?« Bernie und etwas vermasseln? Nie im Leben. Ich stupste ihn an. »Wenn ich darüber nachdenke, beginnt so ein Gefühl an mir zu nagen, dass das mit dem dumm …«

Ein Gefühl nagte an ihm? Ich konnte ihm nicht mehr folgen, aber egal, in dem Moment wurden wir beide nämlich vom Getrappel der Pferdehufe abgelenkt. Ich drehte mich um und sah, dass sich der Graf im Sattel nach vorne beugte und das Pferd schnurstracks auf etwas zulief, das wie ein Stück Zaun in der Mitte der Koppel aussah. Ein ziemlich hohes Stück Zaun: War es möglich, dass ...

Wow! Mehr als nur möglich. Und ich sah, wofür diese Metalldinger – Sporen, fiel mir jetzt wieder ein aus der Zeit, als Bernie und ich uns ständig Western angesehen hatten und er immerzu sagte: »Siehst du, so war es früher!«, bis die Western schließlich unten in dem Stapel DVDs verschwanden und dort blieben.

Wo war ich stehen geblieben? Ach ja – die Metalldinger: Die waren dazu da, sie dem Pferd in die Seiten zu rammen, wenn es springen sollte. Ich kann auch springen, und zwar von ganz allein; ich hätte nichts dagegen gehabt, auch mal einen Sprung über den Zaun zu probieren. War das der richtige Moment? Warum eigentlich nicht? Da warf ich zufällig einen Blick in Bernies Richtung. Schüttelte er den Kopf?

Das Pferd landete, trapp, trapp, und der Boden unter mir erzitterte. Der Graf hatte einen finsteren Ausdruck auf dem Gesicht, als würde ihm das keinen Spaß machen. Komisch: Es musste doch einfach Spaß machen, den Boden erzittern zu lassen. Das Pferd lief im Kreis um die Koppel. Nance kam zu uns herüber und blieb auf der anderen Seite des Zauns stehen.

»Lebendig gewordene Poesie«, sagte sie.

Poesie? Bernie hatte eine Schwäche für Poesie. Er kannte alle möglichen Gedichte auswendig, manchmal, zum Beispiel auf langen Autofahrten, sagte er was davon auf. Am liebsten mochte ich *Kanonen zu ihrer Rechten / Kanonen zu ihrer Linken / Kanonen vor ihnen / umgeben vom Donnern der Salven*, aber mir gefiel auch *Mein alter Hund Tray wird stets treu mir bleiben / Kummer und Schmerz kann ihn nicht vertreiben / Er ist sanft, er ist freundlich / Niemals, nein niemals find' ich / Einen besser'n Freund als meinen alten Hund Tray*, auch wenn ich nicht richtig schlau daraus wurde, denn der einzige Tray, den wir kannten, war ein böser, knurriger alter Knabe, der einen Schrottplatz in Pedroia bewachte und niemandes Freund war.

Bernie nickte Nance zu – die Art Nicken, die Nance vermutlich glauben ließ, er wäre einer Meinung mit ihr, was die lebendig gewordene Poesie betraf. »Bei den Olympischen Spielen 1988 gehörte er zur italienischen Reiterequipe«, erklärte Nance.

»Ich wusste gar nicht, dass Pferde so alt werden«, sagte Bernie.

Nance warf ihm einen raschen Blick zu. »Ich spreche vom Grafen.«

»Ach so«, sagte Bernie.

Das Pferd kam angetrabt und streckte den Kopf über den Zaun. »Brr«, machte der Graf. Zum ersten Mal konnte ich das Gesicht des Grafen richtig sehen: schmal, große Nase, flinke dunkle Augen, Schnurrbart. Ich mochte Schnurrbärte nicht, keine Ahnung, warum. Der Graf blickte auf Bernie herunter. Das Pferd schaute mich an. Ich schaute zurück, das können Sie mir glauben. Es wieherte, ein gruseliges Geräusch, und tänzelte zur Seite. Der Graf schnalzte mit der Zunge, und das Pferd blieb stehen. Ich ertappte mich dabei, wie ich mich ein bisschen näher heranschob.

»Das ist der Privatdetektiv«, sagte Nance.

»Bernie Little.« Bernie hielt dem Grafen über den Zaun hinweg die Hand hin, aber der schien es nicht zu bemerken.

»Was wollen Sie?«, fragte er. Er hatte eine komische Art zu sprechen, ein seltsamer Singsang, schwer zu verstehen.

»Ihnen helfen, die beiden zu finden«, erwiderte Bernie. »Ihre Frau und Princess.«

»Was das betrifft, haben Sie schon einmal versagt, nicht wahr?«, sagte der Graf.

»Wenn dem so gewesen sein sollte«, erwiderte Bernie, »erhöht das nur unsere Motivation.«

»Motivation ist eine Sache«, versetzte der Graf, »Kompetenz eine andere.«

»Sie können Erkundigungen über uns einziehen«, bot Bernie an. »Ich kann Ihnen Referenzen geben.«

»Referenzen?«, sagte der Graf. »Das interessiert mich nicht.«

»Was interessiert Sie denn?«, fragte Bernie.

Der Graf gab keine Antwort. Stattdessen rieb er sich mit einem Finger seine große Nase. Hatte das irgendetwas zu bedeuten?

»Ich weiß nur eins«, sagte Bernie, »in einer Situation wie dieser kommt es auf jede Minute an.«

Der Graf starrte auf ihn herunter. Bernie wollte, dass er Ja sagte, das wusste ich. Darüber hinaus wusste ich, wie Menschen aussahen, kurz bevor sie Ja sagen. Der Graf sah im Augenblick nicht so aus.

»Es ist natürlich am besten, wenn wir im Auftrag eines Klienten arbeiten«, erklärte Bernie. »Aber ehrlich gesagt, werden wir diesen Fall so oder so bearbeiten, ob wir einen Klienten haben oder nicht.«

»Soll das eine Drohung sein?«, fragte der Graf.

»Nur eine Feststellung von Tatsachen«, stellte Bernie klar.

»Aha«, sagte der Graf. »Eine Feststellung von Tatsachen. *Asserzione di fatto.*« Schwer zu verstehen, dieser Graf, und jetzt überhaupt nicht mehr. »Und wenn Sie von ›wir‹ sprechen, dann meinen Sie damit …?«

Bernie deutete auf mich. Huch. Offenbar hatte ich mich irgendwie durch das Gatter gezwängt und stand jetzt nur noch einen kurzen Sprung von einem dieser knochigen Pferdebeine entfernt. Ich schob mich rückwärts durch die Stangen zurück, gar nicht so einfach. »Chet und ich«, sagte Bernie und sah mich mit einem speziell für mich reservierten Blick an. Ich kannte diese für mich reservierten Blicke. Der hier bedeutete … irgendwas, ich hab's vergessen.

Dann: Überraschung! Der Graf ließ sich aus dem Sattel gleiten, landete leichtfüßig auf dem Boden und streckte die Hand durch das Gatter. »Lorenzo di Borghese«, sagte er.

Sie schüttelten sich die Hand.

»Äh«, sagte Bernie.

»Lassen Sie uns hineingehen und die Einzelheiten besprechen«, schlug der Graf vor. »Nance, wären Sie so nett und würden Angel noch etwas bewegen?«

»Natürlich, Loren… – Mr Borghese.« Nancy nahm die Zügel. Das Pferd hieß Angel? Wie einer von den Hells Angels? Na, das passte ja …

»Che-et?«

Hey! Noch eine Überraschung: Ich war schon wieder auf der anderen Seite des Zauns und schlich irgendwie geduckt vorwärts. Hoch über mir wieherte Angel und wich zurück.

»Ganz ruhig, Angel«, sagte Nance und zog an den Zügeln.

»Che-et? Komm, Kumpel.«

Bernie beobachtete mich. Ich erhob mich und trabte hinter ihm und dem Grafen her, forsch und unschuldig.

Ich mochte Scheunen. Massenhaft Gerüche und dazu jede Menge interessantes Zeug, meistens einschließlich irgendwelcher Essensreste. Und tatsächlich roch ich auf dem Weg in die Scheune Erdnussbutter, wobei ich keinen Geschmack an Erdnussbutter finden kann, und abgesehen davon: Wer war der Mann, der da an einem Tisch neben der Tür saß und ein Gewehr reinigte? Ich hatte Bernie schon oft unser Gewehr reinigen sehen, deshalb wusste ich, was er machte. Dieses Gewehr sah länger aus als unseres.

»Mein Sekretär Aldo«, erklärte der Graf. »Mr Little, der Privatdetektiv.«

»Hallo«, sagte Aldo und stand auf. Ein riesiger Kerl, so breit wie Bernie, aber größer. Er trug einen von diesen Pferdeschwänzen, und aus irgendeinem Grund konnte ich kaum den Blick davon wenden. Ich versuchte mich zu erinnern, was ein Sekretär war. Beinahe wär's mir wieder eingefallen.

»Hübsches Zielfernrohr haben Sie da, Aldo«, sagte Bernie. »Ist das ein …«

»Seien Sie doch so gut und machen Sie woanders weiter, Aldo«, wies ihn der Graf an. »Mr Little und ich haben etwas zu besprechen.«

»Bin schon weg«, sagte Aldo, stopfte die Gewehrteile in eine Leinentasche und ging zur Tür.

Bernie und der Graf setzten sich an den Tisch, ich legte mich darunter. Der Graf sah mich an. »Interessantes Tier«, sagte er. Wen meinte er? »In unserer Welt besteht immer die Gefahr einer Überzüchtung. Hier scheint eher das Gegenteil zuzutreffen.« Das konnte alles heißen; ich wusste nur, dass ich den Atem des Grafen nicht mochte, der roch nämlich nach Fisch. Ich bin nicht heikel, was Essen angeht, aber es ist mir ein Rätsel, was jemand an Fisch finden kann.

Bernie lächelte den Grafen an, der Mund freundlich, die Augen und der Rest des Gesichts unbeteiligt. »Es wäre nicht das erste Mal, dass Chet unterschätzt wird«, sagte er.

»Ich wollte niemanden beleidigen«, erwiderte der Graf. Er zog ein Päckchen Zigaretten aus der Hosentasche. »Rauchen Sie?«

»Nein, danke«, antwortete Bernie, aber seine Augen klebten an den Zigaretten.

»Natürlich nicht«, stellte der Graf belustigt fest, zündete sich eine an und nahm einen tiefen Zug. »Ihr Amerikaner …«

Ja, wir waren Amerikaner, Bernie und ich. Und?

Der Graf stieß eine lange dünne Rauchfahne aus. Ah, ein

wunderbarer Geruch. Aus irgendeinem Grund machte er mir immer Appetit. »Sie müssen wissen, dass ich Hunde liebe«, sagte der Graf. Er schnippte die Asche von seiner Zigarette. Sie schwebte an meiner Schnauze vorbei, und plötzlich musste ich niesen. Ich hatte schon länger nicht mehr geniest, und deshalb kam es ziemlich überraschend für mich. Als ich wieder bei mir war, hörte ich den Grafen sagen: »... vertraut mit der Welt der Hundeschauen, Mr Little?«

»Nennen Sie mich Bernie«, sagte Bernie. »Nein, eigentlich nicht.«

»Dann nennen Sie mich Lorenzo«, erwiderte der Graf. »Lorenzo der Große.«

»Verzeihung?«

»Ha, ha, ein kleiner Scherz von mir«, lachte der Graf. Er hob die Hand und drückte Daumen und Zeigefinger aneinander; seine Fingernägel waren poliert und glänzten. »In der Welt der Hundeschauen geht es gnadenlos zu. Es ist wichtig, dass Sie das verstehen.«

»Gnadenlos?«

»Damit meine ich die Besitzer.« Der Graf klopfte seine Taschen ab und nahm ein Scheckbuch und einen goldenen Füller heraus. »Was hatten Sie mit Adelina vereinbart?«

»Zweitausend pro Tag.«

»Dollar oder Euro?«, fragte der Graf. Euro? Noch nie gehört: Sollte das ein Trick sein?

»Dollar«, sagte Bernie. *Uff.* So leicht lässt Bernie sich nicht austricksen, Amigo.

Der Graf schlug das Scheckbuch auf und begann zu schreiben. »Was halten Sie von, sagen wir, dreitausend als Anzahlung?«

»Gut.«

Der Graf hielt Bernie den Scheck hin. Wir waren wieder flüssig! »Gestatten Sie mir eine Mutmaßung«, sagte der Graf, ohne den Scheck loszulassen, sodass er und Bernie ihn beide hielten. »Das Ganze galt Princess, nicht Adelina.«

»Wie kommen Sie darauf?«

»Habe ich das nicht gerade erklärt? Die gnadenlose Welt der Hundeschauen. Sagt Ihnen der Begriff ›cui bono‹ etwas?«

Bernie nickte. Ich kannte Bono auch, aus der Zeit, in der Bernie ununterbrochen »I Still Haven't Found What I'm Looking For« laufen ließ, so lange, bis ich am liebsten … ich weiß nicht, irgendwas Schlimmes. Aber was Bono mit alldem zu tun hatte …

»Also, wer hätte von der Sache einen größeren Nutzen als Princess' Konkurrenten?«, fragte der Graf.

»Sie hat Konkurrenten?«, fragte Bernie.

»Erbitterte Konkurrenten, Bernie. Wissen Sie, wie scharf die alle darauf sind, nächste Woche zu gewinnen? In dieser Welt beißen den Letzten die Hunde – wenn Sie das Wortspiel verzeihen.«

Oh, wie ich diesen Spruch hasste. Ich schob mich etwas näher an das Bein des Grafen heran. Dieser Stiefel sah ziemlich dick aus, und dann waren da auch noch die Sporen, aber ich könnte trotzdem – plötzlich stand Bernies Bein vor mir und verhinderte, was ich vorgehabt oder auch nicht vorgehabt hatte.

»Wenn ich Ihnen einen Rat geben darf«, sagte der Graf, »ich würde an Ihrer Stelle bei Babycakes anfangen.«

»Babycakes?«

»Offiziell bekannt unter dem Namen Sherm's Lucky Roll«, sagte der Graf. »Ihr Besitzer ist Sherman Ganz aus Las Vegas.«

»Haben Sie das der Polizei erzählt?«, fragte Bernie.

»Ich war von dem Auftritt der Polizei nicht besonders beeindruckt. Aldo kann Sie über die Einzelheiten ins Bild setzen.« Der Graf ließ den Scheck los und erhob sich.

Steck ihn ein, Bernie, schnell!

Kapitel 9

Die meisten unserer Treffen mit Polizisten vom Metro Police Department fanden auf dem Parkplatz von Donut Heaven statt. Wir parkten polizeistilmäßig, Bernies Tür neben der Fahrertür des Streifenwagens von Lieutenant Stine. Durch die offenen Fenster wehte der Dampf aus ihren Kaffeebechern.

»Mag Chet ’nen Doughnut?«, fragte Lieutenant Stine.

Menschen fragen in solchen Augenblicken manchmal: »Soll das ein Witz sein?« Keine Ahnung, warum. Ich fand, das war eine ganz und gar ernstzunehmende Frage, und die Antwort war ja wohl klar.

»Er hat gerade was bekommen«, sagte Bernie. »Ich glaube nicht, dass er schon wieder Hung…« Mittlerweile saß ich nicht mehr auf dem Kopilotensitz, sondern hing mehr oder weniger quer über Bernie und streckte die Schnauze aus seinem Fenster. Lieutenant Stine warf mir durch den Spalt zwischen den beiden Autos einen Doughnut zu. Ich bin ein guter Fänger – Bernie und ich spielen immer dieses tolle Spiel mit einem Frisbee. Einmal haben wir an einem Wettbewerb teilgenommen, und wenn nicht im ungünstigsten Moment dieses Eichhörnchen aufgetaucht wäre … Aber dazu komme ich vielleicht später noch. Ich verzog mich mit dem Doughnut auf meinen Sitz und beschäftigte mich still damit.

»Wer bearbeitet den Fall Borghese?«, fragte Bernie.

Lieutenant Stine deutete kauend auf sich. Bernie begann

ihm von unserem Treffen auf der Ranch des Grafen zu berichten. Furchtbar kompliziert, selbst beim zweiten Mal. Ich hielt mich an die wesentlichen Einzelheiten: Adelina und Princess wurden vermisst, zweitausend pro Tag.

»Was ist denn so ein Graf eigentlich?«, fragte Lieutenant Stine.

»Na ja, irgend so ein Adliger halt«, sagte Bernie.

»Ein Adliger«, wiederholte der Lieutenant. »Meine Fresse. Heißt das, er ist reich?«

»Wild Bill Hickok hat sich mal auf dieser Ranch aufgehalten.«

»Und das macht ihn zu einem reichen Mann?«

»Ich will damit nur sagen, dass diese Ranch geschichtlich gesehen eine bedeutende Rolle spielt«, sagte Bernie. »Was ihn zu einem reichen Mann macht, sind ungefähr zwölftausend Hektar unberührtes Land, dazu eine Wohnung in Manhattan und eine Villa in Umbrien und Gott weiß was sonst noch.«

»Was tut er? Woher kommt das viele Geld?«

»Wahrscheinlich geerbt«, mutmaßte Bernie. »Da kommt das Adlige ins Spiel.«

Sie tranken ihren Kaffee. Ich verputzte den Doughnut. Lecker.

»Hat er was von einem Konkurrenten gesagt?«, fragte Bernie.

Der Lieutenant blätterte in seinem Notizblock. »Babycakes?«

»Ich dachte eher an den Besitzer, Sherman Ganz. Überprüft ihr ihn?«

»Hä?«, machte Lieutenant Stine. »Der Typ zieht eine Entführung durch und riskiert dafür vielleicht lebenslänglich, und das alles nur, weil er bei einer Hundeschau gewinnen will?«

»Genau«, sagte Bernie.

»Bei Ihren Ideen bleibt mir glatt die Spucke weg«, sagte Lieutenant Stine.

Das kannte ich. Ein sehr böser Mann namens Gulagow – inzwischen trug er einen orangefarbenen Overall und saß im Central State – hatte mir mal so fest eine Kette um den Hals gelegt, dass mir auch die Spucke weggeblieben war. Grässlich. Bernie war der Beste, aber in diesem Fall stand ich auf der Seite des Lieutenant.

»Wenn jemand Reiches entführt wird, geht es um Lösegeld, würde ich sagen«, fuhr der Lieutenant fort.

»Und, gibt es eine Lösegeldforderung?«

»Bis jetzt noch nicht«, antwortete der Lieutenant. »Aber das heißt nicht, dass nicht bald eine kommt.«

»Vielleicht haben Sie recht«, sagte Bernie. »Was sonst noch?«

»Nada«, erwiderte der Lieutenant. »Ich hab die Limousine überprüft. War sauber. Dann hab ich den Fahrer und diese Trainerin befragt. Wie zu befürchten war, haben die nix gesehen.«

Ich spitzte die Ohren. Die Knicks? Hatte er gesagt: »Wie zu befürchten war, haben sie die Knicks gesehen«? Bernie war ein großer Fan der New York Knicks und hatte ihre Kappe in seiner Sammlung. Waren die Knicks Verdächtige im Borghese-Fall? Das würde Bernie aber gar nicht gefallen.

Aus dem Funkgerät des Lieutenant knisterte eine Stimme. Er sprach in sein Mikrofon. Dann ging es ein paarmal hin und her, aber ich bekam nichts davon mit, teils wegen des Knisterns, teils weil ich damit beschäftigt war, Puderzucker vom Sitz zu lecken. Das Funkgerät verstummte. »Haben Sie das gehört?«, fragte der Lieutenant.

»Ein Tankwart hat in der Nähe von Rio Loco einen dunkelgrünen Pick-up gesehen?«

»Ist mit hundertsiebzig durch die Gegend geprescht.« Der Motor des Streifenwagens sprang an. »Wollen Sie mitkommen?«

»Bringt nichts, wenn wir beide hinfahren.«

Lieutenant Stine leerte seinen Pappbecher. »Soll heißen?«

»Wir graben an ein paar anderen Stellen.«

»Wenn Sie dabei auf irgendetwas Interessantes stoßen, will ich es wissen.«

»Das Gleiche gilt für mich«, sagte Bernie.

»Nein, das tut es nicht«, widersprach der Lieutenant. »Das sollten Sie inzwischen eigentlich wissen. Ich vertrete das Gesetz und kann Forderungen stellen. Sie vertreten es nicht und können sich allenfalls was wünschen.« Sie sahen einander lange an, nicht besonders freundlich. »Schönen Tag noch«, verabschiedete sich Lieutenant Stine.

Klar würden wir noch einen schönen Tag haben. Das verstand sich ja wohl von selbst.

Wir waren schon mal in Las Vegas gewesen, Bernie und ich. Es dauerte eine Ewigkeit, bis wir aus dem Valley raus waren, dann kam ein Stück Wüste, Bernies Hände am Lenkrad entspannten sich, vielleicht hörten wir ein bisschen Musik – in diesem Fall »Sway« von den Stones, immer wieder. Bernie sang aus voller Kehle mit, irgendwas von einem Dämonenleben, und dann sagte er: »Mick Taylor, Chet, hör dir das an – das war ihre beste Zeit.« Das war mir zu hoch, außerdem wäre mir Roy Eldridge mit seiner Trompete lieber gewesen, aber es war immer schön zu sehen, wenn Bernie sich freute. Dann hörte die Wüste plötzlich auf, und wir waren in Las Vegas. Die Sonne ging unter, und am Himmel erschienen alle möglichen Farben, nicht meine stärkste Seite. Wir fuhren eine breite Straße hinunter, die noch bunter beleuchtet war als der Himmel. Bernies Hände verkrampften sich wieder. Er konnte Las Vegas überhaupt nicht leiden. »All das ist nur ein Spiegel, Chet«, sagte er. »Was sich darin spiegelt? Gute Frage. Irgendein schrecklicher Zipfel der menschlichen Seele – eine andere Antwort fällt mir nicht ein.« Um ein Haar hätte ich es verstanden! Spiegel kannte ich natürlich, mehr als einmal hatte ich vor einem gestanden und einen meinesgleichen angebellt, bevor sich dann herausstellte, dass ich es selber war.

Ein Weilchen später hielten wir vor einem Tor in einem ruhigeren Teil der Stadt. Hinter den hohen Mauern waren Ziegeldächer zu sehen, überall standen Palmen. Ein Wächter ließ uns rein. Wir folgten einer langen kurvigen Straße und hielten neben einem Springbrunnen vor einem riesigen Haus. Hell angeleuchtetes Wasser spritzte hoch in die Luft und fiel mit einem lauten Platsch in ein Becken. Schwamm da etwa ein dicker, fetter Fisch herum? Ich hatte noch nie einen Fisch gefangen; ehrlich gesagt, hatte ich nicht mal Gelegenheit gehabt, einen zu jagen. Das schien ein richtiger Glücks…

»Che-et?«

Der dicke, fette Fisch schlug mit dem Schwanz und schwamm weg, nicht besonders schnell, absolut fangbar. Aber vielleicht war das nicht der richtige Moment. Gleich darauf waren wir drinnen im Haus und folgten einem Hausmädchen durch mehrere riesengroße Zimmer. Ich roch meinesgleichen. Die Witterung wurde immer stärker, und gleich darauf betraten wir ein Zimmer, alle Wände voll mit Büchern. In einem Ledersessel in der Ecke saß ein grauhaariger Mann mit einem kurzen grauen Bart, in der Hand ein Buch und auf dem Schoß eine von meinesgleichen – eine, die Princess sehr, sehr ähnlich sah. Hatten wir sie etwa schon gefunden? Wir wurden langsam richtig gut, Bernie und ich.

»Mr Ganz?«, fragte Bernie. Der grauhaarige Mann nickte

und sagte etwas, das mir entging, weil ich in diesem Augenblick die Witterung von dem Weibchen auf seinem Schoß aufnahm. Sie roch völlig anders als Princess. Ihrem Geruch fehlte dieses Pfeffrige, das ich irgendwie mochte, wie ich jetzt merkte. Ich schnüffelte ein- oder zweimal, bis ich plötzlich das Gefühl hatte, dass sie über mich redeten.

»Oh ja«, sagte Bernie. »Kleine Hunde sind bei ihm so sicher wie in Abrahams Schoß.«

»Babycakes, hast du Lust, mit dem netten großen Hund zu spielen?«, fragte Mr Ganz.

Babycakes hatte große dunkle Augen, vielleicht nicht ganz so groß und dunkel wie die von Princess, dafür aber feuchter. Sie richteten sich auf mich wie zwei tiefe dunkle Tümpel, dann quiekte Babycakes leise und kuschelte sich tiefer in Mr Ganz' Schoß. »Arme Babycakes«, sagte er und streichelte den golfballgroßen Kopf. Er sah zu Bernie hoch. »So kurz vor der Hundeschau können wir keine Aufregung brauchen.«

»Verstehe«, sagte Bernie. »Nur ein paar Fragen, und dann sind wir auch schon wieder weg.«

Mr Ganz' Stimme, die bis jetzt sehr sanft gewesen war, wurde barscher. »Das habe ich nicht gemeint«, entgegnete er. »Ich sprach von Babycakes' Gemütszustand, nicht von meinem. Mir können Sie so viele Fragen stellen, wie Sie wollen – die arme Adelina, ich habe sie immer bewundert –, obwohl ich nicht weiß, wie ich Ihnen helfen kann.«

Bernie zog sich einen Schemel heran und setzte sich zu Mr Ganz, aber nicht direkt vor ihn. Das war eine seiner Methoden, und es gab auch einen Grund für das Nicht-direkt-Davorsetzen. Der fiel mir im Moment allerdings nicht ein. Ich setzte mich neben ihn auf den Boden und stellte die Ohren auf. Babycakes versuchte, sich noch tiefer in Mr Ganz' Schoß zu verkriechen, hatte aber keinen Platz mehr. Mr Ganz zog die Ecke seines Buchs über Babycakes, sodass nur noch die feuchten Augen darunter hervorschauten.

»Wir fangen praktisch bei null an, Mr Ganz«, sagte Bernie. »Fast alles, was Sie uns sagen, hilft uns weiter. Zum Beispiel Ihre Bemerkung, dass Sie Adelina bewundern. Oder bewundert haben, wie Sie es ausdrückten.« Bernie lächelte. Dieses schnelle Lächeln, das manchmal auf Bernies Gesicht erschien, als würde ein Messer aufblitzen. Ganz tief in Bernies Innerem verbarg sich ein gewisses Gewaltpotenzial. Bei mir auch. »Wissen Sie etwas, das wir nicht wissen, Mr Ganz?«, fragte er.

Mr Ganz' Augen, groß und feucht wie die von Babycakes, richteten sich auf Bernie. »Darauf können Sie wetten«, sagte er. »Allerdings nichts, was die Umstände ihres Verschwindens oder ihren derzeitigen Aufenthaltsort betrifft. Und was die hässliche Anspielung in Ihrer Frage angeht: Sagen Sie jetzt bitte nicht, Sie tun nur Ihre Arbeit.«

Ich wurde aus alldem nicht schlau, ich wusste nur eins: Ich mochte Mr Ganz nicht. Würde diese Befragung damit enden, dass ich ihn am Hosenbein packte? Ich war bereit.

Bernie lächelte immer noch, aber jetzt auf eine freundlichere Art. Es überraschte mich irgendwie, aber ich will nicht behaupten, dass ich Bernie rund um die Uhr – was das auch heißen mag – verstehe. Ich vertraute einfach darauf, dass er immer der klügste Mensch weit und breit war. Meine Aufgabe war es, mich um alles andere zu kümmern.

»Ich dachte, ich probier's mal damit, im Trüben zu fischen«, sagte Bernie. »Manchmal hat man in meinem Geschäft Glück damit.«

Fischen? Sollte das heißen, dass es doch in Ordnung gewesen wäre, kurz in das Becken draußen zu springen? Oder würden wir es später vielleicht nachholen können? Etwas, worauf ich mich freuen konnte: ein tolles Gefühl und, ehrlich gesagt, hatte ich es fast jeden Tag.

»Dieses Mal nicht.« Mr Ganz kraulte sachte Babycakes' Hinterkopf – er sah aus, als wüsste er, was er tat. Hey! Will ich auch.

Bernies Lächeln verschwand. »Erzählen Sie mir etwas über den Konkurrenzkampf«, sagte er.

»Konkurrenzkampf?«

»Zwischen Princess und Babycakes.«

»Wer hat denn gesagt, dass es da einen Konkurrenzkampf gibt?«

»Borghese.«

»Bezahlt er Sie?«

»Ja.«

»Dann sollten Sie wissen, dass er sich Graf *di* Borghese nennt.«

»Sich nennt? Soll das heißen, er ist gar kein Graf?«

Mr Ganz zuckte die Achseln. »In Italien gibt es Grafen wie Sand am Meer. Haben Sie fünfzigtausend übrig? Damit können Sie schon Baron werden.«

Keine Ahnung, worum es ging, aber das war auch egal – wie viel fünfzigtausend auch sein mochten, wir hatten sie nicht.

»Er hat seinen Titel gekauft?«, fragte Bernie.

»Das habe ich nicht gesagt«, erwiderte Mr Ganz. »Soweit ich weiß, ist sein Titel echt, er könnte sogar alt sein. Der Punkt ist, dass er nichts Adliges an sich hat. Nehmen wir zum Beispiel diesen angeblichen Konkurrenzkampf. Der findet lediglich in seinem Kopf statt. Und in dem von Princess.«

»Ich bin nicht sicher, ob ich Ihnen folgen kann«, sagte Bernie.

»Ist das nicht offensichtlich? In den vergangenen beiden Jahren lagen Babycakes und Princess bei zehn Hundeschauen Kopf an Kopf, und Babycakes – du liebes kleines Mädchen – hat jedes Mal gewonnen. Ein einseitiger Konkurrenzkampf ist ein Widerspruch in sich.« Babycakes starrte in die Ferne, eins ihrer winzigen Ohren merkwürdig nach hinten gebogen.

»Ich dachte, Princess hätte in Balmoral gewonnen«, wandte Bernie ein.

»In Balmoral?«, fragte Mr Ganz. »Hören Sie mir bloß mit Balmoral auf.«

»Warum denn? Ist das nicht die größte Hundeschau der Welt?«

»Sicher doch, aber wie steht es mit Fairness?«

»Wie steht es damit?«

»Ich merke schon, dass Ihnen Ihr Auftraggeber nicht die ganze Geschichte erzählt hat.«

»Dann holen Sie das doch nach.«

»Es wundert mich, dass Sie das nicht wissen«, sagte Mr Ganz. »Sie haben Babycakes in Balmoral ins Knie geschossen.«

Bernie war mit nichts so leicht zu überraschen. Es kam so selten vor, dass ich den Ausdruck auf seinem Gesicht im ersten Moment nicht erkannte. »Würden Sie das bitte wiederholen?«

»Was genau haben Sie denn nicht verstanden?«

»Das mit dem Ins-Knie-Schießen zum Beispiel«, sagte Bernie. »Ich bin nicht mal sicher, ob man überhaupt sagen kann, dass Hunde Knie haben.«

Natürlich haben wir keine. Die Knie der Menschen sind ziemlich hässlich; sie lassen ihre Beine irgendwie seltsam aussehen. Unsere Beine dagegen sind – auch wenn ich das eigentlich nicht sagen darf – elegant.

»Das ist eine Metapher«, sagte Mr Ganz.

»Wofür?«

»Schlicht und ergreifend für die größte Gemeinheit, der ich in meinem ganzen Leben jemals begegnet bin.«

»Und die wäre?«

Mr Ganz streichelte Babycakes. »Ich möchte lieber nicht darüber reden, jedenfalls nicht vor ihr.«

»Ich verstehe.«

»Wirklich?«

Bernie nickte. Dieses winzige Nicken, eine kaum wahrnehmbare Bewegung und mein persönliches Lieblingsnicken: Es war echt.

»Ich glaube Ihnen«, sagte Mr Ganz. Er holte tief Luft. »Ich vermute, Sie haben die Trainerin kennengelernt, Nancy Malone?«

»Ja.«

»Sie hat früher für mich gearbeitet – wussten Sie das?«

»Nein. Warum hat sie aufgehört?«

»Das ist in diesem Zusammenhang nicht von Bedeutung«, sagte Mr Ganz. »Die Sache ist die, dass sich Nancy Malone am ersten Tag in Balmoral – die Schau hatte noch gar nicht angefangen; wir warteten hinter der Bühne – angeschlichen und …« Er senkte die Stimme. »… Babycakes auf ihren armen kleinen Fuß getreten hat. Mit voller Absicht. Damit war der Wettbewerb für Babycakes gelaufen. Sie hat tagelang gehumpelt.« Mr Ganz' Augen schienen noch feuchter zu werden. Die von Babycakes ebenfalls. Und ihr Ohr knickte noch mehr nach hinten um. »Also ja, Princess hat in Balmoral gewonnen, wenn Sie so etwas gewinnen nennen wollen.«

»Was ist danach passiert?«, fragte Bernie.

»Wonach?«

»Nachdem Nancy Malone Babycakes getreten hat.«

»Sie hat natürlich Krokodilstränen vergossen.« Krokodile kannte ich vom Discovery Channel, aber in Balmoral hatte es auch welche gegeben? Der Fall wurde langsam kompliziert. Ich musste auf alles gefasst sein: Es war ein hartes Geschäft, Bernies und meins.

»Was meinen Sie damit?«, fragte Bernie.

»Sie hat zerknirscht getan, behauptet, es sei ein Versehen gewesen, sich wortreich entschuldigt – es ist wirklich kaum zu fassen. Sie war sogar so dreist, Babycakes auf den Arm zu nehmen und die arme Kleine zu trösten. Ich habe das unterbunden.«

»Wäre es möglich, dass es tatsächlich ein Unfall war?«, fragte Bernie.

»Auf keinen Fall.«

»Haben Sie es mit eigenen Augen gesehen?«

»Ehrlich gesagt, nein. Mir war die Sicht versperrt – hinter der Bühne ging es völlig chaotisch zu, nur deshalb hatte sie ja überhaupt die Gelegenheit, es zu tun. Aber es gab einen absolut vertrauenswürdigen Zeugen.«

»Wer?«

»Jemand, der es genau gesehen hat.«

»Hat dieser Jemand einen Namen?«

»Ich glaube nicht, dass ich mich eingehender dazu äußern möchte.«

»Warum nicht?«

Es folgte ein langes Schweigen, und während dieses Schweigens bemerkte ich in der Ecke eine kleine Silberschale, und in der Schale etwas, das sehr nach Steak aussah, in winzige Stücke geschnitten, vielleicht für ein winziges Maul. Vielleicht aber auch als Geste der Gastfreundschaft für jemanden, der zufällig vorbeikam, zum Beispiel einen Besucher. Ein Weilchen darauf saß ich noch immer aufrecht und wachsam da, aber irgendwie viel näher bei der kleinen Silberschale.

»Ich habe nichts weiter dazu zu sagen«, erklärte Mr Ganz.

»Das macht aber keinen guten Eindruck«, sagte Bernie.

»Wie bitte?«

»Lassen Sie uns darauf zurückkommen, dass Sie Adelina Borghese bewundern – oder bewundert haben.«

»Was meinen Sie damit – das macht keinen guten Eindruck?«, fragte Mr Ganz. Seine Stimme veränderte sich, wurde höher und dünner, immer ein Zeichen dafür, dass eine Befragung gut lief. Kein Wunder – Bernie war ein großartiger Fragensteller, oder habe ich das schon erwähnt?

Bernie schüttelte den Kopf. »Sie haben diesbezüglich Ihre Entscheidung getroffen«, sagte er. »Aber vielleicht könnten Sie mir etwas genauer erklären, warum Sie Adelina früher bewundert haben?«

Mr Ganz' Stimme kletterte noch ein bisschen höher. »Vergessen Sie die Vergangenheitsform. Ich bewundere sie, Punkt.«

»Warum?«

»Sie ist bodenständig geblieben«, sagte Mr Ganz. »Nach meiner Erfahrung haben Leute mit so viel Geld für gewöhnlich den Bezug zur Realität verloren. Adelina genießt all die Annehmlichkeiten, natürlich, aber sie hat sich davon nicht verderben lassen.«

»Vielleicht liegt das daran, dass sie erst spät zu ihrem Geld gekommen ist«, gab Bernie zu bedenken.

»Spät?«, fragte Mr Ganz. »Ich verstehe nicht.«

»Stammt sie nicht aus New Jersey?«

»Doch, aber was hat das damit zu tun?«

Bernie öffnete den Mund, um etwas zu sagen, aber in diesem Moment gab Babycakes ein Wimmern von sich, das in den Ohren wehtat.

»Ach, mein armes Baby«, sagte Mr Ganz. »Sie reagiert so empfindlich auf Stimmungen, auf Anspannung. Wir müssen dieses Gespräch ein andermal fortsetzen.«

»Warum sind Sie denn angespannt, Mr Ganz?«, fragte Bernie.

»Ich habe nicht gesagt, dass ich angespannt bin.«

»Wer dann?«, fragte Bernie. »Ich nicht und auch nicht …«

Bernie blickte zu mir. Hey! Ich stand ja direkt vor der Silberschale! Und leer war sie auch. Wie in aller Welt war das denn passiert? »... Chet.«

»Und?«

»Wer bleibt da noch übrig, der unter Anspannung steht?«, fragte Bernie. Er erhob sich. »Wir gehen jetzt, aber vorher verrate ich Ihnen noch, welche Theorie der Graf vertritt.«

»Theorie wozu?«

»Zu der Entführung, dem Grund, aus dem wir hier sind«, antwortete Bernie. »Der Graf ist der Meinung, dass das eigentliche Ziel Princess war.«

»Was ergibt das für einen Sinn?«

»Für jemanden, der wegen einer hinter der Bühne begangenen Gemeinheit wütend ist, ergibt das möglicherweise sehr viel Sinn«, sagte Bernie.

»Das ist eine perfide Anschuldigung«, empörte sich Mr Ganz.

»Es ist alles, was wir haben«, bekannte Bernie. »Alles, was ich an Lieutenant Stine weitergeben kann.«

»Wer ist das?«

»Der für den Fall zuständige Detective.«

»Dann hinterlasse ich also einen schlechten Eindruck bei der Polizei – wollten Sie das mit Ihrer Drohung sagen?«

»Einfach der Name«, sagte Bernie.

»Welcher Name?«

»Der des Augenzeugen in Balmoral.«

Babycakes starrte wieder in die Ferne. Mr Ganz starrte jetzt ebenfalls in die Ferne. »Aldo Reni«, sagte er.

»Der Sekretär des Grafen?«

»Das Mädchen bringt Sie zur Tür«, beendete Mr Ganz das Gespräch.

»Wir finden den Weg allein.«

Wir gingen, Bernie ruhig und nachdenklich, ich mir das

Maul leckend. In der Eingangshalle blieb Bernie an einem Tisch stehen, nahm eine Zeitschrift und blätterte sie durch. Einen Moment lang stand er reglos da, dann schob er sie unter sein Hemd.

Wir kamen spät nach Hause, Bernie müde und mit dunklen Ringen unter den Augen, ich ziemlich munter, weil ich die ganze Fahrt über geschlafen hatte. Das Brummen des Motors, die Bewegung, der Sternenhimmel über dem offenen Verdeck: Unterwegs hielt ich oft die schönsten Nickerchen. Normalerweise würde Bernie um diese Zeit schnurstracks ins Schlafzimmer marschieren, sich angezogen aufs Bett plumpsen lassen, und dabei würden ihm noch im Fallen die Augen zufallen. Aber heute Nacht nicht. Stattdessen ging er ins Büro und öffnete den Safe. Er griff hinein und holte das glänzende Foto von Princess auf dem Satinkissen heraus, das Adelina uns gegeben hatte und auf dem eine Zielscheibe über ihren Flauschballkopf gemalt war. Bernie setzte sich an den Schreibtisch, schlug die Zeitschrift auf, die er aus Mr Ganz' Haus mitgenommen hatte, blätterte darin herum, hielt inne.

Ich ging näher zu ihm und sah, dass eine Seite herausgerissen worden war und dass dort, wo diese erstaunlich scharfen Heftklammern saßen – das wusste ich noch von ein oder zwei Kauabenteuern mit Zeitschriften aus meiner Welpenzeit –, ein schmaler gezackter Papierstreifen übrig geblieben war. Er rückte das glänzende Foto von Princess zurecht. Es passte perfekt.

Kapitel 10

Wir schliefen, Bernie in dem großen Bett, ich zuerst am Fußende, bis ich irgendwann in der Nacht in die Diele umzog und mich mit dem Rücken zur Haustür hinlegte. Manchmal passierte das, keine Ahnung, warum. Durch den Spalt unter der Tür kam ein kühler Luftzug – kühl für das Valley jedenfalls –, und ohne richtig erklären zu können, auf welche Weise, spürte ich irgendwie alles, was da draußen in der Nacht vor sich ging, obwohl ich mich im Traumland befand. Ich hatte immer viel Spaß im Traumland. Jetzt zum Beispiel war ich tief im Canyon und folgte in meinem schnellen Trab – ich kann praktisch ewig so dahintraben – der Witterung eines Nabelschweins, als auf einmal ein Krokodil aus einer Höhle schoss. Ich machte einen Satz, sprang über sein aufgerissenes Maul, aber genau in dem Moment, als ich auf dem Boden landete, erschien ein riesiger Bär …

Klingel, klingel. Ein Telefon versuchte sich in meinen Traum zu drängen, dann brach alles – Bär, Krokodil, der ganze Canyon – in viele Stücke, die rasch verblassten, und ich war auf den Beinen.

Klingel, klingel. Unser Telefon, es klingelte mitten in der Nacht; vor den Fenstern war es dunkel, im Haus überall Schatten. Ich hörte Bernies verschlafene Stimme, heiser und krächzend: »Hallo? Suzie?« Kurze Stille, und dann war ich auch schon im Schlafzimmer. Bernie saß im Bett, hielt mit der einen Hand das Telefon ans Ohr, mit der anderen rieb er sich den Kopf. »Clauson's Wells? Die Geisterstadt? Was machst du denn so weit …?«, fragte er. »Klar. Du meinst, morgen früh, oder …« Er verstummte. Ich hörte Suzie. Sie sprach schnell, ihre Stimme klang schrill, aber ich konnte nicht verstehen, was sie sagte. »Jetzt?«, fragte Bernie. »Ist jemand bei dir? Ich dachte …« Es klickte am anderen Ende. Im nächsten Moment war Bernie aus dem Bett gesprungen und stieg in seine Hose. »Chet?«, rief er. »Chet?« Er stand direkt vor mir, er schien sogar in meine Richtung zu schauen, aber er sah mich nicht: Ich werde mich nie daran gewöhnen, wie schlecht er nachts sieht – und auch alle anderen Menschen, die ich jemals getroffen habe. Wie konnten sie so bloß leben? Ich ging zu Bernie und wedelte mit dem Schwanz.

»Wo hast du dich versteckt?«, fragte er und tätschelte mich flüchtig. »Wir müssen los, mein Junge.« Ich rannte zur Haustür und bremste schlitternd; dabei machten meine Krallen ein hübsches Kratzgeräusch auf dem Holzboden. Irgendwas war passiert, das konnte ich spüren. Ich hörte Bernie ins Büro gehen, das Zahlenschloss am Safe drehen. Er kam heraus, steckte die 38er Special in seinen Gürtel. Wir waren bereit.

Wir sausten unter dem Nachthimmel dahin, zuerst der normale Valley-Nachthimmel, gleichzeitig dunkel und rosa, ohne Sterne, aber nach einer Weile verblasste das Rosa, und die Sterne kamen heraus, und auch der Mond, eine schmale silberne Sichel. Ich hatte viel Zeit damit verbracht, den Mond zu beobachten, hatte gesehen, wie er seine Form veränderte, aber ich verstand immer noch nicht, was da eigentlich passierte. Verstand das überhaupt jemand? Wahrscheinlich nicht. Ich hatte mal gehört, wie Bernie zu Charlie sagte, die Sonne wäre auch nur ein Stern, aber wie konnte das sein? Man musste doch nur mal schauen, wie groß die Sonne war und wie heiß. Sterne waren dagegen klein, und falls sie heiß waren, hatte ich davon noch nie was gemerkt. Oh, Bernie. Ich riss meine Augen vom Himmel los und sah zu ihm hinüber. Er hing über dem Lenkrad, hielt es fest umklammert. Auf Nachtfahrten hörten wir sonst immer Musik, aber heute nicht. Nur der Wind pfiff vorbei und drückte mir die Ohren platt. Ein merkwürdiges Gefühl lief mir über den Rücken. Ich rutschte ein bisschen näher zu Bernie.

Ohne vom Gas zu gehen, fuhren wir im Zickzack irgendwelche Berge hoch, Bernie schaltete blitzschnell rauf und runter, die Reifen quietschten in den Kurven. Diese Schalterei mit dem Knüppel gefiel mir. Mal angenommen, ich würde es schaffen, den Lederknubbel ins Maul zu nehmen, wäre es dann möglich …

»Chet!«

Interessante Idee, aber vielleicht nicht jetzt. Wir hatten es furchtbar eilig. Wusste ich eigentlich, warum? Es hatte irgendwas mit Suzie und Geisterstädten zu tun. Bernie interessierte sich sehr für Geisterstädte, und einmal hätten wir beinahe Geld bei einem Mann investiert – ähnlich wie der mit den Zinn-Futures aus dem Dry Gulch Restaurant and Saloon, wenn ich jetzt so darüber nachdachte –, der eine ganze Geisterstadt kaufen und irgendwas damit anstellen wollte. Ich konnte mich nicht mehr erinnern, was. Vielleicht hatten wir diese Investition auch wirklich getätigt. Hatten wir nicht kurz danach Mr Singh einen Besuch abgestattet? Unsere Finanzen waren damals ein Desaster gewesen, und sie waren es immer noch, aber während wir die Bergstraße hinaufflitzten, vergaß ich das alles gleich wieder. In der Ferne funkelten ein Paar gelbe Augen im Scheinwerferlicht. Ich bellte, und im Nu waren sie verschwunden.

»Chet? Was ist, mein Junge?«

Ich bellte noch mal, aus keinem bestimmten Grund. Wir

waren bei der Arbeit, sausten durch die Nacht. Gab es etwas Schöneres? Sagen Sie es mir.

Auf der anderen Seite der Berge war die Luft kühl und frisch, und die Sterne leuchteten heller. Wir bogen auf eine schmale asphaltierte Straße ab, die durch flache Wüste führte, und Bernie drückte das Gaspedal durch. Wow! Der Motor heulte auf, und ich hätte am liebsten das Gleiche gemacht. Bernies Haare flatterten hinter ihm her. Hey! Seine Stirn war ja viel höher, als ich gedacht hatte, aber er sah trotzdem toll aus. Schneller, dachte ich, fahr schneller, als das Auto plötzlich einen komischen kleinen Ruckler machte.

»Owei«, sagte Bernie und fuhr langsamer. »Was war das?«

Keine Ahnung. Dieser Porsche, braun mit gelben Türen, war furchtbar alt, sogar noch älter als unser vorheriger, überwiegend roter, der in einen Abgrund gestürzt war, als wir an dem Gulagow-Fall gearbeitet hatten. Wir hatten Werkzeug im Kofferraum, aber wenn Bernie das auspackte, kam nie was Gutes dabei heraus, auch wenn er der klügste Mensch weit und breit war. Bitte, dachte ich, nicht anhalten.

Bernie hielt an. Er holte das Werkzeug raus, öffnete die Motorhaube. Ich trabte durch die Dunkelheit, setzte eine Markierung an einem runden Kaktus, ein paar Felsen und einem Stück Pappe. Währenddessen beugte sich Bernie über den Motor und sagte: »Wahrscheinlich was mit dem … Mist!« Es folgte ein lautes Plong-plong-plong, als ihm irgendein Werkzeug runterfiel und zwischen all den Maschinenteilen verschwand. Ich blickte zu ein paar Hügeln in der Ferne, niedrige runde Schatten, sternenlos und dunkler als der Himmel, wartete darauf, dass es weiterging, und – was war das? Ein Blitz? Orange und gelb, kaum da, schon wieder weg, aber: Mündungsfeuer. Ich hatte schon öfter Mündungsfeuer gesehen; da gab es gar keinen Zweifel.

»Chet! Hör auf zu bellen!«

Aber ich konnte nicht. Das war mein Job. Ich bellte und bellte, bis Bernie schließlich den Kopf unter der Motorhaube vorzog und in die Richtung sah, in die ich bellte, auf diese dunklen Hügel zu. »Chet? Was ist da? Was ist los?«

Mündungsfeuer, Bernie! Mündungsfeuer in der Nacht. Ich bellte weiter und hoffte, es würde noch mal aufblitzen. Das tat es aber nicht.

Bernie fand eine Büchse mit irgendwas drin und schüttete es in den Motor. »Das sollte fürs Erste reichen«, sagte er und ließ die Motorhaube zufallen. Wir stiegen ein, und Bernie drehte den Zündschlüssel. »Was ist, mein Junge? Ruhig, ganz ruhig.«

Wir fuhren weiter, nicht so schnell wie vorher, und der Motor klang prima. Ich bellte noch ein paarmal, aber nicht sehr laut. Wir fuhren ungefähr in die richtige Richtung, nicht direkt auf das Mündungsfeuer zu, aber wenigstens zu den niedrigen Hügeln. Bald darauf fiel das Licht unserer Scheinwerfer auf einen Wegweiser. Bernie bremste: ein alter hölzerner Wegweiser, er war schief und verwittert und hatte die Farbe von Knochen. Bernie las vor, was draufstand: »Clauson's Wells, fünf Kilometer.«

Wir bogen von der asphaltierten Straße auf eine holprige Piste ab und fuhren jetzt in die Richtung, in der ich das Mündungsfeuer gesehen hatte. Wir ließen uns Zeit, aber das war in Ordnung für mich – wir hatten auf solchen Wüstenpisten schon öfter Pannen gehabt, von denen eine oder zwei mit langen Märschen endeten. »Früher wurden Viehherden durch Clauson's Wells getrieben«, sagte Bernie. »Das letzte Wasser für die nächsten dreihundert Kilometer.« Er schwieg eine Weile, dann fuhr er fort: »Falls noch was davon übrig ist.« Der arme Bernie. Er machte sich immer so viele Sorgen wegen Wasser – bestimmt würde er gleich wieder vom Aquifer anfangen –, aber jedes Mal, wenn er den Hahn aufdrehte, kam Wasser raus, in rauen Mengen. Wo lag also das Prob…?

»Nur ein Aquifer für den gesamten verfluchten Staat, warum kann nicht mal jemand…« Bernies Stimme verlor sich erneut, aber ich wusste, dass er innen in seinem Kopf mit sich weitersprach. Ich war mir ziemlich sicher, dass die Menschen das oft taten, dass sie Schwierigkeiten hatten, ihren Geist auszuschalten. Ich nicht, Amigo: Ich kann meinen Geist im Handumdrehen ausschalten, was immer das auch heißt.

Die niedrigen Hügel kamen näher. Im Licht unserer Scheinwerfer tauchten Menschendinge auf: Bierdosen, eine Radkappe, Klopapierfetzen an stachligen Pflanzen, noch ein hölzerner Wegweiser, der umgefallen auf dem Boden lag und lauter kleine runde Löcher hatte. »Angeblich ist Wild Bill Hickok mal hier durchgeritten und hat in der Stadt ganz schön rumgeballert«, sagte Bernie. Schon wieder Hickok? War er der Bösewicht? Der Entführer von Princess und Adelina? Und – Moment mal. Er hatte in Clauson's Wells rumgeballert? Was war mit diesem Mündungsfeuer? Das konnte doch nur bedeuten, dass er zurück war und wieder rumballerte. Bösewichten fiel es schwer, nicht mehr böse zu sein. Das schafften sie fast nie. So was lernte man schnell in unserem Geschäft.

»Chet! Ruhig, mein Junge. Was ist denn in dich gefahren?«

Ich versuchte, still zu sein; gar nicht so einfach. Ich wusste, dass wir uns unserem Ziel näherten. Wusste Bernie es auch? Ich sah zu ihm hinüber. Er beugte sich über das Lenkrad, seine Hände schimmerten grün im Licht der Armaturenbeleuchtung. Jawohl, er wusste es. Wir waren Partner, Bernie und ich. Nur um sicherzugehen, weil man schließlich mit einem Löffel keine Messerstecherei anfing, warf ich einen Blick auf Bernies Gürtel, sah, dass die 38er Special an ihrem

Platz war und nur darauf wartete, gezogen zu werden. Von mir aus hätte Bernie auf der Stelle loslegen können.

Die Piste verbreiterte sich auf einmal zu einer Straße mit dunklen Holzhäusern auf beiden Seiten, einige davon ziemlich windschief, andere in einem noch schlimmeren Zustand, kurz vorm Einfallen. Ein großer Steppenläufer kullerte durch unsere Scheinwerferkegel und verschwand dann wieder aus unserem Blickfeld. Es war immer ein Mordsspaß, Steppenläufer zu jagen, einmal hatte ich sogar …

Vor einem der Häuser, einem mit Schwingtüren, stand ein Auto. Solche Türen kannte ich aus den Western, die Bernie und ich uns früher immer angesehen hatten. Sie bedeuteten Saloon, und Saloon bedeutete Faustkämpfe und zertrümmerte Möbel. Ich erkannte auch das Auto: der gelbe Käfer, in dem immer irgendwelche Leckerbissen lagen, Suzies Auto. Bernie blieb dahinter stehen und stellte den Motor ab. Er nahm die Taschenlampe aus dem Handschuhfach und drehte sich zu mir um, einen Finger auf den Lippen. Ich wusste, was das hieß. Wir stiegen aus, leise, wie zwei Schatten. Der Wind heulte, nicht besonders laut. Owei. Humpelte Bernie etwa? Ja, ein kleines bisschen. Nach einer langen Autofahrt passierte das manchmal, hatte was mit einer alten Verletzung zu tun. Ich trottete langsam neben ihm her.

Wir gingen zu Suzies Auto. Die Fenster waren offen. Bernie sah hinein, die Taschenlampe war immer noch aus. Ich roch Hundekekse. Und außerdem Suzies Geruch – ein sehr angenehmer Geruch, Seife, Zitrone und noch etwas anderes, das eben Suzie war. Der Geruch kam in dünnen Schwaden durch das Fenster auf der Fahrerseite, aber – Moment mal: Er kam außerdem …

Bernie schnalzte kaum hörbar mit der Zunge. Das bedeutete, dass wir weitergingen. Wir bewegten uns auf die Saloontür zu und traten auf eine Art Bürgersteig aus Holzbrettern, aber schon bei Bernies erstem Schritt begannen die Bretter zu knacken. Er blieb sofort stehen und lauschte. Ich lauschte auch, konnte außer dem Wind aber nichts hören. Wir gingen zurück auf die Straße und weiter zu einer schmalen Gasse, die an der Seite des Saloons entlangführte. In der Gasse war es stockfinster, und überall waren merkwürdige Schatten. Einige davon hätten Männer sein können, aber dass es abgesehen von Bernie nicht nach Mensch roch, sagte mir, dass es keine waren. Ganz leise gingen wir weiter. Wir mochten die Nacht, Bernie und ich.

Am Ende der Gasse breitete sich ein flaches Stück Wüste aus, und dahinter waren die niedrigen Hügel, gar nicht so niedrig, wie sie aus der Ferne aussahen. Wir näherten uns dem Saloon von der Rückseite. Die Tür fehlte und das meiste von der Wand ebenfalls. Ich konnte einen langen schmalen Raum und auf der einen Seite eine Bar mit einem zerbrochenen Spiegel über dem Tresen erkennen. Er war heller als alles andere; für meine Augen leuchtete er schon beinahe. In diesem Leuchten war es ein Klacks für mich, den Mann zu sehen, der vor den Schwingtüren auf einem Stuhl saß. Er hatte uns den Rücken zugewandt, einen Cowboyhut auf dem Kopf, und quer über seinen Knien lag ein Gewehr. Konnte Bernie ihn auch sehen?

Ja: Er zog die 38er Special aus seinem Gürtel. Bernie machte noch einen Schritt, hob den Revolver und sagte mit ruhiger, klarer Stimme: »Das Gewehr auf den Boden. Und dann mit erhobenen Händen aufstehen.« Der Mann rührte sich nicht. »Ich habe meine Waffe auf Sie gerichtet«, erklärte Bernie. »Zwingen Sie mich nicht dazu, sie zu benutzen.«

Der Mann blieb einfach sitzen. Dann ertönte hinter uns eine zweite Stimme, auch ruhig und klar, aber mir stellten sich trotzdem sämtliche Nackenhaare auf. »Sie befinden sich exakt in der gleichen Situation, Freundchen. Fallen lassen.«

Bernie ließ den Revolver sinken, aber nicht fallen. Er drehte sich um, ich drehte mich ebenfalls um. Dort im Schatten stand ein Mann, ich konnte ihn nicht genau sehen, aber ich sah seine schimmernde Pistole, die auf Bernies Kopf gerichtet war.

»Fallen lassen oder Sie sind ein toter Mann«, sagte er. »Sie sind verhaftet.«

»Verhaftet?«, fragte Bernie.

»Sheriff's Department, Rio Loco County«, stellte der Mann sich vor.

Ich hörte rasche Schritte. Bernie sagte: »In dem Fall stehen wir auf derselben Seite. Wenn ich kurz einen Blick auf ...« Dann stand auf einmal der Mann mit dem Cowboyhut hinter ihm und schwang das Gewehr durch die Luft wie einen Baseballschläger.

»Ich kann's nicht ab, wenn jemand mit 'ner Knarre auf mich zielt«, sagte er.

Ich sprang ihn an, aber nicht schnell genug. Der Gewehrkolben krachte auf Bernies Kopf. Bernie fiel um. Ich erwischte den Mann mit dem Cowboyhut an der Brust, warf ihn auf den Boden, war im Nu auf ihm drauf und schnappte mit gefletschten Zähnen nach seinem Hals. Der Mann mit dem Cowboyhut schrie vor Angst. *Schrei nur, Freundchen: So was machst du nicht noch mal mit Bernie.* Dann krachte etwas auf meinen Kopf, und alles wurde schwarz.

Kapitel 11

Ich tauchte aus einer pechschwarzen Finsternis auf und öffnete die Augen. Bernie? Wo war Bernie? Als ich aufstand, stellte ich überrascht fest, dass ich ein bisschen taumelte, außerdem tat mir der Kopf weh, ein starker, pochender Schmerz. Am liebsten hätte ich mich übergeben, also tat ich es.

Danach ging es mir ein bisschen besser, auch wenn der Schmerz immer noch da war. Ich sah mich um. Die Morgendämmerung hatte begonnen – das erkannte ich an dem silbrigen Licht, gleichzeitig frisch und schwach –, und ich stand auf einem alten verdreckten Holzfußboden in einem langen schmalen Raum mit einem zerbrochenen Spiegel auf der einen Seite. Mit dem zerbrochenen Spiegel kam meine Erinnerung zurück: der Saloon in der Geisterstadt und das, was heute Nacht passiert war.

Bernie? Wo war Bernie?

Ich trabte auf dem schmutzigen Boden hin und her, machte sofort Bernies Geruch aus und folgte ihm zu der halb eingefallenen Rückwand des Saloons, durch die wir reingekommen waren, dann machte ich kehrt und folgte ihm in die andere Richtung zu den Schwingtüren. Ich kroch drunter durch und flitzte den Bretterbürgersteig entlang. Bernies Geruch – der beste Menschengeruch, den ich kenne, eine tolle Mischung aus Äpfeln, Bourbon, Salz und Pfeffer – wurde stärker und vermischte sich mit dem widerlichen Geruch von zwei anderen Männern. Ich erinnerte mich an diese beiden anderen Männer, oh ja. Auf der staubigen Straße entdeckte ich zwei Paar Fußspuren, solche, wie sie Cowboystiefel hinterlassen, und dazwischen verlief eine glatte Spur, als ob … als ob was? Was Schlimmes, als hätten sie etwas gezogen … Ich wollte lieber nicht darüber nachdenken.

So viele Spuren, und so deutlich. Ich folgte ihnen an der Gasse vorbei, durch die Bernie und ich in der Nacht vorher gegangen waren, bis zu einer schiefen, halbverfallenen Scheune ohne Tür am Ende der Straße. In dem Licht, das durch die Risse in der Wand fiel, tanzte Staub. Die Spuren, alle drei – die Fußspuren und die glatte Spur dazwischen –, endeten bei einem Paar Reifenabdrücken. Die Reifenabdrücke – tiefe, breite Rillen, vielleicht von einer Art Laster – führten durch das riesige Loch in der gegenüberliegenden Wand nach draußen. Ich folgte ihnen mit der Schnauze am Boden.

Sie führten mich um eine Ecke herum zurück auf die Hauptstraße dieses schrecklichen Orts bis vor den Saloon. Dort verschwanden sie zwischen allen möglichen anderen Reifenabdrücken. Ich trabte im Kreis herum und hoffte – worauf? Keine Ahnung. Bernie! Wo war er? Ich trabte weiter, immer schneller, bis schließlich hinter den niedrigen Hügeln die Sonne aufging und alles in ein helles, goldenes Licht tauchte. Ich blieb stehen und blickte hoch, und erst da bemerkte ich, dass der Porsche weg war. Gleich darauf stellte ich fest, dass auch Suzies Auto weg war.

Ich schnüffelte weiter und hoffte, dass ich irgendetwas entdecken würde: Bernies Geruch oder den von Suzie oder meinetwegen auch den der Kaustreifen in ihrem Auto. Diese Streifen hatten einen erstaunlich kräftigen Geruch, der über große Entfernungen reichte. Aber nein, nichts. Moment mal: nichts außer dem schwachen Geruch von verbranntem Öl, ein Geruch, den ich sehr gut kannte. Der Porsche. Ich bohrte die Schnauze in den Staub. Ja, kein Zweifel.

Der Geruch von verbranntem Öl – inzwischen war ich in meinen gewohnten Trab gefallen, nicht den ganz schnellen und auch nicht den ganz langsamen, sondern den mittleren Trab, den ich ewig beibehalten kann – führte mich die Straße hinunter zu der Wüstenpiste, auf der wir gekommen waren. Nach einem Weilchen verschwanden die Reifenabdrücke in dem harten steinigen Untergrund, noch ein bisschen später roch ich einen letzten schwachen Hauch von verbranntem Öl, und dann war Schluss. Ich wurde langsamer, bis ich ganz stehen blieb. Plötzlich war mir schlecht, und ich übergab mich wieder. Diesmal kam nicht mehr viel, nur noch so ein bisschen wässriges Zeug. Es bildete eine kleine Pfütze auf dem Boden, und von irgendwoher tauchten auf einmal Ameisen auf. Sie versammelten sich am Rand meiner säuerlich riechenden Pfütze und befühlten sie mit ihren winzigen Beinchen. Ich wollte gerade auf ihnen herumtreten, als ich in der Ferne ein leises Quieken hörte.

Zuerst dachte ich, es wären die Ameisen! Verrückt, was? Das zeigt, dass ich in diesem Moment wirklich nicht ich selbst war. Ich wandte mich von der Pfütze und den Ameisen ab und sah mich um. Bei dieser Bewegung kehrte der Schmerz in meinen Kopf zurück, aber ich achtete nicht darauf. In der einen Richtung lagen die niedrigen Hügel mit der Geisterstadt Clauson's Wells. In allen anderen Richtungen nichts als Wüste, so weit ich sehen konnte, und in der Ferne, auf der anderen Seite der Sonne, vielleicht ein paar Berge. Also: Mein Job war es …

Da. Wieder dieses Quieken. Genauer gesagt eine Art Wimmern, vielleicht der Wind. Vielleicht aber auch nicht. Erst die Fakten, dann die Theorie, wie Bernie immer sagte. Keine Ahnung, was er damit meinte, aber es gefiel mir, wenn er so redete. Bernie: immer der klügste Mensch weit und breit. Ich lief zurück in die Geisterstadt.

Die Sonne stieg höher. Die größte Sommerhitze war vorbei, aber hier draußen in der Wüste wurde es immer noch ziemlich heiß. Meine Zunge fühlte sich hart und trocken an. Was hatte Bernie gesagt? »Das letzte Wasser für die nächsten dreihundert Kilometer.« Also wo war es? Schnüffelnd trabte ich die Hauptstraße entlang zum Saloon, aber ich roch kein Wasser. Dann fiel mir wieder ein, dass Bernie auch gesagt hatte: »Falls noch was davon übrig ist.« Aber es musste noch was da sein. Bernie machte sich dauernd Sorgen über das Wasser, aber es endete immer damit, dass es in rauen …

Das Quieken, dieses Mal sehr nah, kam aus dem Saloon, und es war auch kein Quieken, sondern eindeutig ein Wimmern. Bernie? Bernie würde nie wimmern, egal was passierte. Aber wenn doch …? Der Gedanke, dass etwas so Schlimmes passiert sein konnte, dass selbst Bernie wimmerte, brachte mich auch beinahe zum Wimmern. Ich kroch unter den Schwingtüren durch und lief rein.

Durch die Stelle in der Rückwand, an der ein paar Bretter fehlten, schien hell die Sonne. Mir fielen Dinge auf, die ich vorher nicht gesehen hatte: überall Spinnweben, eine wacklige Treppe, die ein Stockwerk höher führte, ein paar Häufchen auf dem Boden. Ich ging hin und schnüffelte: Kojoten. Nicht frisch. Aber das war egal – ich hatte keine Angst vor Kojoten, sie hatten Angst vor mir. Während ich an den Kojotenhaufen schnüffelte – aus unerfindlichen Gründen auf ihre Art interessant –, hörte ich das Wimmern erneut. Es kam von oben.

Die Treppe hing ziemlich schief und sah nicht besonders vertrauenerweckend aus. Sie dürfen nicht vergessen, dass ich ein Hundertpfünder bin, das heißt ziemlich schwer. Ich begann hochzuklettern. Bei jedem Schritt knackten die Stufen.

Zuerst kletterte ich langsam, aber dann hielt ich das Knacken nicht mehr aus und flitzte los. Eine Stufe brach durch und fiel runter, landete mit einem lauten Krachen irgendwo unter mir, aber da war ich schon oben und stand in einem verstaubten Flur. Ich lauschte, hörte nichts und hatte das merkwürdige Gefühl, dass da noch jemand war und lauschte.

Das Licht im Flur kam zum größten Teil durch ein Fenster am anderen Ende. Die Scheibe war zerbrochen; unten im Rahmen steckte nur noch eine einzelne schmale spitze Scherbe. Bei dem Anblick spürte ich plötzlich ein komisches Gefühl in der Brust und im Magen. In meinem Job musste man von Zeit zu Zeit aus einem Fenster springen. Aber nicht aus diesem Fenster – denk dran, mein Junge, wenn es so weit ist. Bernie nannte mich manchmal so: *mein Junge. Komm, mein Junge.* Ich hörte es ihn in meinem Kopf sagen. Der Klang gefiel mir, und ich ließ es Bernie noch ein paarmal sagen.

Dann ging ich weiter den Flur runter. Langsam und leise, mein Junge. Ich wusste, wie man so was machte: Ohren aufstellen, angestrengt lauschen, Pfoten sanft aufsetzen, sodass die Krallen kaum den Boden berührten. Als Erstes kam ein Zimmer mit einer offenen Tür, genauer gesagt hatte es gar keine Tür. Ich sah hinein: absolut leer, abgesehen von Dreck, Staub, Spinnweben. Die nächste Tür war fest geschlossen. Die Tür danach, die letzte, stand einen Spalt offen, zu schmal, um mich durchzuquetschen. Ich blieb stehen, lauschte, schnüffelte. Nichts zu hören, allerdings nahm ich eine schwache Witterung auf. Sie erinnerte mich an jemanden. Nach einem Weilchen fiel es mir ein: Babycakes. Ich schnüffelte noch mal. Nein, ganz anders als die von Babycakes, viel pfeffriger, ein Pfeffergeruch, den ich mochte. Ich presste meine Schulter an die Tür und stemmte mich leicht dagegen. Sie schwang ein bisschen weiter auf, und ich konnte in das Zimmer sehen.

Leer, genau wie das erste; nichts als Spinnweben, Dreck und – aber nein. Da war noch was, in einer finsteren Ecke: ein winziges Etwas mit großen dunklen Augen. Princess! Ich hatte sie gefunden, ich, Chet the Jet. Dann fiel mir ein, dass ich eigentlich nach Bernie gesucht hatte, nicht nach Princess, und meine Begeisterung ließ sofort nach.

Princess lag auf einem Kissen, aber es sah überhaupt nicht so aus wie ihr Satinkissen, sondern war schmuddelig und voller Flecken. Ich bellte sie an, ein leises, gedämpftes Bellen, um Hallo zu sagen. Princess bellte nicht zurück, sie gab überhaupt keinen Ton von sich, blieb einfach auf dem Kissen liegen und starrte mich mit ihren dunklen Augen an. Hey. Sie bebte, ihr ganzer Körper zitterte, als wäre ihr kalt, dabei war es in diesem Zimmer heiß und stickig. Ich ging zu ihr und wedelte mit dem Schwanz, um ihr zu zeigen, dass … keine Ahnung, was.

Jedenfalls etwas Freundliches. Princess schien das mit dem freundlichen Teil nicht zu begreifen. Sie zitterte weiter, vielleicht noch mehr als vorher. Ich wusste nicht, was ich tun sollte. War mir das schon mal passiert? Nicht, dass ich wüsste. Ich tat immer irgendwas. In diesem Zimmer bleiben – wie sagte Bernie in so einem Fall immer? Kam gar nicht in die Tüte. Und ohne Princess gehen? Kam genauso wenig in die Tüte. Das Einzige, was mir einfiel, war, mich kräftig zu schütteln, also tat ich es, ein Schütteln von der Art, das bei der Schnauze anfängt, sich bis zum Schwanz fortsetzt und dann wieder zurückkommt. Uff. Danach fühlte ich mich prima, und als Dreingabe war auch mein Kopfweh verschwunden. Jetzt fehlte nur noch ein kleiner Snack und ein großer Schluck kühles … aber was war das? Princess war auf ihrem Kissen bis an die Wand zurückgewichen, so weit weg von mir wie nur möglich, und zitterte noch stärker. Mir kam der verrückte Gedanke, dass sie Angst vor mir hatte. Wie konnte das sein? Ich war einer von den Guten, ich wollte ihr helfen. Ich senkte den Kopf und stupste sie mit der Schnauze an, ganz sachte.

Was in aller Welt war das? Hatte sie das wirklich gerade gemacht? Sie hatte ihre winzigen Zähne gefletscht? Hatte ich tatsächlich ein leichtes Zwicken an der Schnauze gespürt? Jetzt reichte es aber. Ich packte sie im Nacken, nicht allzu sanft, und trabte zur Tür. Vermutlich trat Princess ein bisschen um sich, aber ich spürte nichts davon. Sie wog fast nichts, kaum mehr als eine Feder. Wie konnte es so was Winziges überhaupt geben? Dann musste ich an Ameisen denken, vielleicht weil ich gerade erst welche gesehen hatte, die sich um meine Pfütze Erbrochenes versammelten. Ameisen waren auf jeden Fall noch viel kleiner als Princess, und was war mit Zecken? Widerliche Biester, die ich nicht ausstehen konnte, und … irgendwie verlor ich den Faden.

Ich trug Princess durch die Tür, den Flur entlang und die Treppe runter. Auf der Treppe hörte sie auf zu treten und verhielt sich plötzlich ganz ruhig, vor allem, als ich über die fehlende Stufe steigen musste. Princess hatte keine Ahnung, was ich alles konnte. Nur so, um es ihr zu zeigen, sprang ich über die letzten paar Stufen und landete weich auf dem Boden des Saloons. Princess quietschte, ein merkwürdiger kleiner Laut, teils Angst und teils etwas anderes, vielleicht sogar pure Aufregung. Ein lustiges Geräusch. Ich überlegte, was ich tun könnte, damit sie noch mal quietschte, aber mir fiel nichts ein. Weil damit also Fehlanzeige war, wie Bernie gern sagte – keine Ahnung, was er damit meinte, aber er sagte es immer in solchen Fällen –, durchquerte ich den Saloon, kroch unter der Tür durch und ließ Princess auf die Straße plumpsen.

Ich weiß nicht, was ich erwartet hatte – ehrlich gesagt, passiert mir das oft –, aber ich war trotzdem überrascht, als

Princess aufsprang und mich anbellte. Schrill und nervtötend, nicht besonders laut, aber eindeutig wütend. Was hatte sie denn für einen Grund, wütend zu sein? Ich bellte zurück, eins meiner tiefen Bellen. Es hatte keine große Wirkung auf Princess. Sie gab weiter dieses schrille Gekläffe von sich, schoss jetzt sogar auf mich zu, als hätte sie die Absicht – konnte das sein? –, mich ins Bein zu beißen. Ich wich tatsächlich zurück, als könnte dieser winzige Flauschball von da unten einem gestandenen Kerl wie mir was tun. Ziemlich peinlich. Ich bellte, sehr laut, vor allem, weil ich wütend auf mich selbst war. Vielleicht sogar sehr, sehr laut: Princess verstummte. Sie stand da und schaute zu mir hoch. Ich wedelte mit dem Schwanz. Warum nicht? Princess wedelte nicht zurück; na ja, nicht dass es da viel zu wedeln gegeben hätte mit diesem winzigen Bommel. Stattdessen riss sie das Maul auf und fing an zu hecheln. Ich hechelte mit, zuerst aus keinem besonderen Grund, dann fiel mir ein, dass ich Durst hatte. Das letzte Wasser für die nächsten dreihundert Kilometer, aber wo war es? Ich roch kein Wasser.

Da standen wir also, Princess und ich, allein auf uns gestellt, auf der Hauptstraße dieser Geisterstadt vor dem Saloon und hechelten. Ich hatte das Gefühl, dass ich irgendwas tun sollte, aber ich wusste nicht, was. Dann drehte sich Princess auf einmal ohne Vorwarnung um und flitzte mit ihren ineinander verschwimmenden Beinen los. Ich trottete neben ihr her und blieb hin und wieder stehen, damit sie aufholen konnte. Sie sah mich nicht an, sondern lief einfach immer weiter, womöglich wurde sie sogar noch schneller. Wir liefen die Straße runter und an der Scheune vorbei bis zum Fuß der niedrigen Hügel. Unvermittelt schlug Princess einen Haken und flitzte an den Felsen entlang bis zu einem schmalen, steilen Pfad. Sie fing an hinaufzuklettern. Ich folgte ihr.

Der Pfad zog sich im Zickzack über den Hang, der Boden war steinig, weit und breit nichts Grünes, nicht mal die üblichen Wüstengewächse wie Kakteen oder Disteln. Als wir oben ankamen, erwartete uns eine hübschere Aussicht. Auf der anderen Seite des Hügels lag ein schmaler Streifen Wiese mit einem Baum und einer Hütte daneben. Und vor der Hütte? Ein kleiner Teich, blau und glitzernd.

Ehe ich mich's versah, stand ich bis zu den Schultern im Teich und trank. Ah, herrliches kühles Wasser mit diesem sauberen felsigen Geschmack, den ich so gern mochte. Ich blickte hoch und sah Princess auf mich zukommen, immer noch in ihrem schnellen Trab. Ihre Beine bewegten sich mit jedem Schritt schneller. Sie war bestimmt am Verdursten, dachte ich, aber Princess überraschte mich erneut und lief am Teich vorbei zur Tür der Hütte. Sie kratzte daran, und gleichzeitig winselte sie leise.

Ich stieg aus dem Teich, schüttelte das Wasser ab und ging zu ihr hinüber. Sie schien mich nicht zu bemerken, sondern kratzte und winselte weiter. Ich drückte mit der Schulter gegen die Tür. Sie gab nicht nach. Aber ich entdeckte etwas: Das war keine Tür mit einem dieser Knäufe, die ich nicht drehen konnte, obwohl ich es schon so oft probiert hatte. Stattdessen hatte sie so ein kleines rundes Metallstück, das Menschen mit ihrem Daumen nach unten drückten. Das hatten wir geübt, Bernie und ich. Ich stellte mich auf die Hinterbeine und drückte mit einer meiner Vorderpfoten auf dieses Daumending. Klick: Die Tür ging auf.

Ich sah mich drinnen um: eine kleine Hütte mit einem einzigen Zimmer, keine Möbel außer einem Tisch und einem Stuhl und einem Feldbett, das an der gegenüberliegenden Wand stand. Ich lief hin. Auf dem Feldbett lag jemand, zugedeckt mit einer Decke, unter der ein paar blonde Haarsträhnen vorschauten. Ich bellte. Unter der Decke rührte sich nichts. Ich ging zu dem Feldbett, packte einen Zipfel der Decke mit den Zähnen und zog daran.

Adelina Borghese. Sie lag auf dem Rücken, die Augen offen. Ehe ich mich's versah, war Princess irgendwie auf das Feldbett gesprungen. Sie kletterte auf Adelinas Brust und begann ihr das Gesicht zu lecken, während sie gleichzeitig winselte. Princess begriff das vielleicht nicht, aber ich wusste von meinem Job her, was das runde rote Loch an der Seite von Adelinas Kopf bedeutete. Und der Geruch: Nicht sehr stark, vielleicht begann er sich gerade erst zu bilden, aber er war da. Ich packte Princess wieder im Nacken und trug sie weg. Sie leistete keinen Widerstand.

Kapitel 12

Dieses Mal ließ ich Princess nicht fallen, sondern setzte sie vorsichtig auf dem Boden ab. Sie stand vor der Hütte und zitterte wieder. Die Hütte war mir irgendwie unheimlich. Ich entfernte mich ein Stück, warf einen auffordernden Blick zurück zu Princess, damit sie es mir gleichtat, und tatsächlich: Nach einem kleinen Weilchen folgte sie mir. Hier überdeckte der wunderbare Geruch von Wasser den anderen Geruch in meiner Nase, den aus der Hütte. Ich lief zum Teich und schlabberte ein wenig. Princess tauchte neben mir auf. Sie musste nicht mal den Kopf senken, wenn sie trinken wollte, weil er sich fast auf Höhe des Wasserspiegels befand. Sie streckte ihre winzig kleine Zunge heraus und fing auch an zu schlabbern. Schlabberte und schlabberte und hörte überhaupt nicht mehr auf damit. Wie passte bloß das ganze Wasser in sie hinein? Gleichzeitig bemerkte ich, dass sie achtgab, damit ihre Pfoten nicht nass wurden. Warum? Ich hatte keine Ahnung, aber langsam bekam ich den Eindruck, dass von allen Angehörigen meines Völkchens, die ich während meiner langen Laufbahn kennengelernt hatte, keiner so war wie Princess.

Abgesehen davon ging mir nichts durch den Kopf. Wir standen am Teich. Die Sonne brannte inzwischen vom Himmel herunter, die Luft stand still, es war kein Laut zu hören. Das hatte eine merkwürdige Wirkung auf mich, und ich stand auch still da und gab keinen Laut von mir. Dann endlich kam mir ein Gedanke, und ich erwachte plötzlich wieder zum Leben. Der Gedanke war: Bernie.

Wo mochte er sein? Ich hatte keine Ahnung, hatte nicht einmal einen Ansatzpunkt, von dem aus ich hätte denken können. Mein Kopf war leer, und aus diesem Zustand der Leere heraus bewegte ich mich unwillkürlich vom Teich weg, über den Wiesenstreifen und auf den steinigen Pfad zu, der den Hügel runter in die Geisterstadt führte. Warum, wurde mir erst klar, als ich mich praktisch schon auf dem Pfad befand: Bernie würde mich suchen, daher musste ich leicht zu finden sein. Dann wurde mir noch etwas anderes klar: Princess war nicht bei mir. Ich blickte zurück, und da stand sie, wie festgewachsen am Rand des Teichs.

Ich blieb stehen, eine Pfote in der Luft. Princess schien in meine Richtung zu blicken. Ich bellte. Sie zeigte keinerlei Reaktion und rührte sich nicht vom Fleck, obwohl sie mich gehört haben musste. Ich drehte mich um und lief zu ihr zurück. Das war schließlich mein Job.

Ich trabte um den Teich herum zu Princess. Sie sah mir mit ihren riesigen, dunklen Augen entgegen. Ich gab ein tiefes, heiseres Bellen von mir und war auf alles gefasst, besonders auf einen unvorhersehbaren Biss mit diesen Zähnen, die erstaunlich groß waren, wie mir in diesem Moment auffiel. Aber Princess biss nicht. Vielmehr überraschte sie mich ein weiteres Mal, indem sie plötzlich mit ihrem Bommelschwanz wedelte. Ich trabte zurück auf den steinigen Pfad, Princess flitzte neben mir her, in ihrer lustigen Art, bei der die Beine ineinander verschwammen, der Körper aber nur ganz langsam vorankam. Darüber hinaus hatte sie den Kopf – wie ich jetzt das erste Mal bemerkte – entschlossen vorgereckt.

Wir liefen den Hügel auf der anderen Seite der Kuppe im Zickzack wieder runter. Unter uns lag Clauson's Wells – die

Scheune, die Hauptstraße, der Saloon. Es schien kein bisschen näher zu kommen: Wir würden es nie bis dorthin schaffen. Hinter einer Biegung lag ein großer Felsblock im Weg und versperrte die Sicht auf die Geisterstadt. Nachdem wir ihn umrundet hatten, waren wir mit einer völlig neuen Situation konfrontiert: ein schwarz-weißes Auto mit einem Blaulicht auf dem Dach fuhr die Hauptstraße hinunter. Blaulicht bedeutete Polizei, und die Polizei und wir waren auf derselben Seite. Daher dachte ich sogleich: Bernie, und legte einen Zahn zu, lief also ein bisschen schneller. Princess sah zu mir hoch und legte auch einen Zahn zu, wobei sie doch glatt kleine Staubwölkchen aufwirbelte. Das schwarzweiße Auto hielt vor dem Saloon, und zwei Männer mit Cowboyhüten stiegen aus, jeder ein Gewehr in der Hand. Ich blieb auch stehen. Ich war mir ziemlich sicher, dass ich die Männer kannte.

Sofort gab es ein Problem: Princess blieb nicht stehen, sondern trippelte weiter um die nächste Biegung. Ich sprang ihr hinterher – ein ganzer Satz und dann noch ein halber – und packte sie wieder im Nacken, ganz sanft, versteht sich, aber die Sache war die: Es musste gemacht werden, egal ob sanft oder nicht. Aus irgendeinem Grund sah Princess das anders und tat das Schlimmste, was sie tun konnte. Sie fing an zu kläffen. Die Männer drehten sich um und blickten in unsere Richtung. Konnten sie uns von dort unten sehen? Schwer zu sagen. Das Einzige, was sich mit Sicherheit sagen ließ, war, dass Princess ihre Klappe nicht hielt. Ich wirbelte herum und raste den Abhang wieder hoch, die kleine Töle – das war das richtige Wort, ich kannte es von Bernie – zwischen den Zähnen. Ich hörte, wie dort unten der Motor des schwarz-weißen Autos ansprang, und lief ein bisschen schneller, während mir gleichzeitig ein komisches Gefühl das Rückgrat entlangkroch. Auf mich war schon mal geschossen worden.

Das Motorengeräusch wurde lauter, aber mit diesem Ding konnten sie nie im Leben den Hügel hochfahren. Oder vielleicht doch? Mussten sie etwa nicht aussteigen und uns zu Fuß folgen? Keine Ahnung. Menschen und ihre Maschinen: eine völlig verworrene Angelegenheit, in die normalerweise Bernie Klarheit gebracht hätte. Ich gab es auf, darüber nachzudenken, und lief einfach so schnell wie möglich weiter. Als ich die Hügelkuppe erklommen hatte, hörte ich, wie der Motor erstarb. Türen wurden zugeschlagen. Dann Stille. Das nächste Geräusch würde ein Gewehrschuss sein. Ich rannte weiter, sah nicht zurück.

Wir rasten am Teich und an der Hütte vorbei, über ein weiteres flaches Stück Grasland und dann einen langen, kurvenreichen Pfad hinunter, zwischen seltsamen Felsformationen hindurch in die Ebene. Princess hatte aufgehört zu bellen und gab nur noch gelegentlich ein Winseln von sich. Ich wurde langsam müde, und langsam wurde ich es auch müde, durch die Nase zu atmen. Wenn ich renne, atme ich am liebsten durchs Maul, das war schon immer so. Aber hatte ich eine Wahl? Also rannte ich immer weiter, bis ich endlich merkte, dass das komische Gefühl an meinem Rückgrat verschwunden war.

Gleich darauf tauchte wie aus dem Nichts ein riesiger Säulenkaktus vor mir auf. Ich verlangsamte mein Tempo, blieb in seinem Schatten stehen und drehte mich zum ersten Mal um: Nichts zu sehen außer der Ebene und in der Ferne die Hügel, von denen wir herkamen und die in der Hitze ein bisschen flimmerten. Wir waren ganz schön weit gelaufen. Das Wichtigste: keine Männer mit Gewehren. Ich ließ Princess los. Sie plumpste auf die Erde, sprang auf, sah mir ins Gesicht – soweit das von dort unten ging – und kläffte wütend. Ich bellte wütend zurück. So ging das eine ganze Weile. Irgendwann hörte sie auf. Ich auch, ich hatte schon lange keine Lust mehr gehabt, hatte aber auch nicht als Erster aufhören wollen. Princess umkreiste den Kaktus, hockte sich hin und verrichtete ihr Geschäft, die ganze Zeit über ihre dunklen Augen auf mich gerichtet, keine Ahnung, warum.

Ich sah mich um. Das hätte Bernie auch getan. Er hatte sogar ein Wort dafür: absondern oder aussondern oder so ähnlich. Wenn man sich in einer Situation wie dieser befindet, muss man als Allererstes die Lage absondern, daher schlenderte ich zu einer stacheligen Pflanze, die ich markierte, dann zu einem Haufen Steine, die golden glitzerten, und einem kleinen, runden Steppenläufer, der ganz ruhig dalag. Ich markierte auch die Steine und den Steppenläufer und ein paar andere Sachen und versuchte mich zu erinnern, was sonst noch alles zu einer Absonderung gehörte – Bernie! Wo war Bernie? –, als mir eine Witterung in die Nase stieg, die ich nicht ausstehen konnte: ganz ähnlich wie Frosch oder Kröte, nur ein bisschen fischiger, das Fischige schärfer und gleichzeitig weniger aufdringlich als der Geruch von richtigem Fisch. Ich rede von frischem Fisch, versteht sich, alter Fisch ist eine ganz andere Sache. Diese Witterung hier – froschig, krötig, fischig – konnte nur eins bedeuten: Schlange. Vor Schlangen fürchtete ich mich entsetzlich. Das gebe ich gerne zu, da habe ich keine falsche Scham. Dabei habe ich einmal, und das überrascht Sie vermutlich, auf einer Wanderung durch irgendeinen Hochwald eine dicke schwarze Schlange gefangen. Was war an diesem Tag nur in mich gefahren? Der Ausdruck auf Bernies Gesicht! Ich verlor mich ein wenig in meinen Erinnerungen, und als ich wieder zu mir kam, war der Schlangengeruch stärker.

Ich folgte dem Geruch. Hey! Er führte mich geradewegs zu dem Kaktus zurück, in dessen Schatten Princess lag und mich mit ihren dunklen Augen ansah. Und hinter ihr – oh nein! – wand sich eine riesige Schlange, die das Maul aufriss und ihre langen, scharfen Zähne zeigte. Roch Princess die Schlange etwa nicht? Was war eigentlich los mit ihr? Aber jetzt war nicht die Zeit, darüber nachzudenken: Wie ein Verrückter bellend raste ich auf die Schlange zu, steuerte den hintersten Teil an, so weit von diesen Zähnen entfernt wie nur möglich. Die Schlange sah mich kommen – schon allein diese winzigen Schlitzaugen, gruselig! –, fuhr mit dem Kopf herum in meine Richtung, zischte und schnappte nach mir. Das machen sie so – kein richtiges Beißen, das wusste ich von einer Zeitlupenaufnahme auf dem Discovery Channel, die ich zusammen mit Bernie gesehen hatte. Im allerletzten Moment, vielleicht ein kleines bisschen zu spät, setzte ich zu einem enormen Sprung an, dem höchsten meines bisherigen Lebens, und flog über sie hinweg. Etwas, womöglich etwas Scharfes, streifte die Haarspitzen ganz hinten an meinem Schwanz. Dann landete ich, schoss herum, sah, wie Princess davonflitzte – kein Traben mehr, sondern richtiges Rennen. Die Schlange kam seitwärts gleitend auf mich zu, Kopf in die Höhe gestreckt, fieser Blick. Ich verzog mich, ohne lange zu überlegen. Mit einem Löffel fängt man keine Messerstecherei an.

Ich machte einen großen Bogen um die Schlange und hatte Princess schnell eingeholt. Sie raste wie eine Irre weiter, ihr Flauschfell flatterte hinter ihr her. Unter ihrem Fell war sie noch viel kleiner, als ich gedacht hatte. Ich verlangsamte mein Tempo, bis ich nur noch ganz langsam trabte und wir nebeneinander herliefen. Wohin liefen wir? Weg von Männern mit Gewehren, weg von Schlangen mit scharfen Zähnen: Darauf kam es an. Was in Princess' Kopf vor sich ging, wusste ich nicht. Sie rannte weiter, den Kopf auf ihre entschlossene Art vorgereckt.

Niemand kann so eine Geschwindigkeit bis in alle Ewigkeit durchhalten, und nach einer ziemlich langen Zeit – wir hatten die Sonne inzwischen im Rücken – verlangsamte Princess ihr Tempo zu ihrem schnellen Trab, dem mit den verschwimmenden Beinen. Ich ging neben ihr her und hielt Ausschau nach Schlangen, ohne welche zu entdecken. Außer uns war da nur ein großer schwarzer Vogel, der über uns kreiste. Ich mag keine Vögel, habe ich das schon erwähnt? Warum sind die immer so griesgrämig? Wäre ich griesgrämig, wenn ich den lieben langen Tag über den blauen Himmel segeln könnte? Bestimmt nicht. Und was diesen besonderen Vogel anging, den mochte ich noch weniger. Die ganze Zeit über hatte ich den Eindruck, dass er uns folgte. Warum tat er das?

Hinter uns sank die Sonne. Unsere vor uns herlaufenden Schatten wurden länger, meiner noch viel länger als der von Princess, versteht sich. Sie trabte immer noch schnell dahin; schon irgendwie toll, wie lange sie dieses Tempo durchhielt. Vielleicht wusste sie nicht, wie sie langsamer laufen sollte. Während ich über diese Frage nachsann, erhob sich in der Ferne eine dieser merkwürdigen hoch aufragenden Spitzkuppen aus dem Wüstenboden. Und was war das? Ein kleines Gleißen am Fuß der Spitzkuppe? Es zitterte, verschwand, kehrte zurück. Ein solches Gleißen bedeutete immer etwas Glänzendes, und etwas Glänzendes bedeutete etwas Menschliches. Bernie war ein Mensch. Weiter konnte ich nicht denken. Ich wechselte die Richtung, direkt auf die Spitzkuppe zu. Ohne dass ich sie drängen musste, folgte mir Princess.

Die Sonne sank noch ein Stück, und das Gleißen am Fuß der Spitzkuppe wurde rosa. Dann wurde es rot und immer röter, bis es auf einmal verschwand. Mittlerweile waren überall Schatten, und die Luft war kühl geworden. Der Himmel nahm alle möglichen Farben an; dann wurde er dunkel.

Sterne und der Mond tauchten auf, der nicht mehr ganz so schmal war wie in der vorigen Nacht. Princess keuchte, ein leises Geräusch wie ein Hauch. Wir liefen immer weiter. Keine Ahnung, was Princess dachte, ich jedenfalls dachte: Bernie. Das Problem war nur, dass die Spitzkuppe kein bisschen näher kam. Im Gegenteil, irgendwann stellte ich fest, dass ich sie nicht einmal mehr sehen konnte. Und dem folgten andere Feststellungen, die mit Hunger und Durst zu tun hatten. In Gedanken besuchte ich die Fabrik von Rover and Company, wo die besten Hundekekse der ganzen Welt produziert werden, und auch diese leckeren …

Ohne Vorwarnung hielt Princess an. Ich hielt auch an. Sie stand einfach da, den Kopf immer noch nach vorne gereckt, aber völlig reglos. Wir mussten unbedingt weiter. Ich bellte leise. Princess bellte nicht zurück, sie winselte nicht, sie machte überhaupt nichts außer dastehen. Ich senkte den Kopf und stieß sie aufmunternd mit der Schnauze an. Überhaupt nicht fest, aber was passierte? Sie fiel um und blieb stocksteif auf der Erde liegen.

Was sollte ich jetzt tun? Ihre Augen standen offen, zumindest das eine, das ich sehen konnte. Der Mond spiegelte sich darin, ein winziger silberner Bogen. Ich wartete auf eine Idee, und da kam mir auch schon eine: Warum sollte ich sie nicht wieder hochnehmen und tragen? Ich war unentschlossen, aber es fiel mir auch nichts anderes ein. Nicht, dass ich zu müde gewesen wäre oder etwas in der Art: Im Gegenteil, ich fühlte mich stark und fit, besonders nachdem die Luft jetzt abgekühlt war. Es musste einen anderen Grund für die Unentschlossenheit geben. Ich spielte ein paar Möglichkeiten durch, wie Bernie sagen würde, auch wenn mir offen gestanden keine einfielen. Ich spielte also in Wirklichkeit mit nichts herum, aber was das Spielen anging, sagen wir mal mit einem Ball, da erinnerte ich mich an eine Gelegenheit, als … Ich verlor den Faden, und ein kleines Weilchen später sah ich, dass Princess zitterte.

Ich stand über ihr. Ein scharfer und kühler, womöglich sogar kalter Wind erhob sich. Mir war nicht kalt, aber Princess ganz offensichtlich. Ihr großes, dunkles Auge, dasjenige, das ich sehen konnte, schien sich auf nichts Bestimmtes zu richten. Sie gab keinen Laut von sich, sondern zitterte nur immer weiter. Ich rollte mich auf dem Boden um sie herum ein.

Der Mond wanderte über den Himmel. Einmal flog ein großer Vogel – vielleicht derselbe, der uns schon den ganzen Tag verfolgt hatte – darüber. Über den Mond, meine ich. Es sah sehr merkwürdig aus, wie die Vogelform aus dem Nichts auf dem Mond erschien und wieder verschwand. Princess schob sich näher an mich heran. Das Zittern hörte auf. Ich spürte ihr winziges Herz klopfen.

Bei Sonnenaufgang – und was für ein Sonnenaufgang, da hinter der Spitzkuppe, die nach wie vor in weiter Ferne lag – standen wir auf, streckten uns, schüttelten uns, verrichteten unser Geschäft und gingen los. Korrektur, wie Bernie manchmal sagte: Ich ging, und Princess trabte, der schnelle Trab mit den verschwommenen Beinen. Sie blieb an meiner Seite, sah von Zeit zu Zeit zu mir auf. Ich war der Boss. Zumindest das war geklärt.

Die Sonne stieg höher, und damit kamen auch die Hitze und das Gleißen am Fuß der Spitzkuppe. Ein solches Gleißen bedeutete etwas Glänzendes. Glänzend bedeutete Mensch. Bernie war ein Mensch.

Kapitel 13

»Hey, beweg mal deinen Arsch raus – das glaubst du nicht!«

Am nächsten Tag oder vielleicht noch einen Tag später. Ich war ein bisschen durcheinander, vor allem weil mir schwindlig war. Dazu wurde ich auch noch, kaum zu glauben, von Princess' Gewicht runtergezogen, die von meinem Maul baumelte. Wie war das möglich? Sie wog praktisch nichts. Ich war ein Hundertpfünder, Bernie ein Zweihundertpfünder, manchmal auch mehr. Dieses manchmal mehr war immer ein Problem. Dann stand er auf der Waage im Badezimmer und sagte: »Das kann nicht stimmen.« Aus irgendeinem Grund belastete mich das am meisten. Einmal hatte er mich hochgehoben, um zu sehen, ob wir den Zeiger dazu bringen, über die Skala rauszugehen oder so, ich wusste es nicht genau. Ich kann es nicht leiden, wenn man mich auf den Arm nimmt, aber Bernie lasse ich, versteht sich.

»Wahnsinn – ich glaub, ich spinn!«

»Vorausgesetzt wir rauchen dasselbe Zeug.«

»Wir rauchen dasselbe Zeug, Alter. Wir rauchen jeden Tag dasselbe Zeug.«

»Das muss 'ne Halluzination sein. Ich hatte seit 1969 keine Halluzinationen mehr – wenigstens keine guten.«

Waren da etwa Hippies? Jedenfalls hörten sie sich wie Hippies an. Ich hob die Augen, und plötzlich war die Spitzkuppe, die so lange überhaupt nicht näher gekommen war, direkt vor mir, nur wackelte und wankte sie irgendwie. An ihrem Fuß stand ein genauso wankendes, in allen Regenbogenfarben angemaltes Wohnmobil, in dessen Windschutzscheibe sich die Sonne spiegelte, davor ein Zelt mit einer offenen Seite und zwei alte Typen, beide glatzköpfig bis auf ein paar lange graue Strähnen, die ihnen bis zu den Schultern reichten. Hippies, kein Zweifel.

»Irre«, meinte der mit Weste. »Ich wollte, wir hätten einen Fotoapparat.«

»Wir haben einen Fotoapparat, Alter«, sagte der ohne Weste.

»Echt?«

»Ja.«

Sie ließen einen Joint kreisen. Ich trottete zu ihnen und setzte Princess auf dem Boden ab.

»Irre. Sah zuerst aus wie ein Wiesel oder was in der Art, aber das ist ja gar keins.«

»Klar ist das keins. In der Wüste gibt's keine Wiesel.«

»Wetten?«

»Nein.«

Der Joint kreiste weiter. Ich stand hechelnd da. Princess lag mit offenen Augen auf dem Boden.

»Worum's mir geht, ist, dass ich zuerst dachte, er hätte ein Wiesel erlegt. Ich rede von dem großen Köter. Dabei ist es ein klitzekleiner Köter. Der große hat den kleinen rumgeschleppt. Aus dem Nichts, wenn du verstehst, was ich meine.«

»Was denn?«

»Sieh dich mal um. Siehst du jemanden?«

»Nein.«

»Eben, aus dem Nichts. Das ist echt abgedreht.«

»Hä?«

»Na ja, wie oft kommt das vor, zwei Köter aus dem Nichts?«

»Mann, keinen blassen Schimmer.«

Ich sah zu den beiden hoch. Die Wüste war voll mit alten Hippies – wir waren ihnen schon mehrfach begegnet, Bernie und ich. Bernie konnte sie nicht ausstehen, keine Ahnung, warum. Ich mochte sie schon, besonders diesen Hippie-Geruch – Schweiß, Leder, Haschisch, ungewaschene Füße –, sehr interessant. Ich roch ihn auch jetzt, vielleicht so stark wie noch nie.

»Was glaubst du, warum er bellt?«

»Mann, keinen blassen Schimmer.«

Abwechselnd zogen sie an dem Joint. »Vielleicht hat er Durst?«

»Ja, was sonst eigentlich?«

»Eben.«

Es dauerte nicht lange, und der Hippie mit der Weste ging in das Regenbogen-Wohnmobil und kam mit einer Schüssel Wasser zurück, die er auf den Boden stellte.

»Mann, schau dir an, wie die beiden sich über das Wasser hermachen.«

»Als gäbe es morgen keins mehr.«

»Was du heute kannst besorgen ...«

Sie streckten beide gleichzeitig den Daumen in die Luft.

»Ob die wohl Hunger haben?«

»Mächtig Durst haben sie jedenfalls.«

»Kommt manchmal zusammen, Hunger und Durst.«

»Haben wir noch die BiFis?«

»BiFis? Glaubst du echt, dass Hunde auf BiFis stehen?«

Oh, Mann. Ich fand Hippies ja nett, aber sie neigten zu einer gewissen Langsamkeit im Kopf.

Der Hippie mit Weste hieß Disco, der ohne Crash. Crash holte die BiFis, riss eine davon für Princess in kleine Stücke, warf mir eine ganze hin und gleich darauf noch eine und noch eine und danach vielleicht noch eine. Die Nacht kam.

Crash und Disco versuchten, ein Feuer zu machen, aber es ging immer wieder aus. Wir saßen um die Stelle, wo das Feuer hätte sein sollen. Crash und Disco verputzten ein paar Bier, drehten sich noch einen Joint, dieses Mal einen großen, dicken. Der Rauch hüllte Princess und mich in dicke Wolken. Den Geruch habe ich schon immer gemocht. Princess streckte sich, legte sich neben mich und schloss die Augen. Ich sah zu den Sternen hoch, und alle möglichen Gedanken wirbelten mir durch den Kopf, so schnell, dass ich nicht einmal versuchte, sie festzuhalten. Bis darauf, dass mir Bernie fehlte, ging es mir ziemlich gut. Gleich darauf dachte ich nur noch an Bernie: seinen Geruch, wie weit er einen Tennisball werfen konnte, das leichte Hinken von seiner Verletzung, wenn er müde war.

Später stellte Crash Musik an, und sie sangen beide mit. Der Text lautete so ähnlich wie: In-a-Gadda-Da-Vida, Baby. Hörte sich kein bisschen wie Roy Eldridge und seine Trompete an, aber nicht schlecht. Ich sang auch mit, gab mein übliches Huu-huu von mir. Crash und Disco gerieten komplett aus dem Häuschen, wie Bernie es nannte, und machten selbst huu-huu.

»Wahrscheinlich ist er auf Turkey und braucht noch 'ne BiFi«, meinte Crash.

»Wir haben nur noch eine«, sagte Disco, »und ich hab den totalen Heißhunger.«

Ich bekam also keine BiFi mehr, auch wenn ich sie plötzlich unbedingt haben wollte. Vielleicht hatte ich ebenfalls Heißhunger, obwohl mir kein bisschen heiß war. Aber Crash und Disco waren nette Typen, und sie mochten mich. Als ich die Augen schloss und in einen angenehmen Dämmer versank, hörte ich sie davon sprechen, wie groß und stark ich war und wie viel ich wohl wert wäre.

Ich wachte morgens auf und fühlte mich tipptopp. Wir hatten in dem Zelt mit der offenen Seite geschlafen, Princess und ich, wo es viel wärmer war als draußen im Freien, aber sie drückte sich dennoch ganz eng an mich. Ich hörte aus der Ferne ein Auto und dachte: Bernie. Aber als es lauter wurde, wusste ich sofort, dass es nicht der Porsche war. Ich stand trotzdem auf – Princess öffnete kurz die Augen, dann drehte sie sich weg – und ging nach draußen.

Aus dem Regenbogen-Wohnmobil drangen Schnarchgeräusche, eines klang wie Chh-Hii, das andere eher wie Chh-chh-CHHCHH. Sie passten auf eine seltsame Art zusammen, und heraus kam so was wie schlechte Musik. Ich schnappte mir einen Kartoffelchip, der zufällig unter dem Wohnmobil lag – die geriffelte Sorte, die mag ich am liebsten –, und sah mich um. Ein schmutziger weißer Pick-up kam näher und zog eine lange, niedrige Staubwolke hinter sich her. Er wich ein paar stacheligen Büschen aus, rumpelte durch einen Graben und hielt vor dem Wohnmobil. Ein großer Kerl mit langen Haaren und einem buschigen Bart stieg aus, klopfte an die Seite des Wohnmobils und rief: »Raus aus den Federn!«

Aus dem Wohnmobil drangen Geräusche – Husten, Nasehochziehen und ein paar, die ich nicht erkannte. Dann ging die Tür auf, und Crash und Disco kamen heraus, beide hatten dasselbe an wie gestern, und beide blinzelten in dem hellen Licht.

»Hey«, sagten sie.

»Hey«, sagte der Bärtige. »Wo ist er?«

Crash und Disco sahen sich um, entdeckten mich im Schatten der Spitzkuppe und deuteten auf mich.

»Sieht nicht schlecht aus«, fand der Bärtige.

»Nicht schlecht?«, entgegnete Disco. »Guck dir bloß mal an, wie groß der ist.«

»Und die Muskeln erst«, sagte Disco. »Der würde sich gut machen da oben.«

»Kann sein, kann auch nicht sein«, erwiderte der Bärtige. »Auf jeden Fall wird er sich ein dickeres Fell wachsen lassen müssen.« Er öffnete eine Tür des Pick-ups, griff nach etwas, dann drehte er sich um und setzte sich auf den Rand des Sitzes, die Füße auf dem Boden. »Hier, mein Freund«, sagte er.

Sprach er mit mir? Das war alles reichlich verwirrend. Ich blieb lieber, wo ich war.

Der Bärtige lachte, ein nettes Lachen, gar nicht laut. »Bist ein Schlauer, was?«, sagte er. »Komm her, ich tu dir schon nichts.« Und dann hielt er einen Hundekeks in die Höhe, einen von diesen Riesendingern, die wie Knochen geformt waren. So einen hatte ich schon eine halbe Ewigkeit nicht mehr gehabt, aber ich erinnerte mich an den Geschmack: köstlich und dazu ganz knusprig. Auf einmal lief mir das Wasser im Maul zusammen, und ehe ich mich's versah, stand ich am Pick-up neben dem Bärtigen. Er hielt mir den Keks hin. Zuerst nahm ich ihn nicht, aber dann dieser Geruch: überwältigend. »Du magst wohl keine Hundekekse?«, fragte er und wollte ihn wegstecken. Da konnte ich nicht länger widerstehen; schnell schnappte ich ihn mir. Ich mochte Hundekekse, sehr sogar.

Der Bärtige lachte wieder. Ich wusste, dass er mich beobachtete, während ich den Keks aß. Als ich fertig war, streckte er die Hand aus, so als wolle er mich tätscheln. Ich ließ ihn. Er war ein guter Tätschler, tätschelte meinen Kopf, meine Schultern, meinen ganzen Rücken. »Hundert«, sagte er.

»Willst du uns verarschen?«, fragte Crash.

»Hundertfünfzig.«

»Zweihundert.«

»Hundertfünfundsiebzig«, sagte der Bärtige. »Das ist mein letztes Angebot.«

Crash und Disco machten ein paar Schritte zur Seite und tuschelten miteinander. Unterdessen tätschelte mich der Bärtige weiter, ohne die Augen von ihnen abzuwenden. Er roch ganz gut und war ein prima Tätschler, aber eines seiner Augen zuckte ein wenig, was ich vorher gar nicht bemerkt hatte; es beunruhigte mich, keine Ahnung, warum.

Crash und Disco kamen zurück: »Abgemacht«, sagten sie.

Der Bärtige zog seine Brieftasche hervor, zählte ein paar Scheine ab und gab sie ihnen. Crash und Disco streckten beide gleichzeitig den Daumen in die Luft.

»Ein Bierchen zum Frühstück?«, fragte Crash.

»Da sag ich nicht Nein«, erwiderte Disco.

»Wann anders gerne«, sagte der Bärtige. Er griff hinter sich und hielt mir noch einen Hundekeks hin. Dieses Mal nahm ich ihn sofort; ein exzellenter Hundekeks, und außerdem hatte ich seit Ewigkeiten nichts Richtiges mehr gefressen.

»Warum die Eile?«, fragte Crash – oder vielleicht auch Disco; ich hatte nicht richtig aufgepasst.

»Ich habe einen langen Weg vor mir«, erwiderte der Bärtige. Er tätschelte mich noch mal. Aber – was war das? In der anderen Hand hatte er ein – zu spät! Ein Würgehalsband! Ich konnte Würgehalsbänder nicht ausstehen, und jetzt hatte ich eines um den Hals. Ich sprang und war noch mitten in der Luft, da bohrten sich schon diese harten Glieder in meinen Hals, und ich bekam keine Luft mehr. Mit einem lauten Plumps landete ich auf dem Boden. Hinter mir hörte ich ein noch lauteres Plumpsen. Ich drehte mich um und sah den Bärtigen flach daliegen, in der Hand das Kettenende, das Zucken in seinem Auge war schlimmer geworden.

Ich wollte nur noch weg und rannte mit aller Kraft los.

»Kaum zu glauben. Der Köter schleift dich echt über den gottverdammten Boden.«

Aber ich kriegte keine Luft, kein bisschen. Ich bekam mit,

wie sich der Bärtige hochrappelte, und der Gegenzug am anderen Ende wurde größer. Dennoch zog ich immer weiter und rang nach Luft. Ein schreckliches Pfeifen war zu hören, und dann wurde die Welt an den Rändern plötzlich schwarz. Mir blieb nichts anderes übrig, als zu versuchen zu ziehen, vorwärtszukommen, das Gleichgewicht zu halten. Dann kam plötzlich Princess in vollem Galopp von einem der schwarzen Ränder angeflitzt.

»Was zum Teufel ist das denn?«

»Den kriegst du als Dreingabe.«

»Was soll ich denn mit so einem Miniköter in Alaska?«, fragte der Bärtige. »Der würde nicht mal … au!«

»Haha, hast du das gesehen?«

»Er hat ihn in seinen verdammten Knöchel gebissen!«

Dann kam von dem Bärtigen ein Knurren, und die Kette zog sich noch enger um meinen Hals und bohrte sich hinein. Die schwarzen Ränder wurden immer breiter und ließen nur einen kleinen Kreis von der normalen Welt übrig, und dann war auf einmal alles schwarz.

Bumper, bumper. Ich musste während der Fahrt eingeschlafen sein, was nichts Ungewöhnliches war. Ich öffnete die Augen. Owei. Es blieb dunkel. Und das war nicht der Porsche – das erkannte ich am Geräusch, am Geruch, einfach an allem. Unter mir: hartes Metall. Ich erhob mich, mein Kopf stieß gegen irgendein weiches Dach. Ich kannte solche weichen Dächer: Die Menschen spannten sie über den hinteren Teil von Pick-ups. Die Erinnerung kehrte zurück, vor allem die an das zuckende Auge.

Ich spürte einen Luftzug, folgte ihm, stieß gegen die Seitenwand der Ladefläche. Meine Nase fand die winzige Stelle zwischen dem weichen Dach und der Seitenwand, wo die Luft hereinströmte. Nur ein winziger Schlitz, aber er reichte mir: Ich war tatsächlich auf der Ladefläche eines Pick-ups, einer bis auf mich leeren Ladefläche. Noch dazu hatte ich das Würgehalsband um den Hals. Das andere Ende lag lose da und glitzerte in dem Lichtstrahl.

Ich steckte die Nase in den winzigen Schlitz, drehte sie hin und her, drückte hierhin und dorthin. Ein weiches Dach, das aus etwas bestand, das nicht nachgeben wollte. Ich legte die Vorderpfoten gegen die Seitenwand und stemmte mich mit den Hinterbeinen ab. Pling! Eine Schnalle gab nach, und plötzlich war der Schlitz um einiges größer. Ich schob meinen Kopf durch und sah hinaus.

Eine Wüstenpiste, von denen ich schon viele gesehen hatte, aber etwas hier war seltsam: Auf der einen Seite lief ein Stacheldrahtzaun entlang, und zwar in beide Richtungen, so weit mein Auge reichte. Hier und da hing ein Schild daran. Hinter dem Zaun lag die Wüste, die genauso aussah wie auf der anderen Seite, keine Gebäude, keine Menschen. Der einzige Mensch weit und breit war der Bärtige, dessen Hinterkopf ich im Rückfenster der Fahrerkabine erkennen konnte, wenn ich den Kopf drehte. In genau diesem Moment drehte auch er den Kopf – und sah mich. Sein komisches Auge zuckte, und wie.

Dann passierte alles ganz schnell. Ich musste mich noch mal gegen das weiche Dach gestemmt haben, weil eine weitere Schnalle aufsprang, und dann, ehe ich mich's versah, flog ich durch die Luft. Es folgte eine etwas unsanfte Landung, und schon war ich auf und davon …

Oh, nein. Das Würgehalsband legte sich eng um meinen Hals und zwang mich, stehen zu bleiben. Wie hatte das geschehen können? Und dann sah ich es: Das lose Ende war gar nicht lose, sondern hing irgendwo fest, was hieß, dass ich hinter dem Pick-up hergezogen wurde. Der Bärtige stieg voll auf die Bremse. Das hintere Ende des Pick-ups wurde herumgeschleudert und schleifte mich über den steinigen Boden, während sich die Kette schnell und fest zuzog und es wieder schwarz um mich herum wurde. Dann war ich plötzlich frei, nur noch ein kurzes Stück Kette hing um meinen Hals, der Rest krachte scheppernd gegen die Seitenwand des Pick-ups.

Ich rannte die Piste zurück, auf der einen Seite der Stacheldraht. Der Bärtige rief etwas, dann wendete er. Der Motor heulte laut hinter mir auf. Ich rannte, rannte, so schnell ich konnte, meine Pfoten berührten kaum den Boden, und meine Ohren lagen flach an, aber das Motorengeräusch wurde immer lauter und dröhnte in meinen Ohren. Ich dachte nicht nach, merkte nur, dass ich leicht die Richtung änderte und dann sprang – über den Stacheldrahtzaun hinweg. Kein richtig hoher Zaun, sogar ein bisschen dürftig, nur ein paar Drähte, die durchhingen, sodass eine Menge Platz dazwischen war – ein Zaun, durch den ein Pick-up ganz leicht durchbrechen konnte. Ich rannte weiter, einen langgezogenen Abhang hinunter, und erwartete, jeden Moment das Dröhnen eines Motors zu hören.

Aber nichts dergleichen geschah. Nach einer Weile warf ich einen Blick zurück und entdeckte den schmutzigen weißen Pick-up auf der anderen Seite des Zauns, daneben den Bärtigen, der mir hinterhersah. Ich rannte weiter.

Eine halbe Ewigkeit war ich allein. Dann bekam ich Gesellschaft: wieder einer von diesen großen schwarzen Vögeln, der nicht weit über mir flog. Meine Zunge hing heraus, sie war geschwollen und trocken und zu groß für mein Maul. Was hatte Bernie erzählt, wie man Wasser in der Wüste fand? Irgendein alter Indianertrick? Ich war nah dran, mich zu erinnern.

Als ich später – die Sonne stand in meinem Rücken, und es war sehr heiß – über eine Erhebung trabte, entdeckte ich etwas Merkwürdiges auf dem Wüstenboden: ein großes Stück Plastik mit Kreisen drauf. In der Mitte waren sie rot, dann gelb, dann blau, auch wenn man mir nicht trauen kann, was Farben angeht. Jedenfalls war es eine Zielscheibe, da war ich mir sicher. Ich ging näher ran, und in dem Moment merkte ich, dass der große schwarze Vogel nicht mehr über mir schwebte, sondern davonsegelte und immer kleiner wurde.

Alles wurde still. Ich fühlte mich irgendwie komisch und blieb stehen, eine Pfote in der Luft. Im nächsten Moment drang wie aus dem Nichts ein Heulen auf mich ein, so etwas Lautes hatte ich noch nie gehört, so als würde der Himmel vor Wut rasen. Über meinem Kopf blitzte etwas auf, es bewegte sich so schnell, dass man es fast nicht sehen konnte, und gleich darauf – Kawumm! Eine gewaltige Explosion in allernächster Nähe warf mich um, und an der Stelle, an der die Zielscheibe gewesen war, stieg ein riesiger Feuerball in die Luft. Hitzewellen schlugen über mir zusammen. Die Erde zitterte. Ich lag da, ganz fest zusammengerollt. Über mich donnerte ein Flugzeug hinweg. Es flog so knapp über dem Boden, dass ich das Bild auf seiner Nase sehen konnte – eine Frau in einem Bikini. Dann wurde alles wieder still. Ich fand ein Loch zwischen ein paar Felsen und quetschte mich hinein, lag ganz ruhig da, gab keinen Laut von mir.

Kapitel 14

Hinter einer relativ nahen Erhebung tauchte ein Jeep auf und fuhr in meine Richtung. Ich blieb, wo ich war, tief in dem Loch, völlig reglos, die Luft noch immer erfüllt von dem metallischen Geruch der Explosion. Der Jeep hielt an der Stelle, wo die Zielscheibe gewesen war, und die Fahrerin stieg aus. Sie trug einen Tarnanzug – Bernie hatte auch einen Tarnanzug, ganz hinten in seinem Schrank, noch aus dem Krieg –, und um ihren Hals hing ein Fernglas. Ferngläser mochte ich nicht. Wenn Menschen sie an ihre Augen hielten, sehen sie noch mehr als sonst wie Maschinen aus. Aber genau das machte die Fahrerin in diesem Moment: Sie hob das Fernglas und ließ es über die Böschung, wo ich mich verbarg, gleiten. Plötzlich hielt sie inne, das Fernglas war direkt auf mich gerichtet. Sie konnte mich aber bestimmt nicht sehen, dazu war ich viel zu gut zwischen den Felsen versteckt. Dann bemerkte ich, dass das Ende des Würgehalsbands vor den Felsen lag und in der Sonne glitzerte.

Die Frau ließ das Fernglas sinken und ging die Böschung herauf. Kein Zweifel, sie kam direkt auf mich zu. Als sie ganz nah war, direkt vor meinem schönen kleinen Versteck, blieb sie stehen, bückte sich und sah in das Loch. »Oje, du armer Kerl«, sagte sie. »Ist alles in Ordnung mit dir?« Sie hatte eine nette Stimme und ein nettes Gesicht, aber ich rührte mich trotzdem nicht und blieb ganz still liegen.

Von dem Gürtel der Frau baumelte eine Menge Zeug.

Unter anderem eine Art Radio. Sie sprach hinein. »Delta drei«, sagte sie. »Bestätigung für Hund. Kein Kojote. Wiederhole, Hund. Ich bringe ihn mit.« Sie drückte auf einen Knopf. »Komm, mein Großer. Hast bestimmt einen ziemlichen Schreck bekommen, was? Aber jetzt ist alles wieder gut. Ich tu dir nichts.«

Diesen Spruch hatte ich schon mehr als einmal gehört. Ich rührte mich nicht vom Fleck.

»Durst?«, fragte sie. »Du siehst durstig aus.« Sie ging zu dem Jeep, kehrte mit einem Metallteller zurück, in den sie aus einer Feldflasche Wasser goss – oh, schon allein der Geruch – und stellte den Teller vor mir ab.

Ich bewegte mich nicht, eine halbe Ewigkeit lang. Sie hockte in der brennenden Sonne geduldig da, fast so wie Bernie. Der kalte, frische Geruch des Wassers: Wer konnte dem schon auf Dauer widerstehen? Ich nicht. Ich kroch ein Stück vor und schlabberte das ganze Wasser von dem Teller, ohne die Frau auch nur einen Moment aus den Augen zu lassen.

»Dachte ich's doch, dass du Durst hast«, sagte sie und goss nach. Ich trank auch dieses Wasser, und als sie wieder nachgoss, das auch noch und das nächste auch. »Bist ganz schön geschlaucht, was?«, fragte sie. Keine Ahnung, wovon sie redete. Ich lag neben dem Teller, der größte Teil meines Körpers außerhalb des Lochs, das Kinn auf dem Boden, die Augen auf der Frau. Sie hatte eine nette Stimme und ein nettes Gesicht, war geduldig wie Bernie. »Bist du einverstanden, wenn ich mir mal deine Marke ansehe?«

Ich hielt sie nicht davon ab. Sie nahm die Marke in die Hand und besah sie sich. »Chet, hm? Hübscher Name.« Sie nahm ein Notizheft aus ihrer Tasche. »Ich schreib mir nur eben die Nummer auf.«

Ich war noch nie in einem Flugzeug gewesen, war auch nicht

gerade scharf drauf, aber Piloten! Einfach toll, wie sich zeigte! Zumindest diese Piloten. Sie hatten neben dem Rollfeld eine coole Kantine mit einem Grill davor. Und was lag auf dem Grill? Burger, tonnenweise Burger! Ich hatte keine Ahnung, was tonnenweise genau bedeutete, aber immer wenn es in Zusammenhang mit Essen auftauchte, passierte etwas Gutes.

»Du magst Burger, Chet, was?«, sprach mich die Frau an, die vielleicht auch Pilotin war, womöglich sogar der Boss, jedenfalls nannten sie alle Major Pam.

Und, ja, ich mochte Burger, da gab es nichts zu leugnen. »Noch Platz für einen?«, fragte sie.

Was für eine Frage.

Ich verputzte noch einen und die Hälfte von dem, den ich mir mit ihr teilte. Danach kam jemand mit einem Gummiball an, und wir spielten Fangen. Einer der Leute, Colonel Bob – womöglich war er der allerhöchste Boss; schwer zu sagen, da die Pilotenwelt praktisch nigelnagelneu für mich war –, war ein ziemlich guter Werfer, mit einem fast so starken Arm wie Bernie.

»Du fährst ’nen heißen Reifen, was, Chet?«, sagte Colonel Bob.

Heißen Reifen? Wovon redete er? Aber ich mochte Colonel Bob, besonders sein großes rotes Gesicht und die kurzen grauen Haare, die oben ganz gerade abgeschnitten waren. Er tätschelte mich ausgiebig. Major Pam tätschelte mich auch. Und ein paar von den anderen. Nachdem wir noch eine Weile Fangen gespielt hatten, wurde ich müde – das sah mir überhaupt nicht ähnlich, dass ich mitten beim Fangenspielen müde wurde – und legte mich an ein schattiges Plätzchen, von wo aus ich auf ein merkwürdiges schwarzes Flugzeug auf dem Rollfeld sah, dessen Anblick einem wirklich Angst machen konnte. Mir fielen die Augen zu.

»Wäre nett, wenn wir ihn behalten könnten«, sagte jemand.

»Und wer soll das ganze Fressen bezahlen?«, fragte ein anderer.

Ich hatte einen Albtraum, der damit endete, dass Ameisen über Adelinas Gesicht krabbelten und Bernie fragte: »Wo ist er?« Ich öffnete die Augen – und wer kam da hinter Major Pam aus der Kantine? Bernie! Kein geträumter, der echte Bernie, der auf mich zulief und mich breit anlächelte. Ich sprang auf und rannte los. Ich hatte überhaupt nicht vorgehabt, ihn umzuwerfen, wollte ihn nur nett begrüßen. Als er auf dem Boden lag, leckte ich ihm das Gesicht und bekam am Rande mit, dass die Piloten dastanden und lachten, aber freundlich. Dann hörte ich, wie Colonel Bob sagte: »Bernard? Bist du das?«

Natürlich nicht: Das war Bernie. Bernie! Und ich war so froh, ihn zu sehen, dass ich nie wieder ruhig dasitzen könnte. Aber dann kam eine Riesenüberraschung: Bernie stand auf – ich ging von ihm runter, weil er offenbar wirklich gerne aufstehen wollte – und sah zu Colonel Bob.

»Wo steht eigentlich geschrieben, dass ich eines Tages deine hässliche Visage wiedersehen muss?«, fragte er.

»Das Kompliment kann ich nur zurückgeben«, erwiderte Colonel Bob. Er marschierte auf Bernie zu. Würde es etwa einen Kampf geben? Colonel Bob war ein großer Mann, größer als Bernie. Ich machte mich bereit. Aber statt zu kämpfen, schüttelten die beiden einander die Hand, und dann zog Colonel Bob Bernie an sich, und sie fingen an, sich gegenseitig ziemlich fest auf den Rücken zu klopfen. Colonel Bob wandte sich an die anderen Piloten und verkündete: »Jetzt brauche ich die Flasche Jack Daniel's aus meinem Büro. Diesem Arschloch hier habt ihr es zu verdanken, dass ihr euch mit mir Arschloch rumschlagen müsst.«

»Warum das denn, Colonel?«, fragte einer der Piloten.

»Der Schweinehund hat mir das Leben gerettet, darum«, sagte Colonel Bob. »Sagt brav Hallo zu Bernard Little.«

Bernie hieß Bernard? Das erfuhr ich erst jetzt? Was war hier eigentlich los?

Wir saßen in der Kantine und tranken alle – außer mir natürlich – Jack Daniel's. Ich bekam Wasser und ein, zwei Hundekekse, die Bernie mitgebracht hatte, die besten von Rover and Company. Einmal hatte ich Jack Daniel's probiert, aber dazu komme ich vielleicht später noch. Die Piloten hatten sich um uns versammelt, und Colonel Bob hatte einen Stapel Landkarten angeschleppt und sagte Sachen wie »Basra ist hier, und wir waren dort, und die Schweine kamen von da.« Bernie – ich saß auf dem Boden direkt neben ihm – war offenbar unbehaglich zumute, er rutschte auf dem Stuhl herum, räusperte sich, murmelte hin und wieder eine kurze Antwort, sodass das, was vor ewig langer Zeit zwischen Bernie und Colonel Bob passiert war, ein Rätsel für mich blieb.

Eine zweite Flasche Jack Daniel's tauchte auf. Major Pam kam und gab Bernie den Rest des Würgehalsbands. Er ließ es durch seine Finger gleiten: »Das hatte er um den Hals?«

Major Pam nickte. »Ist das von Ihnen?«

»Chet hat noch nie in seinem Leben ein Würgehalsband getragen.«

Das entsprach nicht ganz der Wahrheit: Da war diese schlimme Zeit bei Mr Gulagow gewesen, und dann vielleicht noch mal lange vorher, als ich ein Welpe war und in diesem grässlichen Drogenhaus wohnte – womöglich hatte es da auch ein Würgehalsband gegeben. Ich war mir nicht ganz sicher. Während ich darüber nachdachte, waren noch mehr Karten ausgebreitet worden, und Bernie machte auf einmal den Eindruck, als fühlte er sich nicht mehr unbehaglich.

»Ein Entführungsfall«, sagte er gerade, »im Moment sind eine Frau – vielleicht sogar zwei Frauen – und ein Hund beteiligt.«

»Chet?«

Bernie schüttelte den Kopf. »Ein Hundechampion namens Princess.« Er zog ein Foto heraus: Princess auf ihrem Satinkissen. »Die haben Sie nicht zufällig gesehen?«

»Hm, nein.«

»Es gibt eigentlich auch keinen Grund, warum sie hier sein sollte«, sagte Bernie. »Wobei es natürlich auch keinen Grund gibt, warum Chet hier sein sollte.« Er deutete auf die Karte. »Zuletzt hatte ich ihn in Clauson's Wells gesehen.«

»So weit weg? Ist er weggelaufen?«

Ich? Weglaufen? Ich verschluckte mich beinahe an meinem letzten Hundekeks.

»Chet?«, fragte Bernie. »Nie im Leben. Nein, wir hatten ein paar Differenzen mit dem Sheriff. Vielleicht ein Missverständnis – das versuche ich immer noch herauszukriegen. Jedenfalls wurden Chet und ich dort getrennt.«

»Wer ist dein Klient?«, fragte Colonel Bob.

Bernie lächelte. Habe ich schon erwähnt, was für ein tolles Lächeln Bernie hat? »Du hast dich überhaupt nicht verändert«, sagte Bernie. »Der Klient ist der Ehemann einer der vermissten Frauen, Adelina Borghese. Ihnen gehört der Hund.«

Adelina: Ich sah sie im Geist mit Ameisen auf dem Gesicht, und plötzlich schmeckte mir der Keks nicht mehr.

»Und die andere Frau?«, fragte Colonel Bob.

»Suzie Sanchez. Sie ist Journalistin bei der *Valley Tribune.* Auf einen Tipp von ihr hin waren wir in Clauson's Wells.«

»Hast du Fotos von den Frauen?«, fragte der Colonel.

Bernie hatte welche. Ich erhaschte einen kurzen Blick darauf, als er sie weiterreichte: Adelina mit Princess im Arm und Suzie und Bernie zu Hause im Garten. Colonel Bob musterte das letzte ganz lange. »Bist du verheiratet?«

»Nicht mehr«, erwiderte Bernie.

»Ist sie deine Ex?«

»Nein.«

»Kinder?«

»Eins.«

»Mädchen oder Junge?«

»Junge.«

»Bei mir sind's zwei Mädchen – Zwillinge. Das Sorgerecht hat die Mutter.«

»Hm«, sagte Bernie. Schweigen. Bernie trank sein Glas aus und erhob sich. »Wir müssen weiter. Ich schulde euch was.«

»Blödsinn«, winkte Colonel Bob ab.

Ich erhob mich auch.

»Schlauer Hund«, sagte Major Pam. Ich mochte sie. Sie war einer der Menschen, die Verständnis für unsereins hatten.

»Wir halten die Augen offen wegen der beiden Frauen«, versprach Colonel Bob. »Und dem Hündchen. Aber ich hätte auch nichts gegen einen raschen Abstecher nach Clauson's Wells, wenn du Zeit hast. Dürfte nicht mehr als zwanzig Minuten dauern.«

Zwanzig Minuten. Ich wusste nicht, wie viel das genau war, aber es hörte sich nach nicht besonders viel an. Die Einzelheiten meiner Reise verschwammen zwar langsam, aber ich war von weit her gekommen. So viel stand fest. Wie war das also möglich?

Es dämmerte mir erst, als wir in dem Hubschrauber saßen, Bernie und ich hinten und ziemlich nah beieinander, der Colonel vorne am Steuerknüppel. Und wie wir abschwirrten! Der Boden schoss unter uns vorbei. Wow. So fühlten sich also Vögel. Ich fragte mich, ob ihnen dabei auch flau wurde. Ehrlich gesagt, alles in allem bevorzugte ich den Kopilotensitz im Porsche.

Bernie und Colonel Bob trugen Headsets. Dazu war es ziemlich laut in einem Hubschrauber, wie ich feststellte, sodass ich nicht viel von dem mitbekam, was sie redeten, aber schon im nächsten Moment legten wir uns in eine lange Kurve, und ich grub meine Krallen in den Boden, und Bernie sagte etwas in der Art wie: »Das habe ich vorher gar nicht gesehen.«

Und der Colonel fragte etwas über einen Teich.

»Ja«, antwortete Bernie.

»Dann wollen wir den Vogel mal runterbringen«, sagte der Colonel.

Wir landeten und kletterten raus. Es fühlte sich gut an, wieder festen Boden unter den Füßen zu haben. Ich sah mich um und erkannte die Stelle gleich wieder: Wir befanden uns auf der Wiese oberhalb von Clauson's Wells. Da war der Teich, aus dem Princess und ich getrunken hatten, und dahinter stand die Hütte …

»Was ist denn in den gefahren?«, fragte Colonel Bob.

Bernie verstand es sofort. Er lief hinter mir her. Ich raste zu der Hüttentür, stellte mich auf die Hinterbeine, legte eine Pfote auf das Daumending, aber dieses Mal ging die Tür nicht auf.

Der Colonel kam angerannt. »Er kann Türen öffnen?«

»Einige.«

»Wo hast du den bloß her?«

»Das ist eine lange Geschichte«, erwiderte Bernie. Ich hätte sie gerne gehört, aber Bernie verstummte. Er legte seinen Daumen auf das Daumending und drückte. Es tat sich nichts, versteht sich. Das hätte ich ihm gleich sagen können … außer dass ich das nicht konnte. Ich war ein bisschen verwirrt, und in diesem Moment der Verwirrung hob Bernie den Fuß und trat gegen die Tür. Dieses laute Krachen – toll! Noch mal, Bernie!

»Ist das legal?«, fragte Colonel Bob.

»In einer Geisterstadt schon«, erwiderte Bernie. Colonel Bob lachte. Er mochte Bernie, das verriet mir sein Lachen. Außerdem verriet es mir, dass Colonel Bob nichts dagegen hatte, mal ein bisschen fester zuzupacken. Das ging uns, Bernie und mir, nicht anders. Bernie trat noch mal gegen die Tür. Die Angeln gaben nach, und die Tür schwang auf.

Wir gingen hinein, Bernie als Erster, aber ich quetschte mich an ihm vorbei. Alles sah genauso aus wie vorher – Tisch, Stuhl, Feldbett –, nur eines war anders: Das Feldbett war leer. Keine Adelina. Ich ging rüber, schnüffelte herum, immer noch dieser Geruch, aber nur mehr schwach.

Ich bellte, ein tiefes, leises Bellen, das manchmal von ganz allein aus mir kommt.

»Was ist hier passiert?«, fragte Colonel Bob.

»Fass nichts an«, sagte Bernie, zog Latexhandschuhe aus seiner Hosentasche und streifte sie über.

Kapitel 15

Bernie durchsuchte auf allen vieren die Hütte. Immer wenn ich Bernie – oder irgendeinen anderen Menschen – auf allen vieren sah, fing ich an herumzuspringen; deshalb musste ich zusammen mit Colonel Bob draußen warten. Wir gingen um den Teich. Die Sonne brannte mir auf den Rücken. Ich blieb stehen, um etwas Wasser zu schlabbern.

»Schmeckt's?«, fragte Colonel Bob.

Und wie. Wir liefen weiter. »Macht man denn überhaupt genug Kohle mit so einer Detektei?«, fragte der Colonel. »Das Auto sieht ziemlich fertig aus.« Was? Redete er von unserem Auto, dem Porsche? Ich blickte zu ihm hoch, erkannte den geistesabwesenden Ausdruck auf seinem Gesicht. Manchmal sahen Menschen so aus, wenn sie im Inneren mit sich selbst sprachen, da war ich ziemlich sicher. Und wenn keine anderen Menschen in der Nähe waren, dann drangen Stückchen von diesen Gesprächen heraus. Wie jetzt, als er stehen blieb und sagte: »Hat mir das Leben gerettet.« Er zog ein Päckchen Zigaretten aus der Tasche und zündete sich eine an. Ich hatte eine Schwäche für den Geruch von Zigaretten, aber da Bernie versuchte aufzuhören, kam ich nicht mehr so oft in den Genuss, wie ich wollte. Colonel Bob warf das Zündholz in den Teich. »Es war die Hölle«, sagte der Colonel. Das Zündholz zischte. Was für ein Geräusch! Dieses Gefühl in den Ohren! Mach's noch einmal, Colonel Bob!

Aber er tat es nicht, sondern stand nur mit diesem nach innen gerichteten Blick am Teich und zog an seiner Zigarette. Bald darauf kam Bernie aus der Hütte und steckte die Latexhandschuhe ein.

»Was gefunden?«, fragte Colonel Bob.

»Nein, da drin ist nichts, kein Stäubchen«, sagte Bernie.

»Das heißt?«

»Kann ich noch nicht sagen.« Bernie sah zu mir. »Jedenfalls nichts Gutes.«

Colonel Bob hielt Bernie die Zigaretten hin, so als wüsste er, Bernie würde eine nehmen, und Bernie nahm eine. Der Colonel warf ihm die Zündhölzer zu. Bernie zündete seine Zigarette an. Ich wartete auf ein weiteres Zischen, aber nichts dergleichen. Bernie blies das Zündholz aus, schüttelte es kurz, dann steckte er es in die Tasche.

»Bist wohl Gelegenheitsraucher geworden?«, fragte der Colonel.

Bernie zuckte die Achseln.

»Das ist das Beste«, sagte der Colonel. »Ich wünschte, ich wäre so diszipliniert wie du.«

»Ich?«, fragte Bernie. »Diszipliniert?« War das ein neues Wort für Bernie? Für mich schon.

»Ja«, sagte Colonel Bob. »Du.«

Bernie schwieg. Sie rauchten am Rand des Teichs.

»Wie geht's dem Bein?«, fragte der Colonel.

»Super«, erwiderte Bernie.

»Keine Probleme mehr?«

»Ich hatte Glück.«

»In der Nacht damals sah es jedenfalls übel aus«, sagte der Colonel. Bernie schwieg. »Schlimme Nacht«, ergänzte der Colonel.

»Ja.«

»Denkst du oft daran?«

»Nein«, sagte Bernie. Und dann: »Manchmal.«

Sie schwiegen lange. Der Rauch ihrer Zigaretten ringelte sich in die Höhe und löste sich dort langsam auf. »Das Leben ist doch eigentlich ganz schön«, meinte der Colonel.

»Ja«, stimmte Bernie zu.

Eigentlich ganz schön? Das Leben war toll! Das war ja wohl nicht zu übersehen. Das konnte man jeden Tag erleben.

»Sind wir hier fertig?«, fragte der Colonel.

»Fürs Erste«, sagte Bernie.

»Hast du Lust, uns zurückzufliegen?«

Was? Bernie konnte einen Hubschrauber fliegen? Er sah zum Colonel, einen komischen Ausdruck auf dem Gesicht, und fing an zu lachen. Der Colonel lachte auch. Sie lachten und lachten, bogen sich geradezu vor Lachen, bis ihnen die Tränen kamen.

»Hey, Chet, sitz. Immer mit der Ruhe, Junge.«

Dieses Lachen, bis die Tränen kamen, das war einfach zu viel für mich, aber ich strengte mich wirklich an und blieb sitzen.

Wieder im Porsche und auf der Straße – in diesem Fall eine leere zweispurige Asphaltstraße –, und ich auf dem Kopilotensitz: Konnte es etwas Schöneres geben? Ehrlich gesagt, hätte es tatsächlich noch ein bisschen schöner sein können, wenn wir Musik gehabt hätten oder wenn Bernies Hände das Lenkrad nicht so fest umklammert hätten. Er dachte nach, das spürte ich, und es fühlte sich an, als würde eine Welle über mich schwappen. Dieses tiefe Nachdenken erwies sich normalerweise als recht nützlich. Ich betrachtete die vorbeiziehende Landschaft und fühlte mich tipptopp, mein Kopf ein völliges Vakuum.

Wir fuhren über einen Hügelkamm, hielten an einem Aussichtspunkt an und stiegen aus. Boxenstopps waren das

Beste. Ich markierte einen Stein, einen Zweig und eine Stelle auf dem Boden, wo ich ein Tier roch, das ich noch nie gerochen hatte. Immer wieder interessant. Es gab so viele Tiere, die ich auf dem Discovery Channel gesehen und noch nie gerochen hatte. Paviane zum Beispiel: Mal kurz an denen zu schnuppern würde mir schon gefallen. Ich sah zu Bernie rüber, stellte fest, dass er mich beobachtete. »Ich werde das Gefühl nicht los, dass du um einiges mehr weißt als ich, alter Junge. Was geht hier nur vor sich?«

Ich lief mit wedelndem Schwanz zu ihm. Was ich wusste? Auch nur das: Princess und ich, die Schlange, die Hippies und der Bärtige mit dem Pick-up. Was noch? Adelina. Adelina und die Ameisen. Mein Schwanz hörte auf zu wedeln. Bernie tätschelte mich. »Komm, wir gehen Deppen ärgern«, sagte er.

Hörte sich gut an.

Bald darauf sahen wir andere Autos. Dann kamen ein paar Wohnwagen am Straßenrand, eine Tankstelle, ein Diner – ich erkannte einen Diner zuverlässig an der Form und an dem Geruch, der beim Vorbeirauschen zu mir rüberwehte –, und wir erreichten eine Stadt.

»Willkommen in Nowhereville«, sagte Bernie.

Noch nie davon gehört, aber ich war immer offen für was Neues.

Wir parkten vor einem niedrigen Ziegelbau mit einem goldenen Stern an der Tür und traten ein. Hinter einer Theke stand ein großer, schlanker Mann in einer braunen Uniform und mit einer krummen Nase. Der Mann in der Uniform hatte einen goldenen Stern auf der Brust, einen Cowboyhut auf dem Kopf und ein Pflaster am Hals, wahrscheinlich hatte er sich beim Rasieren geschnitten. Bernie schnitt sich dauernd beim Rasieren, aber nie so tief. Der Mann sah uns und hielt inne mit dem, was er tat, nämlich nichts.

»Sie schon wieder«, sagte er. Irgendwie kam er mir bekannt vor, aber ich konnte nicht genau sagen, woher.

»Freut mich auch, Sie zu sehen, Deputy«, behauptete Bernie. »Das hier ist Chet.«

Der Mann sah zu mir runter. Als ich seinen Geruch roch, dämmerte es mir. Seine Hand fuhr zu dem Pflaster, und es dämmerte mir noch ein bisschen mehr. »Und?«, fragte er.

»Dachte, das hilft Ihrem Gedächtnis auf die Sprünge«, sagte Bernie. »Wenn Sie Chet sehen.« Er legte seine Hand auf meinen Kopf und ließ sie dort liegen. Kam dieses Knurren etwa von mir? Ich hörte auf damit.

»Mein Gedächtnis funktioniert einwandfrei«, erklärte der Deputy. »Das war ein blödes kleines Missverständnis drüben in Clauson's Wells, aber wir haben keinen Hund gesehen, basta.«

»Komisch«, sagte Bernie. »Er hat nämlich Sie gesehen.«

»Hä?«, machte der Deputy.

»Sie hätten es mir nur sagen müssen«, erwiderte Bernie. »Mehr nicht.«

»Was denn sagen?«

»Dass Sie ihn gesehen haben, ihm womöglich gefolgt sind.«

»Gefolgt?«

Durch eine Tür hinter der Theke kam ein zweiter Mann, der wie der Deputy groß und schlank war, aber eine gerade Nase hatte. Seinen Geruch erkannte ich auch wieder. Er warf Bernie einen ganz und gar nicht freundlichen Blick zu, und dann sagte er: »Da ist er ja wieder.«

»Er redet nur Unsinn, Sheriff«, sagte der Deputy.

»Das passiert manchmal, wenn man eins auf die Rübe gekriegt hat«, meinte der Sheriff. »Ein Versehen von unserer Seite und wir bedauern es von ganzem Herzen, aber woher sollten wir wissen, dass Sie ein Privatdetektiv sind und nur Ihre Arbeit tun?«

Man erkennt sofort, wenn ein Mensch wütend wird: Sein Gesicht wird rot, die Stimme wird lauter, und er fängt an zu boxen. Bernie ist anders. Wenn er wütend wird – und das passiert nicht sehr oft –, verändert sich nicht viel, manchmal sieht man nur, wie dieser eine Muskel an seinem Kiefer dick und hart wird. So wie jetzt zum Beispiel.

»Das kann schon mal passieren«, sagte Bernie, ohne dass sich seine Stimme hob, sie wurde eher leiser. »Aber warum die Sache noch schlimmer machen?«

»Schlimmer?«, fragte der Deputy. Meiner Meinung nach stehen die Augen der Menschen immer zu eng zusammen, aber bei manchen wie bei dem Deputy sieht es hässlicher aus als bei anderen.

»Kann es sein, dass das gerade eine Drohung war?«, fragte der Sheriff. Seine Augen standen nicht ganz so eng zusammen, aber sie waren so hell, dass sie überhaupt keine Farbe zu haben schienen, nur zwei schwarze Punkte inmitten von viel Weiß. Sehr verwirrend. Sheriffs sind doch Gesetzeshüter, so wie Polizisten, oder? Normalerweise mochte ich Polizisten.

»Keine Drohung«, sagte Bernie. »Eher eine Gelegenheit.«

»Ach ja?«, fragte der Sheriff.

»Eine Gelegenheit«, erwiderte Bernie, »wie man sie nicht alle Tage bekommt – eine Art Neustart, und es werden keine unangenehmen Fragen gestellt.«

»Versteh ich nicht«, sagte der Sheriff.

Ich verstand auch nicht, und das schon eine ganze Weile, aber egal. Bernie machte das, worin er am besten war, nämlich der klügste Mensch weit und breit zu sein. Mich überkam auf einmal das Gefühl, dass ich die beiden Männer schon bald am Hosenbein packen würde, was irgendwie verrückt war, weil sie doch Gesetzeshüter waren.

»Ihre ursprüngliche Geschichte passt nicht zu den Fakten, die ich in der Zwischenzeit gesammelt habe«, sagte Bernie.

»Na, so was aber auch«, sagte der Deputy. Der Sheriff ließ Bernie nicht aus den Augen und sagte nichts. Ich hatte den Eindruck, er hörte genau zu. Ich nicht; mir war das alles zu kompliziert.

»Welche Fakten?«, fragte der Sheriff schließlich.

»Nur mal so als Beispiel: Sie leugnen beide, dass Sie Chet in Clauson's Wells gesehen haben. Aber das stimmt eindeutig nicht.«

»Woher wollen Sie das denn so genau wissen?«, fragte der Sheriff.

Bernie wandte sich dem Deputy zu. »Was ist mit Ihrem Hals passiert?«

Der Mund des Deputys klappte auf, zu, wieder auf. »Verbrannt«, behauptete er. »Entzündet.«

»Da steht aber was anderes in der Akte«, sagte Bernie.

»Akte?«

»Sie wissen schon – Krankenakte«, erwiderte Bernie. »In der netten Klinik die Straße runter.«

»Was zum Teufel soll das heißen?«, fragte der Deputy. Der Sheriff machte eine Geste, vielleicht um ihn zu beruhigen, aber der Deputy redete weiter. »Die haben Ihnen meine Krankenakte gezeigt?«

»Das wäre doch ein Verstoß gegen die ärztliche Schweigepflicht!«, sagte Bernie. »Nein, sie lag nur zufällig an einer Stelle, wo ich sie sehen konnte, dafür kann kein Mensch etwas. Aber die Sache ist die, dass Sie wegen eines Hundebisses dort gewesen sind. Eigentlich eher ein Kratzer, da die Wunde nicht besonders tief war. Jedenfalls stand da nichts von einer Verbrennung, Entzündung oder etwas in der Art.«

Schweigen. Die Atmosphäre im Raum änderte sich auf eine Weise, wie ich es mochte.

»Das wirst du korrigieren lassen müssen, was, Les?«, meinte der Sheriff.

»Sofort«, bestätigte der Deputy.

»Kein Grund zur Eile«, wiegelte Bernie ab. »Ich habe eine Kopie des Originals.«

Der Sheriff streckte die Hand aus. »Dürfte ich mir die einmal ansehen?«

»Keine Papierkopie«, sagte Bernie. »Tut mir leid – das hätte ich dazusagen sollen. Ich habe die betreffende Seite eingescannt und an mein Büro gemailt.« Er holte sein Handy heraus. »Ganz erstaunlich, was diese kleinen Dinger alles können.«

Erneutes Schweigen. Die Hand des Deputys bewegte sich zum Griff seiner Pistole. »Hört sich für mich ganz nach einem Gesetzesverstoß an«, sagte der Sheriff.

»Dann rufen wir doch das FBI«, schlug Bernie vor. »Wenn es nicht sowieso schon informiert ist.«

»Was soll das heißen?«, fragte der Sheriff.

»Nichts«, mischte sich der Deputy ein. »Warum hören wir ihm überhaupt zu? Der redet doch die ganze Zeit nur Bockmist.«

»Les«, sagte der Sheriff. »Sei still.«

Da war ich ganz einer Meinung mit dem Sheriff. Ich hatte schon mal Bekanntschaft mit einem Bock und seinen Hinterlassenschaften gemacht. Das war nicht sehr angenehm gewesen, und was Bernie damit zu tun haben sollte, war mir ein Rätsel.

»Und wenn sich das FBI einschaltet, müssen Sie darauf gefasst sein, dass alles, was mit Ihrer Überwachung des Saloons in Clauson's Wells zu tun hat, ans Tageslicht kommen könnte.«

»Was meinen Sie mit alles?«, fragte der Sheriff.

»Na ja, alles eben«, sagte Bernie. »Man könnte zum Beispiel mit der Frage anfangen, was Sie da überhaupt zu suchen hatten.«

»Das haben wir Ihnen schon gesagt«, erwiderte der Deputy.

»Meinen Sie die Geschichte, dass Sie ein paar Rowdys aufgelauert haben?«, fragte Bernie.

»So würde ich es nicht sagen«, erwiderte der Sheriff.

»Wie würden Sie es denn sagen?«, fragte Bernie.

»Wir stecken in einer breit angelegten Ermittlung.«

»Gegen Rowdys?«

»Richtig.«

»Und Sie hatten für diesen Abend einen Tipp bekommen?«

»Auch das ist richtig.«

»Von wem?«

»Ich weiß ja nicht, wie ihr das in der Großstadt handhabt«, sagte der Sheriff, »aber hier auf dem Land schützen wir unsere Informanten.«

»Vor dem FBI?«

»Wie bitte?«

»Das war eine ganz einfache Frage«, beharrte Bernie. »Werden Sie Ihren Informanten auch vor dem FBI schützen?«

»Manometer«, sagte der Deputy. »Warum redet der ständig vom FBI?«

»Das hat mit dem Fall zu tun, an dem ich gerade arbeite«, erwiderte Bernie.

»Ich habe es Ihnen schon erklärt.« Der Sheriff wurde zunehmend ungeduldig. »Wir wissen nichts von der Sache.«

»Niente, nada«, bekräftigte der Deputy.

Niente? Nada? War das jetzt Spanisch oder Italienisch? Ich war verwirrt und gönnte mir ein herzhaftes Gähnen. Der Deputy sah es und wich ein, zwei Schritte zurück.

»Damit werden Sie nicht weit kommen«, prophezeite Bernie. »Das ist einer der Fälle, die schnell größere Kreise ziehen, und ob es Ihnen passt oder nicht: Bald werden Sie bis zum Hals drinstecken. Da wäre erstens die Entführung von Adelina Borghese und ihrem Hund Prin…«

»Wir haben doch schon …«

»…cess, ein Fall von internationaler Bedeutung, weshalb sich auch das FBI damit beschäftigen wird. Dann wäre da noch die vermisste Journalistin Suzie Sanchez …«

»Die haben wir genauso wenig gesehen«, erklärte der Sheriff. »Aber das haben wir Ihnen auch schon gesagt.«

»Es ist durchaus möglich, dass Sie sie nicht gesehen haben«, befand Bernie. »Aber es ist nicht möglich, dass Sie ihr Auto nicht gesehen haben – es stand direkt vor dem Saloon.« Bernie zog ein Foto aus der Tasche: Suzies Auto und daneben Suzie.

Der Sheriff warf einen Blick auf das Foto, dann schüttelte er den Kopf. Der Deputy schüttelte ebenfalls den Kopf. Aus irgendeinem Grund sehe ich gerne zu, wenn zwei Menschen zur gleichen Zeit den Kopf schütteln. Ich verlor den Faden und verpasste den nächsten Teil.

»… worüber wir noch gar nicht gesprochen haben«, fuhr Bernie gerade fort, »ist die Hütte auf dem Hügel über der Stadt. Wem gehört sie?«

»Hütte?«, fragte der Sheriff.

»Welche Hütte?«, fragte der Deputy.

Bernie lächelte; keine Ahnung, warum. Außerdem machte es irgendwie einen seltsamen Eindruck, nachdem der Ärgermuskel an seinem Kiefer immer noch zuckte. »Habe ich schon erwähnt, wo Suzie Sanchez arbeitet? Sie ist Journalistin bei der *Valley Tribune*. Keiner weiß, wo sie sich gerade aufhält, aber sie hat an der Geschichte über die Entführung von Adelina Borghese gearbeitet, und ihr letzter Anruf kam aus Clauson's Wells. Na, dämmert Ihnen was?« Der Sheriff und der Deputy schwiegen weiter. »Ihr kleines County wird im Blickpunkt der Öffentlichkeit stehen«, sagte Bernie, »und zwar bald.«

»Welche Öffentlichkeit?«, fragte der Deputy. »Wir sollten diesen Kerl packen und …«

Der Sheriff hob die Hand. »Das Problem ist seine Herangehensweise – die könnte vielleicht ein paar Verbesserungen vertragen.«

»Um wen geht es gerade?«, fragte Bernie und lächelte immer noch.

»Da haben wir es!«, rief der Sheriff. »Wahrscheinlich kommen daher immer diese Missverständnisse. Aber ich möchte nicht, dass irgendjemand den Eindruck gewinnt, mein Büro würde sich rechtmäßigen Ermittlungen in den Weg stellen.«

»Er ist ein verdammter Privatdetektiv«, wandte der Deputy ein. »Von wegen recht…«

Der Sheriff hob erneut die Hand und fügte dieses Mal ein »Les?« hinzu. Der Deputy unterbrach sich. »Diese Hütte, von der Sie da sprechen, ist uns völlig unbekannt, ob Ihnen das nun passt oder nicht. Aber vielleicht gehört sie ja demselben Typen, dem die Geisterstadt gehört.«

»Clauson's Wells gehört jemandem?«, fragte Bernie.

»Aber sicher«, erwiderte der Sheriff. »Es gibt große Pläne, eine Touristenattraktion daraus zu machen.«

»Wie heißt der Besitzer?«, fragte Bernie.

»Das muss ich nachsehen«, sagte der Sheriff. »Irgendein Investor aus Las Vegas.«

Bernie hörte auf zu lächeln. »Sherman Ganz?«

»Ja, genau«, sagte der Sheriff und hob die Augenbrauen. Das ist immer ein gutes Zeichen für uns. »Warum fragen Sie eigentlich, wenn Sie die Antwort schon kennen?«

Kapitel 16

»Ich weiß nicht, was die für ein Spiel spielen, der Sheriff und sein Deputy«, sagte Bernie, als wir wieder im Auto saßen und aus Nowhereville rausfuhren, »aber eins ist sicher – die Sache stinkt.«

Daran bestand kein Zweifel, aber ohne Bernie kritisieren zu wollen – etwas, das ich nie tun würde! –, muss ich sagen, dass sein Geruchssinn normalerweise nicht gerade seine Stärke ist. Bernie steckte doch voller Überraschungen. Und überhaupt, ich konnte mir kaum etwas Schöneres vorstellen. Im Porsche, mitten bei der Arbeit, zweispurige Asphaltstraße, so weit das Auge reichte, über uns der blaue Himmel. Jetzt fehlte nur ein kleiner Happen, und alles wäre perfekt gewesen. Wann hatte ich zuletzt etwas gefressen? Ich konnte mich nicht erinnern. Meine Gedanken schweiften ein bisschen ab, wandten sich den Gerüchen der verschiedenen Sachen zu, die ich mochte. Steak zum Beispiel, speziell mit Steaksauce drauf, Burger, speziell mit Speck drauf, oder auch nur Speck ohne alles. Der Geruch einer schlichten Scheibe Speck, der in der Pfanne brutzelte, war eine der tollsten Sachen im Leben. Sie wissen das vielleicht nicht, weil Ihr Geruchssinn so wie Bernies ist, aber es gibt zwei Arten von Gerüchen – Gerüche, die man findet, und Gerüche, die einen finden. Speckgeruch findet mich, immer. Bernie mag seinen Speck knusprig, aber meinen nimmt er immer zuerst aus der Pfanne, weil ich ihn saftig mag, mit dicken, weißen Fettstreifen, einfach köstlich, und wenn Sie mich fragen, ist auch ungebratener Speck gar nicht mal so schlecht, was ich nur wusste, weil mir rein zufällig einmal eine Familienpackung Gourmet-Biospeck untergekommen war und …

»Chet? Hast du Hunger? Was hältst du von einem kleinen Picknick? Mir könnte etwas zu essen jedenfalls nicht schaden – he, ruhig, Junge.«

Bernie fuhr von der Straße runter und rumpelte eine kleine Erhebung hinauf, wo er stehen blieb. Ich habe eine Schwäche für Picknicks, und Bernie sorgt immer dafür, dass wir eine schöne Aussicht haben. Er ließ den Kofferraumdeckel aufspringen, nahm unseren Gasbrenner und die Kühltasche raus, und schon brieten ein paar Würstchen über der offenen Flamme. Wir guckten in die Wüste und kauten an unseren schön fettig glänzenden Würstchen – Würstchen mag ich auch, fast so gerne wie Speck –, einfach perfekt. Wie sich zeigte, waren wir beide halb verhungert, Bernie und ich. Danach holte Bernie einen roten Apfel heraus. Äpfel teilen wir uns normalerweise. Er biss ein paarmal ab, dann lehnte er sich zurück und warf den Butzen so weit, wie er konnte, und das war ziemlich weit. Ich war schon losgelaufen, als er den Arm hob, versteht sich, und der Apfelbutzen rollte noch über den Boden, als ich ihn mir schnappte und zu Bernie zurücktrabte. Mit einem Apfel Fangen spielen unterscheidet sich ein bisschen vom Fangenspielen mit einem Ball, weil nichts übrig bleibt, was ich vor seinen Füßen fallen lassen könnte. Deshalb stellte ich mich einfach nur neben ihn und fühlte mich völlig grundlos prima. Er tätschelte mich, die sanfte Art, vielleicht ein bisschen zu schnell, was bedeutete, dass er mit seinen Gedanken woanders war.

»Ich weiß es einfach nicht, Chet«, sagte er und sah auf die zweispurige Teerdecke. »Der nächste Schritt wäre logischerweise Las Vegas.« Er streckte die Hand aus. »Dorthin. Aber mein Gefühl sagt etwas anderes.« Er klopfte sich auf die Brust. Komisch, meine Brust sagte immer dasselbe zu mir: ein langsames und gleichmäßiges Bum-bum-bum.

Bernie packte die Picknick-Sachen zusammen. Ich hörte in der Ferne ein Motorengeräusch, das von »dorthin« kam, ein Motorrad, kein Auto. Dann sah ich auf der Teerdecke etwas glänzen, ganz weit entfernt, ungefähr dort, wo sich Himmel und Erde berührten. Wir sprangen ins Auto. Bernie drehte den Zündschlüssel und fragte: »Hörst du das?« Oh, Bernie. Er blickte zur Straße. Hey. Plötzlich war das Motorrad schon viel näher, der dunkle Umriss des Fahrers tief nach unten gebeugt.

»Macht bestimmt Spaß, was?«, sagte Bernie. Und ehe er den Satz beendet hatte, raste das Motorrad an uns vorbei. Bernie riss den Kopf herum und sah ihm nach. »War das Nance?« Keine Ahnung, ich hatte fast nichts gesehen, war vollauf mit dem Brüllen des Motors und dem Geruch der Abgase beschäftigt gewesen. Bernie drückte das Gaspedal durch, und wir schlitterten auf die Straße und machten uns an die Verfolgung.

Ich habe eine Schwäche für Verfolgungsjagden, besonders im Porsche. Da entkommt uns niemand, Baby. Halt, falsch: einmal im Gebirge, als wir einen von Gulagows Männern verfolgt hatten. Er war uns entkommen, ja, aber bloß kurz, und das auch nur, weil der Porsche am Schluss über die Kante eines Abgrunds geschossen war. Das war allerdings der alte Porsche gewesen, vielleicht nicht so alt wie dieser hier, aber auch nicht so gut, wie Bernie sagte. Irgendwas mit der Kompression, ich erinnere mich nicht mehr so genau, aber es war lustig gewesen, Bernie und Nixon Panero, unserem Kumpel mit der Autowerkstatt, dabei zuzusehen, wie sie an dem Motor schraubten und dann überall schwarze Flüssigkeit rumspritzte.

Aber jetzt flogen wir dahin und verringerten den Abstand zwischen uns und dem Motorrad ziemlich schnell. Der Wind drückte mich in den Sitz. Das Pfeifen des Windes, das Heulen des Motors und …? War das ich, dieses andere Heulen? Nichts versetzt mich mehr in Hochstimmung als eine schöne Verfolgungsjagd. Ich spürte den Rhythmus in meiner Brust, der jetzt schneller wurde, bum-bum-bum machte, bum-bum-bum, und praktisch das ganze Auto zum Vibrieren brachte. Na, wer würde da wohl gleich den Motorradfahrer erwischen? Und dann, tja, dann würden wir … Ich war mir nicht ganz sicher, was dann passieren würde, denn Nance war schließlich auf unserer Seite, oder? Aber darüber würde ich mir Gedanken machen, wenn es so weit war, wie die Menschen zu sagen pflegten, oder auch keine Gedanken, was ich bevorzugte. Ich warf einen Blick auf Bernies Pedalfuß: bis zum Anschlag durchgedrückt! Und rechts von uns war die ganze Wüste verschwommen. Wir fuhren so schnell, dass ich nicht einmal …

Was war das? Etwa ein winzig kleines Ruckeln?

»Owei«, sagte Bernie. »Hast du auch gespürt, wie …« Es folgte ein Klappern und noch ein Klappern, und dann ein ganzer Haufen Geklappere plus Geruckel. Der Porsche fing an zu torkeln, fast so wie ein Mensch, der ein bisschen zu viel intus hatte, und ruckelte an den Straßenrand.

Wir saßen da, und der Motor machte pop-pop, pop-pop. Das Motorrad wurde derweil wieder kleiner, bis es ganz verschwand. Um uns herum war es still, bis auf das pop-pop. Bernies Hand ballte sich zur Faust. Er hatte große, starke Fäuste, und viele Bösewichte, Bandenmitglieder und Gauner hatten erfahren, was in ihnen steckte. Er hob die Faust, als wollte er das Lenkrad schlagen, das hatte ich schon bei vielen Menschen gesehen – guten wie schlechten –, aber dann hielt Bernie inne, seine Hand entspannte sich, und der

Schlag blieb aus. Das war eine der nettesten Seiten an Bernie.

Jetzt wurde das Werkzeug hervorgekramt und bald darauf auch das Handbuch. Wenn Bernie den Kopf unter die Motorhaube steckte, kam nie etwas Gutes dabei heraus. Der Wind blätterte die Seiten des Handbuchs um, und Bernie versuchte, es mit einem ölverschmierten Ellbogen offen zu halten, während er in beiden Händen Werkzeug hatte. Nach einer Weile hielt ich es nicht mehr aus und unternahm eine kleine – wie sagte Bernie schnell wieder? – Sondierung, genau, das war es. Nicht Absonderung, wie ich mich vor einiger Zeit zu erinnern meinte. Ich unternahm also eine Sondierung der Lage, nahm den Geruch – froschig, krötig, fischig – einer Schlange wahr, aber nur ganz schwach. Ich folgte ihm, verlor ihn, lief im Kreis, nahm ihn wieder auf und da, im Schatten eines großen Felsens, fand ich – was? Irgendeine komische Schlange; ich war mir nicht ganz sicher: sehr blass, kein einziges Auge, nur hässliche Löcher, wo die Augen hätten sein sollen.

»Chet! Was ist denn jetzt schon wieder los?«

Ich merkte, dass ich ganz laut bellte, und hörte damit auf. Aber dann sah ich wieder den augenlosen Kopf und fing womöglich noch mal an zu bellen. »Was ist denn los, Chet?« Bernies Stimme klang auf einmal anders, kein bisschen verärgert – nicht, dass er sich jemals über mich ärgern würde. »Hast du was gefunden?« Er kam zu mir, sah die Schlange und lachte. Dann – oh nein! –, bevor ich ihn daran hindern konnte, bückte er sich und nahm sie in die Hand. Schlangen beißen doch! Hatte Bernie etwa noch nie die Zähne einer Schlange gesehen?

Aber die Schlange biss nicht, sondern baumelte komisch schlaff von Bernies Hand herunter. »Das ist nur eine Haut, Chet«, sagte er. »Davor musst du keine Angst haben – die

Schlange ist zu groß geworden und hat sie abgeworfen, das ist alles.« Aus irgendeinem Grund fand ich, das reichte, um Angst zu bekommen, und lief zurück zum Auto. Ich zog sogar kurz in Erwägung, mich darunterzulegen, aber dann hörte ich ein Tröpfeln aus Richtung Motor.

Einige Zeit später drehte Bernie den Zündschlüssel, lauschte angestrengt und sagte dann: »Voilà«, ein nigelnagelneues Wort für mich. Vielleicht bedeutete es so etwas wie »wenden«, weil wir das gerade machten. Das heißt, wie folgten nicht dem Motorrad, sondern fuhren in die andere Richtung, nach Dorthin.

»Las Vegas«, sagte Bernie. Er holte tief Luft. »Schon der Gedanke an Las Vegas macht mich völlig irre.« Bernie irre? Lächerlich. Ich rückte näher zu ihm. Bald hörten wir Musik – Billie Holiday, in ganz trauriger Stimmung. Ich mochte sie lieber, wenn sie lustig war, und mit Roy Eldridge an der Trompete. Daher war ich irgendwo froh, als das Handy klingelte und Bernie sie ausschaltete.

»Was gibt's?«, fragte Bernie.

Ich erkannte die Stimme am anderen Ende: Lieutenant Stine. »Nichts Neues«, sagte er und redete weiter, ohne dass ich ihn verstand, aber dann drückte Bernie eine Taste, und die Stimme von Lieutenant Stine kam aus den Lautsprechern. »… und Suzie Sanchez ist immer noch nicht in der Redaktion aufgetaucht, und niemand hat was von ihr gehört. Sind Sie sicher, dass diese Sache mit unserem Fall zu tun hat?«

»Im Moment bin ich mir bei gar nichts sicher«, antwortete Bernie. »Aber sie war an der Borghese-Geschichte dran, und Clauson's Wells ist gerade mal eine Stunde von deren Ranch entfernt.«

»Die liegt im Rio Loco County, oder?«

»Ja. Kennen Sie den dortigen Sheriff?«

»Nein«, sagte Lieutenant Stine. »Warum?«

»Hab ein ungutes Gefühl bei dem.«

»Mehr nicht? Ein ungutes Gefühl? Haben wir uns nicht erst kürzlich über das Zurückhalten von Informationen unterhalten, Bernie, und dass das nicht passieren sollte?«

»Mehr als das habe ich nicht zu bieten«, sagte Bernie. Den unguten Geruch verschwieg er, aber was sollte ich tun?

Langes Schweigen. »Ich kümmere mich um ihn«, versprach der Lieutenant.

»Und um den Deputy, Les Soundso«, sagte Bernie. »Haben Sie sich Suzies Wohnung angesehen?«

»Wollen Sie mir vielleicht erklären, wie ich meinen Job zu erledigen habe? Natürlich habe ich jemanden hingeschickt.«

»Und?«

Papiergeraschel im Hintergrund. »Der Mann dort hat gesagt, dass er gerade erst angekommen ist und sie nicht gesehen hat.«

»Ein Mann?«, fragte Bernie. »Welcher Mann denn?«

»Ein Freund von außerhalb, steht hier.«

»Welcher Freund?«

Weiteres Geraschel. »McKnight«, sagte Lieutenant Stine. »Dylan McKnight.«

Bernie trat auf die Bremse. Im ersten Moment dachte ich, ich würde vom Sitz abheben, aber dann drehte sich das Auto so schnell und raste in die andere Richtung, dass ich mich letzten Endes kaum bewegte. Bernie wusste, wie man fuhr, keine Frage. Das Quietschen von Gummi, der Geruch, der damit verbunden war – sehr aufregend, und ich war bald völlig außer mich, was auch immer das bedeutete. Eine nebulöse Vorstellung von einem anderen Ich von mir machte sich in meinem Kopf breit, sodass ich einen Teil des Gesprächs nicht mitbekam.

»… nicht durch die Datenbank laufen lassen?«, fragte Bernie gerade.

»Nach meinen Unterlagen nicht«, sagte Lieutenant Stine. »Hätten wir das tun sollen?«

»Er saß im Northern State, verflixt noch mal.«

»Weswegen?«

»Drogen.«

»Dealer?«

»Ja.«

»Was?«

»Hasch.«

»Echt, Hasch? Ist das da oben immer noch strafbar?«

»Wollen Sie mich auf den Arm nehmen?«

»War nur Spaß, Bernie. Jedenfalls scheint der Typ – wie hieß er schnell wieder? McKnight? – nicht verdächtig gewirkt zu haben. Aber ich kann noch mal jemanden hinschicken, wenn Sie meinen.«

»Vergessen Sie's«, sagte Bernie. »Wir sind schon fast da.« Er legte auf.

Ich sah mich um. Wo waren wir fast? Was ging hier vor sich? Alles, was ich wusste, war, dass Bernie und der Lieutenant nicht miteinander auskamen. Waren sie keine Freunde? Ich rutschte ein bisschen herum, bis ich eine bequeme Position gefunden hatte. Eine sehr bequeme Position sogar. Gab es etwas Schöneres als eine bequeme Position?

Als ich wieder aufwachte, waren wir noch immer in der Wüste, aber ich konnte die Spitzen der Bürotürme im Zentrum sehen. Sie schienen am Himmel zu schweben, ohne dass etwas sie festhielt. Einen Moment lang glaubte ich, noch zu träumen.

Ich war schon öfter bei Suzie gewesen. Sie hatte eine Gartenwohnung in der Nähe von Max' Spareribs-Paradies, meiner Meinung nach das beste Lokal im ganzen Valley, weil der Besitzer, Cleon Maxwell, ein Freund von uns war und uns immer Nimm-zwei-zahl-eins-Coupons schenkte, vor allem aber wegen der Spareribs: das saftige Fleisch, und wenn man damit fertig war: der Knochen! Zurück zu Suzies Wohnung. Im Valley gab es eine Menge Gartenwohnungen, aber Bernie konnte sie alle nicht leiden wegen der kleinen Rasenstücke und der Pflanzen, die immer von der falschen Sorte waren und schlecht für den Aquifer.

Wir stiegen aus und gingen zu Suzies Wohnungstür. Bernie sagte nichts über den Aquifer; er schien den Rasen und die Pflanzen nicht einmal zu bemerken. Wenn wir sonst vor Suzies Tür standen, dann klopfte Bernie leise und hatte einen Ausdruck im Gesicht, der mich an Charlie erinnerte. Aber jetzt nicht. Er trommelte gegen die Tür, und sein Gesicht war wie aus Stein.

Die Tür ging auf, und da stand Dylan McKnight, der Schönling, barfuß und mit bloßer Brust. Er sah aus wie ein Schauspieler aus der Art Film, die Bernie nicht leiden konnte. Sein Blick wanderte zu Bernie, dann zu mir und wieder zurück zu Bernie. Dylan McKnight roch eigentlich ganz gut, und in seinen Geruch mischte sich der einer Frau, aber nicht Suzies.

»Oh«, sagte Dylan McKnight. »Sie sind es.«

»Wo ist sie?«, fragte Bernie.

»Wer?«

Ehe ich mich's versah, waren wir im Haus, und Bernie drängte Dylan gegen die Wand.

»Suzie?«, sagte Dylan leicht quietschend. »Meinen Sie Suzie? Ich weiß nicht, wo sie ist. Das habe ich schon der Polizei gesagt. Sie war nicht da, als …«

Bernie hob Dylan hoch. »Wir haben keine Zeit für irgendwelche Spielchen.«

»Aber ich schwöre …«

»Schatz?« Eine Stimme – eine Frauenstimme, aber nicht Suzies – tönte durch den Flur. Wir drehten uns alle zu ihr hin. Eine nackte Frau kam um die Ecke. »Oh«, sagte sie. Eine nackte Frau war immer ein interessanter Anblick, aber wenn ich ganz ehrlich sein soll, sehen sie mit Kleidern besser aus. Sie trat einen Schritt zurück und versuchte, sich zu bedecken, aber ihre Hände waren ziemlich klein, und da war eine Menge, was zu bedecken war.

»Meine Verlobte Vanessa«, stellte Dylan vor.

Vanessa hob eine Hand und winkte uns kurz mit den Fingern zu. Bernie stellte Dylan wieder auf den Boden.

»Verlobte?«, fragte Bernie.

»Das heißt, dass wir heiraten werden«, erklärte Dylan. »Ich wollte Vanessa und Suzie miteinander bekannt machen.«

»Sie muss eine ganz tolle Frau sein«, sagte Vanessa.

»Wie sind Sie reingekommen?«, fragte Bernie.

Sein Blick lag auf Vanessa, aber er musste mit Dylan gesprochen haben, denn Dylan antwortete. »Ich habe noch einen Schlüssel. Ich habe ihr gesagt, dass ich ihn ihr zurückgebe, damit sie sich keine Gedanken um irgendwelche in der Weltgeschichte herumschwirrenden Schlüssel machen muss.«

»Dann wusste sie also, dass Sie kommen?«

»Ja, klar. Wir hatten ausgemacht, dass wir zusammen ausgehen, zu viert.«

»Zu viert?«

»Vanessa und ich und Suzie und Sie.« Dylan sah Bernie mit einem seltsamen Blick an. »Sie steht total auf Sie. Wussten Sie das nicht?«

»Ist das Bernie?«, fragte Vanessa. »Hi, Bernie.« Ein weiteres schnelles Winken. »Und was für ein nettes Hundi.«

»Zieh dir was an«, sagte Dylan.

Vanessa kicherte, machte einen Schritt nach hinten, und während sie gleichzeitig immer noch versuchte, sich zu bedecken, zuckte sie mit den Schultern und hob die Augenbrauen; ein Ausdruck bei Menschen, der bedeutete: Was will man machen? In diesem Moment schien Bernie endlich gemerkt zu haben, dass sein Mund offen stand. Langsam schloss er ihn.

Hundi? Ich schloss mein Maul.

Kapitel 17

Wir fuhren nach Hause. Ich war gerne zu Hause und war schon viel zu lange nicht mehr dort gewesen. Bernie holte die Post aus dem Briefkasten und ging sie durch – auf seiner Stirn erschienen Falten, was auf eine Menge Rechnungen hindeutete –, und ich rannte schnüffelnd durch den Garten, um festzustellen, ob ihn jemand unbefugt betreten hatte. Tatsächlich, und zwar in hellen Scharen. Was eine Schar war, wusste ich, seit ich das erste Mal auf einer Farm gewesen und dort zufällig in eine Schar Gänse hineingeraten war, und irgendwo zwischen den Gänsen und unserem Garten und dem unbefugt Betreten musste ein Zusammenhang bestehen, aber so richtig schlau wurde ich nicht daraus. Stattdessen folgte ich den Gerüchen: Eichhörnchen, Vogel, der Postbote, Kröte und ein paar von meinesgleichen, unter anderem – Iggy? War es möglich, dass Iggy das Haus verlassen hatte? Ich hatte Iggy schon eine halbe Ewigkeit nicht mehr gerochen, war mir also nicht ganz sicher. Ich blickte zu Iggys Haus, und genau in diesem Moment lief er zum Fenster und sah mich. Er fing an zu kläffen, kläff, kläff, kläff, stemmte die Vorderpfoten gegen die Scheibe, verlor das Gleichgewicht und dann war er weg.

»Komm schon, Chet.«

Ich folgte Bernie ins Haus. Ah. Ich dehnte mich, eine schöne lange Dehnübung, Hintern hoch, Kopf runter, und aus irgendeinem Grund kam ein kleines Quieken aus meinem Maul, das sich nicht einmal nach mir anhörte, wo ich normalerweise doch immer so ein tiefes, knurrendes Bellen habe. Daher bellte ich ein paarmal tief und knurrend, um sicherzugehen, und noch bevor ich damit fertig war, entdeckte ich in der Ecke der Diele ein Kauspielzeug aus Gummi – geformt wie ein Doughnut, eines meiner Lieblingsspielzeuge. Das hatte ich völlig vergessen! Ich lief hin und machte mich an die Arbeit. Währenddessen blinkte die ganze Zeit der Anrufbeantworter. Bernie drückte auf die Taste.

»Hallo, hier ist Janie.« Janie, die Hundefriseurin! Ich war schon lange nicht mehr dort gewesen, könnte es wahrscheinlich mal wieder brauchen. »Ihre Nachricht hat mich erreicht. Wir scheinen Telefon-Pingpong zu spielen. Es ist nur wegen des Post-its. Wie geht es Chet denn? Ich bin bis zum Achtzehnten verreist, wandern in den Blood Mountains – rufen Sie mich doch bitte danach kurz an.«

»Post-it?«, fragte Bernie. »Was meint sie denn?«

Ich hielt mitten im Kauen inne und war nah dran, mich zu erinnern.

Piep. »Chuck Eckel hier. Sie sind ziemlich schwer zu erreichen, Kumpel. Wenn ich nicht bald von Ihnen höre, müssen wir Ihre Position leider liquidieren.«

»Was zum Teufel soll das heißen?« Bernie drückte ein paar Tasten. »Hallo«, sagte er. »Bernie Little.«

»Bernie, alter Knabe, wo sind Sie gewesen?« Ich erkannte die Stimme von dem Hawaiihemd-Mann aus der Dry Gulch Bar und stellte im selben Moment fest, dass es eine der Menschenstimmen war, die ich nicht mochte: nach außen hin freundlich, aber tief drinnen fies.

»Arbeiten«, sagte Bernie.

»In welcher Branche sind Sie gleich noch mal?«, fragte Chuck Eckel.

»Ich bin Privatdetektiv.«

»Ein Schnüffler, was?«

Bernie konnte diesen Ausdruck nicht leiden, und seine Nackenmuskeln spannten sich an. »Beziehen Sie etwa Ihr gesamtes Wissen aus Schundromanen?«, fragte er.

»Was wollen Sie damit sagen?«

»Egal«, erwiderte Bernie. »Worum geht's?«

»Moment mal! Was sollte der Scheiß mit den Schundromanen gerade? Ich lese überhaupt keine Romane.«

»Dann ist es ja gut«, gab Bernie zurück.

Schweigen am anderen Ende. Als Eckel wieder redete, war die freundliche Oberfläche völlig verschwunden. »Genug der Höflichkeiten«, sagte er. »Sie haben zwei Stunden, um sie abzusichern.«

»Wovon reden Sie überhaupt?«

»Von Ihrer kleinen Investition natürlich.«

»Aber ich habe doch schon … Die dreitausend, erinnern Sie sich?«

»Die sind weg – der ganze Scheiß in La Paz, Sie wissen schon.«

»Ich weiß nichts«, bekannte Bernie.

»Lesen Sie keine Zeitung? Die Minenarbeiter streiken, überall Demonstrationen.«

»Aber … aber müsste dadurch nicht der Preis steigen?«, fragte Bernie.

»Ja, sicher«, sagte Eckel. »Nur haben Sie nicht darauf gesetzt. Sie haben auf sinkende Preise gesetzt. Blöd gelaufen. Ich brauche einen Scheck über fünftausend – Sie haben zwei Stunden.« Klick.

Bernie stand da, als ob … als ob er nicht wusste, was er tun sollte. Das war doch nicht möglich. Und was sollte das heißen, blöd gelaufen? Bernie lief nicht blöd. Dafür, dass er manchmal ein bisschen hinkte, konnte er schließlich nichts.

Ich trabte zu ihm. Er sah auf mich herunter und lächelte sein kleines Lächeln.

»Wie wäre es mit einem neuerlichen Besuch bei Mr Singh?«

Klar. Ich hatte immer Zeit für einen Besuch bei Mr Singh, aber warum denn? Hatte er nicht schon die Uhr?

»Wir werden wohl die Ukulele nehmen müssen«, sagte Bernie.

Die Ukulele? Bitte nicht!

»Ein wirklich schönes Instrument«, lobte Mr Singh. Er drehte es in seinen Händen. »Echtes hawaiianisches Koa-Holz, stark geflammt. Fächerleisten aus Sitka-Fichte, Knochensattel. Spielen Sie?«

»Ein bisschen.«

Ein bisschen? Bernie war ein Meister!

»Hätten Sie Lust, mir eine kleine Kostprobe zu geben? Was Sie wollen.«

Natürlich hatten wir Lust. Wie wäre es mit »Waltz Across Texas«? »Parachute Woman«? »Ghost Riders in the Sky«? Nicht zu vergessen »Surfin' USA«, was spätestens alle von den Stühlen riss. Auf einmal hätte ich Mr Singh gerne tanzen gesehen. Ich tanze eigentlich nicht, aber wenn alle anfangen zu tanzen, dann will ich auch kein Mauerblümchen sein, was ein bisschen verwirrend ist, das mit dem Mauerblümchen, weil ich schon oft Blümchen im Wind tanzen gesehen habe, selbst welche an Mauern.

Aber es gab keine Kostprobe. Bernie schüttelte den Kopf und sagte: »Vielleicht ein andermal.«

Wir bekamen das Geld und fuhren schweigend zu einem Bürogebäude, nicht zu einem der Bürotürme im Zentrum, sondern zu einem lausigen alten Kasten gegenüber von einem Supermarkt. Ein Wachmann mit einem Streichholz im

Mundwinkel erklärte: »Hunde bleiben draußen.« Ich musste im Auto warten. Das passierte nicht zum ersten Mal, und es machte mir nichts aus. Während Bernie weg war, überlegte ich, dass es toll wäre hochzuspringen, mir den Zahnstocher aus dem Mund des Wachmanns zu schnappen und dann ganz still dazustehen, damit er denkt, er könnte mich mir nichts, dir nichts fangen.

»Nie mehr Zinn-Futures«, sagte Bernie, als wir wegfuhren. »Selbst wenn du mich fesseln musst.« Bernie fesseln. Weder konnte noch wollte ich das. Was Zinn-Futures anging, hatte ich keine Ahnung. Genauso wenig wie Bernie, hatte ich den Eindruck. Das hieß, niemand hatte eine Ahnung; deshalb brauchte man auch nicht darüber nachzudenken. Ich bin sowieso einer, der von jetzt auf gleich mit dem Denken aufhören kann, und das tat ich auch.

Zurück zu Hause gingen wir ins Büro, und Bernie machte sich an der Tafel zu schaffen. Ich lag auf dem Boden, hörte zu, wie der Stift auf der Tafel quietschte, und tauchte ein bisschen in den Geruch ein, der den Kopf ganz frei machte.

»Hier«, sagte Bernie und zeichnete einen Kasten, in den er etwas schrieb, »haben wir die Borgheses – den Grafen und Adelina. Passaic. Worum zum Teufel geht es dabei? Die Info kam von Suzie, und sie gehört natürlich zu … Dann« – quietsch, quietsch – »haben wir Aldo, den Sekretär, ein italienischer Name, aber sein Englisch ist einwandfrei. Nance, die Trainerin und mutmaßliche Babycakes-Attentäterin. Und nicht zu vergessen Princess.«

Princess vergessen? Niemals. Sie hatte den großen Bärtigen angegriffen!

»Hey, Chet, was ist los?«

Dieses Knurren – kam das etwa von mir? Ich stellte es augenblicklich ein. Bernie drehte sich wieder zu der Tafel um. »Babycakes gehört hierher, zusammen mit Sherman Ganz.« Quietsch, quietsch. »Er wohnt in Las Vegas und ist im Besitz von Clauson's Wells. Das sagt zumindest der Sheriff von Rio Loco, der hier unten ein eigenes Kästchen kriegt. Wahrscheinlich wäre eine Karte ganz nützlich. Rio Loco Ranch, County-Verwaltung, Waffen-Testgelände, Las Vegas, und dann ist da noch …« Der Stift bewegte sich immer schneller, die Tafel wurde immer schwärzer, Bernies Stimme klang auf einmal irgendwie verzerrt, und der Stiftgeruch machte den Kopf nicht mehr frei. »… Motorrad … Zielfernrohr … Hütte … Suzie …« Ein tiefes Seufzen; das kam von mir.

Klingel, klingel. Das Telefon. Ich öffnete die Augen: Büro, Bernie am Schreibtisch, Kopf nach unten, Augen zu. Sie gingen einen Spalt weit auf, als er nach dem Telefon griff und es dabei vom Schreibtisch fegte.

»Bernie?« Von der Stelle unter dem Schreibtisch, wo das Telefon gelandet war, kam eine Stimme, eine verärgerte Stimme, die ich gut kannte: Leda. Bernie beugte sich nach unten, tastete herum. »Bist du da?«, fragte sie. »Ist das einer deiner pubertären …«

»Mist«, sagte Bernie und kämpfte sich wieder unter dem Schreibtisch vor. »Ähm, hallo.«

»Was ist denn los? Du klingst merkwürdig.«

»Muss was mit dem Telefon sein … schlechte Verbindung.«

»Ich höre dich ausgezeichnet.«

Mittlerweile saß Bernie wieder auf seinem Stuhl am Schreibtisch, und das Telefon war dort, wo es hingehörte. Er wartete, Schultern gestrafft, wachsam.

»Hast du geschlafen?«, fragte Leda.

»Um …« Bernie sah auf seine Uhr, »… halb zwei nachmittags? Natürlich nicht.«

»Hör zu, da …«

»Ich höre zu.«

»Unterbrich mich bitte nicht dauernd, Bernie. Ich habe gerade genug Zeit, dir das Problem zu erklären.«

»Welches Problem?«, fragte Bernie und beugte sich vor, das Telefon ans Ohr gedrückt.

»Bernie, bitte.«

»Bitte, was?«

»Bitte, hör auf, mich zu unterbrechen.«

»Ich unterbreche doch niemanden.«

»Doch, gerade eben erst wieder.«

»Das stimmt doch gar nicht.«

»Bernie, zum letzten Mal!«

Bernie klappte den Mund auf und wieder zu.

»Die Sache ist die«, sagte Leda. »Malcolm ist auf Geschäftsreise, und ein großer Kunde macht plötzlich Schwierigkeiten. Ich muss im Büro bleiben, bis die Angelegenheit geklärt ist, und das Mädchen hat heute seinen freien Tag und …«

»Du willst also, dass ich Charlie von der Schule abhole?«

»Jetzt hast du es schon wie…« Leda unterbrach sich selbst. »Ja«, sagte sie und senkte die Stimme ein wenig. »Und vielleicht kannst du ihn sogar über Nacht bei dir behalten?«

Ein Lächeln breitete sich über Bernies Gesicht aus.

Charlie ging auf eine Privatschule – das hieß, dass man dafür bezahlen musste, selbst wenn man nur zwei Straßen von der besten öffentlichen Schule im Valley entfernt wohnte, die keinen müden Cent kostete –, worüber ich Bernie schon oft lang und breit hatte reden hören, eigentlich jedes Mal, wenn er den Scheck unterschrieb. Als Charlie uns sah, rannte er über den wunderschönen breiten Rasen, kurz gehalten wie ein Putting Green – aus irgendeinem Grund überfällt mich jedes Mal, wenn ich auf ein Putting Green komme (was sich bislang leider nicht oft ergeben hat), der Drang, herumzurennen und dabei ganz viele verrückte Haken zu schlagen –, und warf sich Bernie in die Arme. Dann wurde ich umarmt, und es dauerte nicht lange, und ich unternahm mit ihm einen kleinen Ausritt auf meinem Rücken. Hey! Er war zwar ein bisschen gewachsen, aber kein Problem: Ich hätte ihn den ganzen Tag herumtragen können.

»Ist das dein Hund?«, fragte ein anderer Junge.

»Er heißt Chet«, sagte Charlie. »Ich nenne ihn Chet the Jet, weil er so schnell ist.«

»Darf ich ihn streicheln?«

»Klar.«

Die Kinder streichelten mich. Wir hatten einen Riesenspaß. Die Schule war toll, wirklich jeden Cent wert.

Als wir nach Hause kamen, war Charlie hungrig, und wir nahmen einen kleinen Imbiss zu uns: Milch und Kekse für Charlie, einen Hundekeks für mich und dann noch einen, da ich offenbar auch hungrig war, und ein Bier und ein paar Salzstangen für Bernie, wobei ich ihm half, den Rest in der Packung aufzuessen.

Nach dem Imbiss fragte Bernie: »Irgendwelche Hausaufgaben?«

»Nö«, antwortete Charlie.

»Warum ist deine Schultasche dann so schwer?«

»Das ist ein Rätsel«, antwortete Charlie.

Bernie lachte.

»Das machst du doch, oder?«, fragte Charlie. »Rätsel lösen?«

»Manchmal.«

»Wie viele Verbrecher hast du umgebracht?«

Einen Moment lang war Bernie still. »Wie kommst du auf

die Idee, dass ich überhaupt schon jemanden umgebracht habe?«

»Das hat Mom gesagt.«

Bernie nickte und holte tief Luft. »Chet und ich haben bei unserer Arbeit, wenn wir Rätsel lösen, einige Verbrecher hinter Schloss und Riegel gebracht, aber umgebracht habe ich nie einen.«

»Aber Mom ...«

Bernie hob die Hand, und Charlie war sofort still. »Im Krieg, ja, aber das ist etwas anderes.«

»Im Krieg hast du Verbrecher umgebracht?«

»Ja.«

»Wie viele?«

Bernie fuhr sich mit der Zunge über die Lippen. Das hatte ich schon viele Menschen tun sehen, unter anderem jeden, den Bernie jemals befragt hatte, aber Bernie selbst hatte ich das noch nie tun sehen. »Ich weiß nicht genau.«

»Zwei?«

»Mehr als zwei.«

»Neun?«

»Weniger als neun.«

»Irgendwas dazwischen?«

»Ja.«

Eine ganze Weile Schweigen. Dann sagte Charlie: »Das sind nicht viele, Dad.«

Bernie sah weg, zum Fenster raus. Charlie trank seine Milch aus, und danach hatte er ein Milchbärtchen über der Oberlippe. Sehr hübsch!

»Um was ging es in dem Krieg?«

»Ich weiß es nicht. Ich glaube, so genau weiß das keiner.«

»Aber er ist trotzdem geführt worden?«

»Es gibt solche Kriege – die eigentlichen Gründe kommen

erst später ans Tageslicht«, sagte Bernie. »Hast du Lust auf eine Runde Ball draußen?«

»Bringst du mir bei, wie man einen Curveball wirft?«, fragte Charlie.

»Dafür bist du noch zu klein.«

»Aber ich muss einen Ball langsam werfen können.«

»Ich bring dir den Cutter bei.«

»Wie Rivera?«

»Genau wie Rivera.«

Oder so ähnlich: Ich bekam nicht alles mit, weil ich schon an der Haustür stand und geduldig wartete, so geduldig wie möglich jedenfalls.

Kapitel 18

»Hast du dir die Zähne geputzt?«, fragte Bernie am nächsten Morgen.

»Ja«, antwortete Charlie.

»Ich habe dich nicht ausspucken hören«, sagte Bernie. Na und? Bernie hörte vieles nicht; allerdings hatte ich auch kein Spucken gehört. Hey! Charlie war gewieft.

Er lachte.

»Abmarsch, Zähne putzen«, befahl Bernie.

Charlie trottete ins Bad. Ich folgte Bernie ins Büro. Er nahm das Bild von den Niagarafällen ab, öffnete den Safe und holte einen Umschlag heraus.

»Was ist da drin?«, fragte Charlie von der Tür her.

»Das ging aber fix«, sagte Bernie. »Wie viele Zähne hast du geputzt?«

»Alle, Dad. Soll ich dich anhauchen?«

»Nein, danke.«

Warum nicht? Ich fand, das war eine gute Idee.

»Was ist in dem Umschlag?«, fragte Charlie.

Bernie sah ihn einen Moment lang an, dann gab er ihm den Umschlag. Charlie öffnete ihn und zog zwei Dinge heraus: eine Zeitschrift und das glänzende Foto von Princess mit der über ihren Kopf gemalten Zielscheibe. Das erinnerte mich an die riesige Zielscheibe draußen in der Wüste und das Flugzeug, das über den Himmel donnerte, und deshalb bekam ich nicht richtig mit, was als Nächstes passierte. Als ich mich wieder auf Charlie konzentrierte, hatte er die Zeitschrift aufgeschlagen und hielt das Foto von Princess an den abgerissenen Rand.

»Passt«, sagte er.

»Sieht so aus«, stimmte Bernie zu.

»Ist das ein Hinweis?«

»Ich denke schon.«

»Worauf, Dad? Steckt der kleine Hund in Schwierigkeiten?«

»Wahrscheinlich«, sagte Bernie.

»Was willst du tun?«

»Ihn finden.«

»Darf ich mitkommen?«

Bernie lächelte. »Muss du nicht in die Schule?«

»Ich könnte einen Aufsatz darüber schreiben.«

»Ja, klar.«

Wir setzten Charlie an der Schule ab und fuhren zu Nixon Panero. Nixon Panero war einer unserer besten Informanten, was irgendwie merkwürdig war, weil wir ihn schon mal für ein, zwei Jahre eingebuchtet hatten. Er betrieb eine Autowerkstatt am Ende einer Reihe von Autowerkstätten in einem üblen Viertel der Stadt. Neben einem Stapel Reifen lag mein alter Kumpel Spike. Als er uns sah, kam er angeschossen – na ja, vielleicht nicht richtig angeschossen; er gehörte schließlich nicht mehr zu den Jüngsten, und sein Kriegergesicht wurde langsam weiß –, blieb mit gesträubtem Fell vor unserem Auto stehen und bellte wie wild. Er sah immer noch ziemlich furchteinflößend aus: ein Teil Rottweiler, ein Teil Pitbull, ein Teil unbekannt. Wir stiegen aus, und Bernie ging ins Büro. Spike interessierte sich nicht für Bernie. Er kam direkt auf mich zu, fletschte die Zähne, mittlerweile alle ganz gelb und braun, und schnappte nach meinem Genick, nach wie vor erstaunlich flink. Aber nicht flink genug, nicht so flink wie ich! Ehe Spike wusste, wie ihm geschah, war *er* derjenige, der am Genick gepackt wurde. Sein Fell schmeckte eklig, wie Motoröl. Ich ließ ihn los. Er wich ein, zwei Schritte zurück und knurrte. Ich knurrte zurück. Er knurrte. Ich knurrte. Er drehte sich um, trottete zu dem Reifenstapel und legte sich hin, ohne mich aus den Augen zu lassen. Ich ging rüber zur Werkstatt, wo die Mechaniker arbeiteten, und warf noch mal einen Blick über die Schulter. Ja, Spike war einer meiner besten Kumpel, aber man konnte ihm nicht trauen.

Der Porsche war schon oben auf einer Hebebühne, und Bernie und Nixon standen darunter und guckten hinauf.

»Sag das noch mal«, sagte Bernie.

»Das wird dich eine Stange kosten.«

»Das habe ich verstanden«, sagte Bernie. »Ich meinte den Teil darüber, was kaputt ist.«

Nixon erklärte Bernie noch mal, was kaputt war; das meiste davon bekam ich allerdings nicht mit, teils weil er lauter unbekannte Wörter benutzte, vor allem aber, weil Nixon sowieso schlecht zu verstehen war, was daran lag, dass er immer einen großen Klumpen Kautabak im Mund hatte.

»Ich dachte, du hast ihn durchgecheckt, als er noch beim Händler rumstand«, sagte Bernie. »Bevor Geld über den Tresen ging, falls du verstehst, was ich meine.«

»Klar hab ich das.« Nixon spuckte einen ekligen Batzen aus. »Aber ich hab dir auch gesagt, dass ich bei diesen Oldtimern nichts versprechen kann. Sie haben ihre Launen – wie eine alte Hollywooddiva.«

»Ich wusste gar nicht, dass du Filmfan bist.«

»Der größte überhaupt«, sagte Nixon. »Ich habe jeden Film gesehen, den Bette Davis jemals gedreht hat, jeden einzelnen.« Er klopfte mit seinem Schraubenschlüssel an die Unterseite des Autos. »Soll ich mich jetzt an die Arbeit machen oder nicht?«

Bernie starrte Nixon mit offenem Mund an. Er schloss ihn, öffnete ihn erneut und sagte: »Ja.«

Ich ging zu dem ekligen Batzen und schnüffelte daran. Wow. Mir drehte sich der Magen um, und ich wich zurück. Ob Sie es glauben oder nicht, ich hatte tatsächlich schon mal gesehen, wie Spike einen solchen Batzen aufleckte, vielleicht sogar einen noch größeren als den hier. Man musste den alten Knaben einfach bewundern, kein Zweifel.

Die Sonne stand hoch am Himmel, als wir die Werkstatt verließen und auf den Freeway fuhren. In meinen Ohren klang der Porsche toll: Er brummte laut, wie ein wildes Tier, nur dass er nach Maschine roch.

»Bette Davis«, sagte Bernie nach einer Weile. Ein neuer Name für mich, und ich wartete auf mehr. Aber es kam nichts. Sehr viel später, in der Ferne war schon Las Vegas zu sehen, meinte Bernie: »Suzie würde das sicher gefallen …« Dann schwieg er wieder.

Wir spürten Sherman Ganz in seinem Tennisclub auf. Ich war schon auf vielen Golfplätzen gewesen – vor allem damals, als Bernie anfing, abends dort zu joggen, um wieder in Form zu kommen. Ich finde Golfplätze toll, besonders die Wasserlöcher. Aber das war mein erster Besuch in einem Tennisclub, obwohl ich jede Menge Erfahrung mit Tennisbällen hatte, versteht sich. Um genau zu sein, mit allen möglichen Arten von Bällen: Tennisbällen, Baseballbällen, Gummibällen, Lacrossebällen – meine Lieblingssorte, die Dinger hüpfen so schön, und man kann prima darauf herumkauen; ich kann Ihnen gar nicht beschreiben, was für ein tolles Gefühl das an den Zähnen ist – und sogar Footballbällen, die man an einem der spitzen Enden packen muss. Fußbälle und Basketballbälle sind dagegen nichts, es sei denn – ich habe ewig gebraucht, bis ich das herausgefunden habe – man bohrt mit den Zähnen ein, zwei Löcher rein, dann schrumpfen sie auf eine brauchbare Größe. Es gibt dabei nur ein Problem, wie ich damals feststellte, als Bernie in der Polizeimannschaft mitspielte und der Ball plötzlich zu der Stelle gehüpft kam, wo ich zufällig lag ... Aber darauf komme ich vielleicht später noch. Im Moment gingen Bernie und ich auf einem hübschen Weg mit Blumen links und rechts – ah, die Gerüche, ich weiß gar nicht, wo ich anfangen soll – zu einem Tennisplatz, von wo ein Tock-tock zu hören war.

Auf der einen Seite des Netzes stand ein großer blonder Mann mit einem Eimer Bälle zu seinen Füßen, auf der anderen Seite ein kleiner älterer Mann mit einem grauen Bart: Sherman Ganz. Bärte fallen mir immer auf. Eine merkwürdige Menschensache: Nur Männer hatten so was, Frauen nie. Woran lag das?

Der große blonde Mann nahm einen Ball aus dem Eimer und schlug ihn zu Ganz. Ganz trug weiße Shorts, in denen seine dünnen Beine aussahen wie Stecken. Er schwang seinen Schläger und schlug den Ball zurück. Der große Mann ließ ihn an sich vorbeifliegen und nahm einen neuen Ball. »Vorhand, Shermie, Vorhand. Mehr Drall auf den Ball, mehr Drall.« Er schlug den Ball übers Netz. Ganz schwang den Schläger; dieses Mal traf er den Ball gar nicht. »Vorhand und durchschwingen, Vorhand und durchschwingen, Vorhand und durchschwingen«, sagte der große Mann und schlug einen neuen Ball. Vorhand? War das so was wie Vorderpfote? Ich musterte Ganz, aber er hatte nur zwei ganz gewöhnliche Menschenhände. Vielleicht war Tennis doch komplizierter, als es aussah, aber ich dachte nicht weiter darüber nach, denn gerade kam ein Ball in unsere Richtung geflogen – wir standen jetzt neben dem Platz –, und ich fing ihn in der Luft. Wer hätte das nicht getan? Der Ball war direkt vor meiner Nase und bettelte: »Fang mich.« Und dann – dieser Teil war ein bisschen schwerer zu verstehen – war ich plötzlich auf dem Platz und rannte auf das Netz zu. Hinterpfoten und drüberspringen: keine besondere Herausforderung. Tennisnetze waren nicht sehr hoch, aber es war trotzdem ein so tolles Gefühl, durch die Luft zu fliegen, dass ich mich noch währenddessen irgendwie drehte, wenn Sie verstehen, was ich meine, rückwärts mit der Schnauze zum Netz landete und ehe ich mich's versah noch mal über das Netz sprang, aus der anderen Richtung, und, ja!, ich machte die Drehung wieder, und als ich dieses Mal landete – aus irgendeinem Grund hatte ich jetzt zwei Bälle im Maul. Wie war das denn passiert? Da ...

»Chet!«

Wir saßen auf einer Terrasse mit Blick auf die Tennisplätze, Sherman Ganz und Bernie an einem Tisch einander gegenüber und ich zu Bernies Füßen, ruhig und still. Der große blonde Mann schlug jetzt einer Frau Bälle zu und sagte: »Schläger zurück, aufs Handgelenk achten, Hand locker lassen, durchschwingen, durchschwingen.« Ein ziemlich anstrengendes Spiel: Überall hüpften kreuz und quer Bälle herum. Ich schenkte ihnen nicht die geringste Beachtung.

»Was ist denn so wichtig«, fragte Ganz, »dass Sie ohne Voranmeldung in meine Tennisstunde platzen?«

»Wir haben da noch etwas von unserem letzten Besuch bei Ihnen«, sagte Bernie, »und wollten es zurückgeben.«

»Ich kann mich nicht erinnern, Ihnen etwas mitgegeben zu haben«, erwiderte Ganz.

»Richtig«, gab Bernie zu. »Wir haben es uns auch eher heimlich geborgt.«

»Geborgt?«

Bernie legte die Zeitschrift auf den Tisch.

Ganz warf einen Blick darauf. »Sie haben sich eine Ausgabe der *Welt der Hundeschau* geborgt?«

»Ich bekenne mich schuldig.«

»Aber warum denn?«, fragte Ganz. »Ich hätte sie Ihnen auch so gegeben. Kein Problem. Warum haben Sie mich nicht gefragt?«

»Wie geht es Babycakes?«, fragte Bernie.

»Gut«, sagte Ganz. »Aber Sie haben meine Frage nicht beantwortet.«

»Bei dieser Ermittlung gibt es so viele Fragen – das ist das Problem.«

»Sprechen Sie von Adelina?«

»Und Princess.«

Ganz sah Bernie lange an. Er hatte kalte Augen. »Und Princess, das versteht sich ja wohl von selbst.«

»Es ist sogar noch komplizierter«, sagte Bernie. »Kennen Sie eine Journalistin bei der *Valley Tribune* namens Suzie Sanchez?«

»Ich glaube nicht.«

»Sie glauben nicht?«

»Berufshalber gebe ich oft Interviews«, sagte Ganz. »Ich kann mir nicht den Namen jedes kleinen Schreiberlings merken.«

Jetzt wurden Bernies Augen kalt, als hätte jemand innen drin das Licht ausgeschaltet. Das gefiel mir gar nicht. Und vielleicht gefiel es Sherman Ganz auch nicht. Unter dem Tisch fing eins seiner Beine an zu zucken. Das gefiel mir wiederum sehr: Es bedeutete, dass wir auf dem richtigen Weg waren. Wohin? Keine Ahnung, und es gab noch ein Problem: Ich konnte Ganz nicht am Hosenbein packen, weil er Shorts trug; war so was schon mal vorgekommen? Ich versuchte mich zu erinnern.

»So würde ich Ms Sanchez nicht bezeichnen«, protestierte Bernie.

Ganz zuckte die Achseln. Ein Windstoß fuhr in die Seiten der Zeitschrift. Bernie legte die Hand darauf. Er hatte schöne Hände, ich hätte sie immerzu ansehen können.

»Sie erwähnten gerade Ihren Beruf«, sagte Bernie. »Was tun Sie denn genau?«

»Ich bin Investor.«

Wieder was Neues. Ich kannte viele Menschenjobs – Polizist, Bösewicht, Bandenmitglied, Bewährungshelfer, Motorradfahrer, Scharfschütze, Leibwächter, Tierarzt, Hundefriseur und natürlich Privatdetektiv, um nur einige zu nennen –, aber Investor nicht. Ach ja, und Bauunternehmer. Aus dem Ausdruck auf Bernies Gesicht schloss ich, dass es so etwas Ähnliches sein musste.

»Investor in welchem Bereich?«, fragte Bernie.

»Nichts Esoterisches«, sagte Ganz. Ich wusste nicht, was das war, aber es klang nicht gut. Und ich glaubte ihm nicht: Mit seinem grauen Spitzbart und diesen dünnen Beinen, die dieselbe Farbe wie Knochen hatten, war Ganz bestimmt zu was Esoterischem und wahrscheinlich sogar zu noch schlimmeren Dingen fähig. »Eisen und Beton«, fuhr er fort, und jetzt konnte ich ihm gar nicht mehr folgen. »Hotels, Einkaufszentren, Wohnungen.«

»Irgendwas unten in Rio Loco County?«

Das zuckende Bein unter dem Tisch zuckte noch heftiger. »Nicht, dass ich wüsste«, sagte Ganz. »Ich trage nicht das gesamte Portfolio mit mir im Kopf herum.«

»So sehen Sie aber aus«, gab Bernie zurück.

Das hätte ich beinahe verstanden, und zwar wegen einer Sendung, die wir mal auf dem Discovery Channel gesehen hatten, in der Frauen große Lasten auf ihren Köpfen herumtrugen. Allerdings sahen diese Frauen Ganz überhaupt nicht ähnlich, also vielleicht war Bernie doch auf der falschen Spur.

»Worauf wollen Sie hinaus?«, fragte Ganz.

»Ich gebe Ihnen einen kleinen Hinweis«, sagte Bernie. »Clauson's Wells.«

Dieses zuckende Bein und wie viel Ähnlichkeit es mit

einem Knochen hatte: Ich spürte ein komisches Gefühl an den Zähnen, so als müssten sie ganz dringend auf etwas draufbeißen, so etwas wie einen Lacrosseball, falls zufällig einer dort herumgelegen hätte, was aber nicht der Fall war.

Ganz sah von Bernie weg. »Jetzt, wo Sie es erwähnen – möglicherweise habe ich dort die eine oder andere Beteiligung.«

»Zum Beispiel das Eigentum an der gesamten Stadt?«, sagte Bernie.

»Vielleicht. Aber das ist nicht in dem Sinn eine Investition. Es ist eher ein Dienst an der Öffentlichkeit.«

»Ach?«

»Es ist geplant, alles wieder herzurichten, um den Leuten zu zeigen, wie es früher im Wilden Westen war«, sagte Ganz. »Schulkindern, kirchlichen Gruppen, Touristen.«

»Erweisen Sie der Öffentlichkeit häufiger Dienste?«

»Nicht, dass Sie das was angehen würde, aber zehn Prozent unserer Gewinne gehen an den Tierschutz.«

»Wie schön für Sie«, höhnte Bernie. »Wie steht es mit Strafverfolgungsbehörden? Geben Sie denen auch was? Oder vielleicht nur dem einen oder anderen Gesetzeshüter?«

»Das ist doch Unsinn.«

»Dem Sheriff von Rio Loco County zum Beispiel? Oder seinem Deputy?«

»Die kenne ich nicht«, sagte Ganz. »Ich war selbst noch nie in Clauson's Wells. Dafür habe ich meine Leute.«

»Hat einer von Ihren Leuten den Sheriff angerufen und ihm einen kleinen Tipp gegeben?«

»Was für einen Tipp?«

»Dass wir nach Clauson's Wells kommen würden, sodass er genügend Zeit hatte, sich im Saloon auf die Lauer zu legen?«

»Ich weiß wirklich nicht, wovon Sie reden. Um ehrlich zu

sein, weiß ich genauso wenig, was Sie hier eigentlich wollen. Und Ihr Ton gefällt mir auch nicht.«

Bernie holte das Foto mit der Zielscheibe aus seiner Tasche. Er faltete es auseinander, schlug die Zeitschrift auf, legte das Foto an die entsprechende Stelle.

Das zuckende Bein hörte auf, sich zu bewegen. Bernie sagte nichts. Er wartete einfach. Ich wartete auch; keine Ahnung, worauf, aber die ganze Welt hatte aufgehört, sich zu bewegen – eine merkwürdige Sache, die manchmal passierte und immer großen Eindruck auf mich machte. Dann drang vom Tennisplatz unten die Stimme des großen blonden Mannes herauf: »Vorhand und durchschwingen. Auf den Drall achten.«

Ganz krümmte sich ein bisschen zusammen. Menschen tun das, wenn ihnen plötzlich etwas wehtut – das kannte ich von Ledas Migräneanfällen. »Ich habe das geschickt«, sagte er. »Aber ich hatte nichts mit dem Verschwinden von Princess zu tun, und auch nicht mit dem von Adelina, wenn Sie das meinen.«

»Können Sie das beweisen?«

Ganz holte ein Handy aus der Tasche, eins von der großen Sorte, und drückte ein paar Tasten. »Am Tag der Entführung war ich bei einem Meeting in L.A. Der Gouverneur war auch anwesend, fällt mir gerade ein – er kann für mich bürgen.«

»Vielleicht haben Sie eben alles so arrangiert.«

Ganz erhob sich von seinem Stuhl, und seine Stimme hob sich ebenfalls. Ich machte mich bereit. »Ich bin kein gewalttätiger Mensch. Ich verabscheue Gewalt.«

»Meinen Sie, dieses Foto zu verunstalten und es den Borgheses zu schicken ist keine Gewalt?«

Ganz sank auf seinen Stuhl zurück. »Ich schäme mich dafür«, sagte er. »Aber das war doch nur symbolisch gemeint –

niemals könnte ich einem Hund etwas antun. Ich war so zornig wegen dieser Sache in Balmoral. Ich war wie besessen.«

»Besessene Menschen tun manchmal ganz untypische Dinge«, entgegnete Bernie.

»Das ist wahr«, räumte Ganz ein. »Ich gebe es zu – ich habe das Foto geschickt. Aber das ist auch schon alles.« Er sah Bernie ins Gesicht, in dem keine Regung zu erkennen war, nicht einmal für mich.

»Sie haben gesagt, Sie hätten Adelina bewundert«, sagte Bernie.

»Das stimmt. Auch Adelina könnte ich niemals etwas antun.«

»Was ist so bewundernswert an ihr?«

»Alles – die Hingabe und Energie, die sie in die Hundeschauen steckt, ihre Großzügigkeit, ihre stoische Ruhe.«

»Weswegen hat sie diese stoische Ruhe denn nötig?«

»Sie haben Ihren Mann doch kennengelernt.«

»Haben die beiden Probleme?«

»Nicht, dass ich wüsste.«

»Ihre Bewunderung für Adelina – wie weit geht die?«

»Wenn Sie damit das andeuten wollen, was ich glaube, kann ich nur sagen: Fehlanzeige«, erwiderte Ganz. »Ich interessiere mich nicht für Frauen. Was für ein Privatdetektiv sind Sie denn? Sie haben wohl Tomaten auf den Augen, dass Sie das nicht längst gemerkt haben.«

Die Worte flogen über meinem Kopf hin und her, nicht unangenehm, auch wenn ich irgendwann aufgehört hatte, genau zuzuhören. Aber was war das für eine dumme Frage? Was für ein Privatdetektiv Bernie war? Er war der beste! Und was für Tomaten? Ich sah zu Bernie hoch und musterte sein Gesicht. Alles ganz normal, wie immer, das einzig Tomatige war ein winzig kleiner Ketchup-Fleck auf seinem Hemd. Beruhigt wollte ich es mir gerade wieder bequem machen, als ich Bernie sagen hörte: »Was wissen Sie über die Hütte oberhalb von Clauson's Wells?«

Das brachte die Erinnerung an Adelina und die Ameisen zurück, und ich richtete mich auf.

»Nichts«, behauptete Ganz. »Ich weiß nicht einmal, dass es da eine Hütte gibt. Warum ist das wichtig?«

»Ist es ja vielleicht nicht«, sagte Bernie.

Aber es war wichtig. Machte etwa ich dieses Geräusch, so ein leises Bellen? Vermutlich, weil Bernie mich plötzlich mit dem Fuß in die Seite stupste, aber nur ganz sachte. Er stand auf. Ich stand auch auf.

Ganz beäugte die Zeitschrift. »Sie sagten, Sie wollten die Zeitschrift zurückgeben.«

»Irgendwann vielleicht.«

»Das heißt, Sie glauben mir nicht?«, fragte Ganz. Bernie gab keine Antwort. »Ich will, dass Sie Adelina finden«, sagte Ganz. »Ich bezahle Sie auch dafür.«

»Wir haben bereits einen Klienten.« Bernie drehte sich um. Ich drehte mich auch um. Wir gingen den blumengesäumten Weg entlang, aber nach ein paar Schritten blieb Bernie stehen und wandte sich noch einmal Ganz zu. »Nance hat früher für Sie gearbeitet?«

»Richtig.«

»Warum ist sie weggegangen?«

»Ich nehme an, jemand hat ihr ein besseres Angebot gemacht.«

Unten auf dem Platz geriet der große blonde Mann in Aufregung. »Ja!«, rief er. »Immer schön auf den Drall achten. Der Drall lenkt den Ball.«

Ich dachte auf dem ganzen Weg zurück zum Auto darüber nach, aber ich wurde nicht recht schlau daraus.

Kapitel 19

»Motiv, Mittel, Gelegenheit«, sagte Bernie, als wir von Sherman Ganz' Tennisclub wegfuhren, Bernie hinterm Lenkrad, ich auf dem Kopilotensitz, einen hübschen neuen Tennisball im Maul. »Drei Strikes, und du bist out. Und er hat als Drohung dieses Foto geschickt, mit dem alles anfing. Also warum werde ich das Gefühl nicht los, dass …« Er verstummte. Ich spürte, dass er nachdachte, weil es war, als stünde die Luft unter Spannung. Ich dachte auch nach: »Drei Strikes, und du bist out« hatte doch was mit Baseball zu tun und nicht mit Tennis, oder? War es möglich, dass Bernie ein bisschen verwirrt war? Das glaubte ich allerdings nicht, keine Sekunde lang, was immer eine Sekunde auch sein mochte. Irgendwas mit Zeit, nicht sehr viel Zeit, vielleicht …

»Oder sind das alles faule Fische?«, murmelte Bernie. Owei. Mit faulen Fischen hatten wir schon mal zu tun gehabt – sehr ärgerlich, auch wenn ich, ehrlich gesagt, noch nie einen zu sehen bekommen hatte, und im Tennisclub hatte ich nicht mal einen Hauch von Fisch gerochen. Wobei ich kein großer Fan von Wassertieren bin. Beim Grillen hatte ich mal ein Stück Lachs erwischt – ein ganz kleines Stück, das niemand vermisst hatte –, aber überraschenderweise steckte da dieser Knochen drin, der mir dann im …

»Und falls dem so ist, dann sind wir wieder mal einem Hirngespinst hinterhergejagt, und die ganze Fahrt war für die Katz«, sagte Bernie. »Wir hätten diesem Motorrad folgen sollen.«

Moment mal. Wir hatten ein Hirngespinst gejagt? Hätte Bernie das doch bloß früher gesagt, dann hätte ich besser aufgepasst. Ich hätte nämlich furchtbar gern mal eins gesehen und noch lieber gefangen. Und welche Katze meinte er? Ich sah mich um, konnte aber weder das eine noch das andere entdecken.

Bernie seufzte. »Das passt einfach nicht zusammen«, sagte er. »Wenn Adelina und Ganz eine Affäre gehabt hätten, sähe die Sache anders aus.« Adelina. Und Princess, deren Beine beim Traben ineinander verschwammen. Princess: Wo war sie? Ich rollte mich auf meinem Sitz zusammen. Bernie tätschelte mich. »Müde, Chet?«, fragte er. »Dann mach doch ein kleines Nickerchen.« Bis zu diesem Augenblick war ich überhaupt nicht müde gewesen, aber jetzt war ich es auf einmal. Ich machte ein kleines Nickerchen.

Als ich aufwachte, fühlte ich mich tipptopp. Wo war ich? Auf dem Kopilotensitz, meinem liebsten Platz auf Erden. Ich setzte mich auf und machte eine ausgiebige Dehnübung mit meinem Maul.

»Na?«, fragte Bernie. »Geht's dir jetzt besser?«

Besser? Hervorragend! Über uns schien die Sonne, ein warmes Lüftchen strich an uns vorbei – und was war das? Wir fuhren auf den Parkplatz von Donut Heaven, gerade als ich merkte, dass ich am Verhungern war. War das Leben nicht toll? Im einen Augenblick ein knurrender Magen, im nächsten Doughnuts.

Lieutenant Stine wartete in einem Streifenwagen. Wir parkten polizeistilmäßig, Fahrerfenster an Fahrerfenster. Der Lieutenant sagte nicht Hallo, nickte nur. Er lächelte auch nicht – nicht, dass er der Typ dafür gewesen wäre, aber für mich hatte er normalerweise immer ein Lächeln übrig –, und er hatte dunkle Ringe unter den Augen.

»Für den Fall, dass Sie dachten, es könnte nicht mehr schlimmer werden«, sagte er, »die Doughnuts sind aus.« Er gab Bernie einen Becher Kaffee. Ich mag den Geruch von Kaffee – habe ich das schon erwähnt? –, aber das Getränk selbst ist nichts für mich.

»Wie gibt's denn das?«, fragte Bernie.

»Fragen Sie mich was Leichteres«, entgegnete der Lieutenant. »Manchmal geht eben alles auf einmal schief – haben Sie darüber schon mal nachgedacht?«

»Viel zu oft«, antwortete Bernie.

»*Die Kraft positiven Denkens* – mal gelesen?«

»Nein.«

»Sparen Sie sich die Mühe – kompletter Schwachsinn.« Der Lieutenant trank einen Schluck von seinem Kaffee. »Ich hab Sie immer für einen Bücherwurm gehalten, Bernie.«

»Wenn ich Zeit habe.«

»Was lesen Sie denn?«

»Hauptsächlich Seefahrergeschichten.«

»Ich dachte, Sie stehen auf die Wüste.«

»Ja, und?«

Lieutenant Stine hob eine Papiertüte in die Höhe. »Keine Doughnuts«, sagte er, »aber sie hatten noch Bärentatzen. Macht sich Chet was aus Bärentatzen?«

Moment mal. Ob ich mir was aus Bärentatzen machte? Hatte er das wirklich gerade gefragt? Ob der Lieutenant schon mal Discovery Channel geschaut hatte? Dann musste er auch gesehen haben, was Bären mit diesen Tatzen anrichten konnten!

»Ich würde mal sagen, ja«, sagte Bernie. Ach tatsächlich? Er griff in die Tüte und zog etwas heraus ... das überhaupt nicht nach Tier roch – genauer gesagt roch es sehr nach Doughnuts –, und es hatte auch keine scharfen oder gefährlichen Teile, jedenfalls konnte ich keine sehen. Bernie hielt mir das Etwas vor die Nase. Ich schnüffelte daran, nahm es aber nicht. Man wusste ja nie. Bernie lachte und warf es auf den Boden vor meinem Sitz. Ich beugte mich hinunter, schnüffelte noch ein bisschen daran; schließlich leckte ich versuchsweise ein- oder zweimal.

Nicht übel, gar nicht übel. Ich biss ein winziges Stück davon ab. Viel Ähnlichkeit mit einem Doughnut, aber – war das möglich – noch leckerer? Ich probierte noch einen Bissen und noch einen, und auf einmal war alles weg. Ja, noch leckerer als ein Doughnut. Bärentatzen: was für eine Welt!

Bernie und der Lieutenant aßen auch Bärentatzen und wischten sich den Mund mit kleinen Papierservietten ab. Ich leckte mir die Lippen und dann noch mal, immer wieder, bis ich nicht mehr das kleinste bisschen Bärentatze schmeckte, und anschließend leckte ich noch ein paarmal.

Lieutenant Stine zog ein Päckchen Zigaretten hervor und hielt es Bernie hin.

»Ich dachte, Sie haben aufgehört«, sagte Bernie.

»Dito.«

Sie zündeten die Zigaretten an. Ein Rauchwölkchen wehte in meine Richtung. Ah. An dieser Stelle muss ich etwas gestehen: Wenn ich rauchen könnte, würde ich es tun.

»Haben Sie diesen McKnight überprüft?«, fragte der Lieutenant.

»Er ist sauber.«

»Was sonst?«

»Nichts.«

»Sie sind also genauso weit wie am Anfang?«

Bernie nickte.

»Verschweigen Sie mir etwas?«, fragte der Lieutenant.

»Warum sollte ich?«

»Ganz einfach«, sagte Lieutenant Stine. »Sie trauen mir nicht. Sie trauen der Polizei nicht. Sie trauen überhaupt niemandem.«

»Das stimmt nicht.«

»Welcher Teil?«, fragte der Lieutenant und sah an Bernie vorbei zu mir.

»Ich verschweige Ihnen nichts«, beteuerte Bernie. »Das müssen Sie mir eben glauben.« Sie sahen einander an und kniffen wegen des Rauchs beide ein bisschen die Augen zusammen.

»Für den Moment«, sagte Lieutenant Stine.

»Ist gut. Irgendwas Neues in Sachen grüner Pick-up?«

»Wie sich herausgestellt hat, ist der Zeuge praktisch blind.«

»Habt ihr den Sheriff von Rio Loco überprüft?«

»Earl Ford«, sagte der Lieutenant. »Ist auch sauber. Ein Landei und ein Trottel, aber sauber. Bei seinem Deputy verhält sich die Sache ein bisschen anders.« Er zog einen Notizblock aus seiner Brusttasche und blätterte darin. »Lester Ford.«

»Brüder?«

»Cousins«, korrigierte Lieutenant Stine. Er blätterte eine Seite um. »Lester wurde unehrenhaft aus der Armee entlassen, obwohl er in Fort Benning bei der Scharfschützeneinheit war. Ist seit acht Jahren Deputy in Rio Loco County, und in dieser Zeit wurde ihm zweimal Bestechlichkeit vorgeworfen, außerdem war er in den Tod irgendeines Dealers verwickelt. Vielleicht war es auch ein Menschenschmuggler – das geht aus der Akte nicht eindeutig hervor –, der sich seiner Verhaftung widersetzt hat. Jedenfalls war er zweiundsiebzig.« Der Lieutenant steckte den Block wieder weg. »Nicht strafrechtlich verfolgt«, sagte er.

»Fährt Lester Motorrad?«, fragte Bernie.

»Darüber ist nichts vermerkt.«

»Wie konnte er bei einer unehrenhaften Entlassung in seinem Lebenslauf eine Dienstmarke kriegen?«

»Mitten in der Pampa?«, entgegnete der Lieutenant. »Dort

würde sogar Jack the Ripper eine Dienstmarke kriegen.« Er nahm einen letzten Zug von seiner Zigarette und warf die Kippe aus dem Fenster. Bernie folgte seinem Beispiel. Ich sog das letzte Rauchwölkchen ein und spürte, wie sich meine Sinne schärften. Ich richtete mich auf meinem Sitz kerzengerade auf. Jack the Ripper: ein neuer Name, aber ich war bereit. Wir hatten schon viele Bösewichte zur Strecke gebracht, Bernie und ich; wir hatten vor niemandem Angst. Na gut, vor Bären vielleicht und vor Schlangen, aber davon abgesehen vor niemandem. Bernie streckte die Hand nach dem Zündschlüssel aus.

»Beinahe hätte ich's vergessen«, sagte der Lieutenant. Er warf Bernie ein kleines Gerät zu, vielleicht ein Handy.

Bernie fing es auf. »Was ist das?«

»Suzie Sanchez' Digitalrekorder. Ihr Boss hat ihn in ihrem Schreibtisch gefunden. Keine Spur von ihrem Laptop oder irgendwelchen Aufzeichnungen – muss sie bei sich haben.«

»Warum geben Sie mir das?«

»Ich hab ihn überprüft – nichts drauf«, sagte der Lieutenant. Er sah Bernie mit einem seltsamen Blick an. »Nichts Nützliches.«

Lieutenant Stine fuhr weg. Ich dachte, wir würden auch wegfahren, aber da hatte ich mich getäuscht. Stattdessen inspizierte Bernie Suzies Rekorder, drehte ihn hin und her, drückte schließlich auf einen Knopf an der Seite.

»Milch.« Hey! Suzies Stimme, klar und deutlich. Manche Menschen haben hübschere Stimmen als andere, mit hohen und tiefen Tönen, wie Musik. Suzies Stimme gehörte dazu, nicht so hübsch wie die von Bernie, versteht sich, aber nahe dran. »Eier, Obst, Käse, äh, hm … Bourbon? Für den Fall, dass ein gewisser Jemand vorbeischlurft?« Sie lachte. »Schlurfen – das wird er mir nie verzeihen. Äh. Und Hundekekse – nicht vergessen.«

Da war ich völlig einer Meinung mit ihr. Ich hätte Suzie den ganzen Tag zuhören können.

Bernie klickte mit den Knöpfen herum. Danach blieb es eine Weile still, dann: »Käse, äh, hm ... Bourbon? Für den Fall, dass ein gewisser Jemand vorbeischlurft ...« Klick, klick. »Hm ... Bourbon? Für den Fall, dass ...« Klick, klick. Diesen Teil hörte sich Bernie noch ein paarmal an. Hatte er etwa Lust auf Bourbon? Es war noch ziemlich früh, oder? Und wir waren bei der Arbeit.

Klick, klick und noch mehr von Suzie. »Graf – was ist das genau? Graf. Gräfin. Mein Gott, was für eine Welt. Gräfin Suzie Sanchez freut sich auf Ihren Besuch.« Sie lachte wieder. »Eine Villa in Umbrien – Villen haben Namen, oder? Name herausfinden. Wohnung in Manhattan – Kaufpreis? Passaic Realty?« Im Hintergrund begann ein Telefon zu läuten. »Hallo?«, sagte Suzie. »Ja, am Apparat. Und wer ...« Danach nichts mehr.

Wir saßen im Auto, Bernie starrte das kleine Gerät an. Ich starrte zuerst nichts an und dann eine Katze, die im Fenster eines Hauses auf der anderen Straßenseite auftauchte. Die Katze sah mich auch – da war ich mir ganz sicher –, riss das Maul auf und gähnte. Sie gähnte mir mitten ins Gesicht, nur um mich zu ärgern, keine Frage. Wie wär's, wenn du rauskommst und das noch mal probierst?

»Chet? Alles in Ordnung?«

Owei. Ich war schon halb aus dem Auto, langsam schob ich mich wieder zurück. Mich ärgert einfach alles, was eine Katze macht, wenn Sie es genau wissen wollen.

»Was geht dir durch den Kopf, alter Junge?« Nichts, gar nichts. Aber Katzen waren so ... so ... Bernie tätschelte mich.

»Was hältst du davon, dem Professor einen Besuch abzustatten?«

Dem Professor? Ich riss mich zusammen. Ich war ein großer Fan des Professors. Wenn es gegangen wäre, hätte ich mit dem Schwanz gewedelt, aber der steckte irgendwie in dem Spalt zwischen meinem Sitz und der Tür fest.

Wir fuhren zum College. Wir hatten Experten für alles Mögliche, Bernie und ich. Otis DeWayne beispielsweise war unser Waffenexperte. Der Professor – er hatte einen langen komplizierten Namen, den ich mir nicht richtig merken konnte, aber das war egal, weil Bernie ihn meistens nur Prof nannte – war unser Geldexperte. Nicht fürs Geldverdienen – Menschen mit viel Geld haben so eine bestimmte Art an sich, schwer zu beschreiben, und Prof hatte sie nicht –, aber für alles andere, was mit Geld zu tun hatte, und das war … ja, was eigentlich? Was war an Geld wichtig, außer es zu verdienen? Ich könnte es Ihnen nicht sagen.

Das College lag in der Nähe des Zentrums, aber es sah nicht aus wie das Zentrum mit seinen vielen Bürotürmen und niemandem auf der Straße. Im College gab es alte Häuser mit Ziegeldächern und jede Menge Bäume und Gras, und überall Menschen, die meisten davon jung. Sie liefen, saßen oder lagen herum, und – hey! – manche spielten sogar Frisbee!

»Cool. Hast du gesehen, was der Hund gerade gemacht hat?«

»Chet? Gibst du bitte das Frisbee zurück?«

»Gehört Ihnen der Hund?«

»Wir sind eher eine Art Team.«

»Kaum zu glauben, wie hoch der springen kann. Er sollte im Fernsehen auftreten.«

»Bringen Sie ihn nicht auf Ideen. Chet? Das Frisbee, bitte!«

Ich gab das Frisbee zurück, es fehlte nur ein klitzekleines Stück, das irgendwie abgebissen worden war. Das hier kam zwar nicht an unser Haus in der Mesquite Road heran, aber wenn wir jemals woanders wohnen müssten, Bernie und ich, dann wäre das College gar nicht so übel. Diese jungen Collegemenschen waren einfach toll.

Prof hatte in seinem Büro ein Sofa stehen. Als wir reinkamen, lag er drauf und hatte die Hände über seinem großen runden Bauch gefaltet. »Hallo, ihr beiden«, sagte er. »Ich habe gerade über ein Aperçu von Marx nachgesonnen.«

Prof war furchtbar klug, habe ich das schon erwähnt? Ich verstand nur den Teil mit »Hallo, ihr beiden«.

»Und das wäre?«, fragte Bernie.

»›Die Produktion von zu vielen Dingen hat zu viele nutzlose Menschen zur Folge.‹«

Prof; man verstand einfach nicht, was er sagte, aber – Überraschung – ich war nahe dran.

»Gefällt es Ihnen?«, fragte Prof.

»Ja«, antwortete Bernie.

»Wäre es nicht lustig, wenn sich herausstellen würde, dass Marx letztlich recht gehabt hat?«, fuhr Prof fort. »Ich meine, mit allem? Nicht heute oder morgen, aber irgendwann in der Zukunft, so in hundert oder zweihundert Jahren?«

»So weit reicht mein Sinn für Humor nicht«, sagte Bernie.

Prof lachte. »Arbeiten Sie an irgendeinem interessanten Fall?«

»Entführung«, sagte Bernie.

»Ah.« Prof nickte wissend. »Immer was los bei Ihnen.« Das verstand ich ohne Probleme. Immer was los: Gab es was Schöneres? »Wie kann ich Ihnen helfen?«, fragte Prof.

Bernie ging zu ihm und gab ihm ein Blatt Papier. Prof hatte seine Brille auf die Stirn geschoben. Jetzt zog er sie herunter und blinzelte auf das Blatt. »Passaic Realty Group? Wollen Sie etwas über ihre Finanzen wissen?«

»Alles über sie«, sagte Bernie. »Und auch alles, was Sie über Lorenzo di Borghese und seine Frau Adelina herausfinden können.«

»Sind Sie etwa in die besseren Kreise aufgestiegen, Bernie?«

»Sir Bernie, bitte«, korrigierte Bernie.

Prof lachte erneut; sein Bauch wackelte, ein Anblick, der mir sehr gefiel. Er stand vom Sofa auf, gar nicht so einfach, und ging zu seinem Computer. Bernie sah ihm über die Schulter. Klapper, klapper. »Sie ist diejenige, die vermisst wird, wie ich sehe«, murmelte Prof. Klapper, klapper. Ich ging zum Fenster und beobachtete die jungen Collegemenschen, die Frisbee spielten. Ein Weilchen danach kam Bernie herüber und sah ihnen ebenfalls zu.

Und noch ein Weilchen später drehte sich Prof von seinem Computer weg und erklärte: »Also, Sir Bernie, die Sache verhält sich folgendermaßen. Adelina Borghese, geborene Simkins, ist die alleinige Besitzerin der Passaic Realty Group, die ihr Vater gegründet hat und die nach seinem Tod an sie als Alleinerbin ging. Passaic besitzt eine Villa in Umbrien, vor drei Jahren für 4,5 Millionen Euro erworben, eine Wohnung auf der Upper East Side in Manhattan, letztes Jahr mit sechs Millionen und ein paar Zerquetschten veranschlagt, eine Skihütte in Sun Valley, über die ich nicht viel finden konnte – wahrscheinlich ein Softwareproblem, ich muss mal einen meiner Studenten bitten, sich darum zu kümmern –, aber nach der Bilanz zu schließen, ist sie um die anderthalb Millionen wert, und außerdem noch eine Ranch in Rio Loco County, die vorigen März für drei Millionen in bar gekauft wurde. Das übrige Vermögen von Passaic scheint in steuerfreien Schatzbriefen im Wert von dreißig Millionen Dollar angelegt zu sein, ein paar Millionen hin oder her.«

»Die sind also stinkreich«, stellte Bernie fest.

»Zumindest sie«, schränkte Prof ein.

»Was meinen Sie damit?«

»Wie schon gesagt, befindet sich Passaic in ihrem alleinigen Besitz. Und italienische Grafen – wie alle anderen Grafen auch – sind nicht unbedingt reich. Wie hoch ist die Lösegeldforderung?«

»Es gibt keine Lösegeldforderung.«

»Nein? Warum entführt man denn sonst eine reiche Frau?«

»Möglicherweise war sie nicht das eigentliche Ziel.«

»Sondern?«

»Ein Hundechampion namens Princess.«

»Hmmm«, machte Prof. Er fasste sich mit der Hand ans Kinn. Ich hatte das Gefühl, dass er kurz davor stand, den Fall hier und jetzt zu lösen. »Ich frage mich, ob schon mal jemand eine statistische Untersuchung zur Rolle des Zufalls bei Verbrechen durchgeführt hat.«

»Keine Ahnung«, sagte Bernie.

Hieß das jetzt, dass Prof den Fall gelöst hatte, oder nicht?

Prof dachte noch ein bisschen nach. Wir warteten. »Marx hatte einen Hund namens Toddy«, sagte er schließlich.

»Das wusste ich nicht«, gestand Bernie.

»Er mochte Hunde«, bekräftigte Prof. »Apropos, ich muss hier irgendwo noch einen Kauknochen haben. Meinen Sie, Chet hätte Interesse daran?«

Kapitel 20

Dieser Marx war offenbar ein Hundefreund, wie er im Buche stand – ich hatte übrigens auch mal ein Buch gehabt, eins mit Ledereinband, das sehr interessant roch. Genau genommen war es nicht meins, sondern gehörte einem Antiquitätenhändler, der uns wegen irgendwas angeheuert hatte, ich weiß nicht mehr, was. Eine lange Geschichte, ein bisschen verrückt, denn während Bernie und der Antiquitätenhändler vorne im Laden beschäftigt gewesen waren, hatte ich mir hinten das Buch geschnappt und es im Garten verbuddelt. Warum, kann ich Ihnen nach so langer Zeit nicht mehr sagen, aber ich hoffe, dass wir eines Tages mal wieder dort vorbeikommen, damit ich das Ding ausbuddeln und dahin zurückbringen kann, wo ich es gefunden hatte. Wo war ich stehen geblieben? Ach ja, richtig, Marx. Ein netter Kerl. Ich hoffe, ich lerne ihn irgendwann mal kennen – und Toddy auch, versteht sich.

Über all das dachte ich nach, während ich mich über den Kauknochen von Prof hermachte, ein großer, dicker Knochen mit einem tollen Rauchgeschmack. Inzwischen steckten wir im Verkehr fest, die Sonne spiegelte sich grell in den Heckscheiben der vielen, vielen Autos vor uns. Im Verkehr stecken bleiben war eins der Dinge, bei denen sich Bernies Hände am Lenkrad verkrampften, aber heute nicht. Genau genommen hatte er nur eine Hand am Lenkrad, in der anderen hielt er Suzies Rekorder. Klick. »… dass ein gewisser

Jemand vorbeischlurft …« Klick, klick. »Hm … Bourbon? Für den Fall, dass …« Klick, klick. »Graf. Gräfin. Mein Gott, was für …« Klick, klick. »Hallo? Ja, am Apparat. Und wer …« Klick, klick. »Und wer …« Immer wieder hörte sich Bernie diese eine Stelle an und machte mich damit ganz kirre, auch wenn ich wusste, dass er seine Gründe dafür hatte – hey, wir reden hier immerhin von Bernie! Deshalb blieb ich ruhig, ich kratzte nur mit einer Pfote ein kleines bisschen an der Armlehne, meine anderen Pfoten rührten sich nicht vom Fleck. Aber ich war trotzdem froh, als das Telefon klingelte und Bernie den Rekorder zur Seite legte. »Hallo?«, sagte er.

Zur Seite und in meine Reichweite; aber nein: Im letzten Moment – ich hatte mich schon in Bewegung gesetzt! – nahm Bernie den Rekorder und schob ihn in seine Brusttasche.

»Hallo?« Aus dem Lautsprecher kam eine Stimme, die ich kannte. »Hier ist Lorenzo di Borghese.«

»Hi, Lorenzo«, sagte Bernie. Schweigen am anderen Ende. »Sie sagten doch, ich soll Sie Lorenzo nennen, oder?«

»Gewiss – schließlich sind wir hier in Amerika. Ich warte auf Ihren Bericht.«

»Es gibt noch nichts zu berichten«, erwiderte Bernie.

»Was soll das heißen?«

»Wir haben noch keine brauchbaren Hinweise, über die es sich zu berichten lohnt.«

»Sollten Sie die Entscheidung, was sich zu berichten lohnt, nicht Ihrem Klienten überlassen?«, fragte Borghese.

»Das ist nicht unser Arbeitsstil«, erklärte Bernie.

Wieder Schweigen, länger als das erste Mal. Worum ging es bei diesem Gespräch? Lief es gut? Keine Ahnung, aber ich beschäftigte mich nicht weiter mit dieser Frage, weil ich im gleichen Moment in dem Auto, das neben uns im Verkehr feststeckte, etwas ganz Unglaubliches entdeckte: eine fette weiße Katze, die auf der Schulter des Fahrers hockte. Auf der Schulter des Fahrers, und dann noch eine Katze – über so was konnte ich mich wirklich aufregen. Ich rückte näher zu Bernie, aber auf seine Schulter klettern oder springen? Hatte Bernie breite Schultern? Ja. Breit genug für mich, einen Hundertpfünder? Nein. Die Katze drehte den Kopf und sah mich an. Und ja, schon wieder, zum zweiten Mal an einem Tag gähnte mir eine Katze mitten ins Gesicht.

»Lorenzo? Bleiben Sie bitte mal einen Augenblick dran?«

Owei. Bernie bedachte mich mit einem Blick, den ich nur selten bei ihm sah, eigentlich so gut wie nie. Ich hörte auf zu tun, was immer ich auch getan haben mochte, und schüttelte mich, nicht so richtig, weil wir ja im Auto waren: Für ein richtig schönes Schütteln brauche ich Platz.

»Lorenzo? Ich bin wieder da. Was sagten Sie gerade?«

Ich sah aus dem Fenster. Der Verkehr bewegte sich wieder, von der Katze war nichts mehr zu sehen. Aber war das zu fassen? Eine Katze auf der Schulter des Fahrers. Was kam als Nächstes? Katzen am Lenkrad? Ich streckte den Kopf aus dem Fenster und hechelte, bis mein Kopf wieder klar war. Das ging ganz schnell.

»Was ich vor diesem fürchterlichen Gebelle sagte – sagen wollte«, erwiderte der Graf, »ist, dass ich Ihre Art zu arbeiten nicht unbedingt befriedigend finde.«

»Inwiefern?«

»Ich brauche mehr Informationen.«

»Ich habe Ihnen doch gesagt, es gibt keine.«

»Dann wenigstens einen Bericht über die von Ihnen unternommenen Schritte.«

»Die von mir unternommenen Schritte?«

Die Stimme des Grafen wurde schärfer. »Ich nenne Ihnen ein Beispiel – sind Sie meinem Vorschlag gefolgt?«

»Dem Hinweis auf Babycakes?«, sagte Bernie. »Eine Sackgasse.«

»Sackgasse? Haben Sie Sherman Ganz befragt?«

»Wir haben uns unterhalten.«

»Und?«

»Er ist aus dem Schneider.«

»Aus dem Schneider? Was soll das heißen?«

»Dass er es nicht war.«

Hey! Das hieß es also? Ich hatte den Ausdruck schon öfter gehört, war aber nie ganz schlau daraus geworden. Gut, dass der Graf gefragt hatte. Er hatte eine komische Art zu sprechen, schwer zu verstehen, außerdem hatte sein Atem nach Fisch gerochen, und er hatte einen Schnurrbart, und Schnurrbärte konnte ich nicht leiden, aber trotzdem fing ich langsam an, ihn zu mögen. Ich mochte die meisten Menschen, die ich kennenlernte, abgesehen von Gaunern, Bandenmitgliedern und anderen Bösewichten, aber selbst von denen – nehmen wir zum Beispiel diesen einen Typen, der sich das Ohr im … Aber die Geschichte erzähle ich vielleicht lieber ein anderes Mal, weil der Graf, auch wenn ich anfing, ihn zu mögen, in diesem Moment ziemlich wütend klang.

»Wie kommen Sie darauf? Ganz ist gewissenlos, zu allem fähig.«

»Das glaube ich nicht.«

»Was wollen Sie damit sagen?«

»Er ist nicht der Typ, der zu allem fähig ist.«

»Da haben Sie sich in dem Mann getäuscht, und zwar gründlich«, sagte der Graf. »Ich bezahle Sie für Resultate.«

Der Graf bezahlte uns? Hatte ich das schon gewusst? Jetzt mochte ich ihn sogar noch mehr.

»Dessen bin ich mir bewusst«, beteuerte Bernie. »Aber es dauert eben so lange, wie es dauert, Geld hin oder her.«

Owei.

»Ihr Business-Plan ist etwas ungewöhnlich, oder?«, meinte der Graf. Das hatte er richtig erkannt.

»Wir kommen damit klar.« Oh, Bernie. »Wie gut kennen Sie Earl Ford?«, fragte er. Ich konnte ihm nicht mehr folgen.

Der Graf offenbar auch nicht. Nach einer kurzen Pause bat er: »Könnten Sie den Namen wiederholen?«

»Earl Ford.«

»Nie gehört.«

»Er ist der Sheriff von Rio Loco County«, sagte Bernie. »Sein Büro liegt etwa dreißig Kilometer von Ihrer Ranch entfernt.«

»Sie haben hier immer noch Sheriffs? Wie in Wildwestfilmen? Was für ein Land!«

Auch das hatte der Graf richtig erkannt!

»Was ist mit seinem Deputy, Lester Ford?«, fragte Bernie.

»Ist er mit den Fords in Detroit verwandt?«, fragte der Graf zurück. »Ich habe einige von ihnen an der Costa Smeralda zum Dinner getroffen.«

»Das sind andere Fords.«

»Dann kenne ich sie nicht«, musste der Graf einräumen. »Warum fragen Sie?«

»Es überrascht mich, dass die beiden Sie nicht befragt haben«, meinte Bernie.

»Warum sollten sie?«

»Die Entführung hat in ihrem Zuständigkeitsbereich stattgefunden.«

»Ich habe nur mit Lieutenant Stine und der State Police gesprochen. Ihr System ist sehr kompliziert.«

»Der Fall auch«, warf Bernie ein.

»Wie bedauerlich, das zu hören«, sagte der Graf. »Ich bin gerade dabei, ein Flugzeug zu besteigen, aber ich erwarte, dass Sie mich von jetzt an ständig auf dem Laufenden halten.«

»In Ordnung«, sagte Bernie. »Nur eins noch – wie kam es dazu, dass Nancy Malone für Sie arbeitet?«

»Warum interessiert Sie das?«

»Stimmt es, dass sie früher für Ganz gearbeitet hat?«

»Was für Lügen hat er Ihnen aufgetischt?«

»Wir versuchen, Lüge und Wahrheit voneinander zu trennen. Das ist ein wesentlicher Teil unseres Jobs.« Wirklich? Das hörte ich zum ersten Mal. Unser Job war es, Bösewichte aufzuspüren und am Hosenbein zu packen. Aber Bernie hatte bestimmt seine Gründe, welche das auch sein mochten, und ich hatte auch meine Methoden, deshalb waren wir ja so ein gutes Team – abgesehen von allem, was unsere Finanzen betraf. »... in Balmoral hinter der Bühne«, sagte Bernie, »und deshalb ist die Frage nach Nancy Malone womöglich relevant.«

»Ach«, spottete der Graf, »wieder mal der berühmte Fußtritt.«

»Hat es ihn gegeben?«

»Natürlich nicht.«

»Haben Sie es gesehen?«

»Etwas gesehen, das nicht passiert ist? Was für ein Detektiv sind Sie eigentlich?«

Ich wusste nicht genau, worum es in diesem Gespräch ging, aber eins wusste ich in diesem Moment: Ich hörte auf, den Grafen zu mögen.

»Jemand hat es gesehen«, sagte Bernie.

»Das ist eine Lüge«, widersprach der Graf. »Ganz *behauptet*, er hätte es gesehen – dieser Unterschied dürfte doch selbst Ihnen klar sein. Die arme Nancy hat das dumme Vieh kaum berührt.«

Vieh? Das waren doch Kühe und Schafe, oder? Mit denen hatte ich auch schon einige Abenteuer erlebt. Aber was hatten sie mit diesem Fall zu tun?

»Nicht nur, dass es ein Unfall war«, fuhr der Graf fort, »Babycakes ist auch nicht das Geringste passiert. Sie hätte ohne Weiteres an der Schau teilnehmen können.«

»Warum hat sie es nicht getan?«

»Wegen Ganz.«

»Warum hätte er sie nicht teilnehmen lassen sollen, wenn sie es konnte?«

»Er neigt zu – wie sagt man? – hysterischen Auftritten. Ist Ihnen das noch nicht aufgefallen?«

»Aber wenn Nance …«

Die Stimme des Grafen wurde lauter. »Das hier hat nichts mit Nance zu tun.«

»Stimmt es, dass sie für Ganz gearbeitet hat?«

»Haben Sie mich nicht verstanden?«, fragte der Graf, und seine Stimme wurde noch lauter. »Tun Sie, wofür ich Sie bezahle – finden Sie Princess!«

»Und Adelina?«

»Ja. Ja, natürlich. Sagte ich Princess? Das liegt am Stress. Ich meinte Adelina. Finden Sie sie. Und Princess auch.«

»Es wäre eine Hilfe, wenn …«

Klick.

Danach war Bernie lange still. Ein- oder zweimal murmelte er so was wie »Business-Plan, pah« und »Costa Smeralda, pah«, und irgendwie wusste ich, dass alles in Ordnung war. Wir fuhren durchs Valley, vorbei an Einkaufszentren und großen Supermärkten und Häuserreihen, die bis in die Canyons reichten, so weit ich sehen konnte – und irgendwo zwischen all diesen Canyons war unser Canyon mit unserem Haus und Iggy nebenan, meinem besten Kumpel, der einmal, noch vor dem elektrischen Zaun, einen Vogel gefangen hatte, dazu komme ich vielleicht später noch. Er hat ihn mitten in der Luft geschnappt! Und dazu gab es Golfplätze mit

Wasserfontänen, die über den Putting Greens in die Höhe schießen – habe ich die Putting Greens schon erwähnt, meine allerliebste Rennstrecke, dieses unbeschreibliche Gefühl unter den Pfoten? –, Fontänen, über denen oft ein Regenbogen zu sehen ist. Konnte es einen schöneren Ort geben? Kaum vorstellbar.

Aber wir waren nicht auf dem Weg nach Hause. Das wusste ich, weil wir nicht die Ausfahrt vor der Reklametafel mit dem Longhornbullen nahmen – einem Riesenbullen, der aus einem Krug mit schäumendem Bier auftauchte, eines meiner Lieblingsbilder im Valley. Stattdessen fuhren wir weiter, und der Verkehr wurde immer weniger, während wir die Hügel auf der einen Seite rauffuhren und auf der anderen Seite runter in die Wüste.

»Bevor wir uns wieder der Arbeit zuwenden«, sagte Bernie, »wollen wir doch nur so zum Spaß mal sehen, ob der Graf tatsächlich in ein Flugzeug gestiegen ist.«

Klang das nach Spaß? Eigentlich nicht, und außerdem machte mir die Arbeit Spaß – ich hatte den besten Job der Welt –, aber Bernie verdiente schließlich auch ein bisschen Spaß. Einmal, als Suzie über Nacht dageblieben war, war ich aufgewacht und hatte sie durch die Tür zu Bernie sagen hören: »Wenn du nur nach dem Motto lebst: ›Erst die Arbeit und dann das Vergnügen‹, wirst du auf die Dauer gaga.« Ergab das irgendeinen Sinn? Schwer zu sagen. Ich wusste nur, dass Bernie bestimmt nicht gaga werden wollte, weil er nämlich immer ganz schnell umschaltete, wenn diese Lady im Fernsehen erschien, und dass ich Suzie vermisste.

»Wo zum Teufel steckt sie?«, fragte Bernie genau in diesem Augenblick. Wir waren eben Partner, Bernie und ich. »Wie versteckt man einen gelben Käfer?« Gute Frage. Den Rest der Fahrt beobachtete ich den Verkehr. Ich sah alle möglichen Autos, Laster, Busse, Motorräder, Wohnmobile und sogar ein ganzes Haus auf einem Anhänger – bestimmt war es toll, in einem solchen Haus zu wohnen –, aber keinen gelben Käfer.

Wir fuhren durch das Tor der Rio Loco Ranch – ich erinnerte mich an das Schild obendrüber und irgendeine Sache mit einem Bösewicht namens Hickok – und an der Koppel vorbei. Heute war sie leer; kein weißes Pferd lief darauf herum, aber ich konnte es riechen. Es war nicht weit weg, deshalb stieß ich ein kurzes, lautes Bellen aus, als wir an der Scheune vorbeifuhren, nur so, um zu sehen, ob irgendetwas passierte, und was war das? War das dieses komische Wiehern, das Pferde von sich gaben? Ja, und es klang, als hätte es eine Heidenangst, so viel stand fest. Das gab mir ein gutes Gefühl, als würden wir in dem Fall langsam Fortschritte machen.

Die Straße führte um die Scheune herum zu einem riesigen Haus mit einem dieser Ziegeldächer, die mir so gut gefielen, jeder Menge Bäume und einem Garten, alles sehr hübsch.

»So was nennt sich Ranchhaus?«, wunderte sich Bernie, als wir ausstiegen. Ich sah mir das Haus schnell noch mal an, konnte aber nichts entdecken, woran ich etwas auszusetzen gehabt hätte.

Bernie klopfte an die Tür, eine wirklich riesige Tür. Das war immer einer der schönsten Momente: Wir waren einem Bösewicht auf der Spur und warteten darauf, dass sich eine Tür öffnete. Ich stand da, mit hoch aufgerichtetem Schwanz, auf alles gefasst. Einmal, in Sunshine City, war in einem solchen Moment ein ganzer Schwarm von …

Die Tür ging auf, und vor uns stand ein großer Mann mit einem Pferdeschwanz, größer als Bernie und genauso breit. Ich erinnerte mich an ihn; er hatte in der Scheune gesessen und ein Gewehr gereinigt. Er sah Bernie an, dann mich, dann wieder Bernie: Ich fand es immer toll, wenn das jemand machte!

»Hi, Aldo«, sagte Bernie. »Wir suchen den Grafen.«

»Haben Sie einen Termin?«

»Es geht um den Fall – er wird bestimmt auch ohne Termin mit uns sprechen.«

Aldo runzelte die Stirn, und seine Augenbrauen zogen sich zusammen. Das ist immer ein Zeichen, keine Ahnung, wofür, auf jeden Fall etwas Gutes für uns. »Er ist nicht da.«

»Wo ist er denn?«

»Ich … äh … bin nicht autorisiert.«

»Das erfordert ein Objekt«, sagte Bernie.

»Hä?«, machte Aldo und sprach mir damit aus der Seele.

»Nicht autorisiert zu was?«, fragte Bernie.

»Ihnen zu sagen, wo er ist. Aber es spielt sowieso keine Rolle, weil Sie ihn nicht erreichen könnten.«

»Ist er im Gefängnis?«

»Gefängnis? Wie kommen Sie denn darauf?«

»Nur so«, meinte Bernie. Wenn Bernie etwas richtig Spaß macht, dann bilden sich manchmal diese Fältchen um seine Augen, so wie jetzt. »Central State oder Federal Pen unten im Süden?«

»Wenn Sie es unbedingt wissen wollen«, seufzte Aldo. »Der Graf ist nicht im Gefängnis – er ist in einem Flugzeug.«

»Wohin fliegt er?«

»New Yo… Ich bin nicht autorisiert.«

»Schon verstanden«, sagte Bernie. »Er ist in einem Flugzeug auf dem Weg nach Irgendwo.« Er schnupperte. »Rieche ich da Kaffee?« Ich wäre beinahe umgefallen. Erstens hatte ich noch nie gesehen, dass Bernie schnupperte. Aber vor allem: Ich selbst roch keinen Kaffee, nicht den kleinsten Hauch.

»Kaffee? Ich habe keinen gekocht.«

Uff.

»Wie wär's dann, wenn Sie schnell einen kochen?«, fragte Bernie. »Es wäre doch nett, wenn wir eine Tasse Kaffee trinken, während wir uns unterhalten.«

»Unterhalten?«

»Warum nicht? Ihr Englisch ist gar nicht so übel.«

»Hä?«, machte Aldo noch einmal.

»Für einen Ausländer, meine ich«, sagte Bernie.

»Ausländer?«, fragte Aldo empört. »Ich stamme aus New Jersey. Dort bin ich geboren und aufgewachsen.«

»Passaic?«

»Ja, Passaic. Woher wissen Sie das?«

»Sehen Sie, deshalb müssen wir uns unterhalten«, meinte Bernie.

»Weil ich aus Passaic bin?«

»Und aus anderen Gründen.«

»Welche anderen Gründe?«, fragte Aldo.

Mittlerweile waren Bernie und ich schon im Haus.

»Sherman Ganz hat uns ein kleines Geheimnis verraten«, erklärte Bernie. Wir waren in der Küche, einem riesigen Raum mit zwei winzigen silbernen Schüsseln in einer Ecke. Bernie saß am Tresen und trank Kaffee, Aldo stand. Ich ging zu den Schüsseln – beide leer – und schnüffelte daran, ein schwacher Pfeffergeruch stieg mir in die Nase: Princess.

»Ach?«, sagte Aldo.

»Sie waren sein Informant bei dem Fußtritt-Attentat auf Babycakes.«

Aldo setzte sich. Ich blieb stehen und behielt sein Hosenbein im Auge. »Warum sollte er so etwas sagen?«

»Stimmt es denn?«

Aldos Gesicht verlor ein bisschen an Farbe. Ein großer Mann, dieser Aldo, größer als Bernie, aber nicht so stark, nicht annähernd so stark. Wenn man in Bernies Nähe kam, spürte man die Kraft, die er ausstrahlte; bei Aldo merkte ich nichts davon.

»Werden Sie es dem Grafen erzählen?«, fragte Aldo.

»Aus welchem Grund?«

»Sie arbeiten für ihn.«

»Ich glaube nicht, dass Ganz irgendetwas mit dieser Sache zu tun hat«, sagte Bernie. »Dass Sie ihm von diesem Zwischenfall berichtet haben, ist also unerheblich. Aber ich wüsste gern, warum Sie es getan haben. Aus Gründen der Fairness?«

»Nein, eigentlich nicht«, antwortete Aldo. »Babycakes spielt auch nicht fair.«

Wenn Bernies Interesse für etwas geweckt ist, beginnen seine Augen zu leuchten – man kann es sogar von der anderen Seite des Zimmers aus sehen, wo ich gerade zufällig war, um einen Blick in den Spalt hinter dem Herd zu werfen, wo man oft den einen oder anderen Essensrest fand.

»Sie wissen sicher, dass sie bei einigen Wettbewerben Kopf an Kopf lagen«, sagte Aldo.

»Princess und Babycakes?«

»Und jedes Mal hat Babycakes gewonnen, außer in Balmoral.«

»Was ist daran unfair?«

»Babycakes ist gut, keine Frage, aber Princess ist einfach großartig, einer der großartigsten Hunde auf allen Schauen, bei denen ich jemals gewesen bin.«

»Und mit Hundeschauen kennen Sie sich aus?«

Aldo starrte in seine Kaffeetasse. »Früher mal.« Hinter dem Herd: nichts, nicht mal Spinnweben oder eine Staubmaus.

»Und was ist daran unfair?«, fragte Bernie.

»Diese Bewegung, die sie Babycakes beigebracht hat. Das

steht nirgendwo geschrieben – Sie wissen schon, die Richtlinien –, aber sie lassen sich jedes Mal davon einwickeln.«

»Die Jurymitglieder?«

»Genau. Kurz bevor die Hunde herumgeführt werden, macht Babycakes diese Bewegung, sie hebt eine Pfote« – Aldo hob eine Hand – »als könnte sie es kaum erwarten, wäre aber zu gut erzogen, um einfach loszustürmen.«

»Klingt niedlich«, meinte Bernie.

Aldo schlug auf den Tresen, so fest, dass seine Kaffeetasse runterfiel und zerbrach. Er überraschte mich, Bernie auch; das erkannte ich daran, wie er die Augenbrauen hob. »Aber es bringt keine Punkte – das habe ich Ihnen doch gerade erklärt«, sagte Aldo. »Sie hat Babycakes beigebracht zu betrügen.«

»Sie?«

»Nance natürlich. Sie hat früher für Ganz gearbeitet. Wussten Sie das nicht?«

»Ich blicke bei dieser Geschichte immer noch nicht so ganz durch.«

»Die Geschichte ist die, dass der Graf es satthatte, dauernd zu verlieren, und deshalb hat er sie engagiert, damit sie Princess einen noch besseren Trick beibringt«, fuhr Aldo mit seinen Erklärungen fort. »Aber dreimal dürfen Sie raten, was passiert ist.«

»Princess hat sich geweigert?«

»Richtig. So etwas ist einfach unter ihrer Würde.«

»Sie mögen sie.«

»Princess? Sie ist fantastisch – mit Abstand der beste Hund, mit dem ich jemals gearbeitet habe.«

»Sie haben mit Princess gearbeitet?«

»Sie haben mich abserviert, als Nance kam. Ich war am Anfang ihr Trainer.«

»Ich dachte, Sie sind der Sekretär.«

»So bezeichnen sie mich jetzt. Ich stehe noch so lange auf der Gehaltsliste, bis ich was anderes gefunden habe – das habe ich allerdings nur Adelina zu verdanken. Wenn es nach dem Grafen ginge, säße ich schon längst auf der Straße.«

»Kennen Sie Adelina aus Passaic?«

»Klar. Ihr Vater hat früher an Hundeschauen teilgenommen, und meine Mutter war die Trainerin seiner Hunde.«

»Und sie hat Sie ausgebildet?«

Aldo nickte. »Als Adelina und der Graf anfingen, an Hundeschauen teilzunehmen, bot sie mir den Job an.«

Bernie griff nach einer Rolle Küchenpapier, riss ein paar Blätter ab und wischte den verschütteten Kaffee und die Scherben auf. Aldo sah ihm dabei zu, aber Bernie blickte kein einziges Mal zu ihm hoch, bis er alles saubergemacht hatte. Dann sagte er: »Dieser Fußtritt – das ist alles genau so passiert, wie Sie gesagt haben?«

»Ja.«

»Es kann kein Unfall gewesen sein?«

»Nein.«

»Und Sie haben es Ganz erzählt, weil Sie wollten, dass er Nance feuert?«

»Irgendwas dagegen einzuwenden?«

»Ein bisschen umständlich«, sagte Bernie. »Meiner Erfahrung nach geht bei so etwas oft der Schuss nach hinten los.«

Aldo schnaubte. Ich finde es immer interessant, wenn Menschen das machen. Ich kann auch schnauben, aber das passiert ganz von allein und hat nichts zu bedeuten. Menschenschnauben bedeutet etwas, aber ich weiß nicht, was. »Stimmt. Der Graf hat die Geschichte mit dem Unfall geschluckt und Ganz gedroht, ihn zu verklagen.«

»Was hat Adelina dazu gesagt?«, fragte Bernie.

»Adelina glaubt alles, was der Graf ihr erzählt. Sie ist verrückt nach ihm.«

»Ach ja?«, sagte Bernie. »Ich wollte gerade fragen, ob da etwas zwischen Ihnen und Adelina läuft.«

Aldos Augen verengten sich zu Schlitzen. »Versuchen Sie mir was anzuhängen? Einen Augenblick lang dachte ich, Sie verzichten auf krumme Touren.«

»Ich versuche nur den Fall aufzuklären«, verteidigte sich Bernie.

»Das ist doch Bockmist«, ereiferte sich Aldo. Schon wieder? Wo denn? Ich roch nichts. »Aber um Ihre krankhafte Neugier zu befriedigen: Zwischen mir und Adelina läuft nichts und ist auch nie was gelaufen. Wir kennen uns praktisch aus dem Sandkasten.«

»Warum hat sie zugelassen, dass man Sie feuert?«

»Sie hatten deswegen Streit.«

»Aber Borghese ist der Boss?«

»So würde ich es nicht nennen. Aber wie ich schon sagte, er ist ihre große Liebe.«

»Wie haben die beiden sich kennengelernt?«

»Sie ist nach dem College nach Italien gegangen und hat dort zwei Semester Kunst studiert.«

»Und er hatte einige berühmte Gemälde in seinem Besitz?«

»Der Graf? Der hatte gar nichts in seinem Besitz außer dem Dreck unter seinen Fingernägeln. Eines Tages beschloss sie, Reitstunden zu nehmen, und er war ihr Reitlehrer.«

Bernie richtete sich auf und warf das durchweichte Küchenpapier in den Abfalleimer. »Sind Sie ein guter Schütze, Aldo?«

»Warum wollen Sie das wissen?«

»Ich habe Sie neulich in der Scheune beim Reinigen des Gewehrs gesehen.«

»Kein besonders guter, nein«, sagte Aldo. »Und das Gewehr gehört nicht mir.«

»Wem dann?«

»Adelina.«

»Jetzt erzählen Sie mir nicht, sie geht auf die Jagd.«

»Eine Tierfreundin wie Adelina? Niemals. Aber sie veranstalten manchmal Schießübungen mit Colaflaschen auf einem Zaun, wenn Gäste da sind.«

Flaschen von einem Zaun schießen, das fand ich toll. Würden sie das bald mal wieder machen? Ich hätte nichts gegen ein bisschen Action einzuwenden gehabt.

»Ist sie eine gute Schützin?«, fragte Bernie.

»Adelina? Ungefähr so wie ich.«

»Und der Graf?«

»Schlechter.« Irgendwo oben im Haus läutete ein paarmal ein Telefon, dann hörte es wieder auf. Aldo blickte hoch. »Was glauben Sie, wo sie ist? Was ist passiert?«

»Keine Ahnung«, gab Bernie zu.

Sie sprachen noch eine Weile weiter, aber ich hörte nicht mehr zu; ich sah wieder Adelinas Gesicht mit den Ameisen vor mir. Ich ging zu den winzigen Silberschüsseln von Princess und legte mich daneben.

Kapitel 21

Als wir wieder auf der Straße waren, sagte Bernie: »Das erinnert mich an Shakespeare.« Shakespeare? An den Fall konnte ich mich nicht erinnern. Aber wir hatten eine Menge Fälle gelöst, Bernie und ich, und wer hätte sich da schon an jeden einzelnen davon erinnern können? »Ich meine, all diese Intrigen; wie an einem Königshof«, fuhr er nach einer Weile fort. Ehrlich gesagt, wusste ich nicht viel über Königshöfe, ich war bloß mal vor einem Gerichtshof gewesen. Als Beweisstück A. Keine Ahnung, was das genau ist, aber es bedeutete, dass ich quer durch den Raum laufen musste – mit irgendeinem uniformierten Mann, nicht mit Bernie –, an einer Leine. An der Leine gehen ist etwas, das ich kann, wenn ich unbedingt muss, und danach hatte mir Bernie ein Paar Frankfurter gegeben. So was hatte ich noch nie vorher gefressen und seither auch nicht wieder. Sie waren lang und dünn und gebogen und erinnerten mich an den O-beinigen Frankie, den wir mal eingebuchtet hatten. Beweisstück B war eine 44er Magnum, die ich aus dem Blumenbeet irgendeines Bösewichts ausgebuddelt hatte. Wahrscheinlich sitzt er immer noch in einem orangefarbenen Overall im Central State.

Prima Tag zum Autofahren: blauer Himmel, klare Luft, aus den Lautsprechern kam Elmore James. Die Trompete ist mein Lieblingsinstrument, aber gleich danach kommt die Slide-Gitarre. Dieses Gefühl, das tief in meinen Ohren anfängt und dann über den Hals bis zum Schwanz wandert – und manchmal wieder zurück, wo es auf das nächste Gefühl trifft, das angefangen hat, mir über den Rücken zu laufen! – unbeschreiblich. Bernie sang mit – »The Sky Is Crying«, »Mean Mistreatin' Mama«, »It Hurts Me, Too« –, aber nur leise, und er spielte nicht wie sonst Luftgitarre auf dem Lenkrad, was die Fahrt um einiges sicherer machte. »I got a bad feeling«, sang er mit Elmore James im Duett. Bernie hat wirklich eine hübsche Stimme – habe ich das schon erwähnt? –, aber die Stimme von Elmore James klingt fast wie eine Slide-Gitarre und kann auch so komische Dinge in meinem Inneren anrichten.

»Der Blues, Chet«, sagte Bernie. »Nichts kommt an den Blues ran.«

Keine Frage, jedenfalls nicht meiner Erfahrung nach. Aber weil die Stimme von Elmore James und die Slide-Gitarre gleichzeitig in mir drin so ein Zittern hervorriefen, konnte ich bloß eine bestimmte Menge Blues aushalten, und deshalb war ich froh, als Bernie ihn ausschaltete. Ein Weilchen später, wir fuhren jetzt auf einer Wüstenpiste, an die ich mich erinnerte, tauchten in der Ferne die windschiefen Häuser von Clauson's Wells auf.

»Zurück auf Start«, sagte Bernie, als wir die Hauptstraße der Geisterstadt erreichten. Ich hatte ihn diesen Ausdruck – zurück auf Start – schon öfter benutzen hören. Es bedeutete, dass wir nicht besonders gut vorankamen. Die Stadt war ruhig, niemand zu sehen. Der Wind wurde stärker und blies eine Plastiktüte über die Straße. Wir hielten vor dem Saloon und gingen durch die Schwingtüren.

Bernie sah sich um: die Bar mit dem langen Tresen, der zerbrochene Spiegel, der umgekippte Stuhl auf dem verdreckten Boden. Und was war das? Zwischen all den alten, vertrockneten Kojotenhaufen ein einzelner frischer. Ich schnüffelte ein bisschen herum, nahm eine Witterung auf, folgte ihr zu dem großen Loch in der Rückwand – ein Kojote, da gewesen und wieder verschwunden – und kehrte zu Bernie zurück.

Er stellte den Stuhl auf. »Hier sitzt Lester Ford«, sagte er. »Earl kommt von dort aus der Ecke. Eine hübsche Falle, Chet. Ich frage mich nur, was ist dann passiert? Am nächsten Morgen bin ich in einer Zelle aufgewacht.« Er tätschelte mich. »Was war bei dir? Was hast du in der Zwischenzeit erlebt?«

Plötzlich stand ich auf den Hinterbeinen und stemmte Bernie die Vorderpfoten gegen die Brust, was strikt verboten war.

»Hey, was ist los, mein Junge? Stimmt was nicht?« Bernie drückte mich an sich, und sofort ging es mir besser. Was auch gerade in mich gefahren war, ich hatte es wieder im Griff. Ich ging zu der wackligen Treppe, die ins obere Stockwerk führte, und schnüffelte daran.

Bernie folgte mir. »Willst du da rauf?«, fragte er. »Sieht nicht besonders stabil aus.« Ich fing an hochzuklettern. Bernie legte mir die Hand auf den Rücken. »Halt«, sagte er. Ich blieb stehen. Er ging um mich herum. »Ich geh zuerst.« Bernie zuerst? Kam ja gar nicht in Frage. Er war ziemlich groß und schwer. Was, wenn etwas Schlimmes passierte? Ich drängte mich an ihm vorbei. »Chet!« Bernie würde nicht als Erster da raufgehen, und damit basta. Ich stürmte los, sprang über die fehlende Stufe, dann noch ein Satz und schon war ich oben, drehte mich um und sah zu Bernie runter. Er kam zu der fehlenden Stufe, stieg drüber, aber dabei kam er ein bisschen aus dem Gleichgewicht, er trat ungeschickt auf und verzog das Gesicht vor Schmerz, nur ganz kurz, aber ich sah es trotzdem – die alte Kriegsverletzung –, und dann krachte es, und die Treppe stürzte wie in Zeitlupe ein, während

Bernie gleichzeitig in etwas schnellerer Zeitlupe nach oben hechtete. Er fiel neben mir auf den Boden, in Sicherheit.

»Chet, geh von mir runter, verflixt noch mal.«

Ich ging von ihm runter. Bernie stand auf, blickte über die Kante, von unten stieg Staub auf.

»Ich schätze, da kommen wir nie wieder runter«, sagte er.

Oh nein. Was sollten wir essen?

Bernie spähte in den Flur, durch das zerbrochene Fenster am Ende fiel Licht auf sein Gesicht. In seiner Haut waren Furchen, an die ich mich gar nicht erinnern konnte. »Schon mal hier oben gewesen?«, fragte er.

Seite an Seite gingen wir den Flur entlang. Zuerst kam das Zimmer ohne Tür und voller Spinnweben, dann die geschlossene Tür. Bernie öffnete sie. »Manchmal gibt es doch einen Gott«, sagte er. Ich sah hinein, konnte außer einer Leiter aber nichts und niemanden entdecken. Ich will nicht behaupten, dass ich immer aus allem schlau wurde, was Bernie sagte.

Wir kamen zur nächsten Tür, zu der, die einen Spalt offen stand. Ich roch diesen Pfeffergeruch, sehr, sehr schwach, und ging rein. Und dort in einer dunklen Ecke lag wie vorher Princess' Kissen, nicht das Satinkissen, sondern das schmuddlige mit den Flecken. Ich schnüffelte daran, um sicherzugehen. Kein Zweifel. Ich richtete mich auf und bellte.

Bernie kam her, ging neben dem Kissen in die Hocke und roch daran. »Ich rieche nichts«, sagte er. Ich hatte lange dafür gebraucht, aber ich glaubte ihm. Er hob das Kissen hoch, schaute darunter, aber da gab es nichts zu sehen. Bernie drehte das Kissen um und schüttelte es. Ein paar lange weiße Haare mit silbernen Spitzen lösten sich und schwebten auf den Boden. Bernie nahm eins und hielt es ins Licht. »Princess?«, fragte er. »Princess war hier? Die ganze Zeit?« Er zog eine Tüte aus der Tasche und schob die weißen Haare mit den silbernen Spitzen hinein. »Du bist hier raufgekommen und hast sie gefunden, nicht wahr, mein Junge?« Ich spürte einen starken Luftzug, und gleich darauf merkte ich, dass er von meinem Schwanz kam.

Bernie erhob sich. »Aber ihr seid getrennt worden. Erste Frage – wie kam es dazu? Zweite Frage …«, er ging zu einem Schrank auf der anderen Seite des Zimmers und riss die Tür auf, als wolle er jemanden, der sich darin versteckte, überraschen, aber der Schrank war bis auf einen einsamen Holzbügel an der Stange leer, »… war Adelina auch hier?« Der Luftzug an meinem Hintern hörte auf.

Wir verließen das Zimmer und gingen den Flur hinunter zu dem zerbrochenen Fenster. Bernie musterte die scharfe spitze Scherbe, die aus dem Rahmen ragte, hob den Fuß und trat dagegen. Krach! Schepper! Und dann von unten ein Klirren. Ich fand es toll, wenn Bernie so was machte; fürs Eintreten und Einschlagen hatte ich einfach eine Schwäche.

Er bückte sich und streckte den Kopf aus dem Fenster. Ich streckte meinen Kopf auch hinaus. Hey! Ich konnte ziemlich weit sehen. Direkt vor uns erhoben sich die niedrigen Hügel mit der Hütte und dem Teich; das Dach der Hütte war gerade noch zu erkennen. Auf der einen Seite, hinter der halb eingefallenen Scheune, wo ich die vielen Reifenabdrücke entdeckt hatte, lag ein großes Stück Wüste mit hohen Säulenkakteen. Auf der anderen Seite war noch mehr Wüste, aber die war grüner, und es wuchsen jede Menge Pflanzen dort, mittendurch führte eine Piste, und von einem großen kastenförmigen Auto stiegen Staubwolken auf, es sah aus wie … wie eine Art Wohnmobil. Und zwar nicht irgendein Wohnmobil, sondern eins mit einem Regenbogen drauf. Ein Wohnmobil, das ich kannte.

»Chet? Was ist los? Siehst du was?«

Ich bellte weiter.

»Willst du noch mal auf diesen Hügel und dir die Hütte ansehen?«

Schaute ich vielleicht in die Richtung der Hütte? Nein. Ich schaute auf das Regenbogen-Wohnmobil, das sich entfernte und immer kleiner wurde. Ich lehnte mich weit aus dem Fenster – spürte Bernies Hand an meinem Halsband – und bellte mir die Lunge aus dem Leib, von der Schnauze bis zur Schwanzspitze schnurgerade auf das Wohnmobil ausgerichtet.

»Das Wohnmobil?«, fragte Bernie. »Ist was mit dem Wohnmobil?« Ich bellte, aber nur einmal, nicht sehr laut. »Das Wohnmobil also«, schloss er.

Gleich darauf schob Bernie die Leiter aus dem Fenster. »Jetzt folgt der komplizierte Teil«, sagte er. Aber wir kamen ohne Probleme runter; nur am Ende wackelte es ein bisschen, und wir landeten irgendwie übereinander. Ich war im Nu wieder auf den Beinen und schüttelte den Staub ab, und Bernie machte das Gleiche. Das war vielleicht ein Anblick, als Bernie den Staub abschüttelte. Wir wurden auch mit komplizierten Situationen fertig, Bernie und ich.

»Das ist der Old Trading Post Highway, auf dem sie da langfahren«, sagte Bernie, als wir im Porsche saßen und uns mit schlingerndem Heck vom Saloon entfernten. »Wir müssen den ganzen Weg zurück … aber warte mal – gibt es da nicht eine Abkürzung beim …« Er verstummte und riss gleichzeitig das Lenkrad herum. Wir schossen an halbverfallenen Häusern vorbei durch eine Gasse und kamen auf eine mit Felsbrocken übersäte Ebene. Bernie bremste, wich Steinen und Büschen aus, und dann ging es holpernd weiter bis zu einer breiten, aber nicht besonders tiefen Rinne. Wir fuhren eine Weile an ihrem Rand entlang, bis wir zu einem flachen Einschnitt in der Böschung kamen, der in die Rinne führte. Bernie fuhr runter und gab Gas. »Ein ausgetrocknetes Flussbett«, sagte er. »Aber weißt du, was?«

Keine Ahnung.

»Als Coronado hier durchkam, gab es hier noch einen richtigen Fluss, der das ganze Jahr hindurch Wasser führte.«

Schon wieder dieser Coronado. Sein Name tauchte gelegentlich auf – Bernie mochte ihn nicht, kein bisschen –, aber bis jetzt waren wir ihm noch nie begegnet. Ich saß hoch aufgerichtet auf dem Kopilotensitz, ruhig und wachsam, bereit für den Fall, dass Coronado hier irgendwo auf der Lauer lag.

Der sandige Boden der Rinne war hart und eben, und wir kamen schnell voran. Von Zeit zu Zeit sagte Bernie so was wie »Stell dir mal vor, wie das gewesen sein muss …« und »Wenn es eine Zeitmaschine gäbe, würde ich …« und andere Dinge, aus denen ich nicht schlau wurde. Ich wusste nur, wie toll es hier und jetzt war. Die Sonne, der Wind, ein paar hohe Bäume oben an der Böschung – und was flitzte da an uns vorbei? Eine von diesen Nadelkissenpflanzen? Ganz schön schmerzhaft, wie ich aus Erfahrung wusste, aber ihre kleinen roten Früchte schmeckten lecker, falls man an sie rankam, was ich schon oft versucht hatte, mir aber erst einmal gelungen war, als Bernie sie für mich pflückte. Im Augenblick war allerdings etwas anderes wichtiger: Was da hinter der Nadelkissenpflanze hervorguckte, was war das? Etwa ein Nabelschwein? Ja, und zwar ein dickes, fettes. Ich drehte mich um und …

»Chet?«

Nach einem Weilchen tauchte auf der einen Seite wieder so ein flacher Einschnitt auf, und wir fuhren hinauf und aus dem Flussbett raus. Gleich danach kamen wir zu einer unbefestigten Straße mit jeder Menge Reifenspuren. Bernie hielt an. »Der Old Trading Post Highway«, sagte er. »Per Abkürzung mit freundlicher Empfehlung von Kit Carson dem Jüngeren.« Kit Carson: Noch ein Name, den ich schon mal gehört hatte. Steckte er vielleicht mit Coronado unter einer Decke? Keine Ahnung. Aber Bernie schien sich über irgendetwas zu freuen, und deshalb freute ich mich auch. »Jetzt müssen wir nur noch warten.«

Wir warteten – keine Ahnung, worauf. Bernie steckte sich eine Zigarette in den Mund, dann wühlte er unter seinem Sitz nach Streichhölzern, und raten Sie mal, was er fand: Streichhölzer, ja, das auch, aber außerdem einen großen Hundekeks von Rover and Company. Der Geruch von diesem Hundekeks hing mir seit einer Ewigkeit in der Nase, und ich hatte selbst schon ein bisschen danach gewühlt, aber ohne Erfolg. Was Hundekekse von Rover and Company angeht, schmeckt ein alter genauso gut wie ein frischer, vielleicht sogar noch besser. Wir machten es uns gemütlich, während wir warteten. Bernie legte entspannt einen Arm auf den Türrahmen und rauchte, ich beschäftigte mich mit dem Hundekeks und hoffte, dass Bernie ein paar Rauchringe blasen würde. Ich beobachtete furchtbar gern Rauchringe, aber er blies keine.

Es war aber auch ohne Ringe nett, dabei zuzusehen, wie der Rauch davonwehte, und das tat ich gerade zufrieden, als ich aus der Ferne ein Motorengeräusch hörte. Ich schluckte den Rest des Hundekekses runter, stellte mich auf meinem Sitz auf und drehte den Kopf in die Richtung des Geräuschs.

»Guter Junge«, lobte Bernie. Er warf die Kippe weg, ließ den Motor an und trat aufs Gas. Wrumm, wrumm: Ich hätte den ganzen Tag zuhören können.

Ein Stück weiter weg stieg über dem Old Trading Post Highway eine Staubwolke auf, und schon bald entdeckte ich darunter das Regenbogen-Wohnmobil. Es kam immer näher und wurde immer lauter, und als es an uns vorbeifuhr, wurde es ein bisschen langsamer. Die beiden Männer auf den Vordersitzen drehten sich zu uns um, und in diesem Moment konnte ich die beiden ganz genau sehen: Crash und Disco! Ich bellte. Hatten sie mich gesehen? Wohl nicht, denn sie fuhren weiter und wurden sogar wieder schneller, statt für eine kleine Unterhaltung stehen zu bleiben. Bernie drückte das Gaspedal durch. Wir bogen schlitternd auf den Highway ein und fuhren dem Regenbogen-Wohnmobil hinterher.

Gleich darauf hatten wir sie eingeholt und hängten uns an ihre Stoßstange. Das ist so eine Redensart unter uns Privatdetektiven; wir hängten uns natürlich nicht richtig an ihre Stoßstange. Aber dann wurde das Regenbogen-Wohnmobil noch ein bisschen schneller, und der Abstand vergrößerte sich wieder. Bernie lachte. »Glauben die vielleicht, dass sie uns mit ihrer Klapperkiste abhängen können?« Hey! War das etwa eine Verfolgungsjagd? Ich habe eine Schwäche für Verfolgungsjagden. Bernie trat aufs Gas, und schon waren wir wieder direkt hinter ihnen. Das Wohnmobil fuhr noch schneller und fing an zu wackeln und zu schlingern. Ein Fahrrad löste sich und fiel runter, und gleich darauf eine Propangasflasche. Sie prallte von der harten Piste ab und flog über unsere Köpfe. Um ein Haar hätte sie uns erwischt.

»Jetzt reicht's«, sagte Bernie. Er scherte aus, schoss an dem Wohnmobil vorbei, hielt die Hand in die Höhe und deutete auf den Straßenrand. Das Wohnmobil wurde langsamer und hielt an. Bernie wendete und blieb davor stehen, Stoßstange an Stoßstange. Crash und Disco starrten aus der Fahrerkabine auf uns runter – meine Kumpel, sie hatten mir Wasser und BiFis gegeben –, aber sie schienen sich nicht besonders zu freuen, mich zu sehen.

»Hippies?«, fragte Bernie und sah zu ihnen hoch. Seine Hand bewegte sich zum Handschuhfach, als wollte er nach der 38er Special greifen, doch dann zögerte er, und das Handschuhfach blieb zu. »In der Wüste kriechen überall Hippies herum«, sagte er. »Woran liegt das bloß?« Ich konnte ihm nicht mehr folgen – hatten Crash und Disco vor, auf dem Boden herumzukriechen? Das klang irgendwie lustig. Ich sprang aus dem Porsche. Bernie stieg ebenfalls aus, und wir kesselten das Wohnmobil ein, Bernie auf der einen Seite, ich auf der anderen, so wie wir es schon oft geübt hatten. Üben war toll – es endete meistens mit einem Hundekeks –, aber dazu komme ich vielleicht später noch.

Kapitel 22

Das Seitenfenster der Fahrerkabine wurde nach unten gekurbelt. Sofort roch ich Schweiß, Leder, Haschisch, ungewaschene Füße. Disco trug ein Stirnband mit Sternen drauf, sah auf mich herunter – nein, kein bisschen freundlich, aber warum bloß? – und drehte sich weg. Disco, der mir die BiFis gegeben hatte – und hatte ich mit ihm nicht auch sonst noch alles Mögliche erlebt? Ich erinnerte mich im Moment nicht so ganz. Ich stand da, die Vorderpfoten gegen die Tür gestemmt, damit ich durch das offene Fenster hineinsehen konnte. Ich mochte es ganz und gar nicht, wenn ich nicht sehen konnte, was vor sich ging. Mein Kumpel Disco zuckte vor mir zurück.

»Kann man das vielleicht ausschalten?«, fragte Bernie.

»Meinen Sie Iron Butterfly?«, fragte Crash zurück, der hinter dem Lenkrad saß.

»Bingo«, antwortete Bernie.

»Der will wohl, dass wir die schönsten Stellen verpassen«, meinte Disco.

»Scheint so«, erwiderte Crash.

»Aber warum, Kumpel?«, wollte Disco wissen. »Mögen Sie ›In-A-Gadda-Da-Vida‹ etwa nicht?«

»Das ist mein absoluter Lieblingssong«, behauptete Bernie. »Aber es redet sich einfach besser ohne. Und vielleicht ist es noch besser, wenn Sie dazu aus dem Wohnmobil kommen.«

»Sind Sie 'n Bulle oder so was?«, fragte Crash.

Bernie zeigte seine Marke vor. »Wir arbeiten Hand in Hand«, sagte er, seine übliche Antwort, die mir zu hoch war – und ich vermute mal, auch den meisten Menschen. Aber ich fand es toll, wenn er die Marke zückte. Bernie war ein Deputy – ehrenhalber, was das auch heißen mochte, aber es musste irgendetwas Gutes sein, jedenfalls etwas Besseres als ein normaler Deputy – in einer Kleinstadt an der mexikanischen Grenze, wo wir einmal bei einem Fall mitgeholfen hatten, in dem es um gestohlenen Tequila ging. Bernies Kater am nächsten Tag ... Es reicht wohl, wenn ich sage, dass ich allein schon von seinem Anblick Kopfweh bekam! Jedenfalls hatten sie zwei Marken geschickt, sodass ich auch ein Deputy ehrenhalber war, auch wenn meine Marke urplötzlich ein wenig angekaut war.

Bernie steckte die Marke wieder weg.

»Was wollen Sie von uns?«, fragte Crash.

»Wir haben niemandem was getan«, sagte Disco.

»Hat das jemand behauptet?«, fragte Bernie. »Ich habe nur ein paar Fragen, dann können Sie sofort weiterfahren.«

»Was für Fragen?«, wollte Crash wissen.

»Ja, genau«, bekräftigte Disco. »Was für Fragen?«

»Im Zusammenhang mit einer Ermittlung«, sagte Bernie. »Steigen Sie doch bitte kurz aus, dann können wir das schnell klären.«

Crash und Disco sahen einander an.

»Hm«, machte Disco.

»Wir haben es aber eilig«, erklärte Crash.

»Ziemlich eilig«, fügte Disco hinzu.

»Ach ja?«, fragte Bernie. »Wo geht's denn hin?«

»Nirgendwohin«, sagte Disco.

»Nirgendwohin Bestimmtes«, ergänzte Crash.

»Dann kann es ja nicht so furchtbar eilig sein«, fand Bernie.

»Hm«, meinte Disco.

»Und nur, um irgendwelchen Missverständnissen vorzubeugen«, sagte Bernie, »bei dieser Ermittlung geht es nicht um Marihuana.«

»Nein?«, fragte Crash.

»Oder irgendwelche anderen legalen oder illegalen Drogen.«

»Wenn das so ist ...« Crash öffnete die Tür und kletterte raus.

Disco streckte die Hand nach dem Griff an seiner Tür aus, dann fiel sein Blick auf mich, wie ich ganz nah und leibhaftig vor ihm stand. »Wie soll ich aussteigen, wenn mir dieser verdammte Köter so auf den Pelz rückt?«

»Wie sagt man?«

»Hä?«

»Er heißt Chet«, sagte Bernie.

»Hä?«

»Sie müssen sagen: ›Wie soll ich aussteigen, wenn Chet mir so auf den Pelz rückt?‹«

»Hä?«

»Sagen Sie es«, wiederholte Bernie mit freundlicher Stimme, während der Blick, mit dem er Disco bedachte, alles andere als freundlich war. »Sie wollen doch nicht, dass ich gleich einen falschen Eindruck von Ihnen bekomme.«

Disco sagte es so, wie Bernie es wollte.

»Das war doch gar nicht schwer, oder?«, fragte Bernie. »Chet? Wärst du so lieb?«

Ich ließ mich auf alle vier Pfoten fallen und entfernte mich von der Tür. »Wärst du so lieb?«, äffte Disco nach. »Das ist doch bloß ein Hund!« Er öffnete die Tür und stieg aus.

»Wahrscheinlich können wir gleich bei ihm beginnen«, sagte Bernie. »Bei Chet.« Er gab Disco ein Zeichen, und Disco ging um das Wohnmobil herum. Ich folgte ihm. Wir standen auf dem Old Trading Post Highway, Bernie und ich, und uns gegenüber Crash und Disco. »Woher kennen Sie ihn?«, fragte Bernie.

»Wen?«, fragte Disco.

»Ich glaube, er meint den Hund«, sagte Crash.

»Den Hund da? Den habe ich noch nie gesehen.«

»Ich auch nicht.«

»Das ist komisch«, meinte Bernie. »Weil er nämlich Sie kennt.«

»Was wollen Sie damit sagen?«, fragte Crash. »Können Sie seine Gedanken lesen, oder was?«

Disco wieherte los und klopfte sich auf die Schenkel. »Der war gut.«

»Er kennt Sie nicht nur«, stellte Bernie klar, »sondern mag Sie auch noch.«

Disco und Crash sahen auf mich herunter. Ich wedelte mit dem Schwanz, nicht viel: Aus unerfindlichen Gründen hatte ich angefangen, sie weniger zu mögen.

»Sehen Sie«, sagte Bernie. »Verderben Sie es sich nicht mit ihm.«

»Vielleicht mag er uns, weil …«, setzte Crash an.

»Alle Hunde mögen uns«, unterbrach Disco ihn. »Mann, alle Tiere tun das – erinnerst du dich noch an den Maulesel unten in Arrowhead Junction?«

»… aber das heißt noch lange nicht, dass wir ihn kennen«, sagte Crash. »Weil wir das nämlich nicht tun.«

Bernie bedachte die beiden mit einem langen Blick. »Ich habe da zufällig ein paar BiFis auf der Ablage dieser Schrottmühle gesehen.« Ach? Und ich sollte sie übersehen haben? Wie war das möglich? »Wenn ich mal eine ganz verwegene Vermutung anstellen dürfte, dann haben Sie sich ein, zwei BiFis mit Chet geteilt.«

»Da sind Sie auf dem Holzweg«, erwiderte Crash.

»Stimmt«, sagte Disco. »Wollen wir wetten?«

»Ich hätte nicht gedacht, dass Sie wetten«, wich Bernie aus.

»Wollen Sie mich vielleicht beleidigen?«, fragte Disco.

Bernie lächelte. »Dann wette ich lieber.«

»Na gut. Und um was zum Beispiel?«, fragte Crash.

»Wenn Sie gewinnen«, sagte Bernie, »dann ziehen wir ab und belästigen Sie nicht mehr.«

»Hört sich gut an«, fand Crash.

»Wenn Sie verlieren, dann kriegen wir die BiFis«, fuhr Bernie fort. »Außerdem müssen Sie die Iron-Butterfly-CD kaputtmachen.«

»Kommt gar nicht in Frage«, erklärte Disco.

»Dann eben nur die BiFis«, sagte Bernie.

»Okay, wir sind dabei«, entschied Disco.

»Ja, also, schöne Fahrt Ihnen«, sagte Crash. »Sie haben verloren. Wir haben diesen Hund noch nie gesehen.«

»Das müssen Sie beweisen«, verlangte Bernie.

»Beweisen?«, fragte Crash. »Niemand hat was von beweisen gesagt.«

»Wie soll das gehen?«, fragte Disco.

»Etwas beweisen, das nicht geschehen ist«, sagte Bernie, »ist nicht leicht, da haben Sie recht.«

»Und ob ich da recht habe.«

»Das heißt, wir werden doch zusammenarbeiten müssen«, eröffnete Bernie ihnen. Disco und Crash stand beiden der Mund offen, so als hätte sich der Unterkiefer gelöst, was immer ein gutes Zeichen für uns war, auch wenn ich mir abgesehen davon und von dem Versprechen, dass ich bald eine BiFi bekommen würde, nicht ganz sicher war, was hier vor sich ging. Aber ich stellte etwas Interessantes fest: Ganz hinten in ihren Mündern fehlten Crash und Disco Zähne, und zwar eine ganze Menge. Aus irgendeinem Grund hatte ich ein Weilchen ein ganz seltsames Gefühl im Maul. Sollte einer das Leben verstehen.

»Zusammenarbeiten?«, fragte Crash.

»Was soll das denn heißen?«, fragte Disco.

»Fangen wir einfach bei Clauson's Wells an«, erwiderte Bernie.

»Eine Geisterstadt?«, sagte Disco. »Mann, die gleichen sich doch wie ein Ei dem anderen.«

Welches Ei? Was hatte Disco vor? Wollte er irgendwas mit Eiern und BiFi machen? Das würde bestimmt nicht schlecht schmecken. Ich habe eine Schwäche für Eier; jeden Tag kriege ich eins in mein Trockenfutter gerührt. Wegen meines Fells, sagt Bernie. Aber egal, wie hungrig ich bin – ich bin ein ziemlich vorsichtiger Esser und bekleckere nie mein Fell. Daher hatte ich die ganze Ei-Fell-Geschichte nie so recht verstanden.

»In Clauson's Wells wurden Chet und ich voneinander getrennt«, erklärte Bernie.

»Ja und?«, fragte Disco.

»Und deshalb würde es mich interessieren, wann Sie beide das letzte Mal dort waren.«

»Nie«, sagte Disco. »Noch nie in unserem ganzen verdammten Leben.«

»Sind Sie mal in die Nähe gekommen?«

»In die Nähe von Clauson's Wells?«, fragte Crash.

Bernie nickte.

Disco kniff die Augen zusammen, was manche Menschen machten, wenn sie angestrengt nachdachten. »Abgesehen von dieser Stelle hier war Red Butte schätzungsweise am nächsten.«

Crash versetzte ihm mit dem Ellbogen einen Stoß in die Rippen. »Was redest du denn da für einen Scheiß?«

»Aua«, sagte Disco. Und dann, mit vorgerecktem Kinn:

»Red Butte, verdammt noch mal, wo wir unser Wohnmobil …« Als Disco sah, wie Crash ihn anfunkelte, hielt er inne und klappte den Mund zu.

»Red Butte?«, fragte Bernie. »Ich glaube, das habe ich schon mal auf der Karte gesehen.«

»Keine Ahnung«, sagte Crash. Disco presste die Lippen zusammen und schüttelte den Kopf.

»Ist das nicht eine von diesen einsam stehenden Spitzkuppen?«, fragte Bernie. »Die plötzlich aus dem Boden wachsen?« Ja, ich sah sie vor mir, wie sie im Sonnenuntergang rot dastand, mit diesem kleinen roten Gleißen an ihrem Fuß. »Wenn ich mich recht erinnere, befindet sie sich fünfzig, sechzig Kilometer nordöstlich von Clauson's Wells.«

»Kann schon sein«, meinte Crash.

»Fünfzig, sechzig Kilometer«, sagte Bernie an Disco gewandt. »Das schafft Chet.«

Disco zuckte die Achseln.

Bernie trat einen Schritt auf ihn zu. »Was ist los?«, fragte er. »Haben Sie etwa Ihre Zunge verschluckt?«

Brrh. Die Zunge verschlucken, was für eine grässliche Vorstellung. Bislang war alles glattgegangen, und jetzt das. Ich rollte meine Zunge ein und wieder aus, und dann ließ ich sie zur Sicherheit raushängen. Der arme Mann.

»Kein Problem«, sagte Bernie. »Ich habe im Auto eine gute Karte. Das lässt sich sofort feststellen …«

Er drehte sich um und sah den Old Trading Post Highway hoch. Ein Auto – nein, ein Pick-up – kam angefahren und glänzte dabei, wie Sachen in der Wüste manchmal glänzten. Das Motorengeräusch war laut und deutlich zu hören. Und Bernie hatte es zuerst bemerkt! Diese Sache mit der verschluckten Zunge hatte mich völlig verwirrt.

Wir sahen alle dem Pick-up entgegen. Er kam näher: ein schmutziger weißer Pick-up, der erst schnell fuhr, dann langsamer wurde und schließlich direkt neben uns in einer Staubwolke hielt. Er kam mir bekannt vor. Die Tür ging auf, und ein großer Mann mit langen Haaren und einem buschigen Bart stieg aus. Ihn erkannte ich auch. Der große Mann war ganz rot im Gesicht, so als wäre er wegen irgendetwas wütend. Er marschierte auf Crash und Disco zu – schien Bernie und mich überhaupt nicht zu bemerken – und rief: »Wo zum Teufel habt ihr beiden Arschlöcher gesteckt? Ich will mein Geld zurück. Hundertfünfundsiebzig Dollar, und zwar dalli.« Er streckte die Hand aus.

Disco fing an, ganz schnell den Kopf zu schütteln.

»Nein?«, fragte der Große. »Du traust dich, Nein zu sagen?« Er trug ein T-Shirt, und seine Armmuskeln – riesige Dinger – begannen zu zucken. Eines seiner Augen zuckte auch. Daran erinnerte ich mich noch vom letzten Mal.

»Nur die Ruhe, Thurman. Wir sind nicht allein.« Crashs Blick schoss zu Bernie und mir.

Thurman wandte sich uns zu. Sein Blick glitt über Bernie hinweg, dann blieb er an mir hängen. Sein Gesicht wurde noch röter. »Da ist ja der Scheißköter«, sagte er.

Während Bernie mit Crash und Disco gesprochen hatte, hatte er immer ein wenig gelächelt, aber jetzt nicht mehr. Er drehte sich zu Thurman: »Er heißt Chet.«

»Hä? Haben die Schlauberger etwa versucht, Ihnen den Köter auch anzudrehen? Ich fass es nicht!«

»Halt die Klappe, Thurman«, sagte Crash. »Du vermasselst …«

»Niemand sagt mir, dass ich die Klappe halten soll«, erwiderte Thurman und holte plötzlich zu einem Schwinger aus. Ich hätte nicht gedacht, dass Crash sich besonders schnell bewegen konnte, aber von wegen! Wie ein geölter Blitz, sagte Bernie zu so was. Man muss sich nur überlegen, wie schnell ein Blitz ist – gerade ist er noch da und, zack, ist er schon wieder weg –, und dann noch das Öl dazurechnen, schon hat man eine ungefähre Vorstellung davon, wie schnell ein geölter Blitz werden kann. Thurman holte also aus. Crash duckte sich wie ein geölter Blitz weg. Und deshalb traf Thurmans riesige Faust Disco direkt am Kinn. Disco fiel um und blieb reglos liegen.

Thurman machte einen Schritt auf Crash zu. Crash wich einen Schritt zurück, und schon stand er mit dem Rücken am Wohnmobil und konnte nicht weiter ausweichen. »Hundertfünfundsiebzig Dollar, oder du bist der Nächste«, drohte Thurman.

»So viel Kohle habe ich im Moment nicht«, bekannte Crash. »Und dies ist gerade auch nicht der richtige Zeitpunkt, um …«

»Dann nehm ich eben den Hund«, entschied Thurman. Er drehte sich zu mir um. Ich knurrte. Ich hasste das Würgehalsband, und so etwas vergaß ich auch nicht.

»Das glaube ich nicht«, sagte Bernie.

Thurman sah zu Bernie. »Sie halten sich da raus«, sagte er. »Ich habe den Hund gekauft und dafür bezahlt.«

Bernie machte einen Schritt zur Seite, sodass er zwischen Thurman und mir stand. »Wann soll das gewesen sein?«

»Das geht Sie nichts an. Es reicht, wenn ich es sage.«

»Und wo?«

»Sie hören wohl nicht gut, Kumpel, was?«, fragte Thurman.

»Vielleicht in der Nähe vom Red Butte?«, fragte Bernie.

»Suchen Sie vielleicht Streit?« Thurmans Auge zuckte wild.

»Den brauch ich gar nicht mehr zu suchen«, sagte Bernie. »Die Frage ist nur, wie wir ihn beilegen.«

Disco, noch immer auf dem Boden, stöhnte und machte Anstalten, sich aufzurichten.

»Sie können ihm da unten gleich Gesellschaft leisten, wenn Sie sich weiter so aufführen«, brüllte Thurman.

Das konnte Bernie nicht beeindrucken. »Ich höre übrigens ausgezeichnet«, sagte er. Wie bitte? Das glaubte Bernie doch nicht etwa ernsthaft? »Gut genug jedenfalls, um es sofort zu hören, wenn ich mit einem Trottel spreche.«

Thurmans Mund klappte auf. Diese vielen schwarzen Barthaare, und dann eine knallrote Zunge mittendrin: Das hatte die komische Wirkung auf mich, dass ich mich sofort kratzen wollte. Im selben Moment bemerkte ich, dass Crash anfing, sich in Richtung Fahrerkabine zu schieben. Ich schob mich hinter ihm her. Er sah mich an und formte mit den Lippen ein Wort. Das heißt ohne Geräusch. Was sollte ich denn damit anfangen? Ich hatte genug Probleme mit Wörtern mit Geräusch. Wenn man nicht aufpasste, konnte einem bei manchen Menschen wirklich der Geduldsfaden reißen. Ich zeigte Crash meine Zähne, weil mir sonst nichts einfiel. Er hörte auf, sich vorzuschieben.

»Sie nennen mich einen Trottel?«, fragte Thurman.

»Ich ziehe nur meine Schlüsse«, erwiderte Bernie.

»Passen Sie auf, was Sie sagen. Es gefällt mir nicht«, sagte Thurman. Wie war das möglich? Ich könnte Bernie stundenlang zuhören. »Wahrscheinlich sind Sie eine von diesen Schwuchteln.«

»Vermuten Sie das oder hoffen Sie's?«, fragte Bernie.

»Himmel«, stöhnte Crash. In dem Moment stürzte Thurman vor und versuchte einen weiteren Schwinger zu landen, dieses Mal gegen Bernie gerichtet.

Bernie kennt sich mit Boxen und mit Kämpfen im Allgemeinen gut aus – habe ich das schon erwähnt? Auf der Highschool war er in der Boxmannschaft. Abgesehen davon haben wir eine große DVD-Sammlung mit alten Boxkämpfen. Bernies Lieblingsboxer ist Sugar Ray Robinson. Er drückt immer die Zeitlupentaste, um sich anzusehen, was Sugar Ray genau macht, und sagt dann Sachen wie »Wow« oder »Hast du das mitbekommen?« Dann drückt er die Taste für normale Geschwindigkeit, und der andere Boxer fällt um, und Sugar Ray reißt die Arme in die Höhe.

Eine der Zeitlupenbewegungen von Sugar Ray ist diese kleine Kopfdrehung in dem Moment, in dem der Schlag kommt. »Siehst du, wie er dem Schlag ausweicht?«, fragt Bernie dann. Und genau das machte Bernie jetzt, er wich Thurmans Schwinger aus – ich konnte den heftigen Luftzug hören –, dann machte er einen Schritt nach vorn und landete rechts, links seine Schwinger. Thurman kippte um, überschlug sich einmal und richtete sich wieder auf. Blut tropfte ihm aus der Nase. Dann: Überraschung. Thurman griff in seine Tasche und zog eine kurze, flache, kleine Pistole heraus.

Und unsere Pistole, die 38er Special? Im Handschuhfach. Aber daran dachte ich in dem Moment gar nicht, ich dachte überhaupt nichts. Denn ehe ich mich's versah, war ich mitten in der Luft. Thurman sah mich und schwenkte die Pistole in meine Richtung. Dann war auch schon Bernie mitten in der Luft. Wusch, zack, bum. Wir landeten auf Thurman, Bernie und ich, und ein Schuss löste sich. Ich hörte, wie die Kugel ganz in der Nähe irgendwo abprallte, dann vergrub ich meine Zähne in einem Handgelenk – ich hoffte, in dem von Thurman. Ja, es war Thurmans: Das musste *sein* Schmerzensschrei sein. Bernie würde nie einen solchen Laut von sich geben. Es folgte noch ein Schmerzensschrei, als Bernie etwas tat, und Thurman kreischte: »Aufhören, ich ergebe mich.«

Tief in Bernie steckte ein gewisses Gewaltpotenzial – in mir übrigens auch –, wie schon mehr als ein Bösewicht hatte feststellen müssen. Er stand mit der Waffe in der Hand auf. »Ist gut, Chet. Lass ihn in Ruhe.«

Ich ließ ihn in Ruhe und leckte meine Lippen. Menschenblut: Es gab durchaus Zeiten, in denen ich dachte, es könnte mir zur Gewohnheit werden.

Bernie sah sich um. Thurman lag auf dem Rücken und blutete aus Nase, Mund und Handgelenk. Disco kauerte auf allen vieren und übergab sich. Crash wiederum war am Wohnmobil, die Tür stand offen, und er kletterte gerade auf den Fahrersitz. Toll, was für ein Tag!

Bernie rief: »Keine Bewegung!« Er machte sich nicht einmal die Mühe, auf ihn zu zielen, sondern hielt die Waffe auf den Boden gerichtet. Crash machte keine Bewegung. »Hände hoch.« Crash hob die Hände. »Kommen Sie da raus.« Crash kletterte aus dem Wohnmobil. In diesem Moment ertönte aus dem Inneren des Wohnmobils ein einzelner hoher Kläffer.

»Was war das denn?«, fragte Bernie.

Ich wusste es.

Kapitel 23

Bernie ging mit der immer noch auf den Boden gerichteten Pistole in der Hand zum Wohnmobil. Sonst bewegte sich niemand. Außer mir, versteht sich: Ich ging mit Bernie mit. Er öffnete die Seitentür des Wohnmobils.

Zuerst passierte nichts. Vor uns lag ein ziemliches Durcheinander, überall dreckiges Geschirr, Kleiderhaufen und massenweise leere Flaschen. Dann kam Princess heraus, oder vielmehr: Sie stürmte heraus. Sie flog durch die Luft, machte eine Bruchlandung, überschlug sich ein paarmal, sprang auf und sah sich mit irrem Blick um, bis sie mich entdeckte. Mit wedelndem Bommelschwanz rannte Princess zu mir her. Mein Schwanz wedelte auch, ich konnte kaum die Hinterpfoten auf dem Boden halten – so stark kann ich mit dem Schwanz wedeln. Ich senkte den Kopf und stupste sie sachte an. Sie überschlug sich noch einmal. Als sie wieder auf allen vieren war, fing sie an, wie verrückt um mich herumzurennen. Das brachte mich dazu, auch herumzurennen. Wir rasten um das Wohnmobil, den Porsche, den Pick-up, dann rasten wir noch mal um alle drei herum und noch ein paarmal, bis wir schließlich vor Bernie stehen blieben.

»Braver Junge«, sagte er. »Das hast du gut gemacht, ganz gut.« Ich fühlte mich großartig, so gut wie nie. Bernie streckte den Kopf in das Wohnmobil. »Adelina?«, rief er. »Adelina? Ich bin's, Bernie Little. Sie können rauskommen, Sie sind in Sicherheit.«

Adelina kam nicht heraus. Ich dachte an ihr Gesicht und die Ameisen. Aber die Ameisen waren gar nicht auf ihrem Gesicht gewesen, oder? Sie waren doch um meine Pfütze Erbrochenes herumgelaufen. Ich war ein wenig verwirrt.

»Suzie?«, rief Bernie. »Bist du da drin?«

Auch Suzie kam nicht heraus.

»Suzie? Suzie?«

»Hey«, rief Crash von vorne, »da ist niemand mehr drin.«

Bernie drehte sich zu ihm um. »Fangt schon mal an zu beten für den Fall, dass ich irgendetwas in diesem Wohnmobil finde, das mir nicht gefällt.«

»Was heißt nicht gefallen?«, fragte Crash. »Wollen Sie mich vielleicht wegen des dreckigen Geschirrs in der Spüle erschießen?«

Bernie ging auf Crash zu und hob die Waffe. Einen Moment lang dachte ich, dass er sie ihm übers Gesicht ziehen würde, auch wenn ich Bernie so etwas noch nie hatte tun sehen, jedenfalls nicht bei einem abgemagerten alten Hippie. Und Bernie tat es auch nicht. »Hinlegen, mit dem Gesicht nach unten«, sagte er.

»Hä?«

Bernie deutete mit der Waffe auf eine Stelle auf der Straße. »Hinlegen«, befahl er. Er richtete die Waffe auf die anderen: auf Disco, der mittlerweile wieder auf den Beinen war und sich vor und zurück wiegte, und auf Thurman, der sich aufgesetzt hatte und dessen Nase nach wie vor blutete. »Ihr alle«, sagte Bernie. »Und kein Wort. Keinen Pieps.«

Sie legten sich hin. »Weiter auseinander«, befahl Bernie. Sie rückten voneinander weg. »Chet«, sagte Bernie. Ich ging zu ihm und stellte mich neben ihn. Princess stellte sich neben mich. Ich konnte Thurmans Blut in den Staub tropfen hören. Dann hörte ich von hinten, wie das Wohnmobil unter

Bernies Gewicht quietschte, und die leisen Schritte, als er sich darin herumbewegte.

Thurman hob den Kopf, wandte sich zu Crash und flüsterte: »Ich will meine verdammte Kohle zurückhaben.« Ich trabte zu ihm und knurrte. Er senkte den Kopf. Princess trippelte mir hinterher. Sie gab einen lustigen hellen Laut von sich, eine Art Piepsen. Sollte das etwa ein Knurren sein? Ich sah zu ihr hin; sie hatte den Kopf auf diese entschlossene Weise vorgereckt.

Bernie kam wieder aus dem Wohnmobil, stand auf der Straße, sah auf die drei Männer hinunter. Thurman war ein übler Typ, daran bestand kein Zweifel, aber Disco und Crash? Sie hatten mir Wasser gegeben, als ich durstig war, und dann durfte man die BiFis nicht vergessen. Ich beobachtete Bernie. Er trat Disco leicht in die Rippen, überhaupt nicht fest, eher ein kleiner Stupser, um seine Aufmerksamkeit auf sich zu ziehen.

»Tun Sie mir nicht weh«, sagte Disco. »Ich hab nichts getan.«

»Wo ist Adelina?«, fragte Bernie.

»Wer?«

»Adelina Borghese, die Besitzerin von Princess.«

»Princess? Kenn ich auch nicht.«

Bernie ging in die Hocke und streckte die Hand aus: »Hey, Princess«, sagte er. Princess lief zu ihm und wedelte mit ihrem Bommel. Bernie tätschelte sie. Ihr Bommel wedelte schneller. »Wo sind deine Marken, Princess?«, fragte er. Sie legte sich auf den Rücken. Bernie kraulte ihren Bauch. Ihre Pfoten machten komische kleine Bewegungen. – *Bernie, es reicht!*

Bernie erhob sich. Er sah wieder zu den drei Männern runter, stupste Disco noch mal in die Rippen. »Wo sind ihre Marken?«, fragte er.

»Marken?«

»Mit ihrem Namen, Steuernummer und so weiter.«

»Keine Ahnung«, behauptete Disco. »Hey, Crash, hast du die Marken gesehen?«

»Halt die Klappe«, befahl Crash.

»Hä?«

»Mach endlich Gebrauch von deinem gottverdammten Recht.«

»Welches Recht denn?«

»Das Recht, in Gegenwart eines Bullen die Klappe zu halten.«

»Er ist kein Bulle«, korrigierte Thurman.

»Er hat aber 'ne Marke«, wandte Disco ein.

»Und erzählt dir irgendeinen Scheiß dazu«, höhnte Crash.

»Was für einen Scheiß?«, fragte Thurman.

»Thurman?«, sagte Bernie. »Ich will, dass Sie Gebrauch von Ihrem Recht machen.« Er wandte sich an Crash. »Haben Sie auch einen Namen?«

»Crash.«

»Und Ihr wirklicher Name?«

»Wirklicher Name? Hängt ganz davon ab, was Sie für die Wirklichkeit halten. Wir haben alle eine andere Vorstellung von der Wirklichkeit.«

»Wo ist Ihr Ausweis?«

Crash gab keine Antwort.

Bernie ging zu Disco. »Name«, sagte er.

»Ich mache Gebrauch von meinem Recht«, gab Disco sich verstockt.

Bernie ging zum Wohnmobil und öffnete die Fahrertür. Kaum fing er an hineinzuklettern, war Thurman schon aufgesprungen und rannte los. Für einen Menschen, vor allem einen so dicken, war er ziemlich schnell, und er war fast am Pick-up angelangt, als ich ihn einholte. Wir rollten ein bisschen im Staub herum, und er schrie einige Male auf, aber das konnte nichts mit Schmerzen zu tun gehabt haben, weil ich mich wirklich zurückhielt. Es gibt Menschen, die haben vor unsereinem eine ganz tief sitzende Angst – manchmal sogar Kinder! –, was mir ein völliges Rätsel ist.

»Liegen bleiben«, rief Bernie vom Wohnmobil her. Er kam nicht mal rüber: Bernie vertraute mir einfach.

Thurman blieb liegen. Ich ließ von ihm ab. Und genau in dem Moment kam Princess mit verschwommenen Beinen angeflitzt und fing an, Thurman wie wild ins Gesicht zu kläffen.

»Die mag Sie wohl nicht«, meinte Bernie und stieg aus der Fahrerkabine des Wohnmobils. Jetzt hatte er plötzlich eine andere Waffe in der Hand und zwei Führerscheine. »Wie kommt das wohl?«

Thurman sagte nichts, sondern lag still auf dem Boden.

»Hierher, Princess«, rief Bernie, und Princess rannte zu ihm. Ich blieb, wo ich war, und passte auf Thurman auf. Bernie trat zu Crash und Disco und ging zwischen ihnen in die Hocke. »Wessen 44er Magnum ist das?«, fragte er.

Keine Antwort.

»Ich habe einen Zeugen, der sagt, dass der Fahrer mit so einer Riesenknarre wie der hier niedergeschlagen wurde«, erklärte Bernie.

»Welcher Fahrer?«, fragte Disco.

»Schnauze!«, zischte Crash.

»Der Fahrer der Entführungsopfer«, sagte Bernie.

»Entführung?«, fragte Disco. »Meinen Sie den Hund? Wer entführt denn einen Hund?«

Bernie ließ die Führerscheine auf den Boden fallen, einen vor Crash – »Herman T. Crandell; sieht aus wie Sie an einem guten Tag« –, den anderen vor Disco: »Demnach sind Sie Wardell Krebs. Ich habe eine Menge Leute Ihres Schlages kennengelernt, Wardell, und viele von ihnen befanden sich dabei in einer Situation wie dieser. Sie standen nämlich vor einer fundamentalen Entscheidung, genau wie Sie in diesem Moment und an dieser Stelle, und sie machten fast alle den gleichen Riesenfehler.«

»Zwischen was soll ich mich denn entscheiden?«, fragte Disco.

»Halt die Klappe«, murrte Crash.

»Ein häufig begangener Fehler wäre es, wenn Sie Ihrem Kumpel hier das Denken überließen«, sagte Bernie. »Seine Wirklichkeit wird der Knast sein. Die Frage ist: Wie sieht Ihre aus?«

»Knast?«, fragte Disco.

»Vielleicht haben Sie ja Glück und kriegen Bewährung«, meinte Bernie. »Insbesondere, wenn Sie keine Vorstrafen haben. Haben Sie Vorstrafen? Einer von Ihnen?«

Die drei Männer auf dem Boden schwiegen.

»Allerdings ist das Opfer ein angesehenes Mitglied der Gesellschaft«, fuhr Bernie fort.

»Opfer?«

»Schnauze.«

»Ich dachte, es ist ein Hund. Ein Hund kann kein Mitglied der Gesellschaft sein.«

Warum eigentlich nicht? Was auch immer ein Mitglied der Gesellschaft war.

»Es geht hier nicht um Princess«, erklärte Bernie. »Wenn Sie irgendwelche Informationen über den Verbleib von Adelina Borghese oder Suzie Sanchez haben, dann sollten Sie jetzt schleunigst damit herausrücken.«

»Mein Lebtag noch nichts von diesen Leuten gehört«, antwortete Disco.

Bernie richtete sich auf. »Sie haben es nicht anders gewollt«, sagte er.

Bernie holte die Plastikhandschellen aus unserem Handschuhfach und fesselte zuerst Thurman, dann Crash, dann Disco. Danach zückte er sein Handy. Während wir warteten, teilten wir uns die beiden BiFis, die Bernie im Wohnmobil gefunden hatte. »Ehrlich verdient«, lobte Bernie und brach kleine Stückchen von der BiFi für Princess ab. Thurman, Crash und Disco lagen reglos auf dem Old Trading Post Highway.

Nicht lange nach dem Verschwinden der BiFis bekamen wir Gesellschaft. Zuerst trudelten ein paar Uniformierte ein, die wir nicht kannten, dann kamen Lieutenant Stine und einige seiner Leute und zuletzt Sheriff Earl Ford und Deputy Lester. Ein gewaltiges Palaver setzte ein; es ging hin und her, mal lauter, mal leiser, manchmal redeten auch alle auf einmal. Das wurde mir immer schnell zu viel. Ich will ja niemanden beleidigen, aber in großen Gruppen kommt nicht unbedingt das Beste an Menschen zum Vorschein. Eine große Gruppe von meinesgleichen – etwas, das ich aus unerfindlichen Gründen noch nie gesehen hatte, wenigstens keine richtig große Gruppe –, das wäre doch mal was! Ich trabte zum Porsche und legte mich in den Schatten. Princess legte sich neben mich. Einen Moment lang trafen sich unsere Blicke. Dann schloss sie diese großen, dunklen Augen und rutschte ein bisschen näher zu mir.

Ich sperrte die Augen auf, was so viel heißt wie aufpassen. Augen aufsperren klingt irgendwie unheimlich – man muss sich das mal vorstellen: einen Schlüssel ins Auge stecken, brrh! Bernie stand am Rand der Menge und passte auch auf. Nach einer Weile verschwanden die Leute einer nach dem anderen: zuerst die Uniformierten, dann Lieutenant Stine und seine Leute, die Thurman und Crash mitnahmen, gefolgt von zwei Abschleppwagen, die in einer riesigen Staubwolke den Pick-up und das Wohnmobil abtransportierten. Als der Staub sich wieder legte, war niemand mehr da außer Disco, der mit Handschellen gefesselt auf dem Rücksitz des Sheriff-Autos saß, Sheriff Earl Ford, Deputy Lester, Princess und uns beiden. Earl und Lester traten zu Bernie; ihre Schatten fielen über ihn, ihre Augen waren unter der Krempe ihrer Cowboyhüte verborgen. Ich stellte mich neben ihn.

»Schätze mal, wir sollten Ihnen gratulieren«, sagte der Sheriff.

»Nicht nötig«, erwiderte Bernie. »Der Fall ist außerdem noch lange nicht gelöst. Es sei denn, jemand hat die beiden inzwischen gefunden und vergessen, es mir mitzuteilen.«

»Welche beiden?«

»Adelina Borghese und Suzie Sanchez«, sagte Bernie. »Die beiden Vermissten. Haben Sie sie vielleicht irgendwo versteckt?«

»Was wollen Sie damit sagen?«, fragte der Deputy.

»Er macht nur Spaß«, beschwichtigte ihn der Sheriff. »Langsam fange ich an, ihn zu durchschauen, Les. Ich fange sogar an, ihn zu mögen, ja-ha. Der gute Bernie meint es nicht böse – er ist einfach nur ein Witzbold, das ist alles.«

»Den Witz versteh ich nicht«, gestand der Deputy.

Der Sheriff nickte. »Das ist das Problem mit Humor, was, Bernie? Steht der Kommunikation manchmal im Wege.«

»Stimmt«, gab Bernie zu.

»Wobei die Kommunikation mit Ihnen am Anfang ein Problem war«, ergänzte der Sheriff.

»Wenn Sie meinen«, sagte Bernie. »Wie wär's dann, wenn wir noch mal von vorn anfangen? – Wer hat Ihnen den Tipp gegeben, dass ich nach Clauson's Wells kommen würde?«

»Da haben wir es wieder.« Der Tonfall des Sheriffs verriet wieder seine alte Gereiztheit. »Niemand hat uns einen Tipp gegeben, das habe ich Ihnen doch schon gesagt. Wir sind einem Hinweis auf ein paar Rowdys gefolgt, und Sie waren rein zufällig zur gleichen Zeit da.«

»Pech«, warf der Deputy ein.

»Aber wir haben uns mies deswegen gefühlt, oder, Les?«

»Furchtbar mies«, betonte der Deputy.

»Und jetzt haben wir schon wieder ein mieses Gefühl, und darüber würden wir gerne mit Ihnen reden«, sagte der Sheriff. »Wir fühlen uns irgendwie übergangen, wenn Sie die Wahrheit wissen wollen.«

»Will ich«, entgegnete Bernie.

»Dann hätten wir ja schon mal was gemeinsam«, sagte der Sheriff. »Deshalb fühlen wir uns allerdings auch irgendwie … wie soll ich sagen …«

»Verarscht«, versuchte Lester zu helfen.

»Nicht verarscht«, erwiderte Earl. »Eher auf den Schlips getreten. Wir fühlen uns ein wenig auf den Schlips getreten, weil Sie uns nicht als Erste angerufen haben, damit wir herkommen, vor all den anderen – eigentlich haben Sie uns ja gar nicht gerufen –, wo wir doch am nächsten sind.«

»Außerdem ist es unser verdammtes County«, schimpfte der Deputy.

»Das merke ich mir für nächstes Mal«, sagte Bernie.

»Nächstes Mal?«, fragte der Sheriff. »Haben Sie vor zurückzukommen?«

»Es werden nach wie vor zwei Frauen vermisst«, antwortete Bernie. »Aber vielleicht wissen Sie ja etwas, das ich nicht weiß.«

»Das deuten Sie jetzt zum zweiten Mal an«, sagte Earl. »Gibt es irgendeinen Grund dafür?«

Der Sheriff und sein Deputy starrten Bernie an, wobei ich ihre Augen wegen des Schattens, den ihre Hüte warfen, allerdings nicht richtig sehen konnte. Es war ganz still. Ich hatte das Gefühl, dass gleich etwas passieren würde.

»Der Sheriff hat Ihnen eine Frage gestellt«, beharrte Lester.

»Ich begreife nicht, wie ein gelber Käfer einfach verschwinden kann.« Bernie schüttelte nachdenklich den Kopf.

»Nein?«, fragte der Sheriff. »Kommen Sie vielleicht von der Ostküste?«

»Ich bin im Valley geboren und aufgewachsen«, erwiderte Bernie.

»Dann sollten Sie es doch eigentlich besser wissen«, sagte der Sheriff und machte eine ausholende Bewegung mit der Hand. »Das hier ist ein weites Land. Hier verschwindet alles.«

»Ja«, warf Lester ein. »Manches schneller als anderes.« Wind kam auf und blies einen riesigen Steppenläufer über die Straße.

»Viel schneller«, sagte der Sheriff. Er und Lester stiegen in den Streifenwagen und fuhren mit Disco davon. Bernie und ich sahen ihnen nach, bis sie aus unserem Blickfeld verschwanden. Princess rollte sich auf dem Boden zusammen und leckte sich das Fell.

Der Graf und Nance warteten bereits vor dem großen Haus auf der Rio Loco Ranch, als wir vorfuhren. Sie liefen uns entgegen. Der Graf streckte den Arm ins Auto und nahm Princess, die sich neben mich auf den Kopilotensitz gequetscht hatte. »Mia piccola«, sagte er oder etwas Ähnliches, und dann folgte ein Schwall von Wörtern, die ich alle nicht verstand. Der Graf küsste Princess ab, Nance tätschelte ihr den Rücken, und sie tätschelte auch den Rücken des Grafen. Princess wand sich.

»Sie ist ganz schmutzig«, sagte Nance.

»Ja, ja«, erwiderte der Graf, »mein süßer schmutziger kleiner Champion.« Er lachte und küsste Princess noch ein paarmal ab. Dann gab er sie an Nance weiter und wandte sich Bernie zu. »Ausgezeichnete Arbeit«, befand er. »Schicken Sie mir bitte Ihre Endabrechnung. Hier ist schon einmal eine Abschlagszahlung.«

Er reichte Bernie einen Scheck. Bernie warf einen Blick darauf und sagte: »Das sollte eigentlich alles abdecken. Wobei es keine Endabrechnung geben wird, bevor wir nicht Adelina gefunden haben.«

»Die Suche liegt doch jetzt, da die Männer in Haft sind, bestimmt in den Händen der Polizei.«

»Wir haben einen Auftrag übernommen. Und den haben wir noch nicht abgeschlossen.«

Der Graf bedachte Bernie mit einem langen Blick. »Wie Sie meinen«, sagte er. Auch Nance sah Bernie an und achtete dabei vielleicht einen Moment lang nicht auf Princess. Die hüpfte jedenfalls aus Nances Armen und rannte zur Haustür. Sie schnüffelte daran und winselte.

»Sieh sich das einer an«, staunte Nance. »Sie will uns bestimmt sagen, dass sie Heimweh hatte.«

»Die arme Kleine«, sagte der Graf und dann noch etwas, das ich nicht ganz mitbekam, weil Bernie gerade da den Zündschlüssel umdrehte, und zwar mit viel mehr Kraft als sonst, und den Motor aufjaulen ließ. Wir fuhren davon.

Kapitel 24

Bernie war unruhig, als wir heimkamen. Er hörte seine Nachrichten ab, tätigte ein paar Anrufe, arbeitete am Computer, lief auf und ab, rauchte ein, zwei Zigaretten. Ich mag es nicht, wenn Bernie unruhig ist. Das macht mich auch unruhig, und wenn ich unruhig bin, dann passieren komische Sachen, die ich gar nicht richtig mitbekomme. Zum Beispiel als Bernie dasaß und mit abwesendem Gesichtsausdruck einen tiefen Zug von seiner Zigarette nahm – hätte ich da auf diesem Schuh herumkauen sollen? Ich glaube, man nennt sie Slipper, ein Geschenk von Leda, mit so kleinen … wie hießen die Dinger schnell wieder? Troddeln, ja, mit so kleinen Troddeln obendrauf, die jetzt weg waren, recht lecker. Bernie trug diese Troddelslipper nie, aber trotzdem. Ich überlegte gerade, ob ich versuchen sollte aufzuhören, als ich hörte, wie ein Auto vor dem Haus hielt.

Noch bevor es klopfte, stand ich an der Tür, und an den Schritten glaubte ich auch zu erkennen, wer es war. Bernie öffnete die Tür. Er hatte die Zigarette im Mundwinkel hängen und kniff wegen des Rauchs die Augen zusammen. Ja, Lieutenant Stine.

»Sie machen ja ein Gesicht wie sieben Tage Regenwetter«, sagte er.

Moment mal. War mir da etwa wieder mal was entgangen? Sieben Tage Regen? Konnte nicht sein. Und wenn es sieben Tage geregnet hätte, würde Bernie die Mundwinkel auch nicht so nach unten ziehen – ganz im Gegenteil. Außerdem wäre dann in den letzten Stunden mindestens einmal das Wort Aquifer gefallen.

»Sie sind extra hierhergekommen, um mir das zu sagen?«, fragte Bernie.

Der Lieutenant schüttelte den Kopf. »Ich wollte Ihnen gratulieren, aber ich störe wohl.«

»Zu was denn gratulieren?«

»Dass Sie den Fall gelöst haben.«

»Sie haben Adelina und Suzie gefunden?«

»Nein, noch nicht«, antwortete der Lieutenant. »Aber wir sind nahe dran.«

»Irgendeine heiße Spur?«, fragte Bernie.

»Eine Spur in dem Sinne nicht«, gab der Lieutenant zu. Der alte Heydrich, unser Nachbar auf der anderen Seite, nicht Iggys Herrchen, stand auf dem Gehweg und starrte auf etwas, das einer von meinem Völkchen hinterlassen hatte, dann starrte er direkt zu uns her. Sogar direkt zu mir. Beschuldigte er mich etwa? Nie im Leben. Ich versuchte, mich zu erinnern, wann ich das letzte Mal etwas auf einem Gehweg hinterlassen hatte, aber mir fiel kein einziges Mal ein, ziemlich sicher. Ich gähnte den alten Heydrich freundlich an. Sein sowieso schon immer verärgertes Gesicht mit der zwischen den Augen zusammengezogenen Haut wurde noch ärgerlicher. Bernie sah an Lieutenant Stine vorbei, bemerkte den alten Heydrich und bat den Lieutenant ins Haus.

»Ich dachte schon, Sie würden mich da draußen verfaulen lassen. Haben Sie irgendetwas Trinkbares in dem Schränkchen über der Spüle?«

Wie sich herausstellte, war etwas da. Bernie ließ Eiswürfel in zwei Gläser fallen und warf mir auch einen zu. Lecker! Zuerst knusprig wie ein eiskalter Keks, und dann rann plötzlich angenehm kühles Wasser die Kehle hinunter. Ich nahm den Eiswürfel mit in die Ecke beim Kühlschrank und rollte mich auf dem Boden zusammen.

Bernie und der Lieutenant stießen mit ihren Gläsern an. »Sie sind beide hinter Schloss und Riegel«, sagte der Lieutenant. »Wir haben sie wegen Entführung und Diebstahl plus irgendwelche kleineren Vergehen eingebuchtet. Dasselbe wird dem Knaben in Rio Loco zur Last gelegt.«

»Diebstahl?«

»Der Hund«, sagte Lieutenant Stine. »Dem Gesetz nach kann man keinen Hund entführen.«

Was konnte man nicht? Ich war vollauf mit dem Rest meines Eiswürfels beschäftigt und hatte den letzten Satz nicht ganz mitbekommen. Aber egal, was es war, es hatte sich nicht richtig angehört.

»Hat einer von ihnen irgendwelche Vorstrafen?«, fragte Bernie.

»Das kann man wohl sagen!« Der Lieutenant faltete ein paar Blätter auseinander. »Die sind alle vorbestraft – die beiden Hippies vor allem fürs Dealen, aber da ist auch noch ein Autodiebstahl und ein bewaffneter Raubüberfall.«

»Bewaffneter Raubüberfall? So sehen die mir gar nicht aus.«

Der Lieutenant setzte eine Brille auf; das fand ich immer interessant. »Sie saßen drei Jahre für den Überfall auf ein Casino in New Mexico.«

»Die beiden Typen haben ein Casino ausgeraubt?«

Die Augen des Lieutenant bewegten sich hinter den Brillengläsern von links nach rechts und zurück. »Ausgeraubt trifft es wohl nicht ganz. Jedenfalls hatten sie keinen Erfolg. Und das Casino war womöglich auch eher ein Kramladen in einem Indianerreservat, mit ein paar Geldspielautomaten im Hinterstübchen, von denen sie einen zu knacken versuchten, als keiner hinsah.«

»Das hört sich schon eher nach ihnen an«, fand Bernie.

»So ohne war das nicht«, erwiderte der Lieutenant. »Der eine, der Crash genannt wird, hat mehrere Schüsse abgegeben.«

»Ist jemand verletzt worden?«

»Nur ein paar Scheiben sind zu Bruch gegangen – deswegen schätze ich sie aber nicht weniger gefährlich ein. Der dritte Mann, Thurman Barger, hat ein richtig langes Vorstrafenregister – mehrfache Körperverletzung, Einbruch, Entführung.«

»Entführung?«

»Hat bei einem Banküberfall, der in die Hose ging, einen Kassierer als Geisel genommen. Dafür ist er sieben Jahre in Colorado eingesessen.« Der Lieutenant nahm einen Schluck Bourbon. »Das war's, Bernie.« Bernie ließ seinen Whiskey im Glas kreisen und sah ihm beim Rundendrehen zu, etwas, das ich ihn schon oft hatte machen sehen. »Sie fragen wahrscheinlich nach dem Motiv«, vermutete Lieutenant Stine. Bernie nickte. »Noch halten sie alle die Klappe«, sagte der Lieutenant, »aber die Hippies werden schon irgendwann weich werden.«

»Wundert mich, dass sie bis jetzt dichtgehalten haben«, meinte Bernie.

»Wahrscheinlich warten sie darauf, dass wir ihnen einen besseren Deal anbieten. Wir stellen demjenigen, der aussagt, Strafverkürzung in Aussicht, und ich geh mal davon aus, dass sie in Rio Loco dasselbe machen werden. Was uns im Moment noch aufhält, sind Meinungsverschiedenheiten im Büro des Staatsanwalts darüber, um wie viel sich die Strafe verkürzen lassen sollte.«

»Himmel«, stöhnte Bernie. »Zwei Menschen werden vermisst!«

Lieutenant Stine leerte sein Glas und erhob sich. »Ich werde Sie auf dem Laufenden halten.«

Bernie starrte wieder in sein Glas und erwiderte nichts.

»Ich kann nicht einfach nur rumsitzen«, sagte Bernie, nachdem wir schon eine Weile rumgesessen hatten. Wobei wir nicht richtig saßen: Wir waren eher im Haus hin und her gelaufen und hatten oft im Büro haltgemacht, wo wir eine Menge auf die Tafel gekritzelt und wieder gelöscht hatten. »Ich muss etwas tun.« Von mir aus gern. Ich schlug Bernie auf dem Weg zur Tür. Er öffnete sie, aber gerade, als wir rausgehen wollten, klingelte das Telefon.

Eine Stimme kam aus dem Anrufbeantworter. »Bern? Chuck Eckel hier. Rufen Sie mich an, am besten sofort.« Piep.

»Ich habe den verdammten Scheck noch nicht einmal eingelöst«, sagte Bernie, »und schon ist das Geld weg.« Er warf die Tür mit so viel Wucht zu, dass das ganze Haus bebte. Iggy musste das Geräusch gehört haben: Irgendwo aus seinem Haus war ein Kläff-kläff-kläff zu hören. Ich sah zu seinem Fenster, entdeckte ihn aber nicht.

Wir fuhren aus dem Valley raus und bis in die Wüste, eine lange Fahrt. Es wurde Nacht, und die Kälte kam. Ich konnte Bernie riechen, ein sehr angenehmer Geruch für einen Menschen, fast ein bisschen hundeähnlich. Wir wechselten von einer zweispurigen Teerdecke mit vielen Autos zu einer holprigen Piste mit keinen Autos.

»Zinn-Futures«, sagte Bernie. »Was habe ich mir nur dabei gedacht?«

Ich rückte ein bisschen näher zu ihm.

Nach einer Weile erschien der Mond, und ich sah alle möglichen Dinge: einen großen Säulenkaktus, der sich zu bewegen schien, ein Paar Augen, das zu glühen schien, und in der Ferne die riesige oben abgeflachte Spitzkuppe, wo Princess und ich Crash und Disco kennengelernt hatten. Sie sah im Mondlicht rosa aus (auch wenn man mir laut Bernie nicht über den Weg trauen konnte, was Farben anging). Aber der nächtliche Anblick der Spitzkuppe gefiel mir, rosa oder nicht. Es gab Lebewesen, zu denen übrigens auch Menschen gehörten – meiner Erfahrung nach sogar vor allem Menschen –, die nachts Angst hatten, aber ich nicht.

»Red Butte«, sagte Bernie, als wir im Schatten der Spitzkuppe anhielten. Er starrte an ihr hoch. »Es gibt eine indianische Legende, nach der diese Spitzkuppe hier die erste Sprosse auf der Himmelsleiter ist oder so.« Wir verließen das Auto. »Und dann beleidigte ein Mensch die Götter – wie üblich –, und all die anderen Sprossen brachen weg.«

Was? Wo waren sie denn dann? Ich blickte mich um, sah aber nichts als die flache, mondbeschienene Wüste.

Bernie holte die Taschenlampe aus dem Handschuhfach. »Oder war das eine andere Spitzkuppe, oben in Utah? Vielleicht gibt es zu dieser hier überhaupt keine Geschichte.« Er schob sich die Beweismitteltasche über die Schulter und steckte die 38er Special in den Gürtel. »Muss schön sein, eine richtige gediegene Bildung zu haben.«

Keine Ahnung, wovon Bernie da redete, vielleicht hatte es etwas mit Suzie zu tun. Suzie wurde vermisst und Adelina … Adelina. Adelina und diese Ameisen, damals in der Hütte bei der Geisterstadt.

»Chet? Was ist denn? Sitz, alter Junge.«

Was war das denn? Ich hatte mich auf die Hinterbeine gestellt und stemmte meine Vorderpfoten gegen Bernies Brust. Gar nicht gut. Ich ließ mich sofort wieder fallen, den Schwanz zwischen die Beine geklemmt.

Bernie kniete sich vor mich und nahm meinen Kopf zwischen die Hände. »Was geht dir durch den Kopf? Was stimmt nicht?«

Ich kann da so ein Geräusch machen – ehrlich gesagt,

kommt das Geräusch manchmal ganz von allein aus mir raus –, ein Rumpeln tief in meiner Kehle, kein Knurren oder Bellen, eher ein … ach, ich kann es nicht richtig beschreiben. Aber wie man es auch nennen wollte, jedenfalls machte ich es gerade unter dem Red Butte.

Bernie strich mir über den Kopf. »Ich wünschte, ich würde deine Sprache beherrschen«, sagte er. Er richtete sich auf, und wir gingen los. Ich schüttelte mich und fühlte mich gleich besser. Zurück an die Arbeit.

»Mit dem Uhrzeiger oder gegen den Uhrzeiger?«, fragte Bernie. »Die Erde dreht sich gegen den Uhrzeigersinn um die Sonne, deshalb sollten wir andersrum gehen.« Ich rührte mich nicht vom Fleck. Hätten Sie doch auch nicht, oder? »Um die Uhr zurückzustellen, muss man den Zeiger in die andere Richtung drehen, was sozusagen ein Teil unseres Jobs ist, oder nicht, mein Junge?« Ich blieb, wo ich war, sah auf nichts Bestimmtes, wartete nur. Diese Launen von Bernie vergingen immer irgendwann, und dann war alles wieder normal. »Wenn man ein Verbrechen aufklärt – das ist doch ein bisschen wie eine Zeitreise, findest du nicht?« Ich atmete ruhig ein und aus. Die Nachtluft war frisch, kühl, angenehm. Bernie starrte die Spitzkuppe hoch. Hoch oben am Himmel hingen der Mond und die Sterne. »Das hier könnte jede Zeit sein«, sagte er. »Vor den Spaniern, vor den Indianern, irgendwann.« Er klopfte sich an die Stirn. »Nur hier drin sagt eine Stimme Nein und macht alles kaputt.«

Moment mal. Redete er da etwa von seinem Gehirn? Bernies Gehirn war einer unserer Riesenvorteile, genauso wichtig wie meine Nase. Ohne ersichtlichen Grund juckte es mich plötzlich, und ich fing an, mich überall zu kratzen.

»Komm, Chet. Gehen wir.«

Ich hörte auf, mich zu kratzen. Bernie knipste die Taschenlampe an und ging am Fuß der hohen Felswand entlang, dabei ließ er den Strahl der Taschenlampe über den Boden gleiten. Ich trabte neben ihm her. Gleich zu Beginn entdeckten wir etwas Glänzendes: eine CD, von der ein Stückchen fehlte. Bernie drehte sie um. »Best of Deep Purple«, sagte er. »Das heißt, das Wohnmobil muss hier abgestellt gewesen sein.« Er nahm ein Stöckchen mit einer Fahne am Ende aus seiner Umhängetasche und steckte es in den Boden. Wir erkundeten die Gegend um das Stöckchen, wobei wir immer größere Kreise zogen – Bernie leuchtete mit der Taschenlampe, ich schnüffelte –, entdeckten aber nichts weiter.

Bernie dachte nach. Er stand ganz still da, sein Gesicht leuchtete weiß im Mondlicht; es hätte aus Stein sein können. Die Vorstellung gefiel mir nicht, und ich versetzte ihm einen kleinen Stoß. Er tätschelte mich. Wir gingen weiter, am Red Butte entlang. Der Strahl der Taschenlampe wanderte vor und zurück, auch wenn wir ihn eigentlich nicht brauchten, weil der Mond so hell leuchtete.

»Riechst du was, Chet?«

Roch ich was? War das eine Frage? Hieß das, Bernie roch nichts? Nicht einmal die Kojotenpisse? Sämtliche Kojoten in der Wüste mussten den Red Butte als eine Art riesigen Hydranten benutzt haben. Ich musterte Bernies Nase, ein nicht ganz gerades, kleines Ding: Wozu war sie eigentlich da?

Wir gingen immer weiter, zuerst im Schatten der Spitzkuppe, dann im offenen Mondlicht, uns zur Seite stets unsere eigenen Schatten. Von Zeit zu Zeit murmelte Bernie etwas: »Sind zwei solche Typen – drei vielmehr – überhaupt imstande, so was auszuhecken?« Und: »Die Beweise – nicht einmal ein Geständnis, vielleicht gerade das nicht – sprechen eher ...« Ich machte eine kleine Pause, um das Bein an der Spitzkuppe zu heben, hörte es gegen den Felsen plätschern – immer ein schönes Geräusch.

»So kann man es durchaus betrachten«, murmelte Bernie

gerade. »Aber das Motiv? Warum gibt es kein …« Ich holte ihn wieder ein, hörte ihm ein bisschen zu und lief dann voraus.

Langsam, aber sicher umkreisten wir die Spitzkuppe, Bernie murmelnd, ich schnüffelnd; die Schatten bewegten sich im Mondlicht. Ich fühlte mich großartig! Wir hatten eine Menge Fälle gelöst, Bernie und ich, und einige davon in genau solchen Nächten. Da war zum Beispiel dieser Gangster, der dachte, er käme davon mit – Moment mal. Was war denn das? Ich schnüffelte und schnüffelte noch einmal. Ja, unverkennbar der Geruch von Hundekeksen, aber nicht von irgendwelchen Hundekeksen: Ich roch die von Rover and Company.

Rover and Company wurde von diesem netten Mann geführt, den wir von einem Fall aus jüngerer Zeit kannten – sein Name war mir im Moment entfallen und auch die Einzelheiten des Falls. Dieser nette Mann hatte mich sogar in seine Versuchsküche eingeladen. Was für ein Tag war das gewesen! Aber jetzt war keine Zeit, in Erinnerungen zu schwelgen. Ich senkte die Schnauze auf den Boden und folgte dem Geruch bis zu einer Stelle, an der die Felswand eine kleine Biegung machte.

Ich schnüffelte den Boden ab, der aus Erde bestand und sich irgendwie weich anfühlte: Kein Zweifel, hier roch es deutlich nach den Hundekeksen von Rover and Company. Aber ich konnte nichts sehen, daher fing ich an, an der Erde zu kratzen. Dadurch wurde der Geruch stärker, er stieg jetzt in richtigen Wellen auf. Ich fing an zu buddeln.

»Chet? Was ist los?«

Ich buddelte weiter. Ich buddele sowieso sehr gern. Schon einige beeindruckende Löcher habe ich gebuddelt, unter anderem das »bis fast nach China«, wie der alte Heydrich sagte, auch wenn ich mir nicht ganz sicher war, was das bedeutete.

Ich erinnerte mich nur, dass sich plötzlich eine Grube auftat und seine Veranda verschwand. Das war vor dem Zaun zwischen unserem Haus und dem vom alten Heydrich gewesen und …

Meine Pfote traf auf irgendetwas Festeres, das ein bisschen nachgab. Ich hörte auf zu buddeln und steckte den Kopf in das Loch, sodass ich das Ding zwischen die Zähne nehmen konnte. Dann zog ich es raus und ließ es vor Bernies Füße fallen: eine Keksschachtel von Rover and Company. Das erkannte ich sofort; ich hatte schließlich schon einige davon gesehen. Diese hier war ein bisschen zerdrückt und eingerissen, aber als Bernie sie schüttelte, hörte ich Kekse darin klappern. Ich setzte mich aufrecht und ordentlich hin, so wie ich es immer machte, wenn ein Leckerbissen zu erwarten war. Heute kein Leckerbissen. Bernie verstaute die Schachtel in seiner Beweismitteltasche und sagte. »Rühr dich nicht vom Fleck.«

Er lief den Weg zurück, den wir gekommen waren, genauer gesagt rannte er, und das ohne zu hinken. Ich blieb, wo ich war, machte keinen Mucks. Als Bernie zurückkehrte, klappte er die Klappschaufel auseinander, die immer in unserem Kofferraum lag.

»Mach mal ein bisschen Platz, mein Junge.«

Platz? Ich schob meinen Hintern ein bisschen zur Seite, und ohne so recht zu merken, was ich tat, schob ich ihn anschließend wieder an die alte Stelle zurück.

Bernie stieß die Schaufel – eine von den spitzen Schaufeln, mit denen man graben konnte; ist das schon zur Sprache gekommen? – in den Boden und fing an zu buddeln. Hatte ich Bernie schon mal buddeln gesehen? Schlecht war er nicht, aber warum sollte ich mich nicht dazugesellen, wenn doch Buddeln eine meiner Spezialitäten war? Ich drängte mich dazwischen und machte mich an die Arbeit.

»Vorsichtig, Chet.«

Vorsichtig buddeln? Wie sollte das denn gehen? Vielleicht langsam? Das konnte ich nicht, ich kannte nur ein Buddeltempo – Gas geben bis zum Anschlag. Bernie schaufelte in einem stetigen Rhythmus, stieß die Schaufel in den Boden, warf die Erde über die Schulter, reinstoßen, werfen, reinstoßen, werfen, reinstoßen, werfen. Gar nicht mal schlecht. Aber dank meiner vier Pfoten war er kein ernstzunehmender Gegner. Die Erde flog nur so durch die Luft! Eine Erdfontäne, Baby, eine wahre Erdfontäne. Im Mondlicht gruben wir und gruben und gruben, bis ...

Klong.

Die Schaufel stieß auf etwas Hartes. Zuerst hielt Bernie inne, dann ich. Er legte den Spaten hin, holte die Taschenlampe, ging neben dem Loch auf die Knie, beugte sich weit vor und fing an, mit der Hand zu graben. Die andere Hand hielt die Taschenlampe, und in ihrem Lichtstrahl erschien etwas Hartes, Gebogenes, Gelbes. Hart, gebogen und gelb? Keine Ahnung. Bernie hielt inne und sagte: »Oh, Gott.«

Er ging ein paar Schritte weg, legte die Taschenlampe auf einen großen Stein und fing an, ein zweites Loch zu graben, und zwar nicht nur schnell, sondern geradezu wild; der Schweiß glänzte auf seiner Haut. Und sein Gesicht: beängstigend. Ich saß reglos da.

Das Loch wurde immer größer. Ich sah noch andere Sachen im Schein der Taschenlampe: eine Glasscheibe, einen Scheibenwischer, eine kurze runde Motorhaube. Hey! Ein Auto. Und nicht irgendein Auto, sondern ein Käfer, ein gelber Käfer: Das war Suzies Auto. Was ging hier vor sich? Ich sah Bernie an. Seine Augen waren ganz wässrig geworden, und Tränen zogen Spuren durch den Dreck auf seinem Gesicht. Er warf die Schaufel zur Seite, kletterte auf die Motorhaube und wischte schnell und immer schneller mit den

Händen die Erde weg, wobei er vor Anstrengung grunzte. Dann richtete er die Taschenlampe auf die Windschutzscheibe.

Der Strahl zitterte und schwankte, aber ich konnte einen Menschen auf dem Fahrersitz ausmachen, einen toten Menschen, wie mir der Geruch schon längst verraten hatte. Ich saß am Rand des Lochs und blickte Bernie über die Schulter. Eine tote Frau hinter dem Lenkrad von Suzies Auto, aber nicht Suzie. Es war Adelina.

Kapitel 25

Am nächsten Morgen fuhren wir in aller Frühe zur Rio Loco Ranch, vor uns der Streifenwagen von Lieutenant Stine. Wir hatten die ganze Nacht über kein Auge zugemacht, Bernie und ich, weil es am Red Butte rundging, nachdem aus allen Richtungen Polizisten und schwere Maschinen eingetroffen waren. Das passiert selten, dass ich nicht genug Schlaf bekomme. Ich halte gerne vormittags und nachmittags ein kleines Nickerchen, nicht zu vergessen der ausgiebige Nachtschlaf – das muss eigentlich nicht eigens erwähnt werden –, und manchmal auch noch ein Nickerchen am Abend, zum Beispiel wenn es zum Abendessen ein großes Steak gegeben hat. Wenn ich nicht genug geschlafen habe, überkommt mich ein komisches Gefühl, so als würde etwas ganz Starkes meine Augenlider runterziehen. Genau so fühlte ich mich gerade auf dem Kopilotensitz, wobei ich vielleicht nicht ganz so aufrecht saß wie sonst.

Wir fuhren an der Koppel vorbei – die heute leer war, ich konnte das weiße Pferd nirgends riechen – und kamen zu einem Putting Green, das ich vorher noch gar nicht bemerkt hatte. Putting-Green-Rasen ist eine meiner Lieblingsoberflächen, wie ich vielleicht schon erwähnt habe. Ich fühlte mich gleich viel frischer. Was allerdings weniger damit zu tun hatte, dass ich bald den Putting-Green-Rasen unter meinen Pfoten spüren würde, als vielmehr damit, dass ich dort jemanden entdeckt hatte: Princess! Sie war an der Leine und rannte mit hoch erhobenem Kopf herum. Nance hielt die Leine und rannte neben ihr her – in Wahrheit ging sie natürlich, wegen der Kürze von Princess' Beinen. Der Graf saß mit einem Klemmbrett auf dem Schoß und einer dampfenden Tasse im Tassenhalter auf einem Stuhl, lächelte und klatschte in die Hände. Er trug seine glänzenden Reitstiefel, während diese komische kurze Peitsche – seine Reitgerte – neben ihm auf dem Boden lag. Wir stellten das Auto ab und gingen zu ihnen rüber – Bernie, Lieutenant Stine und ich.

Sie drehten sich zu uns um und hörten auf, sich zu bewegen. Princess entdeckte mich und fing an zu bellen. Wenn man sie nicht kannte, hätte man denken können, dass sie wütend war; es hatte sich nämlich herausgestellt, dass Princess durchaus wild sein konnte, genauso wild wie ein paar von meinen Raufkumpels, zum Beispiel Spike und General Beauregard, vielleicht sogar noch wilder, aber ich war mir sicher, dass sie mich mochte.

»Ja?«, sagte der Graf, und seine flinken dunklen Augen musterten uns. »Was ist?«

Wir gingen zum Rand des Putting Green. Der Lieutenant und Bernie blieben stehen, ich auch. »Ich habe leider schlechte Nachrichten«, sagte Lieutenant Stine.

Nance schlug sich die Hand vor den Mund; der Graf fragte: »Was für schlechte Nachrichten?«

Der Lieutenant warf Bernie einen Blick zu. Vielleicht dachte er, Bernie würde es sagen, aber Fehlanzeige. Lieutenant Stine sah dem Grafen in die Augen. »Ihre Frau ist tot.«

Borghese erhob sich von seinem Stuhl, langsam und zittrig, und wäre beinahe umgekippt. Die Tasse fiel aus dem Tassenhalter, und der Inhalt ergoss sich über den Rasen.

»Sie wurde ermordet«, sagte der Lieutenant. »Es tut mir leid.«

Borghese senkte den Kopf und hielt die Hand über die

Augen. Er trug eine dicke goldene Uhr, die in der Sonne glänzte. Ich setzte mich. Princess setzte sich auch. Niemand bewegte sich. Ganz in der Nähe wieherte ein Pferd. Der Graf nahm die Hand weg und sah in die Richtung, aus der das Wiehern gekommen war. Nance sagte mit leiser Stimme: »Komm«, und sie und Princess gingen zu Borghese. Nance berührte seine Schulter. Der Graf sah in die Ferne. Nance war größer als der Graf und wirkte stärker. Sie nahm ihre Hand weg. Seine Augen schlossen sich einen Moment lang. Die großen, dunklen Augen von Princess waren auf mich gerichtet.

»Wir haben drei Verdächtige in Gewahrsam genommen«, sagte Lieutenant Stine, »was Bernie zu verdanken ist. Bernie und Chet.«

»Ist ...« Der Graf räusperte sich und fing noch einmal an. »Ist einer von ihnen Sherman Ganz?« Er drehte sich nicht zu uns um.

»Nein«, antwortete der Lieutenant.

»Sherman Ganz hatte nichts mit der Sache zu tun«, sagte Bernie.

Jetzt sah der Graf uns an, seine Augen wanderten von Bernie zu mir und dem Lieutenant und wieder zurück. »Sie haben Princess gefunden«, sagte er, »und dafür bin ich Ihnen dankbar. Im Übrigen wäre ich Ihnen sehr verbunden, wenn Sie Ihre Meinung für sich behielten.«

Bernies Gesicht bekam diesen steinernen Ausdruck. Der Lieutenant sagte: »Wir haben nach einer Verbindung zwischen Mr Ganz und den Verdächtigen gesucht und nichts gefunden. Keine Anrufe, keine Faxe, keine E-Mails, keine geplatzten Schecks, niemand, der sie je zusammen gesehen hätte, rein gar nichts.«

Der Graf war ein Weilchen still, die Augen nach wie vor auf Bernie gerichtet. Dann wandte er sich dem Lieutenant zu. »Wie ist sie ermordet worden?«, fragte er.

»Erschossen«, sagte der Lieutenant. »Wir warten noch auf den ballistischen Bericht.«

Er schlug sein Notizbuch auf. »Kommt Ihnen einer dieser Namen bekannt vor: Herman T. Crandell alias Crash? Wardell Krebs alias Disco? Thurman Barger alias Thurman Brown alias Ted Brown?«

Der Graf schüttelte den Kopf.

»Ihnen vielleicht, Ma'am?«, fragte der Lieutenant.

Nance schüttelte ebenfalls den Kopf. In diesem Moment entdeckte Princess etwas auf dem Rasen und schlang es hinunter. Etwas Essbares? Was konnte das sein?

»Möglicherweise haben sie andere Namen benutzt«, sagte Lieutenant Stine. »Ich habe ein paar Fotos mitgebracht, aber wenn Ihnen ein anderer Zeitpunkt lieber ist ...«

Der Graf streckte die Hand aus, Lieutenant Stine griff in die Innentasche seines Jacketts und trat auf den Rasen. Bernie folgte ihm, ich auch.

Der Lieutenant zeigte Borghese die Fotos. »Nein«, sagte Borghese. »Noch nie gesehen.«

Bernie trat noch einen Schritt näher und deutete auf die Fotos. »Die beiden haben inzwischen weniger Haare, und der Bart von dem hier ist voller. Und ...«

»Ob mit oder ohne Haare«, sagte der Graf und bewegte sich ein Stück von Bernie weg, »und mit oder ohne Bart – ich habe sie noch nie gesehen, keinen der drei.«

»Und Sie, Ma'am?«, fragte der Lieutenant und gab Nance die Fotos.

»Wie hinterhältig die aussehen«, sagte Nance. »Solche Gesichter vergisst man nicht, wenn man sie einmal gesehen hat.«

»Und? Haben Sie sie schon einmal gesehen?«, fragte Bernie.

Nance sah ihn genervt an. »Habe ich das nicht eben klar und deutlich gesagt?«

»Offen gestanden nicht.«

»Dann werde ich es so formulieren, dass es jeder versteht«, sagte Nance. »Nein.«

Nein? Das verstand ich, musste ich mir auch dauernd anhören.

»Was ist mit Suzie Sanchez?«, fragte Bernie.

»Diesen Namen habe ich auch noch nie gehört«, erwiderte der Graf.

Nance berührte seinen Arm. »Die Journalistin.«

»Ach ja«, sagte der Graf. »Aber ich hatte ihr nichts zu sagen.«

»Wann hatten Sie das letzte Mal Kontakt mit ihr?«, fragte Bernie.

Der Graf zuckte die Achseln, die Arme ausgebreitet, die Augenbrauen gehoben. Er hatte eine Menge großer Gesten; es war interessant, ihm zuzusehen, so interessant, dass ich ihn aus irgendeinem Grund gerne kurz gezwickt hätte.

»Denken Sie nach«, sagte Bernie mit nicht besonders freundlicher Stimme. Vielleicht empfand er dasselbe wie ich. Lieutenant Stine legte seine Hand auf Bernies Arm.

Der Graf reckte die Nase nach oben, eine große, knochige Nase, auch interessant. »Entschuldigung, was meinten Sie?«

»Ich weiß, das ist nicht unbedingt der richtige Zeitpunkt«, erwiderte Bernie und klang ein bisschen weniger harsch. »Aber da ist noch ein ungelöster Fall.«

»Davon weiß ich nichts«, sagte der Graf.

»Das letzte Mal sprachen wir mit dieser Journalistin – Suzie noch was – an der Koppel, da waren Sie selbst dabei«, sagte Nance. »Und jetzt, wenn es Ihnen nichts ausmacht …«

»Wir wären jetzt gerne allein«, sagte Borghese.

»Natürlich«, sagte der Lieutenant. »Wir melden uns wieder wegen der … äh … Überführung der … von Mrs Borghese.«

»Gräfin«, sagte Borghese in scharfem Ton. »Der Gräfin di Borghese.«

Da oben über meinem Kopf gingen Dinge vor sich, die mir nicht ganz klar waren. Hier unten auf dem Putting Green standen Princess und ich ganz nah beieinander, so als wären wir für uns allein. Ich senkte den Kopf, um ihr einen freundschaftlichen kleinen Stups zu versetzen. Und was machte sie? Sie zwickte mich in die Nase! Und es tat weh!

»Chet?«

»Was bedeutet das?«, fragte Lieutenant Stine. Ein wenig später am selben Vormittag: Wir hatten uns an einer Bank vor dem Büro des Sheriffs getroffen, das sich in einer Stadt befand, die Bernie Nowhereville nannte. Bernie und der Lieutenant saßen auf der Bank, ich lag darunter im Schatten. Nach wie vor kein Schlaf; die Kraft, die meine Augenlider nach unten zog, wurde immer größer. Ich bin selbst ziemlich stark, aber weil ich meine ganze Kraft brauchte, um meine Augenlider wieder hochzuziehen, versäumte ich womöglich ein paar der Dinge, die gesagt wurden. Aber ich bin mir ziemlich sicher, dass ich Bernie sagen hörte:

»Was bedeutet was?«

Danach sagte der Lieutenant etwas von Adelina, die in Suzies Auto gesessen hatte.

»Das versuchen wir doch gerade herauszufinden«, sagte Bernie, »was das bedeutet.«

»Natürlich versuchen wir das gerade herauszufinden, aber was sagt Ihnen Ihr Instinkt?«

»Nichts.«

»Kommen Sie schon, Bernie. Ich werde Sie später auch nicht darauf festnageln – Sie kennen mich doch. Und als Sie noch bei uns waren, da haben Sie trotz aller… nun ja, Unstimmigkeiten … also, Ihrem Instinkt konnte man immer trauen.«

»Unstimmigkeiten?«, fragte Bernie.

»Ach, Bernie, muss das jetzt sein? Ich mache Ihnen einen Vorschlag: Wenn dieser Fall gelöst ist, werde ich Ihnen das Kinn hinhalten, und Sie hauen mir eine rein.«

»Wie wäre es damit jetzt gleich?«

Ich öffnete die Augen. Ja, sie waren zugefallen, und ich war gerade auf dem Weg ins Traumland gewesen – was für mich so gut wie immer der Canyon hinter unserem Haus in der Mesquite Road ist, wo ich dann solche Abenteuer erlebe, wie ich sie tagsüber im Canyon erlebe, manchmal sogar noch bessere –, als ich auf einmal das Gefühl hatte, dass Bernie und Lieutenant Stine sich gleich prügeln würden.

Aber was sollte das überhaupt heißen? Lieutenant Stine hielt sein Kinn hin? Er hatte ohnehin ein großes Kinn, das ein wenig vorstand, aber jetzt war es viel, viel weiter vorne. Bernie machte eine Faust, holte aus. Ich kroch unter der Bank hervor, ohne dass ich etwas Bestimmtes dabei im Sinn gehabt hätte, vielleicht nur, dass ich Lieutenant Stine mochte. Von ihm stammten so viele Doughnuts, dass ich sie nicht mehr zählen konnte – wobei ich das natürlich anders meine, weil ich immer bei zwei zu zählen aufhöre. Und warum auch nicht? Zwei reicht doch vollauf.

Aber zurück zu Bernies Faust, einer großen Faust; ich hatte schon oft gesehen, wozu sie imstande war. Vielleicht hatte Lieutenant Stine das auch und wollte nicht hinschauen. Jedenfalls schloss er die Augen, kniff sie zusammen wie ein kleines Kind, was komisch aussah bei einem so knochigen Gesicht. Bernie schwang die Faust, stoppte den Schlag im allerletzten Moment und tätschelte Lieutenant Stine leicht die Wange.

»Sie sind der größte Idiot im ganzen Bundesstaat«, sagte der Lieutenant.

»Der zweitgrößte«, sagte Bernie.

Was ging hier vor sich? Keine Ahnung, und ich hatte auch keine Zeit, mir Gedanken darüber zu machen, weil in diesem Moment die Tür des Sheriff-Büros aufging und Earl Ford herauskam, mit seinem Stern auf der Brust und seinem Cowboyhut auf dem Kopf.

»Morgen, die Herren«, sagte der Sheriff. »Tut mir leid, dass ich Sie warten ließ – ich wurde aufgehalten. Dann wollen wir mal los, bevor Sie hier noch Wurzeln schlagen.«

»Wohin?«, fragte Bernie.

»Zum Haus von Thurman Barger.«

»Was ist da?«, sagte Bernie.

»Das sollen Sie mit eigenen Augen sehen.«

Wir fuhren los – zuerst der Streifenwagen des Sheriffs, dann der des Lieutenant und zum Schluss wir. Eine Weile musterte ich Bernies Füße, ob ich irgendwelche Wurzeln sehen konnte, bis sich wieder die Kraft meldete, diejenige, die meine Augenlider so schwer machte. Bald wurde alles an mir schwer, zu schwer, um auch nur aufrecht zu sitzen. Ich legte mich auf den Sitz. Alles war ganz schwer, und dann senkte sich auch noch ein schwerer Nebel über meinem Kopf. Das Auto vibrierte unter mir.

Ich wachte auf. Normalerweise wache ich mitten in einem aufregenden Traum auf, aber dieses Mal nicht. Keine Träume? Ich versuchte mich an welche zu erinnern, an irgendeinen klitzekleinen Rest, aber nichts. Träume oder nicht, ich fühlte mich prima, tipptopp sogar, außer dass ich ein bisschen durstig war. Ich setzte mich auf und sah mich um. Wir erreichten gerade eine Wohnwagensiedlung. Ich hatte eine Schwäche für Wohnwagensiedlungen – ich erinnerte mich an eine Menge Abenteuer in solchen Anlagen, unter anderem an das eine, das ich niemals vergessen werde, bei dem ein Bandenmitglied mit einem Hausalligator – aber die Geschichte spare ich mir lieber für später auf –, nur bogen wir leider nicht in die Wohnwagensiedlung ein. Stattdessen fuhren wir weiter, an ein paar zugenagelten Häusern und verlassenen Grundstücken vorbei, eine schlaglochübersäte Straße hinunter, an deren Ende ein paar staubige Bäume standen. Zwischen den Bäumen waren vereinzelte Häuser zu sehen, Holzhäuser, fast wie Hütten, alle verwittert und alt.

Wir stellten das Auto ab und folgten Earl Ford zu der größten Hütte. Mit einem Quietschen öffnete sich die Tür, und der Deputy kam heraus, im Mundwinkel einen Zahnstocher. Das zog immer meine Aufmerksamkeit auf sich. Plötzlich wollte ich diesen Zahnstocher unbedingt haben. Wie nur konnte ich an ihn rankommen? Mir fiel nichts ein. Ich hob mein Bein an der Ecke der Hütte, ohne genau zu wissen, warum.

»Komplett ausgeräumt«, sagte Les, und der Zahnstocher hüpfte auf und ab. »Sieht so aus, als wollte der gute Thurman 'ne Fliege machen, nach Alaska womöglich, wie ich gehört habe.«

»Ach ja?«, sagte Lieutenant Stine und klang ein wenig verärgert. »Warum sind wir dann da?«

Les lächelte – kein freundliches Lächeln, weil seine Augen nicht beteiligt waren, eher nur ein Zähneblecken. Ich bleckte auch, aber niemand schaute. »Er hat eine Kleinigkeit in der Garage vergessen«, sagte Les.

Er ging auf eine zweite Hütte zu, die weiter hinten auf dem Grundstück stand. Sie hatte eine große Doppeltür. Les öffnete sie und rief: »Simsalabim!«

In der Garage, die voller Garagengerüche war, stand ein verrosteter alter Pick-up auf dem gestampften Boden. Es war aber nicht der weiße Pick-up, aus dem ich entkommen war; er machte auf mich eher einen grünen Eindruck.

»Ein grüner Ford F 150«, sagte Lieutenant Stine.

»Bingo«, bestätigte der Sheriff. »Passt perfekt zu der Beschreibung von dem Fahrzeug des Entführers, oder?«

»Welche Beschreibung?«, fragte Bernie. »Stellte sich nicht heraus, dass der Zeuge blind wie ein Maulwurf ist?«

»Es fand sich noch ein anderer Zeuge«, sagte der Sheriff.

»Wer?«

»Der Fahrer des Grafen.«

»Ich dachte, der kann sich an überhaupt nichts erinnern.«

»Mittlerweile erinnert er sich etwas besser«, sagte der Deputy.

»Das passiert manchmal nach einem Trauma«, fügte der Sheriff hinzu.

Wir sahen alle zu dem Pick-up.

»Wo sind die Nummernschilder?«, fragte der Lieutenant. Er ging um den Pick-up herum.

Les zuckte die Achseln. »Habe alles danach abgesucht.«

Der Lieutenant linste durch die Windschutzscheibe. »Auch keine Fahrgestellnummer?«

»Sieht so aus, als hätte die jemand entfernt«, sagte Les.

»Zulassung?«, fragte der Lieutenant.

»Ist noch nicht aufgetaucht«, erwiderte Les.

»Vielleicht sollten Sie all das den guten alten Thurman fragen, wenn Sie wieder im Valley sind, Lieutenant«, schlug der Sheriff vor.

»So alt ist er gar nicht«, sagte Bernie.

Das begriff ich nicht, aber offen gesagt begriff ich die ganze Geschichte mit dem grünen Pick-up nicht. Wie dem auch sei, jedenfalls sahen alle irgendwie gemein aus. Nur Bernie nicht: Er sieht nie gemein aus, wütend manchmal, das ja, und jetzt war er wütend. Wenn Bernie wütend ist, bin ich auch wütend, aber auf wen sollte ich wütend sein? War es an der Zeit, jemanden am Hosenbein zu packen? Nur wen? Ich sah mir alle Hosenbeine an, aber das half mir auch nicht weiter. Das Einzige, was mir einfiel, war, dass ich knurren konnte, und das tat ich. Bernie tätschelte mich.

Auf dem Weg zurück zu den Autos spuckte Les den Zahnstocher aus. Ich machte kurzen Prozess mit dem Ding und fühlte mich gleich viel besser.

Kapitel 26

»Weißt du, was interessant ist?«, fragte Bernie, als wir wegfuhren.

Klar wusste ich das: Speck war interessant, Frisbees auch, Socken auf dem Boden der Waschküche, Eichhörnchen, die versuchten, sich durch unseren Vorgarten zu schleichen, die Jagdsendung auf dem Sportkanal, ein gewisses weibliches Bellen von der anderen Seite des Canyons ... Ich könnte ewig so weitermachen.

»Einer beendet jeweils die Sätze des anderen«, sagte Bernie.

Hä? Das hatte ich nicht mitbekommen, und in meinen Ohren hörte es sich auch nicht besonders interessant an. Ich musterte Bernies Gesicht: nicht froh. Er machte sich oft Sorgen. Wenn er sich Sorgen machte, machte ich mir auch welche, nur wusste ich nicht, worüber. Es ist gar nicht so einfach, sich wegen nichts Sorgen zu machen; daher hörte ich bald wieder damit auf und sah mich um. Wir rasten eine zweispurige Teerdecke entlang, dicht hinter Lieutenant Stines Streifenwagen her, links und rechts niedrige, rötliche Hügel. Bernie griff in seine Tasche, holte – owei – Suzies kleines Ding, den Namen hatte ich vergessen, heraus und fing wieder an, die Knöpfe zu drücken.

»... Bourbon? Für den Fall, dass ein gewisser Jemand vorbeischlurft.« Klick, klick. »Kaufpreis? Passaic Realty?« Klick, klick. »Hallo? Ja, am Apparat. Und wer ...« Klick, klick. »Und wer …« Klick, klick. »Und wer …« Ich habe gesehen, wie sich Menschen – Leda zum Beispiel – manchmal die Ohren zuhalten, und wünschte mir zum ersten Mal, ich hätte das auch gekonnt. Nichts ließ darauf schließen, dass die Klickerei irgendwann mal aufhören würde, aber in genau diesem Moment leuchteten die Bremslichter des Lieutenant rot auf, und er fuhr an den Straßenrand, wobei der Streifenwagen ein bisschen schleuderte. Wir hielten hinter ihm an.

Lieutenant Stine war schon ausgestiegen und kam zu uns. Er trat neben den Porsche und sagte: »Disco hat gesungen.«

»Wo ist Suzie?«, fragte Bernie.

»Er scheint von Suzie nichts zu wissen«, entgegnete der Lieutenant. »Der Sheriff hat sich dazu und zu einer Reihe anderer Dinge allerdings nicht weiter geäußert. Ich fahr wieder zurück.«

»Da kommen wir mit«, beschloss Bernie.

Lieutenant Stine starrte auf ihn herunter. Bernie starrte zurück. »Nur wenn Sie versprechen, nichts zu vermasseln«, sagte der Lieutenant.

»Es ist schon vermasselt«, gab Bernie zurück.

Zurück in Nowhereville. »Moment mal«, sagte Les, als wir durch die Tür des Sheriff-Büros traten. »Von dem da war aber nicht die Rede.« Er deutete mit dem Kinn, einem dieser zu kleinen Kinne, wie sie manche Menschen haben, auf Bernie.

»Er begleitet mich«, erklärte Lieutenant Stine.

»Und der Hund?«, fragte Les.

»Gibt's ein Problem?«, fragte Bernie zurück. »Haben Sie Angst vor Hunden?«

»Himmel, nein«, erwiderte Les. Aber er hatte Angst: Das hörte ich und roch ich. Ich bekam so ein komisches Gefühl an den Zähnen, so als müssten sie unbedingt auf etwas draufbeißen.

Wir folgten Les hinein, um eine lange Theke herum, an ein paar Schreibtischen vorbei – bei einem musste ein Thunfisch-Sandwich in einer Schublade liegen; der Geruch von Thunfisch war absolut unverkennbar – und dann einen Flur hinunter. An dessen Ende befand sich ein kleines Zimmer mit einem Tisch, an dem der Sheriff auf der einen Seite saß und Disco, der jetzt einen orangefarbenen Overall trug, auf der anderen.

»Aus irgendeinem Grund ist der Privatschnüffler mit von der Partie«, verkündete Les.

»Na, na, Les«, sagte der Sheriff begütigend. »Bernie gehört zu den Guten. Ich habe ein paar Hintergrundinformationen eingeholt – er hat einen ausgezeichneten Leumund.« Der Sheriff deutete auf mich. »Wie der Hund hier übrigens auch. Er heißt, glaube ich, Chet.«

»Der Hund hat einen Leumund?«, fragte Les.

»Eins a«, sagte der Sheriff.

Hinter mir spürte ich plötzlich so einen starken Luftzug, wie wenn ein Ventilator eingeschaltet wird. Ich wusste, was ein Leumund war. Der Sheriff war doch nicht so schlimm.

Bernie setzte sich an ein Ende des Tisches, Les an das andere und Lieutenant Stine neben den Sheriff in die Mitte. Ich setzte mich neben Bernie auf den Boden und schaltete den Ventilator hinter mir wieder aus. Alle Augen waren auf Disco gerichtet. Discos Augen wiederum, klein und braun, schossen hierhin und dorthin, was mich an die Augen dieser riesigen Ratte erinnerte, die ich einmal in einer Gasse in einem üblen Viertel von Pedroia – und ein übles Viertel dort ist wirklich übel – in die Ecke getrieben hatte. Disco hatte keine langen grauen Strähnen mehr und sah nicht mehr wie ein Hippie aus, sondern wie ein glatzköpfiger alter Mann.

Der Sheriff beugte sich vor und rieb sich die Hände. Das sah ich öfter bei Menschen. Es machte mich wachsam, keine

Ahnung, warum. Hatte ich so etwas jemals Bernie tun sehen? Nicht, dass ich mich erinnerte.

»Der liebe Disco und ich lernen uns immer besser kennen«, sagte der Sheriff. »Stimmt doch, Disco, oder?«

Disco nickte, aber so, dass man es kaum mitbekam.

»Wie wär's mit noch einer Pepsi?«, fragte der Sheriff. Er wandte sich Bernie zu. »Das hier ist eigentlich reines Coke-Gebiet«, sagte er, »aber Disco hat sich als Pepsi-Typ entpuppt.«

Bernie sagte nichts; sein Gesicht war ausdruckslos.

»Ja«, sagte Disco, seine Stimme nicht viel mehr als ein Flüstern. »Pepsi.«

»Les?«, sagte der Sheriff.

Les stand auf und ging aus dem Zimmer.

»Hast du Lust, meinen Freunden hier zu erzählen, wie du zu deinem Namen gekommen bist – Disco?«, fragte der Sheriff.

»Das hab ich doch schon erzählt«, erwiderte Disco.

»Aber diese Leute hier haben es noch nicht gehört, und es ist eine tolle Geschichte.«

Disco fuhr sich mit der Zunge über die Lippen. Er hatte eine spitze Zunge, die weiß und trocken aussah. Meine Zunge fühlte sich im Moment angenehm feucht an. Disco sah zu Bernie. Dann wandte er seinen Blick ab und sah stattdessen Lieutenant Stine an. »Kennen Sie diese Discokugeln?«, fragte er.

»Ja, die kenne ich«, antwortete der Lieutenant.

»Ich … äh … habe eine gestohlen«, sagte Disco und verstummte.

»Komm schon«, ermunterte ihn der Sheriff. »Das musst du ausführlich erzählen.« Er lächelte Bernie an. »Das Ganze endete damit, dass der Discokugel-Raubzug der älteste Eintrag in Discos Strafregister wurde und der erste Schritt in ein langes Verbrecherleben.«

»Also, Verbrecherleben würde ich nicht sagen«, protestierte Disco.

»Nein?«

Disco starrte auf den Tisch.

»Jetzt erzähl schon«, forderte ihn der Sheriff erneut auf.

Disco sprach mit leiser Stimme, ohne den Blick vom Tisch zu heben. »Ich hab Discos gehasst«, sagte er, und spätestens jetzt verstand ich nur noch Bahnhof. »Discos sind scheiße. Hat mich komplett genervt, war wie ein Anschlag auf unser Leben. So als würden sie uns unsere Zukunft rauben. Und da gab es diese Kneipe, der Electric Pumpkin, der tollste Laden überhaupt – da haben echt mal Quicksilver Messenger Service gespielt…« Discos Stimme wurde lauter, und er hob den Kopf. »Und eines Abends war der Pumpkin plötzlich eine Disco, ohne jede Vorwarnung. Ich also nichts wie hin…«

»Er ist eingebrochen«, unterbrach ihn der Sheriff. »Gerade als der Laden zugemacht hatte.« Er lachte. »Also am helllichten Tag.«

»Ich bin rein«, sagte Disco, »und hab diese scheiß Discokugel runtergerissen und auf den Boden geschmissen, dass sie in tausend Stücke ging.« Seine kleinen, nicht besonders kräftigen Hände ballten sich zu Fäusten, und seine Overallärmel fielen zurück. Er trug Handschellen.

Schweigen. Ich kann natürlich nicht für die anderen sprechen, aber ich versuchte nicht einmal zu verstehen, wovon Discos kleiner Bericht handelte. Stattdessen gingen mir diese Jagdsendungen auf dem Sportkanal durch den Kopf: Wie gerne wäre ich jagen gegangen. Bernie war ein echter Meisterschütze, aber wir waren noch nie jagen gewesen, nicht ein einziges Mal. Warum eigentlich nicht?

Währenddessen sagte der Sheriff: »Und seither nennt dich jeder Disco – die Kugel ist sozusagen hängen geblieben.«

Disco zuckte die Achseln. »Ich hab mich dran gewöhnt.«

Les kehrte mit einer Dose Pepsi zurück, machte sie mit einem Zischen auf und stellte sie auf den Tisch. Disco nahm sie in beide Hände und trank.

»Reden wir über die Entführung«, sagte der Sheriff.

»Noch mal?«, fragte Disco. »Das haben wir doch schon alles durchgekaut.«

»Du hast neues Publikum«, beschied ihn der Sheriff.

Discos Augen flatterten zu Bernie, dann zum Lieutenant und blieben zum Schluss wieder am Tisch hängen. »Wo fangen wir an?«, fragte er.

»Bei der Idee«, sagte der Sheriff.

Disco fuhr sich mit der Zunge über die Lippen. Die rissigen Lippen und die trockene weiße Zunge: schwer, den Blick davon abzuwenden. »Die Idee stammte von Thurman.«

»Lauter«, befahl der Sheriff.

»Die Idee stammte von Thurman.« Schweigen.

»Wie sah sie aus?«, fragte Bernie.

»Hey«, ging Les dazwischen. »Wir stellen hier die Fragen.«

»Na, na, Les«, sagte der Sheriff. »Es bricht uns kein Zacken aus der Krone, wenn wir uns ein bisschen flexibel zeigen. Und wie ich schon sagte: Bernie hat einen guten Leumund.«

Ich auch; ich hatte auch einen Leumund. Mein Schwanz wischte über den Boden.

Bernie schien dem Hin und Her zwischen Les und dem Sheriff keine Beachtung zu schenken; er beobachtete Disco. »Wie sah die Idee aus?«, fragte er noch mal.

»Lösegeld«, antwortete Disco. »Es ging um Lösegeld.«

»Wie viel?«, fragte Bernie.

»Zwei, drei Millionen.«

Bernie lehnte sich zurück und verschränkte die Arme vor der Brust. Das machte er manchmal, und was danach passierte, war nie gut für die Bösewichte. In genau dem Moment beugte sich Lieutenant Stine vor – interessant, nachdem sich Bernie gerade zurückgelehnt hatte.

»Nur gab es keine Lösegeldforderung«, wandte der Lieutenant ein.

Disco warf dem Sheriff einen Blick zu. »Ja«, sagte er. »Das Ganze ging irgendwie schief.«

»Inwiefern?«, fragte Lieutenant Stine.

»Ja, also …« Disco holte tief Luft.

Lieutenant Stine wandte sich zum Sheriff. »Können Sie sich diesen Trottel wirklich vor einer Jury vorstellen?«

»So weit wird es gar nicht erst kommen«, prophezeite der Sheriff. »Er ist nervös, das ist alles. Sei nicht so nervös, Disco.«

»Wir sind deine Freunde«, sagte Les.

»So weit wird es nicht kommen?«, fragte Disco.

»Wie schon gesagt, werden sich alle irgendwann schuldig bekennen«, erklärte der Sheriff. »Aber derjenige, der am lautesten singt, muss am kürzesten in den Bau, vielleicht gar nicht. Hängt ganz von seiner Überzeugungskraft ab.«

Discos Stimme wurde ein bisschen kräftiger. »Alles lief prima, die Entführung und der Rest, aber …«

»Auf wen hattet ihr es abgesehen?«, fragte der Lieutenant. »Auf die Frau oder auf den Hund?«

»Auf beide. Thurman sagte, dass der Hund was wert ist. Deswegen packten wir den gleich mit ein.«

»Wer saß hinterm Lenkrad?«, fragte der Lieutenant.

»Thurman. Wir sind direkt nach Clauson's Wells gefahren. Da steht so eine Hütte, die Thurman kannte. Wir haben uns beim Wacheschieben abgewechselt, und als Thurman dran war – Crash und ich haben im Wohnmobil gepennt –, hat sie seine Waffe in die Hände gekriegt und …«

»Welche Waffe?«, fragte der Sheriff.

Disco nickte. »Hab ich vergessen zu erwähnen, tut mir

leid. Die 44er. Die Frau bekommt also die 44er in die Hände, zieht Thurman eins über und schnappt sich die Schlüssel für den Pick-up. Thurman kommt wieder zu sich – ist ziemlich jähzornig, der Mann – und verpasst ihr eine Gewehrkugel.« Disco zuckte die Achseln. »Das war's schon im Grunde.«

»Zuck noch einmal so mit den Achseln«, sagte Bernie, der nach wie vor mit verschränkten Armen dasaß, »und ich schlag dir den Schädel ein.«

Disco riss die Augen auf. Alle drehten den Kopf zu Bernie.

»Ich weiß ja nicht, wie es im Valley zugeht«, sagte der Sheriff, »aber hier in der Gegend behandeln wir unsere Gefangenen anders.«

»Ich bin sicher, dass Bernie das metaphorisch gemeint hat«, erwiderte der Lieutenant.

»Hä?« Les verstand offenbar genauso wenig wie ich.

»Vielleicht war er auch ein wenig verärgert darüber, wie er die Geschichte beendet hat«, fuhr der Lieutenant fort. »Ohne jedes Bedauern für das Opfer oder irgendwelche Einzelheiten, was danach passiert ist. Zum Beispiel …«

»Suzie Sanchez«, sagte Bernie mit leiser, rauer Stimme, dieser echt gefährlichen Stimme, die ich kaum an ihm kannte. »Hat sie auch eine Kugel verpasst bekommen, du Schwein?«

Disco sackte in sich zusammen. »Von der weiß ich nichts. Das hab ich dem Sheriff doch schon gesagt.«

»Erzähl uns von dem Auto, Disco«, sagte der Sheriff.

»Auto?«

»Ein Käfer«, half der Sheriff nach. »Ein gelber Käfer.«

Disco nickte. »Ich wusste nicht, wo der her war, und hab auch nicht gefragt. Thurman kam jedenfalls damit an und setzte sie, na ja, rein. Dann fuhren wir zum Red Butte, und Crash und ich gruben das Loch, und Thurman schob das Auto rein, und wir schaufelten das Loch wieder zu.« Disco wollte erneut mit den Achseln zucken, doch dann warf er Bernie einen verschreckten Blick zu und erstarrte.

»Warum am Red Butte?«, fragte der Lieutenant.

»Das war Thurmans Idee. Es war weit weg von Clauson's Wells, und niemand würde dort nachsehen.«

»Hatten Sie eigentlich schon mal eine eigene Idee?«, fragte der Lieutenant.

»Es ging uns doch nur um Geld, Mann. Kein Mensch sollte zu Schaden kommen. Wenn wir gewusst hätten, dass Thurman so ausflippen kann, hätten wir uns nie auf die Sache eingelassen.«

»Eins verstehe ich nicht«, sagte Lieutenant Stine. »Warum haben Sie Princess, den kleinen Hund, behalten? Da hätten Sie sich gleich ein Schild um den Hals hängen können: ›Ich bin schuldig.‹«

Disco sah zum Sheriff. »Ja, das war uns schon auch klar. Der kleine Köter ist Crash und mir auf Schritt und Tritt gefolgt. Wir haben Thurman gesagt, dass wir uns darum kümmern würden, aber dann haben wir es nicht gekonnt.«

»Sie konnten den Hund nicht umbringen – wollen Sie das damit sagen?«, fragte der Lieutenant. »Aber einen Menschen können Sie umbringen?«

»Ich nicht. Nicht einen Menschen.«

Der Lieutenant deutete mit dem Zeigefinger auf Disco. »Sie«, sagte er. »Nach dem Gesetz haben Sie das getan, genauso wie wenn Sie selbst abgedrückt hätten.«

»Das ist Disco klar«, warf der Sheriff ein. »Deshalb kooperiert er ja auch mit uns. Richtig?«

»Ja«, bestätigte Disco. »Voll und ganz.«

Schweigen. Ich hörte das Kratzen eines kleinen Tiers in der Wand.

»Na also«, sagte der Sheriff. »Noch irgendwelche Fragen, die Herren?«

»Wozu denn?«

»Entschuldigung?« Der Sheriff warf Bernie einen finsteren Blick zu. Bernie erwiderte ihn.

»Okay«, sagte Bernie, »ich habe noch eine Frage an unseren Hundefreund.«

»Ich hatte immer schon eine Schwäche für Hunde«, behauptete Disco.

»Wenn das so ist«, fuhr Bernie fort, »frage ich mich, warum Sie Thurman Chet verkauft haben, wo Sie doch inzwischen sein Temperament kannten – das heißt, nachdem er Adelina Borghese umgebracht hatte.«

Disco sah mich an. Ich sah zurück. »Tut mir leid, Kumpel«, sagte er. Hey! Er entschuldigte sich bei mir? Dann musste er doch zu den Guten gehören. Warum war er dann noch in Handschellen? Disco sah Bernie an. »Geld.«

»Das ist aber mal eine Überraschung«, sagte Bernie und stand auf. Ich stand auch auf. »Von uns aus wäre es das. Lieutenant?«

»Ich bin fertig.«

»Ich danke Ihnen, meine Herren«, sagte der Sheriff. »Wenn sich noch irgendwelche Fragen ergeben, melden Sie sich einfach.«

Wir gingen nach draußen. Die Luft roch toll.

»Und?«, meinte der Lieutenant.

»Sagen Sie es mir«, antwortete Bernie.

»Ich fahr zurück. Mal sehen, was Thurman und Crash dazu zu sagen haben.«

»Die werden nicht mit der Sprache rausrücken«, erwiderte Bernie. »Disco ist ihnen zuvorgekommen.«

»Selbst dann haben wir einen Fall, der meiner Meinung nach ziemlich gut aussieht«, fand der Lieutenant.

»Ach ja?«, sagte Bernie. Ich blickte zum Sheriff-Büro, wo Les am Fenster stand und zu uns heraussah.

Wir stiegen ins Auto und fuhren los. »Das ist alles, was wir haben«, sprach Bernie vor sich hin, »eine winzige Information. Suzie war noch am Leben, als ihr Auto vergraben wurde. Sonst hätte sie drin gesessen. Und wenn sie zu diesem Zeitpunkt am Leben war, warum sollte sie es dann jetzt nicht mehr sein?«

Ich wusste es nicht und war vor allem noch damit beschäftigt herauszufinden, ob Disco nun ein Guter oder ein Böser war. Nach einer Weile erinnerte ich mich an die Sache mit dem Heißhunger und daran, dass er die letzte BiFi nicht hatte teilen wollen. War die Antwort dann nicht eindeutig? – Ein Böser!

Kapitel 27

Gelegentlich trafen wir mit Cedric Booker zusammen, dem obersten Staatsanwalt aus dem Valley. So ganz klar war mir nicht, was ein Staatsanwalt ist. Aber jedenfalls ist es irgendetwas Wichtiges, und deshalb benahm ich mich immer vorbildlich, was mir bei Cedric wiederum nicht schwerfiel, denn er mochte mich, und ich mochte ihn. Wir trafen Cedric in einem kleinen Park im Zentrum in der Nähe des Gerichts, genau dasjenige, in dem ich einmal hatte erscheinen müssen. Cedric war ein interessanter Mann, der größte, den ich je von Nahem gesehen hatte. Vor langer Zeit war er der Star der Basketballmannschaft des Valley College gewesen, hätte sogar Profi werden können, meinte Bernie, wenn er mit dem Rücken zum Korb hätte spielen können, was immer das heißt. Ehrlich gesagt, habe ich mich für Basketball nie besonders interessiert, was auch damit was zu tun hat, dass der Ball so unpraktisch ist, wie ich vielleicht schon erwähnt habe. Habe ich Ihnen in diesem Zusammenhang schon die Geschichte von dem Spiel der Polizeimannschaft erzählt, bei dem ich herausgefunden hatte, wie man den Ball kleinkriegt? Wenn nicht, muss ich das unbedingt noch nachholen.

Cedric und Bernie schüttelten einander die Hand. Bernies Hand verschwand praktisch in der von Cedric, der ihn um einiges überragte. Zu sehen, wie Bernie zu jemandem aufsah, passierte so gut wie nie. – Irgendwie lustig.

»Wie geht's Beweisstück A?«, fragte Cedric und bückte sich, um mich zu tätscheln. »Ich hab was für dich.«

Für mich?

»Es ist doch immer wieder erstaunlich, wie hoch er springen kann«, sagte Cedric und wischte etwas, womöglich einen kleinen Erdklumpen, von der Schulter seines Jacketts. Owei. Und war das da etwa ein winziger Riss im Stoff?

»Himmel«, stöhnte Bernie auf.

Cedric lachte und hielt mir einen Tennisball hin, den er bisher in der anderen Hand versteckt gehalten hatte. Ein völlig unbenutzter, das konnte ich riechen. Dann holte er aus und warf – sehr weit, aber längst nicht so weit wie Bernie. Bernie hat einen fantastischen Wurfarm. Er hatte für die Armee geworfen, was ich längst hätte erwähnen sollen, falls ich es nicht schon getan habe.

Ich raste los. Gibt es etwas Schöneres, als einem Tennisball hinterherzujagen? Bösewichte am Hosenbein packen womöglich, aber das war's auch schon. An manchen Tagen bin ich aus unerfindlichen Gründen schneller als an anderen – schnell bin ich immer –, und dies war einer der besonders schnellen Tage. Ich zischte los und erwischte den Ball bei seinem letzten, niedrigen Hüpfer, kurz bevor er zu rollen anfing, und mit einer einzigen, fließenden Bewegung schnappte ich ihn mir, wirbelte herum, flog mit flach angelegten Ohren durch den Park zurück, kam schlitternd zum Stehen, wobei der Rasen sich in grüne Wellen legte und ein hübsches reißendes Geräusch von sich gab, und ließ den Ball vor Cedrics Füßen fallen.

»Der Bericht aus der Ballistik ist da«, sagte Cedric und bückte sich nach dem Ball. Ich hörte ein Krachen, das von seinen Knien zu kommen schien und das ich schon öfter gehört hatte, wenn sich Menschen bückten. Dazu gezwungen, Tag für Tag auf nur zwei Beinen herumzugehen: nein, danke!

»Und?«, fragte Bernie.

».30-06«, erwiderte Cedric.

»Haben wir die Waffe?«

»Sie ist noch nicht aufgetaucht. Darum kümmert sich Stine. Und der Sheriff von Rio Loco.« Er warf den Ball noch einmal, vielleicht sogar ein wenig weiter. *So weit du willst, Cedric!* Wusch, weg war ich. Aber was war das? – Einer von meinesgleichen, ein Angehöriger meines Völkchens, kam wie aus dem Nichts angesprungen, um hinter meinem Tennisball herzujagen? Genau wie der Porsche habe ich einen Overdrive – das sagt wenigstens Bernie. Ich wechselte also in den Overdrive – dabei berühren meine Pfoten kaum den Boden, ein schwer zu beschreibendes Gefühl –, flitzte durch den Park und sprang genau in dem Moment nach dem Ball – inzwischen rollte er –, in dem der andere Knabe, irgendwie groß und hässlich mit langen Beinen und einer Menge Sabber, auch lossprang. Dann gab es eine leichte Verwirrung und Staubwolken, und nachdem sich beides wieder gelegt hatte, trottete ich mit dem Ball zu Cedric zurück und ließ ihn zu seinen Füßen fallen.

Cedric sah auf den Tennisball herunter und sagte: »Ich hätte noch einen mitbringen sollen.«

»Du hast meine Frage nicht beantwortet«, erinnerte ihn Bernie.

»Welche denn? Ich habe bisher etwa ein halbes Dutzend gezählt.«

»Was, wenn keine Waffe auftaucht?«

Cedric seufzte. »Manchmal ist es so, wie es ist.«

»Was ist das denn?«, fragte Bernie. »Ein Zen-Koan?«

Koan. Kannte ich. Vor einiger Zeit hatten wir an dem Scheidungsfall Wendy und Stan Koan gearbeitet, einem unserer schlimmsten Aufträge. Niemals würde ich vergessen, was passierte, nachdem dieser Diamantring im Klo runtergespült worden war, und wenn wir jemals wieder mit denen zu tun bekämen – insbesondere mit Bert –, dann wollte ich nicht dabei sein.

»Wie hoch ist dein IQ?«, fragte Cedric.

»Keine Ahnung«, erwiderte Bernie.

»Bei der Armee haben sie das doch bestimmt getestet.«

»Dann kannst du es vielleicht rauskriegen, indem du Gebrauch von deinem Recht auf Informationszugang machst«, schlug Bernie grimmig vor. »Warum fragst du?«

»Es gibt einfach Leute, die sind zu schlau«, sagte Cedric. »Darum frage ich.«

»Das heißt?«

»Das heißt, wir haben ein Geständnis, wir haben Princess, die dank dir bei den mutmaßlichen Tätern gefunden wurde, wir haben die Leiche, auch dank dir, die an einem von deren Lieblingsplätzen verbuddelt war, und wir haben das Auto, das bei der Entführung benutzt wurde, den grünen Ford F 150. Kein Fall ist perfekt – ob du es glaubst oder nicht –, aber bei den halbwegs guten gibt es immer einen Wendepunkt, und meiner Meinung nach haben wir den erreicht. Kurz gesagt, Bernie, hör auf, dir den Kopf zu zerbrechen. Wir haben den Fall unter Dach und Fach.« Cedric nahm die Reste des Balls auf und warf ihn noch mal, allerdings nicht sehr weit, und der Ball hüpfte auch nicht mehr herum, sondern landete mit einem leisen Plumps. Ich schlenderte zu ihm hin.

Er lag sogar ziemlich in der Nähe, sodass ich das Gespräch klar und deutlich mitbekam. »Kein Autokennzeichen, keine Fahrgestellnummer, nichts«, sagte Bernie.

»Ich habe den Fahrer der Borghese …« – Cedric klappte irgendein Gerät auf und drückte ein paar Tasten – »… einen gewissen Rui Santos, einen Blick darauf werfen lassen. Er hat das Entführerauto identifiziert, aber an ein Kennzeichen konnte er sich nicht erinnern.«

»Wie kommt es, dass er es nicht schon vorher identifiziert hat?«

»Das wäre nicht das erste Mal, dass jemandem später wieder etwas einfällt.«

»Was ist mit Nancy Malone, der Hundetrainerin?«

»Sie glaubte sich an die Farbe zu erinnern. Sonst erinnert sie sich an nichts. Meiner Meinung nach ist sie noch ein bisschen traumatisiert.«

»Inwiefern?«

»Sie weint viel, solche Sachen.«

»Nance?«

»Überrascht dich das?«

»Sie kommt mir nicht wie der weinerliche Typ vor.«

»Du meinst den Typ Frau, die erschüttert ist, wenn direkt vor ihren Augen ein Gewaltverbrechen begangen wird? Gibt es etwa noch andere Typen?« Cedric sah zu Bernie herunter. Bernie sah zu ihm hinauf. »Nicht alle sind so hartgesotten wie du«, sagte Cedric.

»Wenn du mich für hartgesotten hältst, dann hast du deinen Beruf verfehlt.«

»Dräng mich nicht.«

»Ich dräng dich nicht, Cedric. Ich versuche eher, dich zurückzuhalten.«

»Wie meinst du das?«

Irgendwie gefiel mir der Ton zwischen den beiden nicht, aber ich hätte nicht genau sagen können, warum, und im nächsten Moment merkte ich, dass ich die Reste des Tennisballs zerkaut und vielleicht sogar runtergeschluckt hatte. Mir wurde schlecht.

»Es könnte sein, dass du im Begriff bist, einen Fehler zu machen«, sagte Bernie. »Vielleicht erinnerst du dich, dass Suzie Sanchez vermisst wird. Das heißt, dass nach wie vor Fehler, und zwar große Fehler, möglich sind.«

»Danke, ich brauche keinen Aufpasser«, sagte Cedric. »Und du musst mich auch nicht an Suzie erinnern. Wir haben Crash heute Morgen einen Deal angeboten – eine Reduzierung der Mordanklage auf Totschlag, wenn wir im Gegenzug Informationen von ihm bekommen.«

»Und?«

»Sein Anwalt war natürlich dabei – Crash und Thurman haben von Anfang an auf einen Anwalt bestanden – und riet ihm unmissverständlich, den Deal anzunehmen, aber Crash hat behauptet, er wisse nichts und habe nie von einer Suzie Sanchez gehört. Dann ist er ausgerastet und hat lang und breit erklärt, was er mit Disco machen würde, wenn er ihn jemals in die Finger bekäme.«

»Vielleicht sagt er ja die Wahrheit.«

»Dass alles, was in Clauson's Wells passiert ist, auf das Konto von Thurman geht?«

»Das ist durchaus möglich, aber das habe ich nicht gemeint.«

»Was denn?«

»Tu mir einen Gefallen«, bat Bernie. »Lass den Sheriff von Rio Loco nicht mehr in die Nähe von Crash und Thurman.«

»Das kann ich nicht versprechen«, sagte Cedric. »Allenfalls werde ich von jetzt an immer dabei sein.«

»Und gib mir Bescheid, wenn er oder der Deputy auch nur darum bittet, mit ihnen zu reden.«

»Nimmst du die kleine Auseinandersetzung, die du mit ihnen hattest, etwa persönlich?«, fragte Cedric. »So etwas trübt zwangsläufig das Urteilsvermögen.«

Schweigen. Bernie reckte das Kinn ein bisschen vor, Cedric machte dasselbe. »Außerdem möchte ich es erfahren, wenn dieses Gewehr auftaucht«, fügte Bernie hinzu.

»Das sind schon drei Gefallen, Bernie. Du hast nur von einem gesprochen.«

Ich verschwand hinter einer Mülltonne, würgte die Reste des Tennisballs heraus und fühlte mich gleich besser.

Eine Zeit lang fuhren wir schweigend dahin. Dann sagte Bernie: »Zwei, drei Millionen. Himmel. Mehr steckt nicht dahinter.« Tatsächlich? Ich begriff es nicht ganz und wartete. Aber es kam nichts mehr. Wie wäre es mit ein bisschen Musik? Aber die kam auch nicht. Bernies Hände umklammerten das Lenkrad so fest, dass die Knöchel hervortraten. »Ich muss aufpassen, dass ich mich nicht zu sehr in die Details verliere«, sagte er. »Warum muss ich mir das eigentlich immer wieder vor Augen halten?« Bernie war ein toller Fragensteller, was gut für uns war, weil es die Leute ganz schön nervös machte. Aber manchmal machte es auch ihn selbst nervös, so wie jetzt. Das war nicht gut. Ich rutschte zu ihm rüber und legte eine Pfote auf sein Bein. »Chet – ich fahre!«

Ich nahm die Pfote weg.

»Tut mir leid, mein Junge«, sagte er und tätschelte mich. »Dieser Fall ist nur so ...« Seine Stimme verlor sich. Draußen fielen die Schatten der Bürotürme über die Straße, und ich fühlte mich irgendwie eingesperrt. »Das große Ganze muss ich im Blick behalten«, erklärte Bernie mir, als wir um eine Ecke bogen und zu einem riesigen runden Gebäude kamen, das ich wiedererkannte – die Metro Arena. »Das große Ganze ... Suzie war nicht im Auto. Das heißt, sie ist da draußen, Chet. Ich spüre das.«

Ich war einmal in der Metro Arena gewesen, damals, bevor das Eishockeyteam die Stadt verließ und Bernie an einem Fall arbeitete, in dem es um einen durchgeknallten Fan ging. Eishockey, das merkwürdigste Spiel, das ich je gesehen habe. Völlig unverständlich, und dazu noch die ganzen durchgeknallten Fans. Es sah sogar so aus, als würden wir vielleicht nicht einmal den richtigen finden und den Fall nicht lösen können, was eigentlich nie passierte. Ich musste sogar aufs Eis, was man vielleicht für einen besonderen Spaß halten könnte. Eis! Einmal hat mir gereicht, das kann ich Ihnen sagen. Außerdem rochen die Spieler ziemlich schlecht, und der Puck hat auch nicht besonders geschmeckt.

Der Parkplatz der Metro Arena war riesig, aber im Moment fast leer. Nur Laternenpfähle, so weit das Auge reichte. Aus irgendeinem Grund machte mich der Anblick dieser Laternenpfähle ganz unruhig. Kaum hatten wir das Auto verlassen, markierte ich einen davon, dann noch einen und noch einen und …

»Chet, um Himmels willen.«

Wir gingen zu den großen Türen am Eingang der Arena, aber bevor wir da angekommen waren, öffnete sich eine kleine Tür, und Aldo kam heraus. Er hatte einen Koffer in der Hand und trug ein Jackett und eine Krawatte. Krawatten waren interessant, besonders wenn sie hin und her baumelten, was irgendwie einladend wirkte. Bernie hatte eine Krawatte für Gerichtstermine, eine hübsche Krawatte mit Säulenkakteen drauf. Sie hing im Schrank, ein bisschen zu hoch, um dranzukommen.

Aldo sah uns und blieb stehen.

»Wollen Sie verreisen?«, fragte Bernie.

Er nickte. »Sie haben mich gefeuert.«

»Der Graf?«

»Und Nance«, sagte Aldo. »Vor allem Nance. Sie sind gerade drin.«

»Was machen sie denn da?«, fragte Bernie. »Die Schau fängt doch erst morgen an.«

»Sie gehen die Eröffnungsfeier noch mal durch«, erklärte Aldo. »Die Schau ist dem Andenken Adelinas gewidmet. Ich habe gehört …« Aldos Stimme klang plötzlich ganz komisch an, und seine Augen wurden feucht, was eine kleine Überraschung war, denn schließlich war Aldo ein ziemlich kräftiger Kerl. »Ich habe gehört, dass Sie die Mörder erwischt haben«, sagte er. »Danke.«

Bernie nickte. Dieses Nicken hier bedeutete nichts, sondern diente nur dazu, ein Gespräch am Laufen zu halten. Aldo wischte sich mit dem Ärmel über die Augen. »Eine schiefgelaufene Entführung? War es das?«

»Dem Geständnis zufolge, das wir haben, ja.«

Ein Taxi fuhr vor. »Kriegen sie die Todesstrafe?«

»Das dürfen Sie mich nicht fragen«, meinte Bernie. »Aber wahrscheinlich nicht.«

»Lebenslänglich?«

»Das schon eher.«

Aldo sah zum Himmel, der übliche Zentrumshimmel, blassblau. »Das ist mir auch kein Trost«, sagte er. »Wobei das nicht mal der Fall wäre, wenn sie die Todesstrafe kriegen würden.« Er wandte seinen Blick wieder Bernie zu. »Ist Ihnen das ein Trost?«

»Wenn Verbrecher bestraft werden?«, fragte Bernie. »Ja, schon.«

Aldo sah Bernie noch ein kleines Weilchen an, dann mich. Ich stand neben Bernie und erinnerte mich gerade an meine einzige Taxifahrt, die viel besser verlaufen wäre, wenn der Fahrer nicht sein Mittagessen auf dem Kopilotensitz liegen gehabt hätte; meine erste Begegnung mit Salami – der Geruch war einfach zu viel für mich gewesen.

»Ihr Hund ist eine Wucht«, stellte Aldo fest. Hey! Was für ein Mann! Er öffnete die hintere Tür des Taxis, und ich müsste mich schon sehr irren, wenn ich nicht auf der Stelle Salami roch!

»Wo geht's hin?«, fragte Bernie.

»Zum Flughafen«, antwortete Aldo. »Ich will zurück an die Ostküste.«

»Wie kann ich mich mit Ihnen in Verbindung setzen?«, fragte Bernie.

»Wozu?«

»Vielleicht fällt Ihnen etwas ein, das Sie vergessen haben, mir mitzuteilen.«

»Da gibt es nichts mehr.«

»Vielleicht fällt mir etwas ein, was *ich* vergessen habe, *Ihnen* mitzuteilen«, sagte Bernie.

Aldo zog eine Karte aus der Tasche und gab sie Bernie. Dann stieg er in das Taxi. Es fuhr davon und ließ nur einen schwachen Salamigeruch zurück. Bernie und ich gingen in die Arena.

Kapitel 28

Wir gingen durch einen langen, dunklen Tunnel – Tunnels mag ich nicht besonders – und kamen zu einem Geländer, das sich hoch über dem Boden des Stadions befand; um uns herum endlos viele Reihen von Metallsitzen, der Boden blau, aber kein Eis. In dem Moment, als ich das feststellte, erfüllte ein grauenvolles Geräusch die Luft, eine Mischung aus Pfeifen und Quietschen.

»Keine Sorge, mein Junge«, sagte Bernie. »Ist nur eine Rückkopplung.«

Das Geräusch wurde sofort leiser – ob Bernie das wohl gemacht hatte? Und Rückkopplung? Hatte das was mit unserem Porsche zu tun? Ich erinnerte mich ungern an den Fall, als die Kupplung gerade bei der Verfolgungsjagd … Aber das habe ich wahrscheinlich schon erzählt. Außerdem war das noch der alte Porsche gewesen. Während ich noch über die Kupplung nachdachte, entdeckte ich ein Stück Brezel, eine von den weichen, unter einem Sitz in der Nähe. Wie auf dem Silbertablett. Ich schnappte sie mir – nicht ganz so weich, wie ich in Erinnerung hatte, aber es war schon sehr lange her, dass ich das letzte Mal eine Brezel gehabt hatte – und trottete zum Geländer, wo Bernie war.

In der Arena unten stand ein Grüppchen Menschen, mehr als zwei jedenfalls, und eine von meinesgleichen, die ich daran wiedererkannte, dass sie so ein kleiner Flauschball war, vor allem aber, weil sie ihren Kopf so entschlossen vorreckte:

Princess. Und die Menschen? Ich erkannte den Grafen mit der großen Nase – groß für einen Menschen – und dem Schnurrbart darunter, und neben ihm Nance, ein bisschen größer, die das Ende von Princess' Leine hielt.

Eine weitere große Frau, blond, hatte ein Mikrofon in der Hand. Ihre Lippen bewegten sich, und gleich darauf donnerte eine Stimme durch die Arena. Die Lippenbewegungen und die Wörter passten nicht ganz zusammen, was es schwer machte, sie zu verstehen. »Ich sage nur: Ich begrüße Sie zur Eröffnung der Great Western Dog Show und bitte Sie, mit mir unseren Bürgermeister willkommen zu heißen und so weiter und so fort. Dann nimmt der Bürgermeister das Mikrofon …«

»Nach den Buhrufen«, warf Bernie murmelnd ein.

»… und sagt, dass die diesjährige Hundeschau dem Andenken von Adelina Borghese gewidmet ist und …«

Der Graf beugte sich vor, und seine Lippen bewegten sich, ohne dass ich irgendetwas hören konnte.

»Entschuldigung«, sagte die blonde Frau. »*Gräfin* Adelina Borghese, und danach wird er Ihnen das Mikrofon überreichen. Und dann …«

Der Graf streckte die Hand aus und nahm das Mikrofon von der Blonden. »Gräfin di Borghese würde diese Schau zu würdigen wissen. Die Gräfin war eine große Hundefreundin und …«

Die Blonde griff nach dem Mikrofon. Ich hörte sie sagen: »Sie müssen jetzt nicht die ganze Rede halten, wir sind nur …«

Aber der Graf riss das Mikrofon wieder an sich und fuhr fort: »Und daher möchte ich, Graf Lorenzo di Borghese, die Great Western Dog Show in ihrem Namen offiziell eröffnen. Der Wettkampf möge beginnen!«

Unten standen alle nur da und sahen irgendwie unzufrieden aus, auf eine schwer zu beschreibende Art, bis auf Nance, die in die Hände klatschte, was allerdings kaum zu hören war. Der Graf gab das Mikrofon zurück und verneigte sich vor der Blonden.

»Sobald wir das hinter uns gebracht haben«, sagte sie, »werde ich die …«

Bernie trat von dem Geländer zurück. Ich trat auch zurück und hörte nicht mehr zu. Bernie hatte einen Mann entdeckt, der nicht weit weg von uns saß, aber weiter unten. Ein kleiner, weißhaariger Mann, schwarz angezogen und mit einem funkelnden Knopf im Ohr. Ich hatte ihn schon mal gesehen, nur wo? Er stand auf und ging einen der Gänge runter.

»Rui Santos«, sagte Bernie vor sich hin, »der Fahrer.« Unten hatte sich Nance von den anderen entfernt und ging auf Rui zu. »Wie kommt es eigentlich, dass wir ihn noch nicht befragt haben?«, sinnierte Bernie. In der Frage konnte ich ihm nicht weiterhelfen. »Ich verliere langsam den Überblick.«

Bernie verlor den Überblick? Nie im Leben. Wir hatten den Fall doch fest im Griff, quasi schon gelöst. Die Bösewichte steckten schließlich hinter Gittern. Nur, wo war Suzie? Das machte uns Sorgen. Wenn die Bösewichte eingebuchtet waren, dann hieß das normalerweise, dass der Fall aufgeklärt war. Ich dachte zurück an Princess, Adelina und mich in der Hütte und an Thurman mit dem Würgehalsband und an ein paar andere Dinge, die mir allerdings nicht mehr ganz klar vor Augen standen, und überlegte, dass wir den Fall vielleicht doch noch nicht gelöst hatten, aber weiter kam ich nicht.

»Hey, Chet, was ist denn los?«

Nichts. Nichts war los. Ich merkte, dass mein Schwanz nach unten hing, und streckte ihn wieder in die Höhe, bereit zum Wedeln.

Rui wartete am Ende des Gangs, wo sich die unterste Sitzreihe befand. Nance war noch auf dem Weg zu ihm und hob im Gehen den Kopf, womöglich, um zur Tribüne hochzusehen. Bernie duckte sich hinter einen Sitz; ich nicht, weil ich von vornherein auf dieser Höhe war. Wir linsten über die Sitzlehne. Nance erreichte Rui und übergab ihm einen Umschlag, einen von diesen großen, gepolsterten Umschlägen. Erwiesenermaßen war die Polsterung nicht fressbar, aber die Geschichte erzähle ich ein andermal. Nance drehte sich um und ging weg. Rui drehte sich auch um und stieg die Treppe hoch. Wir blieben, wo wir waren, die Augen auf Rui gerichtet. Er erreichte unsere Sitzreihe, aber einen Gang weiter, und ging auf einen der Tunnel zu, die aus der Arena führten, ohne in unsere Richtung zu blicken.

Ganz leise machte Bernie dieses Geräusch; es hörte sich wie tss-tss an. Wir standen auf und gingen auf denselben Tunnel zu, ich komplett leise, Bernie so leise, wie es einem Menschen möglich war. Kurz bevor wir in den Tunnel traten, sah ich hinunter in die Arena und erkannte die großen dunklen Augen von Princess. Sie schienen in meine Richtung zu blicken.

Leuten zu folgen, ohne dass sie es merken, gehörte mit zu den tollsten Sachen bei unserem Job. Einmal waren wir einem ziemlich üblen Gauner bis weit nach Mexiko gefolgt, was womöglich nicht ganz legal war, was das auch heißen mag. Mexiko! Ich kann Ihnen sagen. Schießereien – so viele hatte ich noch nie gesehen. Und die von meinem Völkchen sind anders in Mexiko, zumindest zum Teil. Sie laufen in Rudeln herum und halten sich von Menschen fern, es sei denn, es geht ums Fressen. Ein paar ganz üble Burschen, rote Augen, schlank, gemein. Ich habe mich mit ihnen anzufreunden versucht, aber sie wollten nicht. Ich habe mir da unten in Mexiko sogar ein paar Kratzer geholt. Bernie sich auch. Eine mexikanische Tierärztin musste mich zusammenflicken. Bernie auch.

Wir liefen durch den Tunnel. Es war dunkel, Rui nichts weiter als ein Schatten gegen das Licht am Ende, und dann war er weg. »Ich glaube, du weißt etwas, das ich nicht weiß«, murmelte Bernie leise vor sich hin.

Ich sollte mehr wissen als Bernie? Nie im Leben. Gut, womöglich wusste ich mehr darüber, wie die Welt riecht und sich anhört und wie manche Dinge schmecken, beispielsweise Äste, Stuhlbeine, Kaustreifen. Wobei – Kaustreifen vielleicht gar nicht mal: Ich hatte da so eine schwache Erinnerung an eine Party, irgendwann nachdem wir den Gulagow-Fall gelöst hatten, eine Party mit lauter lustigen Hüten, knallenden Korken und Bernie, der auf einem Kaustreifen herumkaute, nur um es mal probiert zu haben. Bernie war ganz einfach der Beste! Ich rückte ein bisschen näher zu ihm.

Manche Menschen schauen über dic Schulter, wenn man ihnen folgt, andere nicht. Nach Bernie sind diejenigen, die es nicht tun, keine Weicheier, was ich nicht ganz verstehe. Weiche Eier sind gut, viel besser als die harten und vor allem die innendrin grünen. Allerdings müssen sie geschält sein; die Schale verdirbt sonst den ganzen Geschmack. Wo war ich stehen geblieben? – Ach ja: Rui. Er gehörte offensichtlich zu den Menschen, die nicht über die Schulter schauen.

Wir folgten ihm durch den Tunnel. Er war extrem leicht im Auge zu behalten: kein Zurückschauen, eine zwiebelige Geruchsspur und hartsohlige Schuhe, die bei jedem Schritt laut klackerten. Bernie trug alte, ausgetretene knöchelhohe Schuhe, die kaum ein Geräusch machten, und ich war natürlich erst recht leise.

Rui führte uns eine Rampe hinunter auf den Parkplatz,

der immer noch praktisch leer war. Bernie und ich gingen hinter einem Müllcontainer in Deckung. Müllcontainer spielten bei unserer Arbeit immer mal wieder eine Rolle; ich könnte Ihnen die eine oder andere Geschichte über sie erzählen, aber nicht jetzt. Nur eins in aller Kürze über den Geruch von Müllcontainern: faszinierend.

Mittlerweile war Rui zu einer schwarzen Limousine gegangen, die nicht weit weg stand, klacker, klacker, klacker. Er öffnete die Tür, warf den gepolsterten Umschlag hinein und stieg ein. »Los geht's«, sagte Bernie, und wir rannten zum Porsche, der auch nicht weit weg stand, aber in der anderen Richtung. Es mag Sie überraschen, aber über die kurze Entfernung kann Bernie für einen Menschen ziemlich schnell laufen, selbst mit seinem schlimmen Bein. Gut, ich saß schon aufrecht auf dem Kopilotensitz, als er das Auto erreichte – die Augen fest auf die Limousine gerichtet, die fast an der Ausfahrt angelangt war –, aber lange musste ich nicht warten.

Bernie drehte den Zündschlüssel. Ich finde das Geräusch unseres Motors toll: ein tiefes Brummen, fast wie irgendein starkes Tier, ganz wild darauf, Gummi zu geben. Verbrannter Gummi – toller Geruch! Aber dieses Mal gaben wir nicht Gummi, sondern fuhren langsam über den Parkplatz. Die Limousine hatte den Parkplatz mittlerweile verlassen und war nicht mehr zu sehen. »Einbahnstraße«, sagte Bernie. »An dem Tag, an dem ich eine Stretch-Limo verliere, werde ich den Job endgültig an den Nagel hängen.« Ich dachte eine Weile darüber nach; dann gab ich es auf: zu verwirrend.

Wir verließen den Parkplatz, bogen auf die Straße ein und entdeckten sofort die Limousine, die vor einer Ampel wartete. So viele Gedanken wegen nichts und wieder nichts. Ich würde mein ganzes Geld auf Bernie setzen, das war schon immer so und wird auch immer so bleiben, nur habe ich leider kein Geld und er auch nicht. Gab es da nicht vor Kurzem wieder so ein Problem mit unseren Finanzen? Irgendwie hatte ich das Gefühl, dass ich nahe daran war, mich zu erinnern.

»Ein kleines Problem«, sagte Bernie. »Rui könnte unser Auto bei zwei Gelegenheiten gesehen haben – bei uns zu Hause und auf dem Rollfeld. Daher sollten wir uns nicht darauf verlassen …« In diesem Moment wechselte ein Transporter direkt vor uns die Spur. Normalerweise konnte Bernie das nicht leiden, manchmal hupte er sogar – ein Geräusch, das ich wiederum nicht leiden konnte. Aber dieses Mal nicht. Dieses Mal sagte er: »Danke, Sportsfreund.«

Wir fuhren hinter der Limousine her, den Transporter zwischen uns und manchmal auch irgendwelche anderen Autos. Gar nicht so einfach bei all den Ampeln, aber Bernie ist ein sehr guter Fahrer – falls ich das noch nicht erwähnt haben sollte. Nach einer Weile bog die Limousine in die Auffahrt zu einem Freeway ein, wir hinterher. Stoßverkehr auf dem Freeway, die Limousine ein paar Autos vor uns auf der nächsten Spur, Bernies Hand ganz entspannt auf dem Lenkrad, was bei Stoßverkehr nicht immer der Fall ist. Einmal im Stoßverkehr hatte dieser riesige Lastwagenfahrer Bernie einen Vogel gezeigt. Ein schwerer Fehler, mein Lieber!

Wir entfernten uns vom Zentrum, fuhren an der Reklametafel mit dem gigantischen Longhornbullen vorbei, wechselten auf einen anderen Freeway, der noch voller war als der eben. »Jetzt reden sie schon von einer weiteren Million Menschen in den nächsten zehn Jahren«, sagte Bernie. »Ist dir klar, wohin das führt?« Nein, keine Ahnung. Die Sonne ging unter. Alles, inklusive Bernies Gesicht, wurde rot und verschwommen. »Nur ein Aquifer für das gesamte Valley«, fuhr er fort. »Wenn der austrocknet, verdursten wir, und das war's dann.« Oh, nein! Das war gruselig, vor allem in Anbetracht von Bernies verschwommenem, rotem Gesicht. Ich bekam sofort Durst.

Der Verkehr wurde weniger. Die Nacht senkte sich über das Valley, eine dunstige Nacht, aber klar, sobald wir auf den Hügeln oben angelangt waren. Die Limousine hatte große rote Rücklichter, die leicht auszumachen waren. Auf der anderen Seite des Hügels wurde sie langsamer und bog bei einer Tankstelle ein. »Sieh dir die Preise an«, flüsterte Bernie mir zu. »Kein Limo-Fahrer tankt an einer solchen Tanke.«

Wusste ich, worauf Bernie hinauswollte? Keinen Schimmer, aber kein Problem: Er hatte seine Aufgaben und ich meine. Die Limousine fuhr an den Zapfsäulen vorbei auf die Seite des Gebäudes, wo es ganz finster war. Bernie schaltete die Scheinwerfer aus und blieb neben einem Abschleppwagen in einer dunklen Ecke des Parkplatzes stehen. Von dort hatten wir einen guten Blick auf die Limousine, das Gebäude, die Zapfsäulen, alles.

Zuerst passierte nichts. Dann glitt das Fenster der Limousine herunter, und Zigarettenrauch wehte heraus, den ich beinahe sofort roch. Bernie wurde unruhig; er wollte nach dem Handschuhfach greifen – manchmal lagen dort in einer Ecke irgendwelche vergessenen, halbzerdrückten Zigaretten –, zog die Hand aber schnell wieder zurück. Danach saßen wir einfach still da und sahen zu, wie der Zigarettenrauch in kleinen Wölkchen nach oben schwebte. Konnte es etwas Schöneres geben, als zusammen mit Bernie jemanden zu beschatten? Wobei mir nicht ganz klar war, warum wir Rui, den Limo-Fahrer, beschatteten, wenn die Bösewichte doch schon eingebuchtet waren.

Plötzlich schoss ein helles Licht über den Himmel. Bernie lächelte. »Eine Sternschnuppe«, sagte er. »Wobei das natürlich kein Stern ist«, fügte er hinzu, und jetzt konnte ich ihm überhaupt nicht mehr folgen. Dann, nach einer Weile: »Anzahl der Sterne in der Milchstraße: zweihundert Milliarden plus ein paar Zerquetschte. Anzahl der Galaxien im Universum: mindestens hundert Milliarden. Weißt du, was das heißt?« Man kann von niemandem erwarten, dass er jederzeit alles begreift, insbesondere bei solchen langen Beschattungen. Ich wollte Bernie schon die Pfote aufs Knie legen, als ein staubiger Geländewagen auftauchte, an den Zapfsäulen vorbei einmal um das Gebäude fuhr und dann polizeistilmäßig neben der Limousine hielt, Fahrertür an Fahrertür. Rui war kein Polizist – das war mein erster Gedanke und mein einziger.

Das Fenster auf der Fahrerseite des Geländewagens glitt nach unten. Eine Hand kam heraus. Ruis Fenster glitt noch ein bisschen weiter runter, und ich erhaschte einen Blick auf ihn mit der brennenden Zigarette zwischen den Lippen. Er legte den großen gepolsterten Umschlag in die wartende Hand. Die Fenster gingen hoch; die Limousine und der Geländewagen wurden angelassen und fuhren auf die Straße zu, die Limousine in die eine Richtung, der Geländewagen in die andere. Wir hängten uns an den Geländewagen. Das war Bernies Entscheidung, aber ich war einer Meinung mit ihm. – Wer saß da drin?

Der Geländewagen kurvte auf der anderen Seite des Valley die Hügel hinunter. Bernie achtete darauf, dass immer ein paar Autos zwischen uns waren, aber dann bog der Geländewagen auf eine Nebenstraße ein, die zwar asphaltiert, aber sehr schmal und völlig unbefahren war, und Bernie schaltete die Scheinwerfer aus. Mir machte das nichts aus: Ich konnte immer noch gut sehen, aber Bernie beugte sich vor, kniff die Augen zusammen und umklammerte das Lenkrad. Der Geländewagen schien einen Lichtkegel durch die Dunkelheit zu schieben. Nur ein bisschen Licht in der riesengroßen Dunkelheit, und wir waren Teil dieser Dunkelheit. Das brachte mich aus irgendeinem Grund dazu zu niesen. Danach fühlte ich mich toll, hellwach, voller Tatendrang.

Bald darauf waren auf der einen Seite die Lichter einer Stadt zu sehen. »Nowhereville«, sagte Bernie. Der Geländewagen erreichte eine Kreuzung und steuerte auf Nowhereville zu; wir in der Dunkelheit hinterher. An der Straße tauchten ein paar Häuser auf. Der Geländewagen verlangsamte sein Tempo und fuhr in eine Einfahrt. Bernie hielt am Straßenrand und stellte den Motor aus. Es wurde ganz still. Ich hörte, wie eine Tür zuschlug, und dann ging in dem Haus mit dem Geländewagen ein Licht an.

Wir stiegen aus und gingen die Straße entlang. Dann betraten wir die Einfahrt, und Bernie warf im Vorbeigehen einen Blick in den Geländewagen. Das Pflaster unter meinen Pfoten fühlte sich warm an, aber hinten im Garten war es kühler, der Rasen hart und struppig. Auf der Rückseite des Hauses brannte Licht in einem der Fenster. Wir schlichen uns an – Bernie geduckt, ich normal hoch – und spähten über das Fensterbrett.

Hinter der Scheibe, die sich kalt an meiner Nase anfühlte, befand sich eine Küche. Am Tisch saß ein Mann mit dem Profil zu uns. Er öffnete den großen gepolsterten Umschlag, holte ein Bündel Geldscheine raus und fing an zu zählen, seine Lippen bewegten sich stumm mit. Ein schlanker Mann mit hellen Augen und einem Cowboyhut. Den hatte ich doch schon kennengelernt: Earl Ford, der Sheriff von Rio Loco County.

Kapitel 29

Bündelweise Scheine, sodass das Zählen seine Zeit dauerte. Nach einer Weile rutschte Sheriff Ford auf seinem Stuhl hin und her, als wäre ihm unbequem, und nahm seinen Pistolengurt ab. Er legte ihn auf den Tisch und fuhr fort zu zählen. Ich fing an mich zu langweilen und sah zu Bernie. Sein Gesicht war versteinert. Er sah mich nicht an, legte nur ganz leicht seine Hand auf meinen Rücken. Das bedeutete: Halt dich bereit. Wobei ich natürlich schon bereit war, auch ohne genau zu wissen, wozu.

Bernie nahm seine Hand weg und zog die 38er Special aus dem Hosenbund. Die 38er Special bedeutete, dass es ernst wurde. Ich spürte, wie sich die Haare in meinem Nacken aufstellten, ein sehr angenehmes Gefühl. Bernie richtete sich langsam auf. Auf diese Weise hatten wir schon eine Menge Gauner zur Strecke gebracht. Aber ein Sheriff war doch eine Art Polizist, oder nicht? Daher …

Ich war nicht viel weiter gekommen, als der Sheriff plötzlich zum Fenster blickte. Die Augen weit aufgerissen, den Mund auch. Fast gleichzeitig fuhr seine Hand zu dem Pistolengurt. Peng. Klirr. Bernie hatte durch die Scheibe geschossen. Der Pistolengurt rutschte über den Tisch und fiel auf den Boden. Bernie ist ein Meisterschütze; ich weiß, das habe ich schon erwähnt, aber vielleicht haben Sie mir ja nicht geglaubt. Fünfcentstücke, die sich in der Luft drehen – ich habe gesehen, wie er sie haufenweise durchlöcherte, ping,

ping, ping, als wir beide uns in der Wüste einen schönen Tag machten.

Aber dafür war jetzt keine Zeit. Earl Ford hechtete dem Pistolengurt hinterher. Bernie trat die Scheibe ein, und wir sprangen beide durch, ich zuerst. So viel Action plus eine Schießerei und zerbrochenes Glas – was wollte man mehr? Ich war jedenfalls zufrieden, Amigo.

Es zeigte sich, dass der Sheriff ziemlich schnell war, weil er sich seinen Pistolengurt schnappte, auf dem Boden abrollte und einen Schuss abgab – die Pistole noch im Holster, die Mündung draußen –, bevor ich ihn erreicht hatte. Aber dann packte ich sein Handgelenk, sodass er den Pistolengurt fallen lassen musste, hörte ein beängstigendes Knurren und stellte fest, dass es von mir kam. Earl Ford schrie vor Schmerz und Angst auf, aber damit hatte ich kein Problem. Ich konnte ihn jetzt riechen: Er roch nach Gauner, und das ziemlich stark. Ich sah Bernie an, erwartete, dass er mit seiner 38er Special gleich neben mir auftauchen würde und … oh nein. Bernie, noch nicht mal halb durch die Küche, ging langsam zu Boden, die 38er Special baumelte in seiner Hand, Blut tropfte von seinem Kopf.

Ich vergaß alles andere um mich herum und rannte zu ihm. Oh, Bernie! Er war in die Knie gesunken. Ich fing an, das Blut wegzulecken, versuchte es irgendwie besser zu machen. »Nicht, Chet«, sagte er und drehte sich weg, betastete seinen Kopf. »Nur ein Streifschuss, das ist alles.«

Dann plötzlich hinter uns eine Bewegung. Ich wirbelte herum, und da war der Sheriff, der nach dem Pistolengurt griff und die Pistole rauszog. Was hatte ich getan? Ich machte mich sprungbereit, aber zu spät. Der Sheriff zielte direkt auf Bernie. Der riss die 38er Special hoch. Schoss zuerst. Der Sheriff taumelte rückwärts und ließ seine Waffe fallen. Weit oben auf der Innenseite des Schussarms erschien ein rotes

Loch. Der Sheriff gab keinen Laut von sich, starrte nur auf die Wunde, aus der es rot herausspritzte, ein kleiner Spritzer und dann noch einer. »Oh, Gott«, sagte er und presste die Hand auf die Wunde. Zwischen seinen Fingern quoll Blut hervor und tropfte auf die Geldscheinbündel. Er sah zu Bernie hoch, der inzwischen aufgestanden war. »Helfen Sie mir«, sagte er. »Ich verblute.«

»Dann sollten Sie schnell mit der Sprache rausrücken«, sagte Bernie. »Wo ist Suzie Sanchez?«

Earl Ford wurde weiß, während weiter Blut von seiner Hand tropfte. Bernie blutete auch. Ich fühlte mich elend, aber was sollte ich tun? Ehe ich mich's versah, fing ich an zu bellen.

»Wollen Sie mich etwa verrecken lassen?«, fragte der Sheriff.

»Das hängt ganz von Ihnen ab«, antwortete Bernie. Und dann: »Ruhig, Junge.« Ich hörte auf zu bellen.

Der Sheriff ließ sich auf einen Stuhl fallen, landete hart, so als hätten seine Beine unter ihm nachgegeben. Er presste weiterhin die Hand auf die Wunde, aber es half nichts. »Es hört nicht auf zu bluten«, sagte er. »Was sind Sie nur für ein Mensch?«

Bernie steckte die 38er Special in seinen Hosenbund, ging zur Spüle, riss ein Geschirrtuch entzwei. »Wo ist Suzie Sanchez?«, fragte er.

»Himmel!«, rief der Sheriff. Seine Stimme klang hoch und gepresst, als ob er winseln würde.

»Es liegt ganz bei Ihnen«, sagte Bernie, »ob Sie leben oder sterben.«

Der Sheriff fuhr sich mit der Zunge über die Lippen, sie war weiß wie ein Knochen. »Sie ist tot.«

Bernies versteinertes Gesicht versteinerte noch mehr. Er sah eigentlich gar nicht mehr aus wie Bernie. »Wer hat sie umgebracht?«

»Keine Ahnung.«

Bernie warf das Geschirrtuch auf die Theke.

Der Blick des Sheriffs schoss hinterher. »Ich schwöre, ich weiß es nicht«, sagte er. »Ich schwöre es beim Andenken meiner Mutter.«

»Die kannte ich nicht«, erwiderte Bernie.

Der Sheriff sah Bernie an. Diese hellen Augen, hart und voller Wut. Aber plötzlich sahen sie ganz anders aus, und Tränen kullerten raus. Ich begriff einigermaßen, was vor sich ging. Ich hatte es oft genug gesehen und hatte unter meinesgleichen, einem Völkchen von vielen in unserem Vielvölkerstaat, genügend Einer-gegen-einen-Situationen erlebt, aus denen immer der eine als Sieger hervorging. Die Menschen hatten einen Ausdruck für diesen einen, einen Ausdruck, den ich nicht ganz verstand: Alphatier.

»Ich weiß nicht, wer sie umgebracht hat«, wimmerte Earl Ford. »Sie war schon tot, als wir nach Clauson's Wells kamen.«

»Befindet sich dort ihre Leiche?«

»Ich hatte nichts damit zu tun!«

Einen Moment lang war Bernie still. Dann sagte er etwas, das mir wieder einen Schauer über den Rücken jagte: »Mir kommt gerade eine Idee – ich könnte Ihnen auch in den anderen Arm eine Kugel jagen.«

Der Sheriff redete schnell weiter. »Les hat sich darum gekümmert, um die Leiche und so. Aber ich kann es Ihnen zeigen.«

Bernie stand an der Spüle, die Augen starr auf Earl Ford gerichtet, und rührte sich nicht. Das Blut war jetzt überall – auf dem Geld und dem Tisch, wo es über den Rand auf den Boden tropfte. Bernie nahm das Geschirrtuch, ging zum Sheriff und wickelte es über der Wunde fest um den Arm. Dabei sah er dem Sheriff in die Augen. »Das kann man ganz schnell wieder abnehmen, denken Sie dran.« Er packte den größten Teil des blutigen Geldes, stopfte es zurück in den gepolsterten Umschlag und sagte: »Dann mal los.«

»Wohin?«

»Nach Clauson's Wells.«

»Und was ist mit meinem Arm? Hier ist gleich in der Nähe ein Arzt.«

»Ist nicht so schlimm, wie es aussieht«, meinte Bernie. »Das können Sie mir glauben.« Er betupfte mit seinem Ärmel die Seite seines Kopfs und musterte den Stoff: fast kein Blut, seine Wunde blutete kaum mehr. Er packte den Sheriff am Schlafittchen und zerrte ihn hoch. »Hat der Geländewagen Automatik?«

Der Sheriff nickte. »Warum?«

»Weil Sie fahren.«

Der Sheriff fuhr, auch wenn Bernie vom Kopilotensitz aus den Zündschlüssel hatte drehen müssen. Ich saß hinten neben dem gepolsterten Umschlag. Kein Problem für mich, nicht auf dem Kopilotensitz zu sitzen, gar kein Problem. Ich konnte das. Auf dem Rücksitz war massenhaft Platz, darüber konnte man sich nicht beklagen. Und was war da unter der Armlehne? War das etwa eine der kleinen Schachteln, in denen sie in Fast-Food-Lokalen die Hamburger verpackten? Fast Food: eine der ganz großen Erfindungen der Menschen. Manchmal haben Menschen einfach den Dreh raus! Aber als ich auf dem Rücksitz des Geländewagens saß, dachte ich gar nicht über all das nach, weil ich viel zu sehr damit beschäftigt war, die Schachtel aufzureißen. Und was war drin? – Ein schöner, grauer Burger, ohne Brötchen, von dem nur ein, zwei Bissen fehlten. Gleich darauf: kein Burger mehr weit und breit. Sehr schmackhaft. Gleichzeitig merkte ich während des Fressens, wie hungrig ich war. Komisch, wie das so geht. Ich schnüffelte nach mehr Burgern – mehr von irgendetwas Fressbarem –, roch aber nichts.

Währenddessen wurde vorne geredet: »Fangen wir bei dem Geld an«, sagte Bernie. »Ist das die Bezahlung für etwas, was Sie schon getan haben, oder für etwas, was Sie erst noch tun werden?«

Der Sheriff gab keine Antwort. Ich konnte die Seite seines Gesichts sehen, grün im Licht der Armaturenbeleuchtung. Er roch auch grün – ein verrückter Gedanke, den ich noch nie gehabt hatte.

»Es kann nur das eine oder das andere sein«, fuhr Bernie fort.

Der Sheriff schwieg weiter.

»Dieser Knoten in dem Geschirrtuch an Ihrem Arm lässt sich ganz leicht lösen. Nur einmal kurz ziehen.«

Der Sheriff holte tief Luft und fing mit leiser Stimme zu reden an.

»Ich kann Sie nicht verstehen«, sagte Bernie.

»Sie sind doch sonst so schlau«, blaffte der Sheriff mit lauterer Stimme. »Kriegen Sie es selbst raus.«

»So geht das nicht, Earl«, sagte Bernie. »Versuchen Sie …« Bernies Handy klingelte. Er ging dran. »Janie? Ich rufe Sie zurück. Bin gerade beschäftigt …«

Er hörte zu. Ich konnte Janies Stimme zwar hören – eine meiner Lieblingsstimmen –, aber nicht verstehen, was sie sagte. Habe ich Janie schon erwähnt? Sie ist die beste Hundefriseurin im ganzen Valley, hat ein tolles Geschäft mit einem tollen Business-Plan: *Janies Hundesalon – Wir holen Ihren Liebling ab und bringen ihn zurück.* Ich war ein großer Fan von Janie, und sie hatte mich schon viel zu lange nicht mehr abgeholt. Sie bürstete sogar meine Zähne! Ich kann Ihnen gar nicht sagen, wie viel Spaß wir beide dabei hatten.

»Post-it?«, fragte Bernie. »Ich hab kein Post-it gesehen. Was stand …« Er wurde lauter. »Eine Verdickung?« Er hörte zu, und ich bekam mit, wie Janie schneller sprach. Bernie fragte: »Wo?« Dann hörte er noch ein bisschen zu und legte auf. »Halten Sie an«, befahl er.

»Was?«, fragte Earl Ford.

»Fahren Sie an den Straßenrand. Halten Sie verdammt noch mal endlich an!«

Der Sheriff hielt am Straßenrand, eine ruhige Wüstenstraße ohne jeden Verkehr. Bernie drehte sich um und sah mich durch den Spalt zwischen den beiden Vordersitzen an.

»Chet? Geht's dir gut?«

Gut? Mir ging es mehr als gut. Die ganze Geschichte war ziemlich aufregend. Hatten wir schon jemals einen Sheriff geschnappt? Nicht, dass ich mich erinnerte. Ich hoffte nur, dass Bernie wusste, was er tat, aber natürlich wusste er das.

Bernie streckte die Hand durch den Spalt und tätschelte meinen Kopf. Das war immer angenehm. Sehr, sehr angenehm. Diese ganze aufregende Geschichte – einen Sheriff schnappen, blutige Geldscheinbündel, Schießerei – entglitt mir einen Moment, mein Schwanz wischte über den Sitz. Bernie tätschelte meinen Rücken – hey, das war toll, wobei mir gleichzeitig der vage Gedanke durch den Kopf ging, dass wir ein wenig unter Zeitdruck standen – und an meiner Seite entlang; dann stoppte seine Hand. Seine Augen ruhten in der Dunkelheit groß und feucht auf mir.

»Chet?« Bernies Stimme klang sanft und fremd, fast ein bisschen ängstlich. Unmöglich – Bernie hatte doch noch nie ängstlich geklungen! Nie im Leben. Nichts machte Bernie Angst. »Alles in Ordnung, mein Junge?«

Was war nur los? Ich wedelte ein bisschen stärker, damit er begriff, dass ich mich tipptopp fühlte, es nicht besser hätte sein können. Bernie zog seine Hand zurück – habe ich schon erwähnt, was für schöne Hände er hat, groß und stark? – und drehte sich um. »Weiter«, befahl er.

»Mir ist nicht gut«, sagte Earl Ford.

»Fahren Sie.«

Der Sheriff fuhr wieder auf die Straße und gab Gas. Kein Verkehr, eine ruhige Nacht, in der Ferne ein Paar leuchtende Augen und dann nur noch Dunkelheit. Ich betrachtete ihre Hinterköpfe, den von Bernie und den des Sheriffs. Die Form von Bernies Hinterkopf war viel schöner.

»Ich höre nichts«, sagte Bernie.

»Was denn?«

»Das Geld – ist das die Bezahlung für eine geleistete Arbeit oder für eine Arbeit, die erst noch geleistet werden muss?«

Der Sheriff schwieg. Bernie griff nach dem Geschirrtuch. Der Sheriff zuckte zurück, der Geländewagen machte einen Schlenker, die Reifen quietschten. »Was tun Sie denn da?«, rief er und lenkte wieder auf die richtige Seite. »Das wäre Mord, schlicht und einfach Mord.«

»Nur leider wären Sie nicht mehr da, um mich anzuklagen«, gab Bernie zurück. »Sie haben eines offenbar immer noch nicht kapiert – Sie können die Wahrheit sagen und leben, oder Sie sagen nicht die Wahrheit und sterben, aber die Wahrheit finden wir trotzdem heraus. Ist das jetzt klar?«

Der Sheriff nickte.

»Ich glaube, es ist Ihnen immer noch nicht klar«, beharrte Bernie. »Wiederholen Sie es.«

»Was soll ich wiederholen?«

»Wie Ihre Lage ist – was ich Ihnen gerade erklärt habe.«

»Was soll denn der Scheiß? Wollen Sie hier irgendwelche Spielchen spielen?«

»Ihr Pech, dass ich das nicht tue. Wiederholen Sie es.«

Stille. Dann sagte der Sheriff: »Die Wahrheit sagen und leben, oder nicht die Wahrheit sagen und sterben.«

»Aber?«

»Aber Sie sagen, dass Sie die Wahrheit trotzdem herausfinden werden.«

»Darauf können Sie Ihren Stern verwetten«, sagte Bernie. »Wir sind sogar schon so nahe dran, dass wir Sie eigentlich gar nicht mehr brauchen. Wissen Sie, was das bedeutet?« Er bedachte Earl Ford mit einem langen Blick, wobei er überhaupt nicht wie er selbst aussah. Aber er roch wie immer, daher machte ich mir keine Gedanken.

»Bezahlung für geleistete Arbeit«, sagte der Sheriff.

»Nämlich?«

Wieder ein langes Schweigen.

»Es ist vorbei«, erklärte Bernie. »Sind Sie zu blöd, um das in Ihren Schädel zu kriegen? Ich hatte geglaubt, dass Les der Dümmere von Ihnen beiden ist.« Der Kopf des Sheriffs bewegte sich, fast ein Zurückweichen. Unsereins weicht auch manchmal zurück. »Aber ein bisschen Spielraum haben Sie noch«, fuhr Bernie fort, »zwei Dinge vorausgesetzt. Erstens, Sie selbst haben niemanden umgebracht. Zweitens, Sie überleben die Nacht.«

»Ich habe niemanden umgebracht!«, rief Earl Ford.

»Wer dann?«

»Ich weiß nur, dass wir drei Typen festgenagelt haben – und dass einer von denen geständig ist, verdammt noch mal.«

»Da haben wir's«, sagte Bernie, »schon vermindern Sie Ihre Chancen bezüglich zweitens. Disco, Crash, Thurman – das sind doch bestenfalls Helfershelfer, irgendwelche Sündenböcke. Noch einmal: Wer hat die Morde begangen?«

Der Sheriff holte tief Luft, so als wollte er etwas Bedeutendes sagen. Vielleicht hätte er das auch getan, aber in diesem Moment klingelte Bernies Handy schon wieder.

»Cedric?« Bernie hörte eine Weile zu, und dann sagte er:

»Nicht viel.« Dann hörte er Cedric weiter zu, aber ich konnte nichts verstehen. »Lester?« – Das war wieder Bernie. »Interessant.« Und dann: »Schadet nicht, einen Blick in Adelinas Testament zu werfen. Vielleicht hatten sie auch einen Ehevertrag oder so was.« Cedrics Stimme am anderen Ende wurde lauter. *»Warum?«*, fragte Bernie. »Weil dir dein Fall um die Ohren fliegt – deshalb.« Er klappte das Handy zu und steckte es weg.

Der Sheriff fuhr weiter. Bernie hatte massenhaft Fragen gestellt, aber jetzt war er still. Das war mir recht: Ich hatte rein gar nichts verstanden. Ich konzentrierte mich auf den Blutgeruch, der zum größten Teil von Earl Ford kam, aber ein bisschen auch von Bernie.

Der Sheriff sprach zuerst. »Ging es bei dem Anruf um meinen Cousin Les?«

Bernie drehte sich zu ihm und blinzelte kurz, so als hätte er gerade an etwas anderes gedacht. Das kannte ich schon von ihm, aber nie bei einer solchen Gelegenheit. »Wie bitte?«, fragte er.

»Der Anruf«, sagte Earl Ford und klang ein wenig ungeduldig, weshalb ich ihn noch weniger mochte. »Ging es dabei um meinen Cousin Les?«

»Das mit dem Fragenstellen ist vorbei für Sie, Earl«, entgegnete Bernie. »Von jetzt an geben Sie nur noch Antworten. Wer hat die Morde begangen? Zuerst Adelina.«

»Sie können es mir glauben oder nicht«, beharrte der Sheriff. »Ich weiß es nicht. Sie war tot, als wir nach Clauson's Wells kamen.«

»Warum sind Sie überhaupt hin?«

»Wir haben einen Anruf bekommen, dass es dort Probleme gibt.«

»Wer hat angerufen?«

»Anonym.«

»Das reicht mir nicht«, stellte Bernie klar. »Das Geld auf dem Rücksitz erzählt mir etwas anderes.«

Ich legte meine Pfote auf den gepolsterten Umschlag.

»Das kommt von der Trainerin.«

»Nance?«

»Ja.«

»Was hat sie gesagt?«

»Dass es ein Unfall war. Genau genommen ein Selbstmord.«

»Adelina hat sich selbst erschossen? Wollen Sie das damit sagen?«

»Ja.«

»Der Bericht aus der Ballistik liegt vor, Earl – wissen Sie das vielleicht noch nicht? Ein einzelner Schuss in die Stirn, Kaliber .30-06.«

»Wär trotzdem möglich.«

»Nein«, sagte Bernie. »Sie hatte keine so langen Arme. Wer hat sie umgebracht?«

»Ich nicht«, sagte der Sheriff. »Mehr weiß ich nicht.«

»Und Suzie?«

»Weiß ich auch nicht. Ich hab nicht mal ihre Leiche gesehen.«

»Woher wissen Sie dann, wo sie ist?«

»Lester hat's mir gesagt.«

Der Mond ging auf. Wir holperten über eine Wüstenpiste. In der Ferne erschienen schwarze Schatten mit silbernen Rändern: Clauson's Wells.

Bernie warf einen Blick über die Kopfstütze. »Alles in Ordnung?« Warum fragte er mich das schon wieder? Mir ging's gut, hätte gar nicht besser sein können – es sei denn, ich hätte vorne auf dem Kopilotensitz sitzen können.

Kapitel 30

Wir fuhren auf der ausgestorbenen Hauptstraße durch die Geisterstadt. Eine Ratte flitzte im Licht der Scheinwerferkegel vorbei und verschwand durch ein Loch unter dem Bürgersteig. Ich kann Ratten nicht leiden, kein bisschen. Sie stinken, ganz einfach, und irgendwas an diesen langen, dünnen Schwänzen – vielleicht die Vorstellung, darauf rumzukauen – führt dazu, dass mir immer ganz flau wird; falls das das richtige Wort dafür ist, wenn man sich gleich übergeben muss.

Der Sheriff hielt vor dem Saloon. Bernie zog den Zündschlüssel ab und steckte ihn ein. »Taschenlampe?«, fragte er. Der Sheriff deutete mit dem Kinn auf das Handschuhfach. Bernie öffnete es und nahm die Taschenlampe. Dann guckte er noch mal hin und nahm ein Paar Handschellen mit einem winzigen Schlüssel im Schloss heraus. Der Sheriff warf einen Blick auf die Handschellen und machte kein besonders glückliches Gesicht. Wir stiegen aus, zuerst Bernie, dann Earl Ford, dann ich. Ich blieb dicht hinter dem Sheriff, für den Fall, dass er irgendwelche Tricks probieren wollte. Wir traten auf den Bürgersteig – der Sheriff stöhnte dabei ein bisschen – und gingen durch die Schwingtüren in den Saloon.

Bernie knipste die Taschenlampe an und ließ den Lichtstrahl herumwandern. Die eingestürzte Treppe, Kojotenhaufen, keiner davon frisch, der lange Tresen mit dem zerbrochenen Spiegel dahinter: Es hatte sich nichts verändert. Wir folgten dem Sheriff auf die andere Seite des Tresens. Er deutete auf den Boden; sein langer krummer Finger zitterte im Lichtstrahl der Taschenlampe ein bisschen. Bernie leuchtete auf den Boden. Ein dicker Metallring, der an einem der Bretter festgeschraubt war, blitzte auf. Dann glitt der Lichtstrahl langsam hoch zu Earl Fords Gesicht, das jetzt vor Schweiß glänzte. Schweiß, Menschenschweiß, ist eine sehr interessante Sache – etwas, das unsereins nur durch Beobachtung kennt. Einer der vielen Gründe, warum ich froh bin, so zu sein, wie ich bin – ich verspreche, dass ich später darauf zurückkommen werde, aber jetzt sagte gerade Bernie etwas.

»Sie haben sie da unten eingesperrt?« So kannte ich seine Stimme gar nicht, so tief, heiser und zittrig.

»Ich doch nicht, Mann«, sagte der Sheriff und hob die Hände, als würden wir eine Waffe auf ihn richten. »Ich hab's Ihnen doch schon gesagt – es war Les.«

»Aber Sie standen direkt daneben.«

»Das ist nicht wahr«, sagte der Sheriff, und von seiner Nasenspitze fiel ein Tropfen Schweiß.

»Wo waren Sie denn?«

Der Sheriff gab keine Antwort. Er stand einfach nur da und schwitzte.

»Droben in der Hütte?«, fragte Bernie. »Haben Sie Adelina dort umgebracht?«

»Das war ich nicht«, versicherte Earl Ford ein weiteres Mal.

Bernie schwenkte den Lichtstrahl ein kleines bisschen und richtete ihn auf die Wunde des Sheriffs: Kein Blut, soweit ich sehen konnte; der Geschirrtuchverband saß noch fest. »Aufmachen«, befahl Bernie.

Der Sheriff bückte sich, griff mit seinem unverletzten Arm nach dem Ring und zog. Nichts.

»Fester.«

Earl Ford versuchte es erneut. Dieses Mal ächzte er dabei, und zum Schluss stöhnte er laut auf. Aber es rührte sich immer noch nichts.

»Sie geben sich nicht genug Mühe«, stellte Bernie fest.

»Ich tue mein Bestes – ich bin Rechtshänder. Außerdem geht es mir nicht gut. In meinem Arm steckt eine Kugel, um Gottes willen, und ...«

»Halten Sie den Mund!«

Earl Ford schwieg. Bernie sah sich um und leuchtete hierhin und dahin. Am Tresen hing eine verrostete Kette. Bernie zog daran, dann sagte er: »Kommen Sie her.«

»Wozu?«

»War das eine Frage?«

Der Sheriff gab keine Antwort und setzte sich in Bewegung. Bernie legte eine Handschelle um das unverletzte Handgelenk des Sheriffs und die andere um eins der Kettenglieder. Dann beugte er sich nach unten, packte den Ring und zog. Im Boden öffnete sich ein Rechteck, genauer gesagt eine kleine Tür, und sie öffnete sich nicht nur, sondern flog regelrecht auf. So war Bernie eben. Er schleuderte die Tür zur Seite – eine Falltür, war das die richtige Bezeichnung dafür? Ich hatte eine schwache Erinnerung an irgendeine DVD in dem Stapel bei uns zu Hause. Sie stammte aus der Zeit, in der wir uns Horrorfilme angesehen hatten, eine kurze Zeit, weil sich herausstellte, dass sie für uns beide zu gruselig waren.

Ich trabte zum Rand der Öffnung. Bernie leuchtete mit der Taschenlampe hinein. Ich sah ein viereckiges Loch mit Holzwänden und einem Holzboden, nicht besonders tief oder groß, aber Platz genug für einen Menschen. War das nicht das, was wir erwartet hatten? Suzie? Vielleicht hatte ich was falsch verstanden, jedenfalls war sie nicht da unten. Ich entdeckte nichts außer einem kaputten Bierfass und einem riesigen Spinnennetz, in dem irgendetwas Glitzerndes hing.

Bernie drehte sich um, packte den Sheriff am Schlafittchen und zerrte ihn zu dem Loch, bis die Kette straff gespannt war. Earl Ford starrte hinein.

»Allmächtiger.«

»Mehr fällt Ihnen dazu nicht ein?«

»Les hat gesagt, er hätte sie da reingeworfen. Mehr weiß ich auch nicht.«

Ihre Gesichter waren dicht nebeneinander. Der Sheriff schwitzte immer noch, obwohl es aus dem Loch kalt heraufzog; Bernies Gesicht war trocken. »Sie lügen«, sagte Bernie.

»Nein, das ist die Wahrheit.«

Langsam, ganz langsam ließ Bernie den Sheriff los. Dann ging er in die Hocke, legte eine Hand auf den Rand des Lochs und sprang mit einer geschickten Drehung hinein. Ich hatte gar nicht gewusst, dass er so etwas konnte.

»Nein, mein Junge«, sagte er, ohne mich anzusehen. Woher wusste er, dass ich ihm hinterherspringen wollte?

Unten im Loch pulte Bernie das glitzernde Ding aus dem Spinnennetz. Er hielt es hoch. Genauer gesagt waren es zwei glitzernde Dinger, zwei Plättchen an einem winzigen Ring. Hey! Ich wusste, was das war; ich hatte selbst zwei davon.

»Princess' Hundemarken«, sagte Bernie.

»Noch nie gesehen«, behauptete der Sheriff.

»Wissen Sie, was mir das sagt?«, fragte Bernie. Der Sheriff schwieg. »Das sagt mir, wer die Entführer waren. Na, wie wär's, wollen Sie mal Ihr Glück versuchen, Earl? Wenn Sie richtig raten, lassen wir Sie zur Belohnung nicht hier.«

»Hier?«

»In diesem Loch. Mutterseelenallein und die Tür fest zugenagelt.«

»Das würden Sie nicht tun.«

Bernie steckte Princess' Marken in die Tasche und kletterte aus dem Loch. Er machte die Handschellen von der Kette am Tresen los und zerrte den Sheriff zu der Öffnung. »Rein mit Ihnen«, fuhr er ihn an.

»Les und ich«, sagte der Sheriff. »Wir haben sie entführt.«

»Dann wollen wir ihn mal abholen.«

Earl Ford fuhr. Sein unverletzter Arm war jetzt mit den Handschellen ans Lenkrad gefesselt, Bernie saß auf dem Kopilotensitz, ich hinten, über uns hing der Mond tief am Himmel. Bei dem Anblick bekam ich Lust, ein bisschen zu heulen. Keine Ahnung, warum, aber ich wusste, das war nicht der richtige Zeitpunkt. Deshalb ließ ich es bleiben und saß still da, kratzte nur ein bisschen am Sitzpolster.

»Wie viel Geld ist in dem Umschlag?«, fragte Bernie.

»Ich hab nicht zu Ende gezählt«, antwortete der Sheriff.

»Mit Humor ist das so eine Sache, Earl. Ich an Ihrer Stelle würde es lieber lassen.«

Schweigen. Manchmal kann ich spüren, was mit Menschen los ist. Bei Bernie und Suzie zum Beispiel bin ich immer ziemlich sicher, dass sie sich sehr mögen. Und Bernie hat ganz große Gefühle für Charlie, und zwar lauter gute, bis auf das bisschen Traurigkeit, das daruntergemischt ist. Jetzt in dem Auto spürte ich großen Hass, der zwischen Bernie und Earl Ford hin und her ging. So viel Hass zwischen zwei Männern hatte ich noch nicht oft gespürt, und wenn, dann wurde immer kurz darauf einer von ihnen gewalttätig. Ich rutschte ein Stückchen, bis ich genau vor dem Spalt zwischen den beiden Vordersitzen saß.

»Ich erkenne hier verschiedene Raster«, sagte Bernie nach einer Weile.

»Ich hab keine Ahnung, wovon Sie reden.«

In diesem Punkt musste ich dem Sheriff recht geben. Raster: Ich hatte Bernie schon früher davon reden hören, aber was war das? Etwas, das man sehen konnte? Ich blickte mich um, konnte jedoch nichts entdecken, das nach Raster aussah.

»Hier das erste«, sagte Bernie. »Diese Wiederholung von unerwarteten Funden unter der Erde.«

»Ich versteh Sie nicht.«

»Nein? Wir graben Suzies Auto aus und finden Adelina. Dann sagen Sie uns, wo Suzie angeblich ist, und wir finden Princess' Marken. Das ist ein Raster, und zwar ein perverses, und deshalb nehme ich an, dass wir nach jemand Perversem suchen. Verstehen Sie es jetzt?«

»Nein.«

»Dann waren Sie wohl kein besonders guter Polizist.«

»Ich bin Polizist«, sagte der Sheriff mit leiser Stimme. »Ein guter Polizist.«

»Sie sind kein Polizist, Earl.«

Der Sheriff drehte sich zu Bernie, und seine Stimme wurde lauter. »Dann *war* ich es eben, Sie Supernase. Ich *war* ein guter Polizist.«

Mochte ich das, wenn jemand Bernie beschimpfte? Nein. Aber ich wusste, dass das hier eine Art Befragung war, und Bernies Befragungen waren mit das Beste an unserer Arbeit. Außerdem wusste ich nicht genau, was an einer Supernase eigentlich schlimm gewesen wäre.

»In Ordnung, akzeptiert«, sagte Bernie. »Sie waren ein guter Polizist. Was ist dann passiert?«

Der Sheriff gab keine Antwort. Er blickte geradeaus, die Augen auf die Straße gerichtet, die Armaturenbeleuchtung machte sein Gesicht – die Seite, die ich sehen konnte – grün, und auf der Wange hatte er eine tiefe Furche, die mir bis jetzt noch gar nicht aufgefallen war.

»Eine mögliche Antwort wäre«, sagte Bernie, »dass Ihnen

Ihr Cousin Les passiert ist. Korrigieren Sie mich, wenn ich mich irre.«

Der Sheriff sagte nichts.

»Les kam aus der Armee zurück, unehrenhaft entlassen, völlig am Arsch«, fuhr Bernie fort.

»Das war er schon vorher«, sagte Earl.

»Aber Sie haben ihn trotzdem eingestellt.«

»Soldaten geben gute Polizisten ab – das wissen Sie doch selbst.«

»Keine Soldaten wie er.«

»Hinterher ist man immer schlauer«, sagte der Sheriff.

»Sind Sie bei allem so nachsichtig mit sich selbst?«

Wieder Schweigen. Bald darauf tauchten Lichter auf, der Mond wurde blasser, und wir erreichten Nowhereville. Alles ruhig in der Stadt, niemand zu sehen.

»Kennen Sie Cedric Booker?«, fragte Bernie.

»Den Bezirksstaatsanwalt? Ich hab ein-, zweimal mit ihm gesprochen.«

»Das war er vorhin am Telefon: der Anruf wegen Les. Er hat ein paar Erkundigungen eingezogen – untermauert Ihre Behauptung.«

»Was für eine Behauptung?«

»Dass Les schon vor seinem Militärdienst am Arsch war. Ich würde die Geschichte gern mit Ihren eigenen Worten hören.« Der Sheriff bog in eine Seitenstraße ein, an der anfangs noch ein paar Straßenlaternen standen, dann keine mehr. »Na los«, sagte Bernie. »Chet und ich haben es eilig.«

Ach, wirklich?

Die Häuser wurden kleiner und standen weiter auseinander, und schon bald waren wir auf offenem Gelände. Es wurde hügeliger und die Straße kurviger. Bäume tauchten auf. Eukalyptus: Ich konnte ihn riechen, fast schon schmecken. Für Eukalyptuszweige hatte ich eine Schwäche.

»Ich will einen Deal«, sagte der Sheriff.

»Da sind Sie nicht der Einzige«, gab Bernie zurück.

»Er ist mein Cousin. Unsere Mütter waren Schwestern, sie standen sich sehr nahe. Sie kamen bei einem Autounfall ums Leben.«

»Verstehe.«

Gut, dass das wenigstens einer tat. Dieses ganze Gerede war viel zu kompliziert für mich; außerdem hatte ich keine Ahnung, wohin es führen sollte.

»Sie könnten ein gutes Wort für mich einlegen«, meinte der Sheriff.

»Kommt darauf an, wie die Sache endet.«

»Na gut«, sagte der Sheriff. »Les ist überhaupt nur deswegen in die Armee eingetreten, weil er so am Arsch war.«

»Der Richter hat ihm ein Ultimatum gestellt?«, fragte Bernie.

Der Sheriff warf Bernie einen raschen Blick zu. »Hat Cedric Ihnen das erzählt?«

»Nicht so genau.«

»Woher wissen Sie es dann?«

Bernie gab keine Antwort.

»Ja, Sie haben recht. Es war sein erstes Vergehen – sein erstes richtiges Vergehen –, und er war erst dreiundzwanzig.«

»Kein Jugendlicher mehr.«

»Nein.«

»Was war das für ein Vergehen?«

»Irgendein Mädchen«, antwortete der Sheriff. »Aber er hat ihr nichts getan, nichts Schlimmes.«

»Aha«, sagte Bernie. Diese Art von Aha kannte ich, ein Aha, das nicht besonders interessiert klang, aber nach all den Fällen, an denen wir gearbeitet hatten, wusste ich es inzwischen besser.

»Er hat sie nicht verletzt, meine ich«, führte Earl Ford weiter aus. »Er hat sie kaum angerührt.«

»Aber?«

»Ein sehr hübsches Mädchen – Les hat sie in Las Vegas aufgegabelt, glaube ich. Sie hat sich nicht für ihn interessiert, aber er dachte, sie brauchte nur Zeit, um ihn besser kennenzulernen.«

»Ist das eine Umschreibung dafür, dass er sie in seinem Keller eingesperrt hat?«

»Einsperren würde ich es nicht nennen. Er hat sie ein Wochenende lang festgehalten. Er hat ihr nichts getan – ich hoffe, das hat Cedric erwähnt.«

»Cedric ist nicht in die Einzelheiten gegangen«, sagte Bernie. Vor uns sah ich ein schwaches Licht durch die Bäume schimmern. »Wie sind Sie und der Graf zusammengekommen?«, fragte Bernie.

»Auch durch Les. Er hat die Trainerin kennengelernt …«

»Nance?«

»… ja, Nance – im Rio Loco Gun Club. Sie hat dort Schießunterricht gegeben.«

Danach folgte eine lange Pause. Ich spürte, dass Bernie nachdachte; die Spannung in der Luft nahm immer mehr zu. Das schwache Licht wurde heller, und ich erkannte ein Haus, eine Garage, und das dahinter war vielleicht ein Schuppen.

»Hat Nance Adelina umgebracht?«, fragte Bernie.

Der Sheriff nickte. »Das war alles nicht so geplant. Jedenfalls hat sie uns was anderes erzählt. Ursprünglich ging es nur um ein bisschen Publicity für die Hundeschau.«

»Das haben Sie geglaubt?«, fragte Bernie.

Keine Antwort.

Der Sheriff bremste und bog in eine lange ungepflasterte Einfahrt ein.

»Das Verrückte war, dass uns der Hund weglief. Wir haben überall nach ihm gesucht. Der Graf war stinksauer.«

»Machen Sie die Scheinwerfer aus«, befahl Bernie.

Der Sheriff machte die Scheinwerfer aus. Ich sah mich um, konnte im Mondlicht prima sehen: große Bäume, ein umgekippter Traktor und ein paar andere Maschinen, ein kleines Haus mit einem erleuchteten Fenster.

»Les hat einen Schaufellader?«, fragte Bernie.

»Er hatte mal ein kleines Baugeschäft.«

»Wie praktisch«, meinte Bernie.

Die Einfahrt führte hoch zu einer Garage. Bernie deutete darauf. »Da rüber.« Der Sheriff hielt auf der vom Haus abgewandten Seite der Garage an. Bernie zog den Schlüssel aus dem Zündschloss und griff nach der Taschenlampe. »Sie bleiben hier«, sagte er.

»Bleibt mir was anderes übrig?«, fragte der Sheriff und klapperte ein bisschen mit den Handschellen am Lenkrad.

Bernie und ich stiegen aus. Das Erste, was Bernie machte, war, die Motorhaube hochzuklappen. Owei. Kam dabei jemals was Gutes heraus? Bernie griff hinein und riss ein Kabel ab. »Für den Fall, dass er auf die Idee kommt zu hupen.« Bernie hielt das Kabel ins Licht der Taschenlampe, damit der Sheriff es sehen konnte. Wow. So war Bernie, immer der klügste Mensch weit und breit.

Wir gingen um die Garage herum, blieben an der Ecke stehen und sahen über den Garten zum Haus. Das Licht kam von der Vorderseite. Wir gingen zur Rückseite, Bernie mit der im Mondlicht schimmernden 38er Special im Gürtel und ich mit hoch aufgestellten Ohren.

Kapitel 31

So was hatten wir schon öfter gemacht, Bernie und ich, uns mitten in der Nacht an das Haus eines Bösewichts rangeschlichen. Bernie sondierte vorher immer gern die Lage, also machte ich das auch. Das bedeutete, schnell den verwilderten Garten – überall Steine und Unkraut – zu durchqueren, das ungeschützte Gelände hinter uns zu lassen und dann auf der Rückseite des Hauses im Schatten zu stehen und zu lauschen.

Ich wusste nicht, was Bernie hörte, aber ich hörte ganz schwach Fernsehstimmen durch die Wand. Ich konnte sogar ein paar Worte verstehen, wie »Red Zone« und »Blitz«; das bedeutete Football. Zu Hause sahen wir uns viele Footballspiele an. Bernie mochte College-Football lieber als Profi-Football. Einmal hatte er deswegen einen Riesenstreit mit einem Bösewicht gehabt, den wir hinten in einem Bierlaster festgebunden hatten. Eine merkwürdige Geschichte; vielleicht erzähle ich sie ein anderes Mal.

Wir schlichen an der Rückseite des Hauses entlang und um die Ecke herum auf die andere Seite. Bernie legte sein Ohr an die Wand. Hörte er irgendwas? Wahrscheinlich nicht. Ich hörte auch hier die Fernsehstimmen, aber jetzt noch schwächer. Bernie machte ein, zwei Schritte und schaute durch ein dunkles Fenster. Für mich war es zu hoch, deshalb schaute ich durch ein anderes dunkles Fenster knapp über dem Boden.

Zuerst sah ich gar nichts, nur Finsternis hinter einer staubigen Scheibe. Aber dann hatte ich das Gefühl – passiert Ihnen das auch manchmal? –, dass mich jemand beobachtete. Ein unangenehmes Gefühl: Ich drehte den Kopf hin und her, damit es wegging, aber es ging nicht weg. Deshalb schaute ich weiter durch das Fenster am Boden, und nach einem Weilchen war die Finsternis auf der anderen Seite nicht mehr ganz so finster. Ich stellte fest, dass ich in einen Keller schaute. Der Mond schien schwach auf dies und das: den Henkel eines Farbeimers, die Zähne eines Rechens – und was war das? Ein Paar Augen? Ja, ein Paar Augen! Sie schimmerten silbern im Mondlicht und waren rund, so rund wie Menschenaugen. Meine Nackenhaare stellten sich auf.

»Chet?« Bernie flüsterte so leise, dass ich ihn fast nicht hören konnte. Er ging in die Hocke und sah mich an. Ich habe da so ein gedämpftes Bellen drauf, leise und kurz, ganz hinten in meiner Kehle. Dieses Bellen gab ich jetzt von mir. »Schhh«, machte Bernie. Er richtete die Taschenlampe auf das niedrige Fenster, schaltete sie schnell einmal ein und aus.

Aber ich sah trotzdem, was da in dem Keller war. Es blitzte auf wie ein erstarrtes Bild und war sofort wieder weg: oh, Mann. Suzie! Ja, Suzie. Ihre Augen waren dunkel und glänzten wie die Marmorplatte in unserer Küche – niemand hatte solche Augen wie Suzie. Das plötzliche Licht hatte sie wahrscheinlich geblendet. Nein, kein Zweifel, da unten saß sie, an eine Wand gelehnt. Und noch was: Sie war festgekettet, die Kettenglieder waren deutlich zu erkennen. Ach ja, und dann noch was: Sie hatte einen Streifen Klebeband über dem Mund.

Bernie zischte – hatte ich das bei ihm schon mal gehört? –, und vielleicht gab ich auch einen Laut von mir, ein wütendes Knurren, denn Bernie machte erneut »Schhh«.

Er kniete sich hin und drückte gegen das Fenster, nicht sehr fest. Nichts passierte. Es gab alle möglichen Arten von Fenstern; ich hatte noch nie eins aufgemacht, es nicht mal versucht. Scheiben – eine andere Geschichte, auch wenn man genau genommen nicht sagen konnte, dass ich von denen, durch die ich durchgesprungen war, eine aufgemacht hatte.

Bernie drückte fester gegen das Fenster, dann schlug er mit der flachen Hand gegen den Rahmen. Das Fenster blieb zu. Er zog sein Hemd aus, faltete es zusammen und drückte es an das Glas. Dann hob er die Taschenlampe und schwang sie wie einen Hammer mit dem Stiel voran. Das Glas zersplitterte, aber nicht sehr laut. Dann war es ganz kurz still, und dann landeten die Scherben klirrend auf dem harten Kellerboden. Wir standen ruhig da und lauschten. Eine Fernsehstimme sagte: »Pass und Punkt für die Aggies.« Bernie griff durch das Loch im Glas – überwiegend Loch mit ein paar gezackten Scherben, die im Rahmen steckten – und fummelte außerhalb meines Blickfelds mit angestrengtem Gesicht an irgendetwas herum. Dann drückte er wieder gegen den Rahmen. Dieses Mal schwang das Fenster auf.

»Nein, Chet«, sagte Bernie, nicht laut, aber nachdrücklich. Und außerdem zu spät: Ich war schon durchgesprungen.

Im Landen war ich seit jeher gut, falls Sie sich das nicht schon gedacht haben. Ein bisschen mehr Licht hätte vielleicht nicht geschadet, aber ich landete trotzdem genau so auf dem Boden, wie ich es mag – zuerst die Vorderpfoten, dann schnell einen Buckel machen, bevor die Hinterpfoten auftreffen –, und praktisch ohne Geräusch. Ehrlich gesagt, denke ich über all das – Vorderpfoten, Hinterpfoten – gar nicht nach. Es passiert einfach.

Hinter mir hörte ich Bernie durch das Loch klettern. Ich lief schnurstracks zu Suzie und drückte mich an sie. Sie gab einen Laut von sich, kein Weinen, irgendwie komplizierter und schwer zu beschreiben, aber ich wusste, dass sie wusste, wer ich war: Chet! Chet the Jet! Und Suzie war am Leben! Hatten wir das erwartet? Ich glaubte nicht, aber vielleicht hatte ich was falsch verstanden.

Bernies Taschenlampe blitzte auf. Er kam angerannt und beugte sich über Suzie, richtete die Taschenlampe auf sie, ohne ihr in die Augen zu leuchten. Keine Wunden, kein Blut, aber es schien ihr nicht gutzugehen. Das sah ich sofort, genau wie die Ketten, die von Rohren an der Decke hingen und an ihren Handgelenken befestigt waren. Bernie kniete sich vor Suzie – genauer gesagt neben sie, weil ich vor ihr saß, irgendwie sogar ein bisschen auf ihrem Schoß –, schob langsam und vorsichtig den Zeigefinger unter eine Ecke des Klebebands und zog es von Suzies Mund. Ihre Blicke trafen sich, und obwohl Bernie keine Heulsuse war und Suzie ziemlich sicher auch nicht, dachte ich, als Nächstes würden Tränen kommen.

Aber es kamen keine. Stattdessen fuhr sich Suzie mit der Zunge über die Lippen – ganz trocken und rissig – und fragte mit heiserer, krächzender Stimme: »Warum hast du so lange gebraucht?«

»Ich bin ein Idiot«, gab Bernie zur Antwort.

Bernie ein Idiot? Auf keinen Fall. Er streckte die Hand aus, strich ihr über die Haare. Dann sah er sich um. Es gab nicht viel zu sehen: ein fast leerer Keller mit einer einfachen Holztreppe ohne Geländer, die zu einer geschlossenen Tür am oberen Ende führte. Bernie stand auf und inspizierte die Stelle, an der die Ketten an den Deckenrohren befestigt waren. Kupferrohre: Kupfer hatte einen speziellen Geruch, den ich von einem Fall kannte, bei dem wir in einer Gegend mit Kupferminen zu tun gehabt hatten. Bernie griff nach oben, umklammerte eines der Kupferrohre und begann zu ziehen. In diesem Augenblick ging draußen eine Hupe los. Tuut tuut – tuut tuut tuut – tuut tuut.

»Mist«, sagte Bernie. »Ich hab doch nicht etwa das falsche Kabel rausgerissen?« Der klügste Mensch weit und breit – nur dann vielleicht nicht, wenn es um die Dinge unter einer Motorhaube ging. Aber jetzt war keine Zeit, darüber nachzudenken, selbst wenn ich gewusst hätte, wo ich hätte anfangen sollen, weil nämlich gleich darauf von oben schwere Schritte zu hören waren. Eine Tür schlug zu. Tuut tuut – tuut tuut tuut – tuut tuut. Bernie zog an dem Rohr. Es bog sich durch, gab aber nicht nach. Die Schritte kamen zurück. Mit einem gewaltigen Ruck riss Bernie das Rohr aus der Wand. Wasser prasselte auf uns runter. Die Tür oben an der Treppe flog auf. Das Licht ging an. Und da stand Deputy Sheriff Lester Ford und starrte uns an. Seine krumme Nase warf einen komischen Schatten über sein Gesicht. Er hatte einen Baseballschläger in der Hand und eine Pistole am Gürtel. Mit zusammengekniffenen Augen griff er nach der Pistole.

Mittlerweile war ich schon auf dem Weg die Treppe rauf, volles Tempo. Lester blieb keine Zeit, die Pistole aus dem Holster zu ziehen; deshalb schwang er den Baseballschläger. Er landete einen Treffer, allerdings nur an meiner Schulter, nicht am Kopf. Zwar wurde ich zur Seite geschleudert, aber ich konnte mich auf den Beinen halten. Ich grub meine Krallen tief in die Stufen, dann sprang ich los und landete meinerseits einen Treffer. Wir kugelten die Treppe runter, Lester schrie, ich gab mein wildestes Knurren von mir, und dann schlugen wir auf dem Boden auf, ich oben. Bernie kam an und presste die Mündung der 38er Special an Lesters Nasenspitze.

»Nicht schießen«, rief Lester.

»Hast du sie angefasst?«, fragte Bernie, und der Knöchel seines Abzugsfingers trat weiß hervor. »Ich bring dich um.«

»Nein, ich schwöre es.«

»Suzie?«, rief Bernie, ohne sich zu ihr umzudrehen, und hielt sein Gesicht dicht vor das von Lester.

»Nein, es ist nichts passiert«, sagte Suzie mit dieser neuen, schwachen, krächzenden Stimme. »Noch nicht.«

Die 38er Special blieb, wo sie war, gegen Lesters Nasenspitze gepresst, aber nicht mehr ganz so ruhig, und Bernies Gesicht war jetzt genauso weiß wie sein Abzugsfinger. Gleich würde was wirklich Schlimmes passieren. Ich hörte einen leisen hohen Laut. Hey! Das war ja ich. Bernie sah zu mir her. Dann holte er tief Luft und ließ den Revolver sinken.

Wir ließen Lester hübsch verschnürt in seinem Keller zurück und gingen raus. Bernie hatte den Arm um Suzie gelegt und ließ sie keinen Moment los. Der Mond war verschwunden, wer weiß, wohin.

»Humpelst du etwa, Chet?«, fragte Bernie.

Na ja, vielleicht ein bisschen. Ich humpelte ein bisschen weiter und merkte, dass mir die Schulter wehtat. Beim nächsten Schritt war der Schmerz plötzlich weg, und mir ging es wieder gut. Ich rannte herum, ohne besonderen Grund.

»Es scheint ihm nichts zu fehlen«, meinte Suzie.

Earl Ford saß immer noch mit Handschellen ans Lenkrad gefesselt in seinem Auto. Bernie riss die Tür auf; er war ganz schön wütend.

»Freut mich, dass die Lady noch lebt«, sagte Earl.

»Klappe«, fuhr Bernie ihn an. Er schloss die Handschelle am Lenkrad auf und zerrte Earl aus dem Auto.

»Mein Arm!«, protestierte Earl.

»Das ist das geringste Ihrer Probleme.«

»Ich könnte verbluten.«

»Nicht mit der Wunde.«

»Woher wollen Sie das wissen?«

Bernie gab keine Antwort. Stattdessen führte er Earl in den Schuppen. Ich blieb mit Suzie beim Auto, weil ich mir ziemlich sicher war, dass Bernie das wollte. Suzie tätschelte mich und sah mir in die Augen. »Schön, dich zu sehen, Chet«, sagte sie. »Ich kann dir gar nicht sagen, wie froh ich darüber bin.«

Ich fand es auch schön, Suzie zu sehen. Ich hatte das Gefühl, dass der Fall gut lief. Wir hatten Princess gefunden und jetzt Suzie. Dann fielen mir Adelina und die Ameisen wieder ein, und da war ich mir nicht mehr so sicher. Ich versuchte, über die Einzelheiten nachzudenken, aber irgendwie versank alles in einem Nebel. Ich drückte meinen Kopf an Suzies Bein. »Du bist der Beste«, sagte sie. Sie ging in die Hocke, sodass unsere Gesichter auf gleicher Höhe waren. Oh, nein. Suzie sah nicht gut aus, überhaupt nicht gut, vor allem ihre Augen. Und dann war da dieser starke strenge Geruch – so ähnlich wie sauer gewordene Milch –, der Geruch furchtbar großer Angst. Arme Suzie. Ich leckte ihr ausgiebig das Gesicht.

Und auf einmal verzog sich ihr Gesicht, als würde es auseinanderfallen; sie fing an zu schluchzen, und aus ihren Augen liefen Tränen. Ich leckte und leckte, versuchte sie alle zu erwischen. Sie waren so herrlich salzig. Suzie sank auf die Knie und klammerte sich an mich. Ich stand unerschütterlich da und hielt mühelos ihr Gewicht. Sie zitterte ein bisschen, aber dann hörte sie auf, und das Weinen hörte auch auf, und ich spürte, wie die Kraft in ihren Körper zurückkehrte. Sie richtete sich auf, wischte sich mit dem Ärmel übers Gesicht, und dann beugte sie sich noch mal zu mir runter und gab mir einen Kuss, direkt auf die Schnauze. Das kitzelt, aber es ist toll.

Bernie kam aus dem Schuppen und sprach in sein Handy. »… der zweite ist im Keller«, sagte er.

Er hörte einen Moment zu. Hinter ihm, tief am Himmel,

sah ich einen schwachen, milchigen Streifen Licht. Das Ende der Nacht, die stillste Zeit des Tages. Am anderen Ende des Telefons konnte ich Cedric hören. »Du bleibst dort, nehme ich an?«

»Nein«, antwortete Bernie und legte auf.

»Was hast du vor?«, fragte Suzie.

»Ein paar Dinge klären«, sagte Bernie. Er sah Suzie lange an. »Aber zuerst bringen wir dich ins Krankenhaus.«

»Kommt ja gar nicht in Frage«, widersprach sie und wischte sich wieder übers Gesicht.

»Tut mir leid, Suzie. Es könnte gefährlich werden.«

»Machst du Witze? Nach dem, was ich hinter mir habe?«

»Ich kann das nicht zulassen.«

»Ich verklage dich.«

»Weswegen?«

»Behinderung bei der Ausübung meines Berufs«, erklärte Suzie. »Das ist eine Wahnsinnsstory.«

Bernie schwieg einen Moment. Sein Gesicht war angespannt; das war es schon die ganze Nacht. Dann lächelte er dieses breite Lächeln, das ihn in den alten Bernie zurückverwandelte.

Das war gut. Schlecht war, dass ich wieder auf dem Rücksitz landete. Bernie fuhr, und jetzt saß Suzie auf dem Kopilotensitz, meinem Platz. Aber ich blieb gelassen, vor allem, nachdem ich auf dem Rücksitz so weit vorgerutscht war, dass ich den Kopf zwischen Bernies und Suzies Sitz stecken konnte. Suzies Hand lag auf der Konsole, und auf ihrer Hand lag die von Bernie. Und dann lag meine Pfote auf beiden! Wie war das denn passiert?

»Chet?«

Ich rutschte ein bisschen zurück.

»Das war Cedric am Telefon«, sagte Bernie.

»Dachte ich mir schon.«

»Kennst du Cedric?«

»Du bist lustig, Bernie.«

»Hä?«

»Ich bin seit zwei Jahren Polizeireporterin bei der *Tribune*. Sprich weiter.«

»Hm«, sagte Bernie. »Cedric sagt, Adelina und Borghese hatten einen Ehevertrag geschlossen. Im Fall einer Scheidung …«

»… würde er nichts kriegen.«

»Woher weißt du das?«

»Recherchen.« Der milchige Streifen färbte sich langsam orange: ein brandneuer Tag. Ich schaute immer gern zu, wenn das passierte, und deshalb verpasste ich vielleicht ein bisschen was von dem, was Bernie und Suzie sagten, aber es war sowieso ziemlich unverständlich. Suzie sagte so etwas wie: »Aber wenn sie vor ihm sterben würde, sähe die Sache anders aus – dann würde er alles kriegen. In dem Augenblick, in dem ich das herausgefunden hatte, hätte ich Ganz von der Liste streichen sollen. Aber dann bekam ich mit, dass ihm diese Geisterstadt gehört, und fuhr einer Ahnung folgend hin. Die sich auch als richtig erwiesen hat, nur dass Ganz nichts damit zu tun hatte.«

»Was ist passiert?«

»Ich hörte oben in dieser Hütte einen Hund bellen. Ich dachte natürlich, es wäre Princess, und bin zu Fuß raufgegangen. Dann standen plötzlich wie aus dem Boden gewachsen diese beiden Typen da.«

»Earl und Les?«

Suzie nickte. »Ich habe bei dir angerufen; was anderes fiel mir nicht ein. Später, nachdem sie mich gefesselt hatten, hörte ich, wie er zu Earl und Les sagte, sie sollten zusehen, dass sie mich loswerden, und Les sagte, er würde sich darum kümmern.«

»Wer ist ›er‹?«, fragte Bernie.

»Borghese«, antwortete Suzie. »Hast du das etwa noch nicht mitgekriegt?«

»Sind er und Nance ein Paar?«

»Sie beenden sogar jeweils die Sätze des anderen.«

»Das ist mir aufgefallen«, sagte Bernie.

»Ach ja?«, meinte Suzie.

Bernie zuckte die Achseln. Aus irgendeinem Grund brachte er Suzie damit zum Lachen. Sie beugte sich zu ihm und gab ihm rasch einen Kuss auf die Wange. Ich hatte keine Ahnung, was in aller Welt hier vor sich ging.

Die Sonne war mittlerweile aufgegangen, als wir auf der Rio Loco Ranch ankamen. Wir fuhren an der Koppel vorbei – das weiße Pferd beobachtete uns über das Gatter hinweg – und am Putting Green und hielten vor dem großen Haus. »Also abgemacht, du bleibst im Auto«, sagte Bernie.

Suzie gab keine Antwort.

»Abgemacht?«, fragte Bernie.

Suzie nickte; eine winzige Bewegung, kaum zu sehen.

Bernie und ich stiegen aus. Ein schöner Morgen; es regte sich kein Lüftchen, im Haus war alles ruhig. An einem Morgen wie diesem, wenn es so still ist, kann man manchmal Geräusche aus großer Entfernung hören. Zumindest ich kann es. In diesem Augenblick hörte ich ein leises Klappern, so ein Klappern wie von Besteck auf einem Teller. Es kam von irgendwo hinter dem Haus, und ich setzte mich in Bewegung. Bernie sagte: »Braver Junge«, und folgte mir.

Wir gingen um das Haus herum, durchquerten einen großen Garten mit vielen Blumen, kamen an ein paar Orangenbäumen vorbei – zumindest baumelten außerhalb meiner Reichweite ein paar Orangen von den Ästen – und standen schließlich vor einem großen Swimmingpool mit einem Sitzplatz daneben. Dort stand ein Sonnenschirm, darunter ein Tisch. An diesem Tisch, eng nebeneinander, so eng, dass sich ihre Beine berührten, saßen der Graf und Nance und frühstückten. Rührei, Speck, Toast, Orangensaft, Kaffee – ich roch alles.

Als sie uns endlich hörten, standen wir schon fast vor ihnen. Wir konnten wirklich sehr leise sein, Bernie und ich. Sie blickten hoch, zuerst Nance, dann Borghese. Dann rückten sie ein Stück auseinander, über den Rand von Borgheses Tasse schwappte Kaffee.

»Morgen«, sagte Bernie.

Der Graf stellte seine Tasse auf die Untertasse. »Mr Little? Welchem Umstand verdanken wir denn … äh …«

»… Ihren Besuch?«, ergänzte Nance. Ihre Handtasche lag auf dem Tisch. Sie zog sie näher zu sich.

»Es geht um den Fall«, antwortete Bernie. Wir blieben vor dem Tisch stehen, gegenüber von Borghese und Nance. Die Sonne schien auf einen großen Glaskrug mit Orangensaft. Hübscher Anblick.

»Den Fall?«, fragte Borghese.

»Welchen Fall?« Hatte Nancy etwa ein Problem mit ihrem Gedächtnis? Auch ich kann mich nicht immer gleich an alles erinnern.

»Die drei Schuldigen sind doch im Gefängnis, oder?«, fragte Borghese.

»Und Sie haben Ihr Geld bekommen«, fiel Nance ein. Aha! Ihr Gedächtnis war wohl doch in Ordnung.

»Die werden nicht lange im Gefängnis bleiben«, erklärte Bernie. »Zumindest nicht wegen dieser Sache. Was für ein Glück für Sie, dass immer zur rechten Zeit ein Sündenbock auf der Bildfläche erschienen ist. Sogar Ganz – hatten Sie eigentlich schon länger vor, Adelina umzubringen, oder konnten Sie nur einfach nicht widerstehen, als er Ihnen dieses Foto geschickt hat?«

»Was soll dieser Unsinn?«, fragte Borghese. »Ich fürchte, wir müssen Sie bitten zu …«

Er unterbrach sich und sah an uns vorbei. Nance auch. Sie rissen beide die Augen auf. Ich drehte mich um und sah Suzie unter den Orangenbäumen auftauchen. Sie hatte eine kleine Kamera in der Hand, die sie jetzt hob, um ein Foto zu machen.

Bernie hatte sich ebenfalls umgedreht. »Suzie«, sagte er. »Geh wieder zurück.«

»Keine Bewegung«, rief Nance.

Owei. Wir wirbelten beide zu ihr herum, Bernie und ich. Zu spät. Sie hatte eine kleine Pistole aus ihrer Handtasche gezogen. Ihre Haut war von der Sonne ganz dunkel, und ihre Augen waren jetzt nur noch zwei kleine Punkte: Sie sah aus wie einer dieser gefährlichen Revolverhelden aus den Western in unserem DVD-Stapel, nur dass sie eine Frau war. Sie richtete die Pistole auf Bernies Kopf. »Ihren Hund habe ich verfehlt. Das war allerdings auch auf große Entfernung«, sagte sie. »Sie werde ich nicht verfehlen.«

Der Muskel an Bernies Kiefer trat hervor. »Sie haben auf Chet geschossen?«

Hey! Daran erinnerte ich mich, eine Erinnerung, die mich richtig wütend machte. Ich sprang. Meist bin ich sehr gut im Springen, aber das war keiner meiner guten Sprünge, genauer gesagt war er vielleicht mein schlechtester; aus irgendeinem Grund ließen mich meine Beine im Stich. Bis zum Tisch hoch schaffte ich es – die Pistole schwenkte zu mir herum –, aber dann krachte ich gegen diesen großen Krug Orangensaft. War die Pistole losgegangen? Ich war nicht sicher. Auf jeden Fall flog der Krug durch die Luft und verspritzte überall Orangensaft, auch – hey! – in Nances Gesicht.

»Au«, rief sie und fasste sich an die Augen.

Im nächsten Moment war Bernie bei ihr, drehte ihr den Arm auf den Rücken und brachte sie dazu, erneut »Au« zu rufen, dieses Mal noch lauter, und die Pistole fallen zu lassen. Wir hatten früher schon weibliche Bösewichte zur Strecke gebracht, aber nie so grob. In diesem Fall war ich voll und ganz damit einverstanden. Bernie stieß die Pistole mit dem Fuß weg.

Inzwischen war Borghese aufgesprungen und flüchtete über den Rasen. Der Graf erwies sich als schlechter Läufer, einer der schlechtesten Menschenläufer, die ich jemals gesehen hatte. Im Nu hatte ich ihn am Hosenbein gepackt. Fall gelöst.

Lieutenant Stine, eine Sondereinheit und noch ein paar andere Polizisten trafen ein. Wir hatten mittlerweile das Gewehr Kaliber .30-06 unter ein paar Heuballen in der Scheune gefunden. Normalerweise hängen wir in solchen Situationen immer noch ein bisschen herum, nehmen Glückwünsche entgehen, kostenlose Getränke, jede Menge Tätscheleien, so was in der Art. Aber dieses Mal nicht. Dieses Mal hatten wir es furchtbar eilig. – Warum? Keine Ahnung.

Kurz darauf bogen wir auf den Parkplatz vor der Praxis der Tierärztin ein. Die Tierärztin? Mir ging es gut, meine Schulter tat nicht mehr weh, ich hatte nicht mal einen Kratzer abbekommen. Wir gingen rein, Bernie, Suzie und ich. Die Tierärztin hieß Amy, eine große, dicke Frau mit einer netten Stimme und behutsamen Händen, aber ich fing trotzdem immer an zu zittern, sobald ich ihr Wartezimmer betrat, und jetzt war es nicht anders.

Sie legten mich auf einen Tisch. Bernie kraulte mich zwischen den Ohren. Ah … gut! Amy tastete meine Seite ab. Über meinen Kopf hinweg ging es hin und her – irgendwas von Biopsien, was immer das auch war –, und ich musste an den Teller mit Speck denken, den wir unberührt auf dem Tisch beim Grafen hatten stehen lassen. Ich spürte einen winzigen Stich oben an einem Bein und dann nichts mehr.

Als ich in Amys Wartezimmer aufwachte, fühlte ich mich tipptopp. Bernie sagte so was wie: »Und wenn Sie eine Vermutung äußern müssten?«

Amy sah von ihm weg. »Wir bekommen die Ergebnisse in zwei Tagen«, sagte sie. Dann merkten sie, dass ich wach war und ihnen zuhörte, und tätschelten mich beide ein bisschen. Wir gingen. Ich hatte keine Ahnung, was das alles sollte; ich war nur froh, von hier wegzukommen.

Wir fuhren nach Hause und hörten eine Nachricht von Chuck Eckel ab. »Tolle Neuigkeiten«, sagte er. »Irgendein Bauer ist gerade über das größte Zinnvorkommen gestolpert, das jemals in Bolivien gefunden wurde. Das lässt den Preis praktisch in den Keller fallen. Sie werden scheißviel Geld machen.«

Bernie wirkte gar nicht begeistert. Ich auch nicht. Irgendwie klang es eklig.

Am nächsten Tag fuhren wir zu der Hundeschau in der Metro Arena. Ich saß neben Suzie. Die Halle war gesteckt voll. Und wo war Bernie? Da unten bei Princess! Es waren ziemlich viele winzige Hunde da, ein paar davon Flauschbälle, andere nicht, aber ich hatte nur Augen für zwei davon – Babycakes mit Mr Ganz und Princess mit Bernie. Sie wurden einzeln herumgeführt. Babycakes machte ihre kleine Bewegung, hob die Pfote und wartete geduldig auf ihren Auftritt. Einfach lächerlich. Dann, als Letztes, kam Princess und trabte mit ihren ineinander verschwimmenden Beinen einmal im Kreis, während Bernie irgendwie neben ihr her schlurfte.

»Er ist einfach süß«, sagte Suzie leise.

Hä? Wer? Was? Ich begriff überhaupt nichts.

Da unten waren jetzt alle Hunde wieder auf ihren Plätzen und warteten. Neben jedem von ihnen stand ein Mensch, und nur die Menschen wirkten nervös. Dann begann eine große, furchterregend aussehende alte Frau in Schwarz langsam an ihnen vorbeizugehen und starrte jeden Einzelnen an. Jetzt wirkten auch meinesgleichen nervös. Besonders viel Zeit verbrachte die furchterregende Frau damit, Babycakes anzustarren, die wieder ihre blöde Pfote hob, und Princess, die ihr ihre kleine rosa Zunge herausstreckte. Und dann – und dann! Die furchterregende Frau streckte den Arm aus und zeigte auf Princess!

Applaus. Klatschen und Jubelrufe. Princess, die jetzt eine blaue Schleife trug, drehte mit Bernie eine Ehrenrunde. Er hatte sein breites Grinsen im Gesicht, und sie reckte auf diese entschlossene Art den Kopf vor. Hatte ich schon jemals etwas so Aufregendes gesehen? Ich wäre furchtbar gern auch dort unten gewesen.

Und ehe ich mich's versah, war ich es! Ich rannte wie wild herum. Princess riss sich los und rannte mit mir herum. Dann waren auf einmal alle – alle diese Zwerge – auf den Beinen. Irgendwer fraß die blaue Schleife, vielleicht ich. Wir waren nicht mehr zu halten.

Danksagung

Meinen tief empfundenen Dank an meinen Freund Cohen, meine Agentin Molly Friedrich und meinen Lektor Peter Borland.